UN DÍA DE CÓLERA

Alfaguara es un sello editorial del Grupo Santillana

www.alfaguara.com.ar

Argentina
Avda. Leandro N. Alem, 720
C 1001 AAP Buenos Aires
Tel. (54 114) 119 50 00
Fax (54 114) 912 74 40

Bolivia
Avda. Arce, 2333
La Paz
Tel. (591 2) 44 11 22
Fax (591 2) 44 22 08

Chile
Dr. Aníbal Ariztía, 1444
Providencia
Santiago de Chile
Tel. (56 2) 384 30 00
Fax (56 2) 384 30 60

Colombia
Calle 80, 10-23
Bogotá
Tel. (57 1) 635 12 00
Fax (57 1) 236 93 82

Costa Rica
La Uruca
Del Edificio de Aviación Civil 200 m al Oeste
San José de Costa Rica
Tel. (506) 220 42 42 y 220 47 70
Fax (506) 220 13 20

Ecuador
Avda. Eloy Alfaro, 33-3470 y Avda. 6 de
Diciembre
Quito
Tel. (593 2) 244 66 56 y 244 21 54
Fax (593 2) 244 87 91

El Salvador
Siemens, 51
Zona Industrial Santa Elena
Antiguo Cuscatlan - La Libertad
Tel. (503) 2 505 89 y 2 289 89 20
Fax (503) 2 278 60 66

España
Torrelaguna, 60
28043 Madrid
Tel. (34 91) 744 90 60
Fax (34 91) 744 92 24

Estados Unidos
2105 N.W. 86th Avenue
Doral, F.L. 33122
Tel. (1 305) 591 95 22 y 591 22 32
Fax (1 305) 591 91 45

Guatemala
7ª Avda. 11-11
Zona 9
Guatemala C.A.
Tel. (502) 24 29 43 00
Fax (502) 24 29 43 43

Honduras
Colonia Tepeyac Contigua a Banco Cuscatlan
Boulevard Juan Pablo, frente al Templo
Adventista 7º Día, Casa 1626
Tegucigalpa
Tel. (504) 239 98 84

México
Avda. Universidad, 767
Colonia del Valle
03100 México D.F.
Tel. (52 5) 554 20 75 30
Fax (52 5) 556 01 10 67

Panamá
Avda. Juan Pablo II, nº15. Apartado Postal
863199, zona 7. Urbanización Industrial
La Locería - Ciudad de Panamá
Tel. (507) 260 09 45

Paraguay
Avda. Venezuela, 276,
entre Mariscal López y España
Asunción
Tel./fax (595 21) 213 294 y 214 983

Perú
Avda. Primavera 2160
Surco
Lima 33
Tel. (51 1) 313 4000
Fax (51 1) 313 4001

Puerto Rico
Avda. Roosevelt, 1506
Guaynabo 00968
Puerto Rico
Tel. (1 787) 781 98 00
Fax (1 787) 782 61 49

República Dominicana
Juan Sánchez Ramírez, 9
Gazcue
Santo Domingo R.D.
Tel. (1809) 682 13 82 y 221 08 70
Fax (1809) 689 10 22

Uruguay
Constitución, 1889
11800 Montevideo
Tel. (598 2) 402 73 42 y 402 72 71
Fax (598 2) 401 51 86

Venezuela
Avda. Rómulo Gallegos
Edificio Zulia, 1º - Sector Monte Cristo
Boleita Norte
Caracas
Tel. (58 212) 235 30 33
Fax (58 212) 239 10 51

UN DÍA DE CÓLERA

ARTURO PÉREZ-REVERTE

ALFAGUARA

ALFAGUARA

© Arturo Pérez-Reverte, 2007
© Santillana Ediciones Generales, S. L., 2007
© De esta edición:
   Aguilar, Altea, Taurus, Alfaguara, S.A. de Ediciones, 2008
   Av. Leandro N. Alem 720, (1001) Ciudad de Buenos Aires.
   www.alfaguara.com.ar

ISBN: 978-987-04-0906-9

Hecho el depósito que indica la ley 11.723
Impreso en la Argentina. *Printed in Argentina*
Primera edición: febrero de 2008

 Diseño:
Proyecto de Enric Satué

© Cubierta:
   Eugenio Álvarez Dumont, *Malasaña y su hija*

Pérez-Reverte, Arturo
   Un día de cólera - 1ª ed. - Buenos Aires : Aguilar, Altea, Taurus, Alfaguara,
2007.
   408 p. ; 15x24 cm.

   ISBN 978-987-04-0906-9

   1. Narrativa Española. I. Título
   CDD E863

Este relato no es ficción ni libro de Historia. Tampoco tiene un protagonista concreto, pues fueron innumerables los hombres y mujeres envueltos en los sucesos del 2 de mayo de 1808 en Madrid. Héroes y cobardes, víctimas y verdugos, la Historia retuvo los nombres de buena parte de ellos: las relaciones de muertos y heridos, los informes militares, las memorias escritas por actores principales o secundarios de la tragedia, aportan datos rigurosos para el historiador y ponen límites a la imaginación del novelista. Cuantas personas y lugares aparecen aquí son auténticos, así como los sucesos narrados y muchas de las palabras que se pronuncian. El autor se limita a reunir, en una historia colectiva, medio millar de pequeñas y oscuras historias particulares registradas en archivos y libros. Lo imaginado, por tanto, se reduce a la humilde argamasa narrativa que une las piezas. Con las licencias mínimas que la palabra *novela* justifica, estas páginas pretenden devolver la vida a quienes, durante doscientos años, sólo han sido personajes anónimos en grabados y lienzos contemporáneos, o escueta relación de víctimas en los documentos oficiales.

A Étienne de Montety, gabacho.

1

Siete de la mañana y ocho grados en los termómetros de Madrid, escala Réaumur. El sol lleva dos horas por encima del horizonte, y desde el otro extremo de la ciudad, recortando torres y campanarios, ilumina la fachada de piedra blanca del palacio de Oriente. Llovió por la noche y aún quedan charcos en la plaza, bajo las ruedas y los cascos de los caballos de tres carruajes de camino, vacíos, que acaban de situarse ante la puerta del Príncipe. El conde Selvático, gran cruz de Carlos III sobre el casacón cortesano, gentilhombre florentino de la servidumbre de la reina de Etruria —viuda, hija de los viejos reyes Carlos IV y María Luisa—, se asoma un momento, observa los carruajes y entra de nuevo. Algunos madrileños desocupados, en su mayor parte mujeres, miran con curiosidad. No llegan a una docena, y todos guardan silencio. Uno de los dos centinelas de la puerta está apoyado en su fusil con la bayoneta calada, junto a la garita, indolente. En realidad, esa bayoneta es su única arma efectiva; por órdenes superiores, su cartuchera está vacía. Al escuchar las campanadas de la cercana iglesia de Santa María, el soldado observa de reojo a su compañero, que bosteza. Les queda una hora para salir de guardia.

En casi toda la ciudad, el panorama es tranquilo. Abren los comercios madrugadores, y los vendedores disponen en las plazas sus puestos de mercancías. Pero esa aparente normalidad se enrarece en las proximidades de la puerta del Sol: por San Felipe y la calle de Postas, Montera, la iglesia del Buen Suceso y los escaparates de las librerías de la calle Carretas, todavía cerradas, se forman pequeños grupos de vecinos que confluyen hacia la puerta del edificio de Correos. Y a medida que la ciudad despierta y se despereza, hay más gente asomada en ventanas y balcones. Circulan rumores de que Murat, gran duque de Berg y lugarteniente de Napoleón en España, quiere llevarse hoy a Francia a la reina de Etruria y al infante don Francisco de Paula, para reunirlos con los reyes viejos y su hijo Fernando VII, que ya están allí. La ausencia de noticias del joven rey es lo que más inquieta. Dos correos de Bayona que se esperaban no han llegado todavía, y la gente murmura. Los han interceptado, es el rumor. También se dice que el Emperador quiere tener junta a toda la familia real para manejarla con más comodidad, y que el joven Fernando, que se opone a ello, ha enviado instrucciones secretas a la Junta de Gobierno que preside su tío el infante don Antonio. «No me quitarán la corona —dicen que ha dicho— sino con la vida».

Mientras los tres carruajes vacíos aguardan ante Palacio, al otro extremo de la calle Mayor, en la puerta del Sol, apoyado en la barandilla de hierro del balcón principal de Correos, el alférez de fragata Manuel María Esquivel observa los corrillos de gente. En su mayor parte son vecinos de las casas cercanas, criados enviados en busca de noticias, vendedores, artesanos y gente subalterna, sin que falten chisperos y manolos característicos del Barquillo, Lavapiés y los barrios crudos del sur. No escapan al ojo atento de Esquivel pequeños grupos sueltos de tres o cuatro hombres de aspecto forastero que se mantienen silenciosos y a distancia. Aparentan desconocerse entre ellos, pero todos tienen en común ser jóvenes y vigorosos. Sin duda se cuentan entre los llegados el día anterior, domingo, desde Aranjuez y los pueblos vecinos, que por alguna razón —ninguna puede ser buena, deduce el alférez de fragata— no han salido todavía de la ciudad. También hay mujeres, pues suelen ser madrugadoras: la mayoría trae la canasta del mercado al brazo y comadrea repitiendo los rumores y chismes que circulan en los últimos días, agravados por la tensa jornada de ayer, cuando se abucheó a Murat mientras iba a una revista militar en el Prado. Sus batidores incomodaban a la gente para abrir paso, y la vuelta tuvo que hacerla con escolta de caballería y cuatro cañones, con el populacho cantándole:

> *Por pragmática sanción*
> *se ha mandado publicar*
> *el que al jarro de cagar*
> *se llame Napoleón.*

Esquivel, al mando del pelotón de granaderos de Marina que guarnece Correos desde las doce del día anterior, es un oficial prudente. Además, la tradicional disciplina de la Armada equilibra su juventud. Las órdenes son evitar problemas. Los franceses están sobre las armas, y se teme que sólo esperen un pretexto serio para dar un escarmiento que apacigüe la ciudad. Lo comentó anoche en el cuerpo de guardia, hacia las once, el teniente general don José de Sexti: un italiano

15

al servicio de España, hombre poco simpático, que preside por parte española la comisión mixta para resolver los incidentes —cada vez más numerosos— entre madrileños y soldados franceses.

—Sobre las armas, como le digo —contaba Sexti—. Los imperiales casi no me dejan pasar por delante del cuartel del Prado Nuevo, y eso que voy de uniforme... Todo tiene un aspecto infame, se lo aseguro.

—¿Y no hay ninguna instrucción concreta?

—¿Concreta?... No sea infeliz, hombre. La Junta de Gobierno parece un corral con la raposa dentro.

Estando en conversación, los dos militares oyeron rumor de caballos y salieron a la puerta, a tiempo de ver una numerosa partida francesa que se dirigía al galope hacia el Buen Retiro, bajo la lluvia, para reunirse con los dos mil hombres que allí acampan con varias piezas de artillería. Al ver aquello, Sexti se fue a toda prisa, sin despedirse, y Esquivel envió otro mensajero a sus superiores pidiendo instrucciones, sin recibir respuesta. En consecuencia, puso a los hombres en estado de alerta y extremó la vigilancia durante el resto de la noche, que se hizo larga. Hace un rato, al empezar a congregarse vecinos en la puerta del Sol, mandó a un cabo y cuatro soldados a pedir a la gente que se aleje; pero nadie obedece, y los corrillos engrosan a cada minuto que pasa. No puede hacerse más, así que el alférez de fragata acaba de ordenar al cabo y los soldados que se retiren, y a los centinelas de guardia que, al menor incidente, se metan dentro y cierren las puertas. Ni siquiera en caso de que estalle un altercado los granaderos podrán hacer nada, en un sentido u otro. Ni ellos, ni nadie. Por orden de la Junta de

Gobierno y de don Francisco Javier Negrete, capitán general de Madrid y Castilla la Nueva, y para complacer a Murat, a las tropas españolas se les ha retirado la munición. Con diez mil soldados imperiales dentro de la ciudad, veinte mil dispuestos en las afueras y otros veinte mil a sólo una jornada de marcha, los tres mil quinientos soldados de la guarnición local están indefensos frente a los franceses.

«Lo mismo que la generosidad de este pueblo hacia los extranjeros no tiene límites, su venganza es terrible cuando se le traiciona.»

Jean Baptiste Antoine Marcellin Marbot, hijo y hermano de militares, futuro general, barón, par de Francia y héroe de las guerras del Imperio, que esta mañana es un simple capitán de veintiséis años asignado al estado mayor del gran duque de Berg, cierra el libro que tiene en las manos —*El último Abencerraje*, del vizconde Chateaubriand— y mira el reloj de bolsillo puesto sobre la mesita de noche. Hoy no entra de servicio hasta las diez y media en el palacio Grimaldi, con el resto de ayudantes militares de Murat; de modo que se levanta sin prisas, acaba el desayuno que un criado de la casa donde se aloja le ha servido en la habitación, y empieza a afeitarse junto a la ventana, mirando la calle desierta. El sol que atraviesa los vidrios ilumina, desplegado sobre un sofá y una silla, su elegante uniforme de oficial edecán del gran duque: pelliza blanca, pantalón carmesí, botas hannoverianas y colbac de piel a lo húsar. A pesar de su juventud, Marbot es veterano de Marengo, Austerlitz,

Jena, Eylau y Friedland. Tiene experiencia, por tanto. Es, además, un militar ilustrado: lee libros. Eso sitúa su visión de los acontecimientos por encima de la de muchos compañeros de armas, partidarios de arreglarlo todo a sablazos.

El joven capitán sigue afeitándose. Una chusma de aldeanos embrutecidos e ignorantes, gobernada por curas. Así ha calificado hace poco el Emperador a los españoles, a quienes desprecia —con motivo— por el infame comportamiento de sus reyes, la incompetencia de sus ministros y Consejos, la incultura y el desinterés del pueblo por los asuntos públicos. Al capitán Marbot, sin embargo, cuatro meses en España lo llevan a la conclusión —al menos eso afirmará cuarenta años más tarde, en sus memorias— de que la empresa no es tan fácil como creen algunos. Los rumores que circulan sobre el proyecto del Emperador de barrer la corrupta estirpe de los Borbones, retener a toda la familia real en Bayona y dar la corona a uno de sus hermanos, Luciano o José, o al duque de Berg, contribuyen a enrarecer el ambiente. Según los indicios, Napoleón estima favorable para sus planes el momento actual. Está seguro de que los españoles, hartos de Inquisición, curas y mal gobierno, empujados por compatriotas ilustrados que tienen puestos los ojos en Francia, se lanzarán a sus brazos, o a los de una nueva dinastía que abra puertas a la razón y al progreso. Pero, aparte conversaciones mantenidas con algunos oficiales y personajes locales inclinados a las ideas francesas —*afrancesados* los llaman aquí, y no precisamente para ensalzarlos—, a medida que las tropas imperiales bajan desde los Pirineos adentrándose en el país, con el pretexto de ayudar a España contra Inglaterra en Portugal y Andalucía, lo que Marcellin Marbot ve en los ojos de la gente no es anhelo de un futuro mejor, sino rencor y desconfianza. La simpatía con que al principio fueron acogidos los ejércitos imperiales se ha trocado en recelo, sobre todo desde la ocupación de la ciudadela de Pamplona, de las fortalezas de Barcelona y del castillo de Figueras, con tretas consideradas insidiosas hasta por los franceses que se dicen imparciales, como el propio Marbot. Maniobras que a los españoles, sin distinción de militares o civiles, incluso a los partidarios de una alianza estrecha con el Emperador, han sentado como un pistoletazo.

«Su venganza es terrible cuando se le traiciona.»

Las palabras escritas por Chateaubriand dan vueltas en la cabeza del capitán francés, que continúa rasurándose con el esmero que corresponde a un elegante oficial de estado mayor. La palabra *venganza*, concluye sombrío, encaja bien con esos ojos oscuros y hostiles que siente clavados en él cada vez que sale a la calle; con las navajas de dos palmos que asoman metidas en cada faja, bajo las capas que todos llevan; con los hombres de rostro moreno y patilludo que hablan en voz baja y escupen al suelo; con las mujeres desabridas que insultan sin rebozo a los que llaman *franchutes, mosiús* y *gabachos* sin disimular la voz, o pasean descaradas, abanicándose envueltas en sus mantillas, ante las bocas de los cañones franceses apostados en el Prado. Traición y venganza, se repite Marbot, incómodo. El pensamiento lo lleva a distraerse un instante, y por eso se hace un corte en la mejilla derecha, entre el jabón que la cubre. Cuando maldice y sacude la mano, una gota roja se desliza por el filo de la navaja de cachas de marfil y cae en la toalla blanca que tiene extendida sobre la mesa, ante el espejo.

Es la primera sangre que se derrama el 2 de mayo de 1808.

—Acuérdate siempre de que hemos nacido españoles.

El teniente de artillería Rafael de Arango baja despacio los peldaños de su casa, que crujen bajo las botas bien lustradas, y se detiene en el portal, pensativo, abotonándose la casaca azul turquí con vivos encarnados. Las palabras que acaba de dedicarle su hermano José, intendente honorario del Ejército, le producen especial desasosiego. O tal vez no sean las palabras, sino el fuerte apretón de manos y el abrazo con que lo ha despedido en el pasillo de la casa familiar, al enterarse de que se encamina a tomar las órdenes del día antes de acudir a su puesto en el parque de Monteleón.

—Buenos días, mi teniente —lo saluda el portero, que barre el umbral—. ¿Cómo andan las cosas?

—Te lo diré cuando vuelva, Tomás.

—Hay gabachos calle abajo, junto a la panadería. Un piquete dentro del mesón, desde anoche. Pero no asoman la gaita.

—No te preocupes por eso. Son nuestros aliados.

—Si usted lo dice, mi teniente...

Inquieto, Arango se pone un poco atravesado el sombrero negro de dos picos con escarapela roja, se cuelga el sable y mira a uno y otro lado de la calle mientras apura las últimas chupadas del cigarro que humea entre sus dedos. Aunque sólo tiene veinte años, fumar cigarros de hoja es en él una vieja costumbre. Nacido en La Habana de familia noble y origen vascongado, desde que ingresó como cadete ha tenido tiempo de servir en Cuba, en el Ferrol, y también de ser apresado por los ingleses, que lo canjearon en septiembre del año pasado. Serio, capaz y con valor militar acreditado en su hoja de servicios, el joven oficial es, desde hace un mes, ayudante del comandante de la artillería de Madrid, coronel Navarro Falcón; y a recibir las órdenes de su cargo se dirige, preguntándose si las tensiones del día anterior —manifestaciones contra Murat y acaloradas tertulias callejeras— irán a más, o las autoridades controlarán una situación que, poco a poco, parece escaparse de las manos. La Junta de Gobierno crece en debilidad mientras Murat y sus tropas crecen en insolencia. Anoche, antes de recogerse Arango en casa, por el Círculo Militar corría la voz de que en la fonda de Genieys los capitanes de artillería Daoiz, Cónsul y Córdoba —Arango los conoce a los tres, y Daoiz es su jefe inmediato— habían estado a punto de batirse en duelo con otros tantos oficiales franceses, y que sólo la intervención enérgica de jefes y compañeros de unos y otros impidió una desgracia.

—Daoiz, que ya sabéis lo templado que es, andaba como loco —contó el teniente José Ontoria, citando a testigos del suceso—. Cónsul y Pepe Córdoba lo apoyaban. Los tres querían salir a la calle de la Reina y matarse con los franceses, y a duras penas se lo impidieron entre todos... A saber qué impertinencia dirían los otros.

El nombre del capitán Daoiz hace fruncir el ceño a Arango. Se trata, como dijo Ontoria y el propio Arango puede confirmarlo, de un militar frío y cabal, a quien no es fácil que se le suba la cólera al campanario; muy diferente del exaltado Pedro Velarde, otro capitán de artillería que, ése sí, anda por las salas de banderas predicando sangre y cuchillo desde hace días. En cambio, Luis Daoiz, un sevillano distinguido, acreditado en combate, tiene una excelente hoja de servicios y enorme prestigio en el Cuerpo, donde los artilleros, por su talante sereno, edad y prudencia, lo apodan *El Abuelo*. Pero el comentario definitivo, la guinda del asunto, la puso anoche Ontoria, resumiendo:

—Si Daoiz pierde la paciencia con los franceses, eso significa que puede perderla cualquiera.

De camino hacia el despacho del gobernador militar de la plaza, Arango pasa ante la panadería y el mesón de los que habló el portero y echa una mirada de reojo, pero sólo alcanza a ver la silueta de un centinela bajo el arco de entrada. Los franceses han debido de apostarse allí durante la noche, pues ayer por la tarde el lugar estaba vacío. No es buena señal, y el joven se aleja, preocupado. Algunas calles están desiertas; pero en las que llevan al centro de la ciudad, pequeños grupos de gente se van formando ante botillerías y tiendas, donde los comerciantes atienden más a la charla en corro que a sus negocios. La Fontana de Oro, el café de la carrera de San Jerónimo que hasta ayer era frecuentado a todas horas por militares franceses y españoles, se encuentra vacío. Al ver el uniforme de Arango con la charretera de teniente, varios transeúntes se acercan a preguntarle por la situación; pero él se limita a sonreír, tocarse un pico del sombrero y seguir camino. Aquello no pinta bien, así que aprieta el paso. Las úl-

22

timas horas han sido tensas, con el infante don Antonio y los miembros de la Junta de Gobierno poniendo paños calientes, los franceses prevenidos y Madrid zumbando como una colmena peligrosa. Se dice que hay gente convocada a favor del rey Fernando, y que ayer, con el pretexto del mercado, entró mucho forastero de los pueblos de alrededor y de los Reales Sitios. Gente moza y ruda que no venía a vender. También se sabe que andan conspirando ciertos artilleros: el inevitable Velarde y algunos íntimos, entre ellos Juan Cónsul, uno de los protagonistas del incidente en la fonda de Genieys. Hay quien menciona también a Daoiz; pero Arango, capaz de comprender que éste discuta y quiera batirse con oficiales franceses, no imagina al frío capitán, disciplinado y serio hasta las trancas, yendo más allá, en una conspiración formal. En cualquier caso, con Daoiz o sin él, si Velarde y sus amigos preparan algo, lo cierto es que a los oficiales que no son de su confianza, como el propio Arango, los mantienen al margen. En cuanto a su comandante en Madrid, el plácido coronel Navarro Falcón, hombre de bien pero obligado a navegar entre dos aguas, los franceses por arriba y sus oficiales por abajo, prefiere no darse por enterado de nada. Y cada vez que, con tacto, Arango, a título de ayudante, intenta sondearlo al respecto, el otro sale por los cerros de Úbeda, acogiéndose al reglamento.

—Disciplina, joven. Y no le dé vueltas. Con franceses, con ingleses o con el sursum corda... Disciplina y boca cerrada, que entran moscas.

Tres hombres endomingados pese a ser lunes, vestidos con sombreros de ala, marsellés bordado, capote con vuelta de grana y navajas metidas en la faja, se cruzan con el teniente Arango cuando éste camina, en busca de la orden del día para su coronel, cerca del Gobierno Militar. Dos son hermanos: el mayor se llama Leandro Rejón y cuenta treinta y tres años, y el otro, Julián, veinticuatro. Leandro tiene mujer —se llama Victoria Madrid— y dos hijos; en cuanto a Julián, acaba de casarse en su pueblo con una joven llamada Pascuala Macías. Los hermanos son naturales de Leganés, en las afueras, y llegaron ayer a la ciudad, convocados por un amigo de confianza al que ya acompañaron hace mes y medio cuando los sucesos que, en Aranjuez, derrocaron al ministro Godoy. El tal amigo pertenece a la casa del conde de Montijo, de quien se dice que, por lealtad al joven rey Fernando VII, alienta otra asonada en su nombre. Pero es lo que se dice, y nada más. Lo único que los Rejón saben de cierto es que, con algún viático para la jornada y gastos de taberna, traen instrucciones de estar atentos por si se tercia armar bulla. Cosa que a los dos hermanos, que son mozos traviesos y en pleno vigor de sus años, no disgusta en absoluto, hartos como están de sufrir impertinencias de los gabachos; a quienes ya es hora de que hombres que se visten por los pies —eso dice Leandro, el mayor— demuestren quién es el verdadero rey de España, pese a Napoleón Bonaparte y a la puta que lo parió.

El tercer hombre, que camina a la par de los Rejón, se llama Mateo González Menéndez y también ayer vino a Madrid desde Colmenar de Oreja, su pueblo, obedeciendo a consignas que algunos compadres suyos han hecho correr entre los opuestos a la presencia francesa y partidarios del rey Fernando. Es cazador, hecho al campo y a las armas, cuajado y fuerte, y bajo el capote que le cubre hasta las corvas esconde un pistolón cargado. Aunque va junto a los Rejón como si no los conociera, los tres formaron parte anoche del grupo que, con guitarras y bandurrias, pese al agua que caía, dio una ruidosa rondalla a base de canzonetas picantes, con mucho insulto y mucha guasa, al emperifollado Murat bajo los balcones del palacio donde se aloja, en la plaza de Doña María de Aragón, desapareciendo al ser disueltos por las rondas y reapareciendo al rato para continuar la murga. Eso, después de abuchear bien al francés por la mañana, cuando regresaba de la revista en el Prado.

> *Dicen que mosiú Murat*
> *está acostumbrado al fuego.*
> *¡Vaya si tendrá costumbre*
> *quien ha sido cocinero!*

—Pise usted fuerte, prenda, que esa acera está empedrada —dice Leandro Rejón a una mujer hermosa que, basquiña de flecos, mantilla de lana y cesta de la compra al brazo, cruza un rectángulo de sol.

Pasa adelante la mujer, entre desdeñosa y halagada por el piropo —el mayor de los Rejón es mozo bien plantado—, y Mateo González, que escucha el comentario, la sigue con la mirada antes de volverse a los hermanos, guiñarles un ojo, y seguir junto a ellos al mismo paso. Ahora los tres sonríen y se balancean caminando con aplomo masculino. Son jóvenes, fuertes, están vivos y sanos, y la vista de una mujer guapa les anima el día. Es, opina el menor de los Rejón, un buen comienzo. Para celebrarlo, saca de bajo el capote una bota con tinto de Valdemoro, que la larga noche y la cencerrada a Murat dejaron más que mediada.

—¿Remojamos la calle del trago?

—Ni se pregunta —mirada falsamente casual de Leandro Rejón a Mateo González—… ¿Usted se apunta, paisano?

—Con mucho gusto.

—Pues alcance esto, si apetece.

Estos tres hombres que andan sin prisas pasando la bota mientras se dirigen a la puerta del Sol, deteniéndose para echar atrás la cabeza y asestarse con pulso experto un chorro de vino, están lejos de imaginar que, dentro de tres días, reos de sublevación, dos de ellos, los hermanos Rejón, serán sacados a rastras de sus casas en Leganés y fusilados por los franceses, y que Mateo González morirá semanas más tarde, a resultas de un sablazo, en el hospital del Buen Suceso. Pero eso, a estas horas y bota en mano, ni lo piensan ni les importa. Antes de que se oculte el sol que acaba de salir, las tres navajas albaceteñas que llevan metidas en las fajas quedarán empapadas de sangre francesa. En el día que comienza —tras la lluvia, sol, ha dicho el mayor de los Rejón mirando el cielo, y volverá a llover por la noche—, esas tres futuras muertes, como tantas otras que se avecinan, serán vengadas con creces, de antemano. Y todavía después, durante años, una nación entera las seguirá vengando.

Durante el desayuno, Leandro Fernández de Moratín se quema la lengua con el chocolate, pero reprime el juramento que le tienta los labios. No porque sea hombre temeroso de Dios; son los hombres los que le dan miedo, no Dios. Y él es poco amigo de agua bendita y sacristías. Sucede que la contención y la prudencia son aspectos destacados de su carácter, con cierta timidez que proviene de cuando, a los cuatro años, quedó con el rostro desfigurado por la viruela. Quizá por eso sigue soltero, pese a que hace dos meses cumplió los cuarenta y ocho. Por lo demás es hombre educado, culto y tranquilo; como suelen serlo los protagonistas de las obras que le han dado fama, contestada por numerosos adversarios, de principal autor teatral de su tiempo. El estreno de *El sí de las niñas* aún se recuerda como el más importante y discutido acontecimiento escénico del momento; y esas cosas, en España, aportan pocas mieles y mucho acíbar amargo, por las infinitas envidias. Ésta es la razón de que, en las actuales circunstancias, el temor al mundo y sus vilezas esté presente en los pensamientos del hombre que, vestido con bata y zapatillas, bebe, ahora a breves sorbos, su chocolate. Ser autor de renombre, favorecido además por el primer ministro Godoy, luego caído en desgracia, preso y al cabo acogido en Francia por Napoleón, incomoda la posición de Moratín, que en el mundillo de las letras tiene enemigos mortales. Sobre todo desde que, por gustos personales e ideas más artísticas que políticas —de éstas carece en absoluto, excepto ser amigo del poder constituido, fuera cual fuere—, se le atribuye, no sin razón, la etiqueta de *afrancesado*, que en los tiempos confusos que corren se ha vuelto peligrosa. Desde los abucheos de ayer al duque de Berg

27

y las concentraciones de vecinos gritando contra los franceses, Moratín teme por su vida. Los amigos de la tertulia de la fonda de San Esteban le han aconsejado que no salga de su casa —número 6 de la calle Fuencarral, entre las esquinas de San Onofre y Desengaño—; pero eso tampoco garantiza nada. A las desgracias que en los últimos tiempos le vienen encima, se añade la vecindad de una cabrera tuerta que tiene su puesto de leche en el portal de enfrente: mujer parlanchina y de lengua venenosa, lleva días incitando a los vecinos a dar un escarmiento a ese Moratín de ahí enfrente, hechura de Godoy —la cabrera se refiere al ministro caído con el mote popular de *Choricero*— y de la *gente de polaina*: los afrancesados que han vendido España y al buen rey don Fernando, que Dios guarde, al maldito Napoleón.

Dejando el tazón de China sobre su bandeja, Moratín se levanta y da unos pasos hasta el balcón. Aliviado, sin apartar del todo los visillos, comprueba que el puesto de la cabrera está cerrado. Tal vez anda lejos, con la gente que se congrega en la puerta del Sol. Todo Madrid es un hervidero de desconcierto, rumores y odio, y eso no puede terminar bien para nadie. Ojalá, se dice el literato, ni la Junta de Gobierno ni los franceses —confía más en éstos que en la Junta, de todas formas— pierdan el control de la situación. El recuerdo de los horrores callejeros del año 1792, que vivió de cerca en París, le estremece el ánimo. Su talante de hombre culto, viajado, cortés y prudente, se acobarda ante los excesos que recela, pues los conoce, del pueblo sin freno: la calumnia hace dudosa la más firme reputación, la crueldad adopta la máscara de la virtud, la venganza usurpa la balanza de la Justicia, y la celebridad situada en lugar equívoco acarrea, a menudo, consecuencias funestas. Si todo eso fue posible en una Francia templada por las ideas ilustradas y la razón, a Moratín lo amedrenta lo que un estallido popular puede desencadenar en España, donde a la gente analfabeta, cerril, la mueve más el corazón que la cabeza. Ya en la noche del 19 de marzo, cuando la sublevación de Aranjuez hizo caer a su protector Godoy, Moratín tuvo ocasión de oír, bajo la ventana, su propio nombre en gritos de amotinados que le hicieron temer verse fuera de casa, arrastrado por las calles. La certeza de cómo el populacho sin freno ejerce la soberanía cuando se apodera de ella, lo aterroriza. Y esta mañana parece a punto de repetirse la pesadilla, mientras él permanece inmóvil tras los visillos, la frente helada y el corazón latiéndole inquieto. Esperando.

El dramaturgo Moratín no es el único que desconfía del pueblo y sus pasiones. A la misma hora, en Palacio, en el salón de consejos de la Junta de Gobierno, los próceres encargados del bienestar de la nación española en ausencia del rey Fernando VII, retenido en Bayona por el emperador Napoleón, siguen discutiendo abatidos y desconcertados, con las huellas de la noche que han pasado en blanco impresas en la cara, arrugadas las ropas, despuntando las barbas en los rostros ojerosos que reclaman la navaja de un barbero. Sólo el infante don Antonio, presidente de la Junta, hermano del viejo rey Carlos IV y tío del joven Fernando VII, utilizó el privilegio de su sangre real para retirarse a dormir un rato después de una última entrevista con el embajador de Francia, monsieur Laforest, y no ha vuelto a aparecer. Los demás siguen allí sosteniéndose como pueden, tirados por los sillones y sofás bajo las imponentes arañas del techo, apoyados de codos en la gran mesa cubierta de tazas sucias de café y ceniceros rebosantes de gruesas colillas de cigarros, los puños en las sienes.

—Lo de ayer nos llevó al extremo, señores —opina el secretario de la Junta, conde de Casa Valencia—. Abuchear a Murat ya era insolencia; pero llamarlo *troncho de berzas* en su cara, y apedrearlo luego hasta encabritarle el caballo en medio de la rechifla general, eso no lo perdonará nunca... Para más escarnio, todos vitorearon luego al infante don Antonio cuando pasaba en coche por el mismo sitio... La gente baja terminará por ponernos a todos la soga al cuello.

—Fea metáfora esa —apunta Francisco Gil de Lemus, ministro de Marina, entre dos bostezos—. Me refiero a lo de la soga.

—Pues llámelo como le dé la gana.

Además de Casa Valencia y Gil de Lemus, que representa a la poca Armada española que queda después de Trafalgar, en la sala están presentes, entre otros, don Antonio Arias Mon, anciano gobernador del Consejo; Miguel José de Azanza, ministro de la inexistente Hacienda española; Sebastián Piñuela, por una Gracia y Justicia de la que se burlan los franceses y en la que no confían los españoles; y el general Gonzalo O'Farril como tibio representante de un Ejército confuso, indefenso e irritado ante la invasión extranjera. Durante toda la noche, convocados también dignatarios de los Consejos y Tribunales Supremos, todos han discutido hasta enronquecer, pues tienen sobre la mesa un ultimátum de Murat, a quien el incidente del día anterior dejó fuera de sí: de no obtener la colaboración incondicional de la Junta, dice, tomará el mando de ésta, pues tiene fuerza suficiente para tratar a España como país conquistado.

—No siempre es el número lo que vence —sugería, de madrugada, el fiscal Manuel Torres Cónsul—. Recuerden que Alejandro derrotó a trescientos mil persas con veinte mil macedonios. Ya saben: *Audaces fortuna iuvat*, y todo eso.

El impulso patriótico de Torres Cónsul, de una energía inusitada a tales horas, hizo levantar la cabeza, sobresaltados, a varios consejeros que daban cabezadas en sus asientos. Sobre todo a los que sabían latín.

—Sí, claro —respondió el gobernador del Consejo, Arias Mon, resumiendo el sentir general—. ¿Y quién de nosotros es Alejandro?

Todos miraron al ministro de la Guerra; que, ajeno a todo, como si no escuchara la conversación, encendía un cigarro de Cuba.

—¿Qué opina usted, O'Farril?

—Opino que este habano tira fatal.

Así están las cosas, amanecido el día. Asustados, indecisos —hace tiempo que firman sus tímidos bandos y decretos *en nombre del rey*, sin especificar si se trata de Carlos IV o Fernando VII—, la parálisis de la Junta se alimenta con la falta de noticias. Los correos de Bayona no han llegado, y los ministros y consejeros carecen de instrucciones del joven monarca, de quien ignoran si sigue allí por su voluntad o como prisionero del Emperador. Pero algo está claro: la sombra del cambio de dinastía oscurece España. El pueblo ruge, ofendido, y los imperiales se refuerzan, arrogantes. Después de haberse llevado a la familia real y a Godoy, Murat pretende hacer lo mismo —se ejecuta en este preciso instante— con la reina viuda de Etruria y el infante don Francisco de Paula, que cuenta sólo doce años. La de Etruria es amiga de Francia y se va de mil amores; pero lo del infantito es otra cosa. De cualquier modo, tras resistirse con cierta decencia a esta última imposición, la Junta ha debido doblegarse ante Murat, aceptando lo inevitable. Con las tropas españolas alejadas de la capital, la escasa guarnición acuartelada y sin medios, la única fuerza que puede oponerse a tales designios es un estallido popular. Pero, en opinión de los allí reunidos, eso justificaría la brutalidad francesa, dándole al lugarteniente de Napoleón el pretexto para aplastar Madrid con una victoria fácil, sometiéndola al saqueo y la esclavitud.

—No hay otra que ser pacientes —opina al fin, cauto como siempre, el general O'Farril—. No podemos sino calmar los ánimos, precaver las inquietudes populares, y contenerlas, llegado el caso, con nuestras propias fuerzas.

Al oír eso, el ministro de Marina, Gil de Lemus, da un respingo en su asiento.

—¿A qué se refiere?

—A nuestras tropas, señor mío. No sé si me explico.

—Me temo que se explica demasiado bien.

Algunos consejeros se miran significativamente. Gonzalo O'Farril se lleva de maravilla con los franceses —por eso es ministro de la Guerra con la que está cayendo—, extremo que la Historia confirmará con su actuación en el día que hoy comienza y con sus posteriores servicios al rey José Bonaparte. Entre los miembros de la Junta, sólo unos pocos participan de sus ideas. Aunque, tal como andan las cosas, casi todos ahorran comentarios. Sólo el contumaz Gil de Lemus vuelve a la carga:

—Es lo que nos faltaba, caballeros. Hacerles el trabajo sucio a los franceses.

—Si lo hacen ellos, será más sucio todavía —opone O'Farril—. Y sangriento.

—¿Y con qué fuerzas quiere usted contener a la gente en Madrid?... Demasiado es que los soldados no se unan al populacho.

El ministro de la Guerra levanta un dedo admonitorio, marcial, y ensarta en él un aro de humo habanero.

—Me hago responsable, descuiden. Les recuerdo que toda la tropa está acuartelada con órdenes estrictas. Y sin munición, como saben.

—Entonces, ¿cómo pretende que contengan al pueblo? —se interesa, guasón, Gil de Lemus—. ¿A bofetadas?

Un silencio incómodo sucede a las palabras del ministro de Marina. Pese a los bandos publicados por la Junta y por el duque de Berg, fijando horas de cierre para tabernas, rondas de vigilancia y responsabilidades de patronos y padres de familia respecto a empleados, hijos y criados que molesten a los franceses, los incidentes menudean en las seis semanas transcurridas desde la llegada de Murat a Madrid: al día siguiente, 24 de marzo, ya ingresaban en el Hospital General tres soldados franceses malheridos en peleas con paisanos a causa de su descomedimiento y abusos, que a partir de entonces incluyeron crímenes por robo, exacciones diversas, violaciones, ofensas en iglesias, y el sonado asesinato del comerciante Manuel Vidal en la calle del Candil por el general príncipe de Salm-Isemburg y dos edecanes suyos. Como respuesta, la lucha sorda de navajas contra bayonetas resulta ya imposible de parar: tabernas, barrios bajos y lugares de prostitución frecuentados por la tropa francesa, con su peligrosa mezcla de mujeres, rufianes, aguardiente y puñaladas, se han convertido en focos de conflicto; pero también sitios respetables de la ciudad amanecen con franceses degollados por propasarse con la hija, hermana, sobrina o nieta de alguien. Sin contar los presuntos desertores, así declarados por el mando imperial, en realidad desaparecidos en pozos o enterrados discretamente en patios o sótanos. El registro del Hospital General, sin contar otros establecimientos de la ciudad, basta para advertir la situación: el 25 de marzo se anotaron los casos de un mameluco de la Guardia Imperial, herido, un artillero de la Guardia, muerto, y otro soldado del batallón de Westfalia que falleció al poco rato. Dos franceses apaleados y tres muertos, uno de ellos de un balazo, fueron anotados en los días siguientes. Y entre el 29 de marzo y el 4 de abril se consignaron las muertes de tres soldados de la Guardia, uno del batallón de Irlanda, dos granaderos y un artillero. Desde entonces, el número de imperiales que han ingresado heridos o muertos en el Hospital General es de cuarenta y cinco, y el total en Madrid, de ciento setenta y cuatro. Tampoco escasean las víctimas españolas. La comisión militar hispano-francesa que debe controlar estos incidentes incluye, además del general Sexti, al general de división Emmanuel Grouchy; pero Sexti suele inhibirse a favor de su colega francés, con el resultado de que casi todos los conflictos provocados por los imperiales quedan impunes. En cambio, en sucesos como el del presbítero de Carabanchel don Andrés López, que hace días mató de un tiro a un capitán francés llamado Michel Moté, no sólo la Justicia es rigurosa, sino que los propios imperiales la toman por su mano, saqueando, como fue el caso, la vivienda del sacerdote homicida y maltratando a criados y vecinos.

En cualquier caso, convencida de su propia impotencia, la Junta de Gobierno que, nominalmente, aún rige España en esta mañana del lunes 2 de mayo, ha tomado, incluso contra la opinión de sus miembros más irresolutos, una decisión con ribetes de gallardía que salva para la Historia algunos flecos de su honor. Al tiempo que accede al deseo del duque de Berg de trasladar a Bayona a los últimos miembros de la familia real española y ordena que las tropas permanezcan en sus cuarteles sin que se les permita *«juntarse con el paisanaje»*, también, a propuesta del ministro de Marina, nombra una nueva Junta fuera de Madrid, en previsión de que la actual *«quede privada de libertad en el ejercicio de sus funciones»*. Y a esa Junta paralela, compuesta exclusivamente por militares, le otorga poderes para establecerse libremente allí donde sea posible; aunque el lugar de reunión recomendado es una ciudad española todavía libre de tropas francesas: Zaragoza.

De camino hacia la puerta del Sol, don Ignacio Pérez Hernández, presbítero de la parroquia de Fuencarral, se cruza con un batidor imperial cuando baja por la calle Montera. El francés, un cazador a caballo, parece tener prisa y se aleja calle arriba, al galope y con mucha desconsideración, casi atropellando a los vendedores que acaban de montar sus puestos en la red de San Luis. Aunque algunos gritos e insultos lo siguen en la galopada, don Ignacio no abre la boca, si bien sus ojos negros y vivos —tiene veintisiete años— perforan al jinete como si pretendieran que la ira de Dios lo fulminase allí mismo con su montura y las órdenes que lleva en el portapliegos. El clérigo aprieta los puños dentro de los amplios bolsillos de la sotana que viste. En el derecho estruja un folleto recién impreso, que el amigo en cuya casa ha pasado la noche, párroco de San Ildefonso, le dio esta mañana: *Carta de un oficial retirado a uno de sus antiguos compañeros.* En el izquierdo —don Ignacio es zurdo— aprieta las cachas de una navaja que, pese a las órdenes que ostenta, lleva encima desde que ayer se presentó en Madrid en compañía de un grupo de feligreses para hacer bulto contra los franceses y a favor de Fernando VII. La navaja es como la que todo español de las clases populares usa para cortar pan, ayudarse en la comida o picar tabaco. Al menos es la excusa que el sacerdote, en debate interior que a veces llega a angustiarlo un poco, se plantea ante su conciencia. Pero lo cierto es que nunca la había llevado en el bolsillo, como ahora.

Don Ignacio no es hombre fanático: hasta ayer, como la mayor parte de los eclesiásticos españoles, mantuvo un silencio prudente, según instrucciones recibidas de su párroco, y éste del obispo correspondiente, sobre los turbios asuntos de la familia real y la presencia francesa en España. Ni siquiera durante la caída de Godoy o el asunto de El Escorial el joven clérigo abrió la boca. Pero un mes de humillaciones por parte de las tropas imperiales acampadas en Fuencarral colma ya su vaso de paciencia cristiana. La última gota de hiel rebosó hace una semana, cuando un pobre cabrero fue apaleado ante la iglesia por varios soldados franceses para robarle sus animales; y cuando don Ignacio corrió a impedirlo, se encontró con una bayoneta ante los ojos. Para acabar la faena, los franceses se entretuvieron orinando, entre risotadas, en los escalones del recinto sagrado. Así que, cuando ayer corrió la voz de que en Madrid se anunciaba jarana, don Ignacio no lo pensó dos veces. Después de la misa de ocho, sin decir palabra a su párroco, vino a la ciudad acaudillando a una docena de feligreses con ganas de gresca. Y con ellos, tras pasar la jornada ronco de abuchear a Murat, aplaudir al infante don Antonio y dar vivas al rey, durmiendo luego cada uno donde pudo, quedó en verse con ellos a estas horas, para averiguar si han llegado los mensajeros de Bayona.

Navaja aparte, tampoco el contenido del otro bolsillo de la sotana sosiega el talante del joven clérigo, que repite una y otra vez, de memoria, uno de sus más infames párrafos: *«La conveniencia nacional de cambiar la rancia dinastía de los ya gastados Borbones por la nueva de los Napoleones, muy enérgicos».* La furia de don Ignacio sería mayor si supiera —como se averiguará tiempo después— que el autor del escrito no es ningún oficial retirado, como afirma el título, sino el abate José Marchena, personaje complejo y famoso en los círculos ilustrados españoles: un ex clérigo renegado de religión y patria, al que paga Francia. Antiguo jacobino y conocido de Marat, Robespierre y madame de Staël, temido hasta por los afrancesados mismos, Marchena pone su talento oportunista, su ácida prosa y su abundante bilis al servicio de la propaganda imperial. Y en estos turbulentos días madrileños, frente a unas clases superiores recelosas o indecisas y a un pueblo indignado hasta la exasperación, la letra impresa, con su cascada de pasquines, libelos, folletos y periódicos leídos en cafés, colmados, botillerías y mercados para un auditorio inculto y a menudo analfabeto, también es eficaz arma de guerra, tanto en manos de Napoleón y el duque de Berg —que ha instalado su propia imprenta en el palacio Grimaldi— como en las de la Junta de Gobierno, los partidarios de Fernando VII y este mismo, desde Bayona.

—Ya está aquí don Ignacio.

—Buenos días, hijos míos.

—¡Viva el rey Fernando!

—Que sí, hombre, que sí. Que viva y que Dios lo bendiga. Pero estémonos tranquilos, a ver qué pasa.

El grupo de foncarraleros —capas de bayetón, bastones de nudos en las manos jóvenes y recias, monteras arriscadas y sombreros de alas caídas— aguarda a su presbítero junto a la fuente de la Mariblanca. Falta poco para que la aguja del Buen Suceso señale las ocho, y en la puerta del Sol hay un millar de personas. Pese a que el ambiente se carga, las actitudes son pacíficas. Circulan rumores disparatados: desde que Fernando VII está a punto de llegar a Madrid, liberado al fin, hasta que, para engañar a los franceses, va a casarse con una hermana de Bonaparte. No faltan mujeres que van y vienen atizando los corrillos, forasteros y gente de diversos barrios de Madrid, aunque predomina lo popular: chisperos del Barquillo, manolos del Rastro y Lavapiés, empleados, menestrales, aprendices, bajos funcionarios, mozos de cuerda, criados y mendigos. Se ven pocos caballeros bien vestidos y ninguna señora que acredite el tratamiento: la gente acomodada, desafecta a los sobresaltos, permanece en casa. También hay unos pocos estudiantes y algunos niños, casi todos pilluelos de la calle. Muchos vecinos de la plaza y las calles adyacentes están asomados a portales, balcones y ventanas. No hay militares a la vista, ni franceses ni españoles, excepto los centinelas de la puerta de Correos y un oficial en el balcón enrejado del edificio. De corrillo a corrillo circulan peregrinos rumores y exageraciones.

—¿Se sabe ya algo de Bayona?

—Todavía nada. Pero dicen que el rey Fernando se ha escapado a Inglaterra.

—Ni hablar. Es a Zaragoza a donde se dirige.

—No diga usted barbaridades.

—¿Barbaridades?... Lo sé de buena tinta. Tengo un cuñado conserje en los Consejos.

A lo lejos, entre la gente, don Ignacio alcanza a distinguir a otro sacerdote con sotana y tonsura. Ellos dos, concluye, deben de ser los únicos clérigos presentes en la puerta del Sol a estas horas. Eso lo hace sonreír: incluso dos son demasiados, habida cuenta de la calculadísima ambigüedad que la Iglesia española despliega en esta crisis de la patria. Si nobles e ilustrados, opuestos unos a los franceses y partidarios de ellos otros, coinciden en despreciar los arrebatos y la ignorancia del pueblo, también la Iglesia mantiene, desde la guerra con la Convención, un cuidadoso nadar entre dos aguas, combinando el recelo al contagio de las ideas revolucionarias con su tradicional habilidad —estos días puesta a prueba— para estar con el poder constituido, sea el que fuere. En las últimas semanas, los obispos multiplican exhortaciones a la calma y a la obediencia, temerosos de una anarquía que los asusta más que la invasión francesa. Salvo algunos acérrimos patriotas o fanáticos que ven al diablo bajo cada águila imperial, el episcopado español y gran parte de los clérigos y religiosos están dispuestos a rociar con agua bendita a cualquiera que respete los bienes eclesiásticos, favorezca el culto y garantice el orden público. Ciertos obispos de buen olfato se ponen ya sin disimulo al servicio de los nuevos amos franceses, justificando sus intenciones con piruetas teológicas. Y sólo más adelante, cuando la insurrección general se confirme en toda España como un huracán de sangre, ajustes de cuentas y brutalidad, la mayoría de los obispos se irá declarando del lado de la rebelión, los párrocos predicarán desde sus púlpitos la lucha contra los franceses, y podrá escribir el poeta Bernardo López García, simplificando el asunto para la posteridad:

¡Guerra!, gritó ante el altar
el sacerdote con ira.
¡Guerra!, repitió la lira
con indómito cantar.

En cualquier caso —futuros poemas y mitos patrióticos aparte—, nada de eso puede sospecharlo todavía el joven presbítero don Ignacio. Y menos a tan frescas horas de hoy. Sólo sabe que en un bolsillo de la sotana lleva el arrugado folleto traidor o gabacho, que tanto monta, cuyo tacto le hace hervir la sangre, y en el otro la navaja, por más que procura alejar de su cabeza la palabra *violencia* cada vez que le roza la mente. Y siente un singular calorcillo que linda con el pecado de orgullo —habrá que arreglarlo con un confesor, piensa, cuando todo acabe—. Una sensación grata, picante, completamente nueva, que le hace erguirse, complacido, entre el grupo de feligreses foncarraleros cuando la gente alrededor los mira y susurra: oye, fíjate, a ésos los acaudilla un cura. A fin de cuentas, concluye, si las cosas fuesen hoy por mal camino, nadie podrá decir que todos los clérigos de Madrid estuvieron a salvo tras sus altares y claustros.

Revolotean las aves, sobresaltadas, en torno a las torres y espadañas de la ciudad. Son las ocho en punto, y las campanadas de las iglesias se conciertan con el sonido del tambor de las guardias que se relevan en los cuarteles. A esa misma hora, en su casa de la calle de la Ternera, número 12, el capitán de artillería Luis Daoiz y Torres acaba de vestirse el uniforme y se dispone a acudir a su destino en la Junta de Artillería, situada en la calle de San Bernardo. Oficial de carácter tranquilo, prestigio profesional y extraordinaria competencia, conocedor de las lenguas francesa, inglesa e italiana, inteligente e ilustrado, Daoiz lleva cuatro meses destinado en Madrid. Nacido en Sevilla hace cuarenta y un años, comprometido en fecha reciente con una señorita andaluza de buena familia, el capitán es hombre de aspecto pulcro y agradable, aunque de baja estatura, pues mide menos de cinco pies. Su semblante es moreno claro, usa patillas a la moda, y en los lóbulos de las orejas acaba de colocarse, para salir a la calle, los dos aretes de oro que, por coquetería militar, lleva desde el tiempo en que sirvió como artillero a bordo de navíos de la

41

Armada. Su hoja de veintiún años de servicio, donde el valor figura desde hace tiempo como acreditado, es riguroso reflejo de la historia militar de su patria y de su época: defensas de Ceuta y Orán, campaña del Rosellón contra la República francesa, defensa de Cádiz contra la escuadra del almirante Nelson y dos viajes a América en el navío *San Ildefonso*.

Al coger el sable, a Daoiz le pasa por la mente, como una nube sombría, el recuerdo del desafío de ayer por la tarde en la fonda de Genieys: tres oficiales franceses arrogantes y obtusos, voceando inconveniencias sobre España y los españoles sin caer en la cuenta de que los militares de la mesa vecina comprendían su idioma. De cualquier forma, no quiere pensar en eso. Detesta perder los estribos, él que tiene fama de hombre sereno; pero ayer estuvo a punto de ocurrir. Es difícil no contagiarse del ambiente general. Todos viven con los nervios a flor de piel, la calle anda inquieta, y el día que se presenta por delante no va a ser fácil, tampoco. Así que más vale mantener la cabeza fría, el sentido común en su sitio y el sable en la vaina.

Mientras baja los dos pisos de la escalera, Daoiz piensa en su compañero Pedro Velarde. Hace un par de días, en la última reunión que mantuvieron con el teniente coronel Francisco Novella y otros oficiales amigos en casa de Manuel Almira, oficial de cuenta y razón de artillería, Velarde, contra toda lógica, seguía mostrándose partidario de tomar las armas contra los franceses.

—Son dueños ya de todas las fortalezas en Cataluña y en el Norte —argumentaba exasperado—. Acaparan las provisiones de boca y guerra, cuarteles, hospitales, transportes, caballerías y suministros... Nos imponen una vejación continua, intolerable. Nos tratan como a animales y nos desprecian como a bárbaros.

—Quizá con el tiempo cambien de maneras —apuntó Novella, sin mucha convicción.

—¡Qué van a cambiar ésos! Los conozco bien. No en balde frecuenté en Buitrago a Murat y a sus figurones de estado mayor... ¡Menuda canalla!

—Hay que concederles superioridad, al menos.

—Eso es un mito. La Revolución les borró la teórica, y sólo sus continuas campañas han aumentado su práctica. No tienen más superioridad que su arrogancia.

—Exageras, Pedro —lo contradijo Daoiz—. Son el mejor ejército del mundo. Admitámoslo.

—El mejor ejército del mundo es un español cabreado y con un fusil.

Aquélla fue una de tantas discusiones inútiles e interminables. De nada sirvió recordarle al exaltado Velarde que la conspiración que preparaban los artilleros —diecinueve mil fusiles para empezar, y España en armas— había fracasado, que todo el mundo los dejaba solos, y que el propio Velarde sentenció el proyecto al contarle al general O'Farril los pormenores del plan. Además, ni siquiera está claro lo que pretende el rey Fernando. Para unos ese joven es todo ambigüedad e indecisión; para otros, duda entre una sublevación en su nombre o alborotos calculados en una prudente espera.

—Espera, ¿para qué? —insistía impaciente Velarde, casi a gritos—. Ya no se trata de levantarse por el rey ni por algo parecido. ¡Se trata de nosotros! ¡De nuestra dignidad y nuestra vergüenza!

De nada valieron las razones expuestas, entre otros, por el propio Daoiz. Velarde seguía en sus trece.

—¡Hay que batirse! —repetía—. ¡Batirse, batirse y batirse!

Eso estuvo diciendo una y otra vez, como alienado; y con las mismas palabras, al fin, se levantó y desapareció escaleras abajo, camino de su casa o sabe Dios dónde, mientras los demás se miraban unos a otros, melancólicos, y tras encogerse de hombros se retiraba cada mochuelo a su olivo.

—No hay nada que hacer —fue la despedida del bueno de Almira, moviendo tristemente la cabeza.

Daoiz, con dolor de su corazón, estuvo de acuerdo. Y esta mañana lo sigue estando. Sin embargo, el plan no era malo. Se habían registrado intentos anteriores, como el de José Palafox entre Bayona y Zaragoza, y el propósito de crear en las montañas de Santander un ejército de resistencia formado por tropas ligeras; pero Palafox fue descubierto y tuvo que esconderse —prepara ahora una sublevación en Aragón—, y el otro proyecto acabó en manos del ministro de la Guerra, siendo archivado sin más consideración.

—Hagan el favor de no complicarme la vida —fue el comentario con que el general O'Farril, fiel a su estilo, enterró el asunto.

Pese a todo, a las dificultades y al desinterés de la Junta de Gobierno, una tercera conspiración, la de los artilleros, ha seguido adelante hasta hace pocos días. El plan, fraguado con reuniones secretas en la chocolatería del arco de San Ginés, en la Fontana de Oro y en la casa que el escribiente Almira tiene en el 31 de la calle Preciados, nunca pretendió una victoria militar, imposible contra los franceses, sino ser chispa que prendiese una vasta insurrección nacional. Desde hace tiempo, gracias a que el coronel Navarro Falcón favorecía a los conspiradores no dándose por enterado, en el parque de Monteleón se trabajaba secretamente en la fabricación de cartuchos de fusil, balas y metralla para cañones, rehabilitando piezas de artillería y escondiendo la última remesa de fusiles enviada desde Plasencia para evitar que fuese a manos francesas, como las anteriores; aunque en los últimos días, alertado el cuartel general de Murat y con órdenes del Ministerio de la Guerra español para suspender esas actividades, los artilleros trasladaron en secreto el taller de cartuchería a una casa particular. También siguieron manteniendo contactos en casi todos los departamentos militares de España, y convinieron, determinados por Pedro Velarde, puntos de concentración para tropas y futuras milicias, los mandos respectivos, los depósitos de pertrechos y lugares donde serían interceptados los correos franceses y cortadas sus comunicaciones. Pero llevar todo eso a la práctica exigía recursos superiores a los del Cuerpo; por lo que Velarde, siempre impetuoso, decidió por su cuenta y riesgo pedir ayuda a la Junta de Gobierno. Así que, sin consultar con nadie, fue a ver al general O'Farril y le contó el plan.

Mientras cruza la plaza de Santo Domingo en dirección a la calle de San Bernardo, Luis Daoiz revive la angustia con que escuchó a su compañero contar los pormenores de la conversación con el ministro de la Guerra. Velarde venía excitado, ingenuo y exultante, convencido de que había logrado poner al ministro de su parte. Pero mientras refería la entrevista, Daoiz, perspicaz sobre la naturaleza humana, comprendió que la conspiración quedaba sentenciada. Así que, ahorrando reproches que de nada servían, se limitó a escuchar en silencio, tristemente, y a negar con la cabeza cuando el otro hubo terminado.

—Se acabó —dijo.

Velarde se había puesto pálido.

—¿Cómo que se acabó?

—Que se acabó. Olvídalo... Hemos perdido.

—¿Estás loco? —su amigo, impulsivo como siempre, lo agarraba por la manga de la casaca—. ¡O'Farril ha prometido ayudarnos!

—¿Ése?... Tendremos suerte si no nos mete a todos en un castillo.

Daoiz acertó de pleno, y las consecuencias de la indiscreción se hicieron sentir de inmediato: cambios de destino para los artilleros, movimientos tácticos de las tropas imperiales y un retén de franceses dentro del parque de artillería. El recuerdo de la visita del rey Fernando a Monteleón a principios de abril, presentándose cuatro días antes de salir hacia Bayona sin otra escolta que un caballerizo, y las aclamaciones que le dedicaron los artilleros mientras visitaba el recinto, acrecientan ahora la tristeza del capitán. «Sois míos. De vosotros puedo fiarme, porque defenderéis mi corona», llegó a decir el joven rey en voz alta, elogiándolos a él y a sus compañeros. Pero en este primer lunes de mayo, atenazados por las órdenes, la desconfianza o la cautela de sus superiores, los artilleros no son del rey ni de nadie. Ni siquiera pueden confiar unos en otros. El conjurado de mayor graduación es Francisco Novella, que sólo es teniente coronel, y además se encuentra mal de salud; el resto son unos pocos capitanes y tenientes. Tampoco los intentos personales de Daoiz para implicar al cuerpo de Alabarderos, a los Voluntarios del Estado del cuartel de Mejorada y a los Carabineros Reales de la plaza de la Cebada han dado fruto: excepto los Guardias de Corps y algún oficial de rango inferior, nadie fuera del pequeño grupo de amigos osa rebelarse contra la autoridad. Así que, por prudencia, y pese a las reticencias de Pedro Velarde, de Juan Cónsul y de algún otro, los conspiradores han dejado el intento para mejor ocasión. Muy pocos los seguirían, y menos después de las últimas disposiciones que confinan a los militares en sus cuarteles y los privan de munición. No sirve de nada —así se manifestó Daoiz en la última reunión, antes de que Velarde se fuera dando un portazo— hacerse ametrallar como pardillos, con todo el Ejército mirando cruzado de brazos, sin esperanza y sin gloria, o acabar en el calabozo de una prisión militar.

Tales son, en resumen, los recuerdos más recientes y los amargos pensamientos que esta mañana, camino de su destino rutinario en la Junta Superior de Artillería, acompañan al capitán Luis Daoiz; ignorante de que, antes de acabar el día, un cúmulo de azares y coincidencias —de los que ni siquiera él mismo será consciente— van a inscribir su nombre, para siempre, en la historia de su siglo y de su patria. Y mientras el todavía oscuro oficial camina por la acera izquierda de la calle de San Bernardo, observando con preocupación los grupos de gente que se forman a trechos y se dirigen hacia la puerta del Sol, se pregunta, inquieto, qué estará haciendo a esas horas Pedro Velarde.

Como cada mañana antes de acudir a su destino en la Junta de Artillería, el capitán Pedro Velarde y Santillán, santanderino de nacimiento, veintiocho años de edad —la mitad de ellos vistiendo uniforme, pues ingresó como cadete a los catorce—, da un rodeo, y en vez de ir directamente de su casa en la calle Jacometrezo a la de San Bernardo, toma la corredera de San Pablo y pasa por la calle del Escorial. Hoy lleva en el bolsillo una carta para su novia —Concha, con la que tiene promesa de matrimonio—, que enviará más tarde a Correos. Sin embargo, al pasar bajo cierto balcón de un cuarto piso de la calle del Escorial, donde una mujer enlutada y aún hermosa riega las macetas, Velarde, también como cada mañana, se quita el sombrero y saluda mientras ella permanece inmóvil, observándolo desde arriba hasta que dobla la esquina y se aleja. Esa mujer, cuyo nombre quedará registrado en la letra menuda de la jornada que hoy comienza, es y será para siempre un misterio en la biografía de Velarde. Se llama María Beano, es madre de cuatro hijos aún menores, varón y tres hembras, y viuda de un capitán de artillería. Vive, según declararán más tarde los vecinos, *«exenta de sospechas desfavorables»* con su modesta pensión de viudedad. Pero cada mañana, sin faltar un solo día, el oficial pasa ante su balcón, y cada tarde la visita en su casa.

Pedro Velarde viste la casaca verde de estado mayor de Artillería en vez de la azul común. Mide cinco pies y dos pulgadas, es delgado y de facciones atractivas. Se trata de un oficial inquieto, ambicioso, inteligente, con seria formación científica y prestigio entre sus compañeros, que ha desempeñado trabajos técnicos de relevancia, estudios sobre artillería y comisiones diplomáticas importantes; aunque, salvo una intervención casi testimonial en la guerra con Portugal, carece de experiencia en combate, y en el apartado *valor* de su hoja de servicios figuran las palabras *no experimentado*. Pero conoce bien a los franceses. Por mandato del hoy caído ministro Godoy figuró en la comisión enviada para cumplimentar a Murat cuando la entrada de los imperiales en España. Eso le proporcionó un conocimiento exacto de la situación, reforzado con el trato en Madrid, por razones de su cargo de secretario de la Junta Superior del arma, con el duque de Berg y su plana mayor, en especial con el comandante de la artillería francesa, general La Riboisière, y sus ayudantes. De ese modo, observando desde tan privilegiada posición las intenciones francesas, Velarde, con sentimientos idénticos a los de su amigo Luis Daoiz, ha visto trocarse la antigua admiración casi fraternal que, de artillero a artillero, sentía por Napoleón Bonaparte, en el rencor de quien sabe a su patria indefensa en manos de un tirano y sus ejércitos.

En la esquina de San Bernardo, Velarde se detiene a observar de lejos a cuatro soldados franceses que desayunan en torno a la mesa, puesta en la puerta, de una fonda. Por su uniforme deduce que pertenecen a la 3.ª división de infantería, repartida entre Chamartín y Fuencarral, con elementos del 9.º regimiento provisional instalados en aquel barrio. Los soldados son muy jóvenes, y no llevan otras armas que las bayonetas en sus fundas del correaje: muchachos de apenas diecinueve años que la despiadada conscripción imperial, ávida de sangre joven para las guerras de Europa, arranca de sus casas y sus familias; pero invasores, a fin de cuentas. Madrid está lleno de ellos, alojados en cuarteles, posadas y viviendas particulares; y sus actitudes van desde las de quienes se comportan con la timidez de viajeros en lugar desconocido, esforzándose para pronunciar algunas palabras en lengua local y sonreír corteses a las mujeres, hasta la arrogancia de quienes actúan como lo que son: tropas en lugar conquistado sin disparar un solo tiro. Los del mesón llevan las casacas desabrochadas; y uno, acostumbrado sin duda a climas septentrionales, está en mangas de camisa, disfrutando de los rayos de sol tibio que calientan aquel ángulo de la calle. Ríen en voz alta, bromeando con la moza que los atiende. Tienen aspecto de bisoños, confirma Velarde. Con el grueso de sus ejércitos empleado en duras campañas europeas, Napoleón no cree necesario enviar a España, sometida de antemano y donde no espera sobresaltos, más que algunas unidades de élite acompañadas de gente sin experiencia y reclutas de las levas de 1807 y 1808, estos últimos con apenas dos meses de servicio. En Madrid, sin embargo, hay fuerzas de calidad suficiente para asegurar el trabajo de Murat. De los diez mil franceses que ocupan la ciudad y los veinte mil apostados en las afueras, una cuarta parte son tropas fogueadas y con excelentes oficiales, y cada división tiene al menos un batallón experimentado —los de Westfalia, Irlanda y Prusia— que la encuadra y da consistencia. Sin contar los granaderos, marinos y jinetes de la Guardia Imperial y los dos mil dragones y coraceros acampados en el Buen Retiro, la Casa de Campo y los Carabancheles.

—Cochinos gabachos —dice una voz junto a Velarde.

El capitán se vuelve hacia el hombre que está a su lado. Es un zapatero de viejo, con el mandil puesto, que acaba de retirar las tablas de la puerta de su covacha, en el zaguán del edificio que hace esquina.

—Mírelos —añade el zapatero—. Como si estuvieran en su casa.

Velarde lo observa. Debe de rondar los cincuenta años, calvo, el pelo ralo y los ojos claros y acuosos, que destilan desprecio. Mira a los franceses como si deseara que el edificio se desplomara sobre sus cabezas.

—¿Qué tiene contra ellos? —le pregunta Velarde.

La expresión del otro se transforma. Sin duda se ha acercado al oficial, desvelándole su pensamiento, porque el uniforme español le daba confianza. Ahora parece a punto de retroceder un paso mientras lo observa, suspicaz.

—Tengo lo que tengo que tener —dice al fin entre dientes, hosco.

Velarde, pese al malhumor que lo atenaza desde hace días, no puede evitar una sonrisa.

—¿Y por qué no va y se lo dice?

El zapatero lo estudia con recelo, de arriba abajo, deteniéndose en las charreteras de capitán y las bombas de artillería en el cuello de la casaca de estado mayor. De parte de quién estará este militar hijo de mala madre, parece preguntarse.

—Quizá lo haga —murmura.

Velarde asiente, distraído, y no dice más. Aún permanece unos instantes junto al zapatero, contemplando a los de la fonda. Luego, sin despedirse, camina calle arriba.

—Cobardes —oye decir a su espalda, e intuye que eso no va por los franceses. Entonces gira sobre sus talones. El zapatero sigue en la esquina, los brazos en jarras, mirándolo.

—¿Qué ha dicho? —pregunta Velarde, que siente agolpársele la sangre en la cara.

El otro desvía la mirada y se mueve hacia la protección del zaguán, sin responder, asustado de sus propias palabras. El capitán abre la boca para insultarlo. Maquinalmente ha puesto una mano en la empuñadura del sable, y lucha con la tentación de castigar la insolencia. Al fin se impone el buen sentido, aprieta los dientes y permanece inmóvil, sin decir nada, hecho un laberinto de furia, hasta que el zapatero agacha la cabeza y desaparece en su covacha. Velarde vuelve la espalda y se aleja descompuesto, a largas zancadas.

Vestido con sombrero a la inglesa, frac solapado y chaleco ombliguero, el literato e ingeniero retirado de la Armada José Mor de Fuentes pasea por la calle Mayor, paraguas bajo el brazo. Se encuentra en Madrid con cartas de recomendación del duque de Frías, pretendiendo la dirección del canal de Aragón, su tierra. Como muchos ociosos, acaba de pasar por la administración de Correos en busca de noticias de los reyes retenidos en Bayona; pero nadie sabe nada. Así que tras tomar un refrigerio en un café de la carrera de San Jerónimo, decide echar un vistazo por la parte de Palacio. La gente con la que se cruza parece agitada, dirigiéndose en grupos hacia la puerta del Sol. Un platero, al que encuentra abriendo la tienda, le pregunta si es cierto que se prevén disturbios.

—No será gran cosa —responde Mor de Fuentes muy tranquilo—. Ya sabe: pueblo ladrador, poco mordedor.

Los joyeros de la puerta de Guadalajara no parecen compartir esa tranquilidad: muchas platerías permanecen cerradas, y otras tienen a los dueños fuera, mirando inquietos el ir y venir. Por la plaza Mayor y San Miguel hay grupos de verduleras y mujeres cesta al brazo que parlotean en agitados corros, mientras de los barrios bajos de Lavapiés y la Paloma suben rachas de gente brava, achulada, montando bulla y pidiendo hígados de gabacho para desayunar. Eso no incomoda a Mor de Fuentes —él mismo tiene sus gotas de fantasioso y un punto de fanfarrón—, sino que lo divierte. En una corta memoria o bosquejillo de su vida que publicará años más tarde, al referirse a la jornada que hoy comienza, mencionará un plan de defensa de España que él mismo habría propuesto a la Junta, patrióticas conversaciones con el capitán de artillería Pedro Velarde, e incluso un par de intentos por tomar hoy las armas contra los franceses: armas de las que durante todo el día —y no por falta de ocasiones en Madrid— se mantendrá bien lejos.

—¿Adónde va usted, Mor de Fuentes, si hay un alboroto tan grande?

El aragonés se quita el sombrero. En la esquina de los Consejos acaba de encontrarse con la condesa de Giraldeli, dama de Palacio a la que conoce.

—Lo del alboroto ya lo veo. Pero dudo que vaya a más.

—¿Sí?... Pues en Palacio se quieren llevar los franceses al infante don Francisco.

—Qué me dice usted.

—Como lo oye, Mor.

La de Giraldeli se marcha, azorada y llena de congoja, y el literato aprieta el paso hacia el arco de Palacio. Hoy se encuentra allí de servicio uno de sus conocidos, el capitán de Guardias Españolas Manuel Jáuregui, del que pretende obtener información. La jornada se presenta interesante, piensa. Y quizá vindicativa. Los gritos que se profieren contra Francia, los afrancesados y amigos de Godoy, suscitan en Mor de Fuentes un placer secreto y añadido. Su ambición artística —acaba de publicar la tercera edición de su mediocre *Serafina*— y los círculos de amistades literarias en que se mueve, con Cienfuegos y los otros, lo llevan a detestar con toda su alma a Leandro Fernández de Moratín, protegido del depuesto Príncipe de la Paz. A Mor de Fuentes lo mortifica, y mucho, que el público de los teatros rinda, a modo de recua o piara, servil acatamiento a los apartes, palabrillas sueltas, sosería mojigata y gustos del Ingenio de Ingenios y otras extranjerías, junto al que a todos los demás —Mor de Fuentes incluido— se les toma por enanillos ajenos al talento, a la prosa y al verso castellanos. Por eso el aragonés se complace con los gritos que, mezclados con los que alientan contra los franceses, aluden a Godoy y a la gente de polaina, Moratín incluido. Aprovechando el barullo, a Mor de Fuentes no le disgustaría que al nuevo Molière, mimado de las musas, le dieran hoy un buen escarmiento.

Cuando Blas Molina Soriano, cerrajero de profesión, llega a la plaza de Palacio, sólo queda un carruaje de los tres que aguardaban ante la puerta del Príncipe. Los otros se alejan por la calle del Tesoro. Al lado del que sigue inmóvil y vacío se ve poca gente, a excepción del cochero y el postillón: tres mujeres con toquillas sobre los hombros y capazos de la compra, y cinco vecinos. Hay algunos curiosos más en la amplia explanada, observando a distancia. Para averiguar quién ocupa los carruajes, Molina se recoge la capa de pardomonte y corre detrás, aunque no logra alcanzarlos.

—¿Quién va en aquellos coches? —pregunta cuando vuelve.

—La reina de Etruria —responde una de las mujeres, alta y bien parecida.

Todavía sin aliento, el cerrajero se queda con la boca abierta.

—¿Está usted segura?

—Claro que sí. La he visto salir con sus niños, acompañada por un ministro, o un general... Alguien con sombrero de muchas plumas, que le daba el brazo. Subió deprisa y se fue en un suspiro... ¿Verdad, comadre?

Otra mujer asiente, confirmándolo:

—Se tapaba con una mantilla. Pero que se me pegue el puchero si no era María Luisa en persona.

—¿Ha salido alguien más?

—No, que yo sepa. Dicen que se va también el infantito don Francisco de Paula, la criatura. Pero sólo hemos visto a la hermana.

Sombrío, lleno de funestos presentimientos, Molina se dirige al cochero.

—¿Para quién es el carruaje?

El otro, sentado en su pescante, encoge los hombros sin responder. Escamadísimo, Molina mira alrededor. Aparte los centinelas de la puerta —hoy toca Guardias Españolas en la del Príncipe y Walonas en el Tesoro—, no se ve escolta ninguna. Es inimaginable un traslado de esa importancia sin tomar precauciones, se dice. Aunque tal vez lo que pretenden es no llamar la atención.

—¿Han venido gabachos? —pregunta a uno de los curiosos.

—No he visto ninguno. Sólo un centinela allá lejos, en San Nicolás.

Pensativo, Molina se rasca el mentón que esta mañana no tuvo tiempo de afeitar. San Nicolás, junto a la iglesia de ese nombre, es el acuartelamiento más cercano de franceses, y es raro que estén así de tranquilos. O que lo parezcan. Él acaba de pasar por la puerta del Sol, y allí tampoco hay rastro de ellos, aunque el sitio está lleno de vecinos que andan calientes. Nadie, sin embargo, frente a Palacio. Los coches que han partido y ese otro dispuesto y vacío no auguran nada bueno. Un clarín de alarma resuena en sus adentros.

—Nos la están endiñando —concluye— hasta la bola.

Sus palabras hacen volver la cabeza a José Mor de Fuentes. El literato aragonés se encuentra por allí tras venir paseando desde el arco de Palacio. No le han dejado ver a su amigo el capitán Jáuregui. Blas Molina lo conoce de vista, pues hace dos semanas arregló la cerradura de su casa.

—Y nosotros, aquí —le comenta Molina, exasperado—. Cuatro gatos y sin armas.

—Pues ahí está la Armería Real —responde guasón Mor de Fuentes, señalando el edificio.

El cerrajero se acaricia el cuello, pensativo. Ha tomado la chanza al pie de la letra.

—No lo diga usted dos veces. Si la gente se anima, descerrajo la puerta. Es mi oficio.

El otro lo observa fijamente para averiguar si habla en serio. Luego mira a un lado y a otro con aire incómodo, mueve la cabeza y se aleja, paraguas bajo el brazo, mientras el cerrajero se queda dándole vueltas a lo de la Armería Real. Mejor olvidarlo de momento, concluye. De cualquier modo, con armas o sin ellas, Blas Molina Soriano, a sus cuarenta y ocho años, es el más fervoroso partidario que el rey de España tiene en Madrid. Las razones del culto exaltado que profesa a la monarquía son complejas, y a él mismo se le escapan. Más tarde, en un detallado memorial elevado al rey sobre su participación en los sucesos del 2 de mayo, se definirá como *«ciego apasionado de V.M. y la Real Familia».* Hijo de un ex soldado de caballería servidor del infante don Gabriel, la Casa Real le costeó el examen de cerrajero. Desde entonces, la gratitud de Molina lo lleva al extremo de vérsele, con muestras de extrema devoción, en cada aparición pública de los Borbones. Sobre todo junto a Fernando VII, a quien adora con lealtad perruna: se le ha visto correr a pie junto a su caballo por el Prado, la Casa de Campo y el Buen Retiro, llevando una cubeta con agua fresca por si al joven rey se le antojaba beber de ella. El momento más feliz de su existencia lo vivió Molina a principios de abril, cuando tuvo la dicha de indicar a Fernando VII el camino del parque de Monteleón, que el monarca buscaba sin más escolta que un sirviente. Allí, aprovechando la coyuntura, el cerrajero se coló con mucho desparpajo acompañando a la persona real, y pudo admirar el depósito de cañones, armas y municiones del parque de artillería; sin sospechar que el recuerdo de esa casual visita está hoy a punto de tener importancia decisiva —literalmente de vida y muerte— en la historia de Blas Molina y de muchos otros madrileños.

Con tales antecedentes, nadie que conozca al apasionado cerrajero se sorprendería de hallarlo esta mañana en la plaza de Palacio, como se le vio durante el motín de Aranjuez al frente de un grupo de alborotadores que pedían la cabeza de Godoy, o durante los sucesos de ayer domingo, lo mismo abucheando a Murat a la salida de misa y en la revista del Prado, que vitoreando, con otras diez mil personas, al infante don Antonio a su paso por la puerta del Sol. Según Molina ha contado a sus amigos, no le llega la camisa al cuerpo con los infernales gabachos dentro de Madrid, y está dispuesto a hacer cuanto esté en su mano por preservar a la familia real de las intenciones francesas. A tal efecto ha pasado buena parte de la noche apostado en una esquina de la calle Nueva, vigilando por su cuenta los correos que entraban y salían de la residencia de Murat en la plaza de Doña María de Aragón, y llevando luego, diligente, esos informes a la Junta de Gobierno, sin descorazonarse aunque nadie le hiciera caso y el portero lo mandase cada vez a paseo. Ahora, tras descabezar un breve sueño en su domicilio, y dejando a su mujer asustada y llorosa por verlo en tales pasos, el inquieto cerrajero acaba de confirmar sus aprensiones. En lo que a él se refiere, la reina viuda de Etruria puede irse con viento fresco donde más aproveche: todos saben que es afrancesada y quiere acompañar a sus padres en Bayona, así que con su pan gabacho se lo coma. Pero arrebatar al infantito, último de la familia que, con su tío don Antonio, queda en España, es crimen de lesa patria. De modo que, junto al carruaje vacío que aguarda frente a la puerta del Príncipe, que tan mala espina le da, el humilde cerrajero, espontáneo adalid de la monarquía española, decide impedirlo, aunque sea él solo y con las manos desnudas —ni siquiera lleva navaja, pues su mujer, con mucho sentido común, se la ha quitado antes de salir—, mientras le quede una gota de sangre en las venas.

Así que, sin pensarlo dos veces, Blas Molina traga saliva, se aclara la garganta, da unos pasos hacia el centro de la plaza y empieza a gritar «¡Traición! ¡Se llevan al infante! ¡Traición!», con toda la fuerza de sus pulmones.

2

Todavía no son las nueve de la mañana cuando el teniente Rafael de Arango llega al parque de Monteleón, llevando en un bolsillo de la casaca las dos órdenes del día. Una la ha recogido en el Gobierno Militar y otra en la Junta Superior de Artillería, y ambas coinciden en establecer que las tropas sigan confinadas en sus cuarteles y se evite, a toda costa, confraternizar con el paisanaje. Al texto escrito de la última, el coronel Navarro Falcón ha añadido, de palabra, algunas instrucciones complementarias.

—Mucha mano izquierda con los franceses, por el amor de Dios... En cuanto a decisiones por su cuenta y riesgo, ni se le ocurra. Y al menor problema, avíseme corriendo para que le mande a alguien.

El medio centenar de paisanos congregados delante del parque no es todavía un problema, pero puede serlo. La idea abruma al joven teniente, pues con su baja graduación está a punto de asumir, hasta que llegue alguien de rango superior —Arango fue el primer oficial que se presentó esta mañana en la Junta—, la responsabilidad del principal depósito de artillería de Madrid. Así que procura adoptar una expresión impasible cuando, disimulando la inquietud, camina entre los grupos que se apartan a su paso. Por fortuna, la actitud de éstos es razonable. En su mayor parte son vecinos del barrio de Maravillas, artesanos, pequeños comerciantes y criados de las casas cercanas, y entre ellos se cuentan varias mujeres y parientes de los soldados del parque, antiguo palacio de los duques de Monteleón cedido para uso militar. En torno al oficial se desatan comentarios exaltados o impacientes, un par de vivas al arma de artillería y algún vítor más fuerte, coreado por todos, al rey Fernando VII. Tampoco faltan insultos a los franceses. Algunos de los congregados piden armas, pero nadie les hace coro. Todavía.

—Buenos días, mesié le capitén.

—*Bonjour, lieutenant.*

Apenas pasa bajo el arco de ladrillo, tejas y hierro forjado de la entrada principal, Arango se topa con el capitán francés que manda el destacamento de setenta y cinco soldados del tren de artillería imperial, un tambor y cuatro subalternos, que vigilan la puerta, el cuartel, las cuadras, el pabellón de guardia y la armería. El español se lleva la mano al pico del sombrero y el otro responde con irritada desgana: está nervioso, y sus hombres, más. Esos de afuera, le dice a Arango, llevan un rato insultándolos, así que está dispuesto a dispersarlos a tiros.

—Si no se magchan de la puegta, *j'ordonne les tirer dessus...* Pum, pum... *Comprenez?*

Arango comprende demasiado bien. Aquello desborda las instrucciones que le dio su coronel. Desolado, mira en torno y estudia las expresiones preocupadas en los rostros de la escasa tropa española que tiene a sus órdenes: dieciséis artilleros entre sargentos, cabos y soldados. Ni siquiera van armados, pues hasta los fusiles que hay en la sala de armas están sin munición ni piedras de chispa en las llaves de fuego. Indefensos, todos, frente a aquellos franceses con la mosca tras la oreja y armados hasta los dientes.

—Voy a ver qué puede hacerse —le dice al capitán de los imperiales.

—*Je vous donne* quinse minutos. *Pas plus.*

Alejándose del francés, Arango llama a sus hombres aparte. Están confusos, e intenta tranquilizarlos. Por suerte se encuentra con ellos el cabo Eusebio Alonso, un veterano sereno, disciplinado y muy de fiar, al que conoce. Así que lo manda a la puerta con instrucciones de calmar a los paisanos y procurar que los centinelas franceses no hagan una barbaridad. En tal caso no podrá responder de la gente de afuera, ni de sus hombres.

Frente a Palacio, las cosas se han complicado. Un gentilhombre de la Corte, a quien desde abajo nadie puede identificar, acaba de asomarse a un balcón del edificio para unir sus gritos a los del cerrajero Blas Molina. «¡Se llevan al infante!», ha voceado, confirmando los temores de la gente que se congrega alrededor del coche vacío, y que ahora pasa de las sesenta o setenta personas. Es menos de lo que necesita Molina para dar el paso siguiente. Fuera de sí, seguido por algunos de los más exaltados y por la mujer alta y bien parecida, que agita un pañuelo blanco para que los centinelas no disparen, el cerrajero se precipita hacia la puerta más próxima, la del Príncipe, donde los soldados de Guardias Españolas, perplejos, no le impiden el paso. Sorprendido del éxito de su iniciativa, Molina anima a los que lo siguen a continuar adelante, da un par de vivas a la familia real, vuelve a gritar «traición,

traición» con voz atronadora, y envalentonado al comprobar que muchos corean sus consignas, sube por las primeras escaleras que encuentra, sin otra oposición que la de un uniformado, el exento de Guardias de Corps Pedro de Toisos, que le sale al paso.

—¡Por Dios!... ¡Estense ustedes quietos, que ya tenemos quien nos guarde las espaldas!

—¡Un carajo! —vocea Molina, apartándolo—. ¡Las espaldas las guardamos nosotros!... ¡Mueran los franceses!

Inesperadamente, mientras el cerrajero avanza seguido por sus incondicionales, en el rellano de la escalera aparece un niño de doce años, vestido de corte y acompañado de un gentilhombre y cuatro Guardias de Corps. La mujer alta, que sigue tras Molina, da un grito: «¡El infante don Francisco!», y el cerrajero se detiene en seco, desconcertado, al verse ante el chiquillo. Luego, rehaciéndose con su habitual desparpajo, hinca una rodilla en los peldaños de la escalera y grita: «¡Viva el infante! ¡Viva la familia real!», coreado por sus acompañantes. El niño, que había palidecido al ver el tumulto, recobra el color y sonríe un poco, lo que aviva el entusiasmo de Molina y su gente.

—¡Arriba, arriba! —gritan—. ¡A ver al infante don Antonio!... ¡De aquí no sale nadie!

Y así, en tropel salpicado de vítores y mueras, Molina y los suyos se precipitan a besarle las manos al niño y lo llevan casi en volandas, con su escolta, hasta la puerta del gabinete de su tío don Antonio. Una vez allí, respondiendo a unas palabras que el gentilhombre que lo acompaña desliza en su oído, el chico, con una serenidad admirable para sus pocos años, agradece a Molina y a los otros sus desvelos, asegura que no viaja a Bayona ni a ninguna parte, les ruega que bajen a la plaza a tranquilizar a la gente, y promete que en un momento se asomará a un balcón para contentarlos a todos. El cerrajero duda un instante, pero comprende que es aventurado ir más allá, sobre todo porque en la escalera resuenan las pisadas de un piquete de Guardias Españolas que sube a toda prisa para despejar la situación. Así que, satisfecho y decidido a no tentar más la suerte, convence a quienes lo siguen de que eso es lo razonable, se despide del infante con muchos vivas y reverencias, baja las escaleras con su séquito saltando los peldaños de cuatro en cuatro, y regresa a la plaza, triunfante y feliz como si llevara la faja de capitán general, justo cuando don Francisco de Paula, que cumple como un joven caballero, sale entre grandes aplausos al balcón que hace escuadra en la rinconada de Palacio, saludando con la cabeza en señal de gratitud y haciendo muchos besamanos al pueblo allí congregado, que pasa ya de las trescientas personas, entre ellas algunos soldados sueltos del regimiento de Voluntarios de Aragón, con más gente acercándose de las casas vecinas y otra asomada a los balcones.

En ese momento vuelve a complicarse todo. Muy cerca del cerrajero Molina, José Lueco, vecino de Madrid y fabricante de chocolate, está junto al carruaje que sigue detenido en la puerta del Príncipe, ocupado sólo por el cochero y el postillón. En el tumulto, y mientras el infante se asomaba al balcón, Lueco acaba de cortar con su navaja, ayudado por Juan Velázquez, Silvestre Álvarez y Toribio Rodríguez —el primero mozo de mulas y los otros mozos de caballos del conde de Altamira y del embajador de Portugal—, las riendas del tiro del carruaje.

—¡En éste no se lo llevan! —gallea Lueco.

—Antes muertos —apunta Velázquez.

—Que esclavos —remacha Rodríguez.

La gente los aplaude como a héroes. Alguno intenta, incluso, desjarretar a las mulas. En ese mismo instante, y cuando aún no han cerrado las navajas, entre la multitud aparecen dos uniformes franceses, uno de soldado de infantería ligera y otro blanco y carmesí con muchos cordones y entorchados, que viste el jefe de escuadrón Armand La Grange, ayudante del duque de Berg; quien al ver el revuelo desde la terraza de su cercana residencia del palacio Grimaldi, lo envía con un intérprete a ver qué sucede. Y se da la circunstancia de que La Grange, veterano pese a su juventud y hombre de puntillo aristocrático, que por temperamento detesta a la chusma, se abre paso a empujones camino de la puerta del Príncipe, con mucho valor o mucho desprecio. Con muy malas maneras, en suma, y con la soberbia de quien se mueve por terreno propio. Hasta que, para su infortunio, se topa con José Lueco y los compañeros.

—Vas a empujar —le dice éste— a la cochina gabacha que te parió.

El edecán de Murat no conoce una palabra de español, pero el intérprete se lo traduce. Además, las navajas abiertas y las caras de quienes las empuñan hablan solas. Así que da un paso atrás y mete mano al sable de caballería que lleva al cinto. El soldado lo imita, la gente abre corro venteando refriega, y en ésas aparece el cerrajero Molina, que a la vista de los uniformes renueva sus gritos:

—¡Matadlos! ¡Matadlos!... ¡Que no pase ningún francés!

En menos de lo que tarda en decirlo, todos se precipitan sobre La Grange y el intérprete, los zarandean, desgarran su ropa, y habrían sido descuartizados allí mismo de no interponerse el exento de Guardias de Corps Pedro de Toisos. Con mucha presencia de ánimo, Toisos llega a la carrera y logra poner aparte al ayudante de Murat y al soldado, haciéndoles envainar los sables mientras ordena a Lueco y a los otros que guarden las navajas.

—¡No derramemos sangre!... ¡Piensen en el infante don Francisco, por el amor de Dios!... ¡No deshonremos este sitio!

Su uniforme y su autoridad contienen un poco los ánimos, dando tiempo a que un piquete de veinte franceses, que viene a toda prisa por la calle Nueva, ponga a recaudo a sus compatriotas, retirándose con ellos entre un círculo de bayonetas. Esto enfurece a Blas Molina, que ve escapársele la presa y da voces incitando a la gente a no dejarlos ir. En ese momento aparece en la puerta de Palacio el ministro de la Guerra, O'Farril, que sale a echar un vistazo. Y como el cerrajero le grita sin ningún respeto en las narices, el ministro, descompuesto, le da un empujón, queriendo apartarlo de allí.

—¡Márchense estos insurrectos a sus casas, que nadie necesita de ellos!

—¡Usía y otros pícaros venden a España y nos pierden a todos! —se revuelve el cerrajero, sin amilanarse.

—¡Fuera de aquí, o mando abrir fuego!

—¿Fuego?... ¿Contra el pueblo?

La gente se agolpa, amenazadora, secundando a Molina. Un soldado joven de Voluntarios de Aragón pone la mano en la empuñadura de su sable, increpando a O'Farril hasta que éste, prudente, se mete dentro. En ese instante se oyen nuevos gritos. «¡Un francés! ¡Un francés!», vociferan varios, corriendo hacia la esquina del Tesoro. Molina, que busca ciegamente dónde descargar su cólera, se abre paso a codazos, a tiempo de ver cómo un asustado marino de la Guardia Imperial —un mensajero que intentaba escapar hacia San Gil— es desarmado frente al cuerpo de guardia por el capitán de Guardias Walonas Alejandro Coupigny, hijo del general Coupigny, que le quita el sable y lo mete dentro para salvarlo de la turba furiosa. Molina, descompuesto por la pérdida de esta segunda presa, arrebata de manos de un vecino un grueso bastón de nudos y lo enarbola en alto.

—¡Vamos todos a buscar franceses! —grita hasta desencajarse las quijadas—. ¡A matarlos!... ¡A matarlos!

Y, dando ejemplo, seguido por el soldado de Voluntarios de Aragón, el chocolatero Lueco, los mozos de caballerías y algunos más, entre los que no faltan varias mujeres, echa a correr hacia las calles próximas a Palacio, buscando en quien saciar la sed de sangre; objeto que consigue a los pocos pasos, pues apenas doblada la esquina descubren a un militar imperial, sin duda otro mensajero que se dirige al acuartelamiento de San Nicolás. Con aullidos de júbilo, el cerrajero y el soldado se lanzan en persecución del francés, que corre desesperado hasta que Molina lo alcanza a garrotazos en la rinconada de la escuela que hay frente a San Juan. Allí mismo le golpea una y otra vez la cabeza, sin piedad, hasta que el infeliz cae al suelo, donde el soldado lo atraviesa con su sable.

Joaquín Fernández de Córdoba, marqués de Malpica y grande de España, está asomado al balcón de su casa, cerca del Palacio Real y frente a la iglesia de Santa María, observando el ir y venir de la gente. Con el último griterío y conmociones, inquieto y espoleado por la curiosidad, el marqués decide echar un vistazo de cerca. Para no comprometerse —es capitán del regimiento de infantería de Málaga, aunque se encuentra dispensado del servicio—, descarta el uniforme y se viste con sombrero de ala corta, frac pardo, pantalón de ante y botas polacas. Después coge un bastón estoque, se mete un cachorrillo cebado y cargado con bala en un bolsillo, y sale acompañado por un sirviente de confianza. El de Malpica no es hombre en quien las revueltas populares despierten simpatía; pero, como militar y español, la presencia francesa lo incomoda. Partidario al principio, como tantos miembros de la nobleza, de la autoridad napoleónica que puso coto a los desmanes revolucionarios que ensangrentaron el país vecino, admirador como militar de las proezas bélicas de Bonaparte, el marqués ha cambiado en los últimos tiempos esa complacencia por la irritación de quien ve su tierra en manos extranjeras. También se cuenta entre quienes aplaudieron la caída de Godoy, la abdicación de los viejos reyes y la subida al trono de Fernando VII. En el talante del joven monarca tiene puestas el de Malpica muchas esperanzas; aunque, como militar y hombre discreto, nunca se haya pronunciado públicamente a favor ni en contra de la situación que vive su patria, y reserve las opiniones para la familia y el círculo de sus íntimos.

En compañía del sirviente, llamado Olmos, que fue soldado y ordenanza suyo en Málaga, el marqués pretende echar una ojeada por aquella parte del barrio y luego subir hacia Palacio. Así que, pasando por detrás de Santa María, toma la calle de la Almudena hasta la plaza de los Consejos, y tras cambiar impresiones con un encuadernador de libros al que conoce —el hombre, preocupado, duda si abrir su taller o no—, tuerce a la izquierda por la calle del Factor para dirigirse a Palacio. Esa calle está desierta. No hay un alma, y balcones y miradores se ven vacíos. Así que el instinto militar del marqués se inquieta con tan extraño silencio.

—Esto no me gusta un pelo, Olmos.

—A mí tampoco.

—Volvamos, entonces. Iremos por el arco de Palacio. *Custos rerum prudentia*, etcétera... ¿No crees?

—Yo creo lo que usía diga.

Un redoble de tambor los deja helados. El sonido crece tras la esquina de la calle del Biombo, acompañado por el rítmico golpeteo de suelas sobre el empedrado: pasos numerosos que avanzan con rapidez. El marqués y su criado se pegan a la fachada de la casa más próxima, buscando resguardo en el portal. Desde allí ven cómo una compañía completa de infantería con los fusiles prevenidos, sus oficiales al frente y sable en mano, aparece doblando la esquina y se dirige hacia Palacio a paso ligero.

Las tropas francesas salen de San Nicolás.

La primera fuerza francesa que desemboca en la explanada, un poco antes de las diez de la mañana, son ochenta y siete hombres del batallón de granaderos de la Guardia Imperial que custodia la residencia del duque de Berg en el palacio Grimaldi. Blas Molina, que ha regresado a la plaza tras matar al soldado francés junto a San Juan, ve llegar la compacta columna de uniformes azules con peto blanco y chacós negros. Éstos, comprende en seguida, no son reclutas sino tropas de élite. Como el resto de la gente entre la que se encuentra, el estado de ánimo del cerrajero oscila entre el estupor y la cólera por la actitud amenazante de los recién llegados. El trayecto desde la cercana plaza de Doña María de Aragón lo han hecho los franceses en pocos minutos, y al llegar a la explanada se ven reforzados por dos tiros de caballos arrastrando cañones de a veinticuatro libras y por el resto de la infantería que abandona San Nicolás. Esas fuerzas convergen sobre la puerta del Príncipe y se despliegan en impecable maniobra. El oficial al mando tiene órdenes directas de Murat: repetir la acción de castigo que tan buenos resultados dio a Napoleón en El Cairo, en Milán, en Roma, y últimamente al mariscal Junot en Lisboa. De modo que, con la eficacia profesional que corresponde al mejor ejército del mundo, las órdenes se suceden con rigor militar, los artilleros desenganchan las cureñas de cañón de sus tiros y los ponen en batería, cargándolos con metralla, y los granaderos se alinean disponiendo los fusiles frente al medio millar de personas congregadas ante el edificio.

—Va a caer pedrisco —dice alguien junto a Molina.

No hay advertencia ni intimación previa. Apenas los cañones quedan en batería y los granaderos en

71

dos filas, la primera rodilla en tierra y la segunda en pie, fusiles encarados, un oficial levanta su sable y ordena fuego sin más trámite: una primera descarga alta, sobre las cabezas de la gente que se arremolina asustada, y una segunda directa a matar, con metralla de los cañones, que retumban con doble estampido, arrojan humo y fogonazos, y en un instante riegan de balas y esquirlas la explanada. Esta vez no hay gritos patrióticos, ni insultos a los franceses, ni otra cosa que el alarido de pánico que sale de centenares de gargantas mientras la multitud, sorprendida por tan brutal contundencia, corre dispersándose en todas direcciones, pisoteando a los heridos que se revuelcan en charcos rojos, a las mujeres que tropiezan, a los que, alcanzados por las descargas de fusilería que los franceses hacen ahora con implacable cadencia, caen por todas partes mientras las balas y la metralla zumban, rompen, quiebran, mutilan y matan.

La eficacia del fuego francés sobre el gentío inerme y despavorido es letal. No puede calcularse el número exacto de víctimas frente al Palacio Real. La Historia retendrá, entre otros, los nombres de los vecinos Antonio García, Blasa Grimaldo Iglesias, Esteban Milán, Rosa Ramírez y Tomás Castillón. Incluso hay muertos entre el personal palatino: el médico de Su Majestad Manuel Pereira, el cerero real Cosme Miel, el ayuda de cámara Francisco Merlo, el cochero real José Méndez Álvarez, el lacayo de las Reales Caballerizas Luis Román y el farolero de Palacio Matías Rodríguez. Entre quienes podrán contarlo, el portero de cadena más antiguo del edificio, José Rodrigo de Porras, recibe una herida de metralla en la cara y otra del rebote de una bala en la cabeza; Joaquín María de Mártola, aposentador mayor honorario del rey, que se encuentra en el coche al que José Lueco y sus compañeros cortaron los tirantes de los caballos, recibe un impacto que le rompe un brazo; y al mayordomo de semana Rodrigo López de Ayala, asomado a una ventana del palacio, le saltan a la cara los cristales rotos por una bala que lo alcanza en el pecho, y de cuya herida morirá dos meses más tarde.

Al crepitar la fusilada y llenarse la plaza de humo y sangre, Blas Molina corre aterrado, agachando la cabeza. En mitad del tumulto, mientras pierde la capa y la busca, ve caer herido a otro cerrajero al que conoce, el asturiano Manuel Armayor. También cree identificar, en una mujer que está en el suelo con la cabeza abierta de un balazo, a la alta y bien parecida que entró tras él en Palacio agitando un pañuelo blanco. Deteniéndose un instante, Molina intenta socorrer al colega caído, pero el fuego francés es intenso, así que desiste y corre como todos, buscando ponerse a salvo. En cuanto a Manuel Armayor, alcanzado por las primeras descargas, consigue al fin levantarse y, dando traspiés, corre hasta caer desmayado en brazos de un grupo de fugitivos. Entre todos lo llevan a rastras hacia su casa de la calle de Segovia; desangrándose, pues mientras lo retiran recibe tres disparos más.

—Eso son tiros —dice el cabo José Montaño.

En el parque de Monteleón, como el resto de sus hombres, el teniente Rafael de Arango se queda inmóvil y atento. Lo que suena en la distancia parecen disparos, en efecto, pero aislados y lejanos. Los artilleros se miran unos a otros. También los franceses lo han oído, pues Arango ve al capitán discutir con uno de los suboficiales y volverse luego en su dirección, como reclamando explicaciones.

—Al final se va a liar —murmura alguien.

—O se ha liado —dice otro.

—¡Silencio! —ordena Arango.

Siente enormes deseos de sentarse en un rincón apartado, cerrar los ojos y desentenderse de todo. Pero no puede hacer eso. Tras reflexionar un poco, encarga discretamente al cabo Montaño y a otros tres artilleros que se metan con disimulo en la sala de armas y pongan piedras a los fusiles.

—Más vale estar prevenidos —apunta, como sin darle importancia—. Porque nunca se sabe.

—¿Y qué hay de los cartuchos, mi teniente?

Arango vacila un poco. Las órdenes especifican que la tropa debe estar sin munición. Pero no sabe qué está pasando. Los rostros desorientados de sus hombres, que lo miran con respetuosa confianza aunque alguno tiene edad para ser su padre —parece mentira lo que impone una charretera en el hombro derecho—, terminan por decidirlo. Son su responsabilidad, concluye, y no puede dejarlos indefensos entre los franceses. No hasta ese extremo.

—Escondidas bajo el armero del barracón hay ocho cajas. Abran una sin llamar la atención, y que cada uno de los nuestros coja un puñado y se lo meta en los bolsillos... Pero no quiero ni un fusil cargado. ¿Entendido?

Mientras Montaño y los otros se dirigen a cumplir la orden, Arango toma algunas disposiciones adicionales, como poner a otros dos artilleros en la puerta para que ayuden al cabo Alonso, pues la gente de afuera, que sin duda oye la jarana, arrecia en sus gritos y pide armas. Además, encarga al sargento Rosendo de la Lastra que no quite ojo a los franceses, e informe hasta de cuando vayan a las letrinas. Como última disposición, despacha al soldado José Portales a la Junta de Artillería, a la calle de San Bernardo, con el mensaje verbal para el coronel Navarro Falcón de que envíe con urgencia un oficial de rango superior que maneje la situación. Luego respira hondo, se llena los pulmones de aire como si fuera a zambullirse, y va en busca del capitán francés, para convencerlo de que todo está en orden.

—¡Armas! ¡Armas!... ¡Necesitamos armas!

Corre la gente furiosa y desaforada por las calles próximas a Palacio, mostrando las manos desnudas, las ropas manchadas de sangre, metiendo heridos en los portales de las casas. En los balcones, las mujeres gritan, lloran. Unos vecinos corren a esconderse, otros salen enardecidos y exigen venganza y muerte, mientras una enajenación colectiva inflama las calles. «A matar gabachos» es grito general. Y frente a quienes argumentan la falta de armas, circula la consigna «tenemos palos y cuchillos». En la plaza de la Cruz Verde, un sargento de caballería polaca, que allí se aloja, es acometido por un grupo de mozalbetes cuando sale para dirigirse a su puesto, muerto a pedradas y navajazos, y colgado de los pies, desnudo, en un farol de la esquina de la calle del Rollo. Y a medida que se difunde la noticia de la matanza en Palacio, de barrio en barrio empieza la caza general del francés.

—¡Están buscando a los gabachos por todo Madrid!... ¡A las armas!... ¡A las armas!

La multitud corre de un lado a otro, exaltada, buscando en quien vengarse. El centro de la ciudad es un hervidero de odio. Desde el balcón de Correos, el alférez de fragata Esquivel ve cómo el gentío de la puerta del Sol apedrea a un dragón que pasa al galope, inclinado sobre la crin de su caballo, en dirección a la carrera de San Jerónimo. Por todas partes suenan gritos llamando a las armas y a la montería de franceses, y el populacho comienza a lanzarse sobre éstos cuando los encuentra aislados, sorprendidos en la puerta de sus alojamientos o camino de los cuarteles. Muchos oficiales, suboficiales y soldados pierden así la vida, acuchillados al poner el pie en la calle. En los primeros momentos, además del sargento de caballería polaca, dos militares imperiales son asesinados frente al teatro de los Caños del Peral, tres mueren degollados en la plaza del Conde de Barajas, y dos apuñalados con tijeras de sastre junto a la taberna del arco de Botoneras. Y a otro polaco, de los que montan guardia en la plazuela del Ángel frente al palacio de Ariza —residencia del general Grouchy—, le descargan un trabuco en la espalda. Mucha gente hecha a la rapiña y la navaja sale a pescar en río revuelto, con el resultado de que a los cadáveres franceses se les despoja de bolsas, anillos, prendas de ropa y cuantos objetos de valor llevan encima.

No son pocas las mujeres que intervienen en el desorden. Tras echarse a la calle a ecos del tumulto, Ramona Esquilino Oñate, de veinte años, soltera, que vive en el número 5 de la calle de la Flor, camina con su madre hasta la esquina de San Bernardo, animando al vecindario a enfrentarse a los franceses.

—¡Herejes sin Dios y sin vergüenza! —los define la madre.

Y dando allí con un oficial imperial que sale de una casa donde se aloja, lo acometen ambas arrebatándole la espada, le causan varias heridas con ésta, y lo habrían matado de no acudir en su socorro varios soldados franceses, que a culatazos y golpes de bayoneta dejan a las dos mujeres malparadas y exánimes.

De los barrios más broncos, a los que van llegando noticias de balcón en balcón y de boca en boca, convergen hacia las calles céntricas grupos de chisperos, manolos y gentuza encolerizada, con el aliento de numerosas mujeres que los acompañan y jalean, para atacar a todo francés con que se topan. No hay soldado imperial a pie o montado que no reciba palos, navajazos, pedradas, golpes de tejas, ladrillos o macetas. Una de éstas, arrojada desde un balcón de la calle del Barquillo, mata al hijo del general Legrand —que ha sido paje personal del Emperador—, derribándolo del caballo ante la consternación de sus compañeros. Cerca de allí, José Muñiz Cueto, asturiano de veintiocho años, que trabaja de mozo en la hostería de la plazuela de Matute y viene de Palacio espantado por lo que acaba de vivir, se une a otros jóvenes en la persecución de un francés al que descubren huyendo, hasta que éste se mete en el colegio de Loreto, donde unas monjas salen a defenderlo y lo acogen dentro. De vuelta a la hostería, el asturiano encuentra a su hermano Miguel y a otros tres sirvientes —se llaman Salvador Martínez, Antonio Arango y Luis López— armándose con el dueño del negocio, José Fernández Villamil, para salir a buscar franceses. En la cocina se oye el llanto de la hostelera y las criadas.

—¿Vienes? —pregunta el amo.

—La duda ofende. Y más yendo mi hermano.

Se echan los seis afuera en chaleco y remangadas las camisas, serios, determinados. Todos llevan sus navajas, a las que han añadido grandes cuchillos de cocina, el hacha de partir leña, un chuzo oxidado, un espetón de asar y una escopeta de caza que el hostelero descuelga de la pared. En la calle de las Huertas, donde se les unen el aprendiz de sastre de un taller cercano y un platero de la calle de la Gorguera, hay un enorme charco de sangre en el suelo, pero no ven a nadie muerto o herido, ni español ni francés. Alguien dice desde una ventana que un mosiú se ha defendido: la del suelo es sangre madrileña. Algunas mujeres gritan o se lamentan en los balcones; otras, al ver al hostelero y sus mozos, aplauden y piden venganza. De camino, mientras la partida engrosa con nuevas incorporaciones —un mancebo de botica, un yesero, un mozo de cuerda y un mendigo que suele pedir en Antón Martín—, algunos comerciantes cierran las puertas y ponen tablones en los escaparates. Unos pocos animan al grupo armado, y los chicuelos de la calle dejan trompos y tabas para correr detrás.

—¡A Palacio!... ¡A Palacio! —grita el mendigo—... ¡Que no quede franchute vivo!

De ese modo empiezan a formarse por toda la ciudad partidas espontáneas, que tendrán papel relevante al poco rato, cuando los disturbios se conviertan en insurrección masiva y la sangre corra a ríos por las calles. La Historia registrará la existencia de al menos quince de estas partidas organizadas, sólo cinco de ellas dirigidas por individuos con preparación militar. Como la capitaneada desde la plazuela de Matute por el hostelero Fernández Villamil, donde figuran los mozos José Muñiz y su hermano Miguel, casi todas las cuadrillas se forman con gente del pueblo bajo, obreros, artesanos, humildes funcionarios y pequeños comerciantes, con poca presencia de clases acomodadas y sólo en un caso conducidas por alguien que pertenece a la nobleza. Uno de esos grupos se levanta en una botillería de la carrera de San Jerónimo; otro se forma en la calle de la Bola, entre los lacayos del conde de Altamira y los del embajador de Portugal; otro sale de la corredera de San Pablo, dirigido por el almacenista de carbón Cosme de Mora; otro lo organiza en la calle de Atocha el platero Julián Tejedor de la Torre con su amigo el guarnicionero Lorenzo Domínguez, sus oficiales y aprendices; y otro, el más ilustrado de los que hoy combatirán en las calles de Madrid, es levantado por el arquitecto y académico de San Fernando don Alfonso Sánchez en su casa de la parroquia de San Ginés, donde arma a sus criados, a algunos vecinos y a sus colegas Bartolomé Tejada, profesor de Arquitectura, y José Alarcón, profesor de Ciencias en la academia de cadetes de Guardias Españolas: unos caballeros que, según todos los testigos, pelearán durante la jornada, pese a su posición, edad e intereses, con mucho coraje y mucha decencia.

No todo el mundo persigue a los franceses. Es cierto que en los barrios más bajos o populares y en las cercanías de Palacio, calientes tras la matanza hecha por la Guardia Imperial, los vecinos se ensañan con cuantos caen en sus manos; pero muchas familias protegen a los que se alojan en domicilios particulares y los ponen a salvo del furor de quienes pretenden asesinarlos. No siempre se trata de caridad cristiana: para muchos madrileños, sobre todo gente establecida, empleados del Estado, altos funcionarios y nobles, las cosas no parecen claras. La familia real está en Bayona, el pueblo revuelto no es fiable en sus fervores y odios, y los franceses —único poder incontestable a día de hoy, sin verdadero Gobierno y con el ejército español paralizado— suponen cierta garantía frente al desorden callejero que puede volverse, en manos de cabecillas revoltosos, desbocado y temible. En cualquier caso, por una u otra razón, lo cierto es que no falta en las calles quien se interponga entre pueblo y franceses solos o desarmados, como el vecino que en la plazuela de la Leña salva a un caporal gritándole a la gente: «Los españoles no matamos a gente indefensa». O las mujeres que frente a San Justo se oponen a quienes pretenden rematar a un soldado herido, y lo meten en la iglesia.

No son éstos los únicos ejemplos de piedad. Durante toda la mañana, incluso en las horas terribles que están por llegar, menudearán los casos en que se respete la vida de los que arrojen las armas y pidan clemencia, encerrándolos en sótanos y buhardillas o guiándolos a lugares seguros; aunque el rigor es inmisericorde con quienes intentan llegar en grupos a sus cuarteles o abren fuego. Pese a las muchas muertes callejeras, el historiador francés Thiers reconocerá más tarde que no pocos soldados franceses deben hoy la vida «*a la humanidad de la clase media, que los ocultó en sus casas*». Numerosos testimonios darán fe de ello. Uno será consignado en sus memorias, años después, por el joven de diecinueve años que en este momento observa los incidentes desde la puerta de su casa, situada en la calle del Barco, frente a la de la Puebla: se llama Antonio Alcalá Galiano y es hijo del brigadier de la Armada Dionisio Alcalá Galiano, muerto hace tres años al mando del navío *Montañés* en el combate naval de Trafalgar. Bajando por la calle del Pez, el joven ve a tres franceses que, cogidos del brazo, van por el centro del arroyo evitando las aceras «*con paso firme y regular continente, si no sereno, digno, amenazándolos una muerte cruel y teniendo que sufrir ser el blanco de atroces insultos*». Los tres se dirigen sin duda a su cuartel, seguidos por una veintena de madrileños que los hostigan, aunque todavía no se deciden a tocarlos. Y en último extremo, cuando la turba está a punto de llegar a las manos, termina salvando a los franceses un hombre bien vestido, que se interpone y convence a la gente para que los deje ir sanos y salvos, con el argumento de que «*no debe emplearse la furia española en hombres así desarmados y sueltos*».

También hay lugar para la compasión militar. Cerca de la puerta de Fuencarral, los capitanes Labloissiere y Legriel, que llevan órdenes del general Moncey al cuartel del Conde-Duque, se salvan de unos vecinos que pretenden descuartizarlos, gracias a la intervención de dos oficiales españoles de Voluntarios del Estado, que los meten en su cuartel. Y en la puerta del Sol, el alférez de fragata Esquivel, que ha puesto a sus granaderos de Marina sobre las armas aunque siguen sin cartuchos, ve a ocho o diez soldados imperiales que, en la esquina de la calle del Correo, quieren pasar entre la gente que los rodea e insulta. Antes de que ocurra una desgracia, baja a toda prisa con algunos de sus hombres, logra desarmar a los franceses y los mete en los calabozos del edificio.

El comandante Vantil de Carrère, agregado al Cuerpo de Observación del general Dupont, es uno de los dos mil noventa y ocho enfermos franceses —la mayoría por venéreas y por sarna, que estraga al ejército imperial— ingresados en el Hospital General, situado en la confluencia de la calle de Atocha con el paseo del Prado. Al escuchar gritos y golpes, Carrère se levanta de su catre en el pabellón de oficiales, se viste como puede y acude a ver qué ocurre. En la puerta, cuya verja acaba de cerrarse ante una multitud de paisanos enfurecidos que arroja piedras mientras pretende entrar en el edificio y masacrar a los franceses, un capitán de Guardias Españolas intenta contener al populacho con unos pocos soldados, a riesgo de su vida. Rogándole que aguante un poco más, el comandante francés organiza con toda urgencia la defensa, movilizando a treinta y seis oficiales ingresados en el hospital y a cuantos soldados pueden tenerse en pie. Tras bloquear la puerta con una barricada hecha de camas metálicas, abierto el depósito de armas dispuesto en una sala del hospital, Carrère reúne un batallón de novecientos hombres, vestidos con sus camisas gastadas y negras de enfermos, a los que distribuye por el edificio para guarnecer las entradas de Atocha y el Prado. Aun así, el capitán de Guardias Españolas todavía debe emplearse a fondo para reducir un intento de los mozos de cocinas por hacerse con armas dentro del hospital y degollar a los enfermos. En el tumulto de los pasillos, donde llegan a dispararse algunos tiros, un zapador español de robusta constitución, dos cocineros y dos enfermeros son encerrados en las cocinas, pero ningún francés resulta herido. La situación la despeja, al fin, una compañía de infantería imperial que acude a paso ligero, dispersa a la gente de la calle y acordona el edificio. Cuando el comandante Carrère busca al capitán español para darle las gracias y averiguar su nombre, éste se ha marchado con sus hombres a su cuartel.

Otros no tienen la suerte de los enfermos del Hospital General. Un ordenanza francés de diecinueve años que lleva un mensaje al retén de la plaza Mayor es asesinado por los vecinos en la calle de Cofreros; y un pelotón que, ajeno al tumulto, pasa por el callejón de la Zarza cargando leña, es acometido con piedras y palos hasta que todos los imperiales quedan heridos o muertos, y los atacantes se apoderan de sus armas. Más o menos a la misma hora, el presbítero don Ignacio Pérez Hernández, que permanece en la puerta del Sol con su grupo de feligreses de Fuencarral, ve desembocar por la calle de Alcalá, junto a la iglesia y el hospital del Buen Suceso, a dos mamelucos de la Guardia, que galopan a rienda suelta con pliegos que —pronto averiguará su contenido, pues caerán en las manos mismas del sacerdote— son del general Grouchy para el duque de Berg.

—¡Moros!... ¡Son moros! —grita la gente al ver sus turbantes, fieros bigotes y coloridas ropas—. ¡Que no se escapen!

Los dos jinetes egipcios tiran los pliegos para salvar la vida e intentan abrirse paso entre la turba que les agarra las riendas de los caballos. A la altura de la calle Montera espolean sus monturas y las lanzan a través del gentío, disparando sus pistolas de arzón a diestro y siniestro. Enfurecida, la multitud corre tras ellos, alcanza a uno en la red de San Luis, derribándolo de un balazo, y al otro en la calle de la Luna, de donde lo trae a rastras, ensañándose con él hasta que muere.

En el edificio de Correos, desde cuyo balcón lo ha presenciado todo, el alférez de fragata Esquivel envía un mensaje urgente al Gobierno Militar, comunicando al gobernador don Fernando de la Vera y Pantoja que la situación empeora, que la puerta del Sol está llena de gente exaltada, que hay varias muertes y que él no puede hacer nada, pues sus hombres siguen sin cartuchos por órdenes superiores. Al poco rato llega la respuesta del gobernador: que se las arregle como pueda, y si no tiene cartuchos, que los pida a su cuartel. Con pocas esperanzas, Esquivel manda a otro mensajero con esa solicitud, pero los cartuchos no llegarán nunca. Desalentado, termina por decir a sus hombres que atranquen la entrada; y en caso de que la multitud termine forzándola e invada el edificio, abran el calabozo donde están los prisioneros franceses y los dejen escapar por la puerta de atrás. Luego vuelve al balcón para observar el tumulto, y comprueba que mucha gente de la que llenaba la plaza, que había abandonado ésta por las calles Mayor y Arenal para dirigirse a Palacio, regresa en desbandada a la carrera. Los gabachos, gritan, están ametrallando a cuantos se acercan, sin piedad.

Preocupado por las descargas que oye resonar hacia la zona de Palacio, el capitán Marcellin Marbot termina de vestirse a toda prisa, coge su sable, se lanza escaleras abajo y pide al mayordomo español del lugar en que se aloja —un pequeño palacete cercano a la plaza de Santo Domingo— que le ensillen el caballo que está en la cuadra y lo saquen al patio interior. Ya se dispone a montarlo y salir al galope hacia su puesto junto al duque de Berg, en el cercano palacio Grimaldi, cuando aparece don Antonio Hernández, consejero del tribunal de Indias y propietario de la casa. Viste el español a la antigua, con chupa de mandil y casaca de tontillo, aunque lleva el pelo gris sin empolvar. Al ver al joven oficial alterado y a punto de echarse de cualquier modo a la calle, lo retiene de un brazo con amistosa solicitud.

—Si sale, lo van a matar... Los suyos han disparado sobre la gente. Hay revoltosos afuera, atacando a todo francés que encuentran.

Desazonado, Marbot piensa en los soldados imperiales enfermos e indefensos, en los oficiales alojados en casas particulares por todo Madrid.

—¿Atacan a hombges desagmados?

—Me temo que sí.

—¡Cobagdes!

—No diga eso. Cada cual tiene sus motivos, o cree tenerlos, para hacer lo que hace.

Marbot no está de ánimos para apreciar motivos de nadie. Y no se deja convencer en cuanto a quedarse. Su puesto está junto a Murat; y su honor de oficial, en juego, le dice resuelto a don Antonio. No puede permanecer escondido como una rata, así que intentará abrirse paso a sablazos. El consejero mueve la cabeza y lo invita a seguirlo hasta la cancela, desde donde se ve la calle.

—Mire. Hay al menos treinta revoltosos con trabucos, palos y cuchillos... No tiene usted ninguna posibilidad.

El capitán se retuerce las manos, desesperado. Sabe que don Antonio tiene razón. Aun así, su juventud y su coraje lo empujan adelante. Con ojos extraviados se despide de su anfitrión, agradeciéndole su hospitalidad y sus finezas. Después reclama de nuevo el caballo y empuña el sable.

—Deje aquí el caballo, envaine eso y venga conmigo —dice don Antonio, tras reflexionar un poco—. A pie tiene más oportunidades que montado.

Y, con sigilo, rogándole que se ponga el capote para disimular lo llamativo del uniforme, el digno consejero conduce a Marbot hasta el jardín, lo hace pasar por una puertecita del muro, bajo la rosaleda, y dando un rodeo por las calles estrechas lo guía él mismo, caminando unos pasos por delante para comprobar que todo está despejado, hasta la esquina de la calle del Reloj, junto al palacio Grimaldi, donde lo deja a salvo en un puesto de guardia francés.

—España es un lugar peligroso —le dice al despedirse con un apretón de manos—. Y hoy, mucho más.

Cinco minutos después, el capitán Marbot entra en el palacio Grimaldi. Hierve el cuartel general de Su Alteza Imperial el gran duque de Berg: hay un jaleo de mil diablos, los salones están llenos de jefes y oficiales, y por todas partes entran y salen batidores con órdenes, en un ambiente de nerviosismo y agitación extrema. En la biblioteca de la planta baja, donde se han arrinconado muebles y libros para dejar espacio libre a mapas y archivos militares, Marbot encuentra a Murat vestido de punta en blanco, botas hannoverianas, dolmán de húsar, alamares, bordados y rizos por todas partes, resplandeciente como de costumbre pero con el ceño fruncido, rodeado de su plana mayor: Moncey, Lefevbre, Harispe, Belliard, ayudantes de campo, edecanes y otros. La flor y la nata. No en vano la República y la guerra han dado al Imperio los generales más competentes, los oficiales más leales y los soldados más valientes de Europa. El propio Murat —sargento en 1792, general de división siete años después— es una espléndida prueba de ello. Sin embargo, aunque eficaz y sobrado de coraje, el gran duque no resulta un prodigio de habilidad diplomática, ni de cortesía.

—¡Ya era hora, Marbot!... ¿Dónde diablos estaba?

El joven capitán se cuadra, balbucea una excusa vaga e ininteligible y luego deja la boca cerrada, ahorrándose explicaciones que en realidad a nadie importan. Al primer vistazo ha advertido que Su Alteza está de un humor de mil diablos.

—¿Alguien sabe dónde se ha metido Friederichs?

El coronel Friederichs, comandante del 1.er regimiento de granaderos de la Guardia Imperial, entra en ese instante, casi empujando a Marbot. Viene con sombrero redondo, casaquilla de mañana y ropa de paisano, pues el tumulto lo sorprendió en el baño y no tuvo tiempo de vestirse de uniforme. Trae en una mano el sable de un corneta de cazadores a caballo muerto por el populacho ante la puerta de la casa donde se aloja. Murat aún se enfurece más al escuchar su informe.

—¿Qué hace Grouchy, maldita sea?... ¡Ya tendría que estar trayendo a la caballería desde el Buen Retiro!

—No sabemos dónde está el general Grouchy, Alteza.

—Pues busquen a Privé.

—Tampoco aparece.

—¡Entonces, a Daumesnil!... ¡A quien sea!

El duque de Berg está fuera de sí. Lo que estimaba una represión brutal, rápida y eficaz, se está yendo de las manos. A cada momento entran mensajeros con partes sobre incidentes en la ciudad y franceses atacados por la gente. La lista de bajas propias aumenta sin cesar. Acaba de confirmarse la muerte del hijo del general Legrand —un joven y prometedor teniente de coraceros liquidado por un macetazo en la cabeza, comentan con estupor—, la herida grave del coronel Jacquin, de la Gendarmería Imperial, y también que el general La Riboisière, comandante de Artillería del estado mayor, lo mismo que medio centenar de jefes y oficiales, se encuentra bloqueado por el populacho en su alojamiento, sin poder salir.

—Quiero a los marinos de la Guardia protegiendo esta casa, y a mis cazadores vascos en Santo Domingo. Usted, Friederichs, asegure con sus dos batallones de granaderos y fusileros la plaza de Palacio y la entrada a la Almudena y la Platería... Que la tropa tire sin compasión. Sin perdonar la vida de nadie, sea cual sea la edad o el sexo. ¿Está claro?... De nadie.

Sobre un plano de Madrid extendido en la mesa —español, aprecia el joven Marbot, levantado hace veintitrés años por Tomás López—, Murat repite sus órdenes a los recién llegados. El dispositivo, previsto hace días, consiste en traer a la ciudad a los veinte mil hombres acampados en las afueras; y con los diez mil que ya hay dentro, tomar todas las grandes avenidas y controlar las principales plazas y puntos clave, para evitar el movimiento y las comunicaciones entre un barrio y otro.

—Seis ejes de progresión, ¿comprendido?... Una columna de infantería entrará desde El Pardo por San Bernardino, otra de la Casa de Campo por el puente y la calle de Segovia pasando por Puerta Cerrada, otra por Embajadores y otra por la calle de Atocha... Los dragones, los mamelucos, los cazadores a caballo y los granaderos montados del Buen Retiro avanzarán por la calle de Alcalá y la carrera de San Jerónimo, mientras la caballería pesada sube con el general Rigaud desde los Carabancheles por la puerta y calle de Toledo... Esas fuerzas irán cortando las avenidas, aislando cuarteles, y confluirán en la plaza Mayor y la puerta del Sol... Si hace falta, para controlar el norte de la ciudad moveremos dos columnas más: el resto de la infantería desde el cuartel del Conde-Duque, y la que está acampada entre Chamartín, Fuencarral y Fuente de la Reina... ¿Me explico? Pues espabilen. Pero antes miren ese reloj, caballeros. Dentro de una hora, o sea, a las once y media, a las doce como mucho, todo tiene que haber terminado. Muévanse. Y usted, Marbot, esté atento. En seguida habrá algo para usted.

—No tengo caballo, Alteza.

—¿Que no tiene qué?... ¡Quítese de mi vista, maldita sea!... ¡Ocúpese de este inútil, Belliard!

Desolado, temeroso de haber caído en desgracia, Marbot se cuadra ante el general Belliard, jefe del estado mayor, quien le ordena que busque inmediatamente un caballo, suyo o de quien sea, o se pegue un tiro. También le manda que distribuya unos cuantos granaderos en torno al palacio Grimaldi, para eliminar a los tiradores enemigos que empiezan a hacer fuego desde azoteas y tejados.

—Disparan mal, mi general —argumenta Marbot, pasándose de listo.

Belliard lo fulmina con la mirada y señala el vidrio roto de una ventana, sobre un charco de sangre en el entarimado del suelo.

—Por mal que lo hagan, nos han herido aquí a dos hombres.

«Hoy no es mi día», piensa Marbot, que se imagina degradado por torpe y bocazas. Para rehabilitarse, emprende con mucho celo la tarea encomendada. Aprovechando la ocasión, pone un piquete bajo su mando personal, ahuyenta con descargas cerradas a los merodeadores y despeja la calle hasta el palacete de don Antonio Hernández. Donde logra por fin, para alivio de su reputación maltrecha, recuperar el caballo.

Mientras el capitán Marbot avanza con su piquete entre la plaza de Doña María de Aragón y la de

Santo Domingo, madrileños armados con trabucos, mosquetes y escopetas de caza intentan regresar al Palacio Real o bajar hacia éste desde la puerta del Sol; pero encuentran el camino tomado por los cañones y los granaderos del coronel Friederichs, que destaca avanzadillas en las calles próximas. De modo que esos grupos son ametrallados sin compasión en cuanto aparecen por la Almudena y San Gil, que los cañones imperiales enfilan a lo largo. Muere así Francisco Sánchez Rodríguez, de cincuenta y dos años, oficial de la tienda de coches del maestro Alpedrete, a quien una andanada francesa alcanza de lleno cuando dobla la esquina de la calle del Factor en compañía de los soldados de Voluntarios de Aragón Manuel Agrela y Manuel López Esteba —los dos también caen malheridos y fallecerán días después—, y del cartero José García Somano, que escapa a la descarga pero hallará la muerte media hora más tarde, alcanzado por una bala de mosquete en la plazuela de San Martín. Desde las ventanas altas de Palacio, donde alabarderos y guardias se han aprovisionado de municiones y cerrado las puertas, resueltos a defender el recinto si los franceses intentan meterse dentro, el capitán de Guardias Walonas Alejandro Coupigny ve, impotente, cómo los paisanos son rechazados y corren perseguidos por jinetes polacos venidos del palacio Grimaldi, que los rematan a sablazos.

Los que huyen de las balas francesas se fragmentan en grupos. Muchos recorren la ciudad pidiendo armas a voces, y otros buscan venganza y se quedan por las inmediaciones, en espera de ajustar cuentas. Tal es el caso de Manuel Antolín Ferrer, ayudante del jardinero del real sitio de la Florida, que uniéndose al oficial jubilado de embajadas Nicolás Canal y a otro vecino llamado Miguel Gómez Morales, se enfrenta a navajazos con un piquete de granaderos de la Guardia Imperial en la esquina de la calle del Viento con la del Factor, acometiéndolos desde un portal. De ese modo matan a dos franceses, retirándose después a la azotea de la misma casa, con la mala fortuna de encontrarse en un lugar sin salida. Aunque Canal logra evadirse arrojándose al tejado vecino, Antolín y Gómez Morales son apresados, molidos a culatazos y conducidos a un calabozo. Ambos serán fusilados al día siguiente, de madrugada, en la montaña del Príncipe Pío. Entre esos fusilados se contará también José Lonet Riesco, dueño de una mercería de la plaza de Santo Domingo, que tras pelear junto a Palacio es apresado por un piquete cuando huye, con una pistola descargada en una mano y un cuchillo en la otra, por la calle de la Inquisición.

Más afortunado resulta el notario eclesiástico de reinos Antonio Varea, uno de los pocos individuos de buena posición que hoy luchan en las calles de Madrid. Tras haber acudido a la puerta del Sol en compañía de su tío Claudio Sanz, escribano de cámara, y luego a la explanada de Palacio resuelto a batirse, el notario Varea participa en los enfrentamientos hasta que, persiguiendo a unos franceses en retirada, recibe cerca de los Consejos un balazo de los granaderos de la Guardia. Transportado por su tío y por el oficial de inspección de Milicias don Pedro de la Cámara a su casa de la calle de Toledo, junto a los portales de Paños, logrará refugiarse allí, ser curado y salvar la vida.

Otros tienen menos suerte. Por todo el barrio, exasperados con la matanza hecha en sus camaradas, los imperiales disparan contra quien se acerca y procuran dar caza a los fugitivos. Así es como caen heridos Julián Martín Jiménez, vecino de Aranjuez, y el tejedor vigués de veinticuatro años Pedro Cavano Blanco. Así muere también José Rodríguez, lacayo del consejero de Castilla don Antonio Izquierdo: herido ante la casa de sus amos, en la calle de la Almudena, llama desesperadamente a la puerta; pero antes de que le abran es alcanzado por dos soldados franceses. Uno le asesta un sablazo en la cabeza y otro lo remata de un pistoletazo en el pecho. En la misma calle, a poca distancia de allí, el niño de doce años Manuel Núñez Gascón, que ha estado arrojando piedras e intenta ponerse a salvo perseguido por un francés, es muerto a bayonetazos ante los ojos espantados de su madre, que lo presencia todo desde el balcón.

Al otro lado de la Almudena, refugiado en un portal cercano a los Consejos con su sirviente Olmos, Joaquín Fernández de Córdoba, marqués de Malpica, ve pasar al galope a varios batidores imperiales que vienen de la plaza de Doña María de Aragón. Su preparación militar le permite hacerse una idea aproximada de la situación. La ciudad tiene cinco puertas principales, y todas las avenidas que vienen de éstas confluyen en la puerta del Sol a modo de los radios de una rueda. Madrid no es plaza fortificada, y ninguna resistencia interior es posible si el centro de esa rueda y los radios son controlados por un adversario. El marqués de Malpica sabe dónde acampan las fuerzas enemigas de las afueras —a estas alturas es hora de pensar en los franceses como enemigos— y puede prever sus movimientos para sofocar la insurrección: las puertas de la ciudad y las grandes avenidas serán su primer objetivo. Observando a los grupos de civiles mal armados que corren en desconcierto de un lado para otro, sin preparación ni jefes, el de Malpica concluye que la única forma de oponerse a los franceses es hostigarlos en esas puertas, antes de que sus columnas invadan las calles anchas.

—La caballería, Olmos. Ahí está la clave del asunto... ¿Comprendes?

—No, pero da lo mismo. Usía mande, y punto.

Saliendo del zaguán, Malpica para a un grupo de vecinos que viene en retirada, pues conoce de vista al hombre que los encabeza. Éste, un caballerizo de Palacio, lo reconoce a su vez y se quita la montera. Trae un trabuco, lleva la capa terciada al hombro, y lo acompañan media docena de hombres, un muchacho y una mujer con delantal y un hacha de carnicero en las manos.

—Nos han acribillado, señor marqués. No hay manera de arrimarse a la plaza... Ahora la gente desbaratada lucha donde puede.

—¿Vosotros vais a seguir batiéndoos?

—Eso ni se pregunta.

El de Malpica explica sus intenciones. La caballería, utilísima para disolver motines, será el principal peligro con el que se enfrenten quienes pelean en las calles. Los dos núcleos principales están acuartelados en el Buen Retiro y en los Carabancheles. El Retiro queda lejos, y ahí nada puede hacerse; pero los otros entrarán por la puerta de Toledo. Se trata de organizar una partida dispuesta a estorbarlos allí.

—¿Cuento con vosotros?

Todos asienten, y la mujer del hacha de carnicero llama a voces a otros que corren alejándose de Palacio. Así reúnen a una veintena, entre los que destacan el uniforme amarillo de un dragón de Lusitania que iba a su cuartel y cuatro soldados de Guardias Walonas que han desertado del Tesoro con sus fusiles, descolgándose por las ventanas, y vienen corriendo desde las caballerizas para unirse a los que luchan. El dragón tiene veinticuatro años y se llama Manuel Ruiz García. Los de Guardias Walonas, vestidos con su uniforme azul de vueltas rojas y polainas blancas, son un alsaciano de diecinueve años llamado Franz Weller, un polaco de veintisiete, Lorenz Leleka, y dos húngaros: Gregor Franzmann, de veintisiete años, y Paul Monsak, de treinta y siete. El resto del grupo son jardineros, mozos de las cuadras cercanas, un mancebo de botica, un aguador de quince años de edad que lleva un pañuelo ensangrentado alrededor de la cabeza, un conserje de los Consejos y un manolo de Lavapiés, carpintero de oficio, despechugado y de aire crudo —redecilla en el pelo, chaquetilla de alamares y navaja de dos palmos metida en la faja—, que responde al nombre de Miguel Cubas Saldaña. El manolo, que va en compañía de otro sujeto de aspecto patibulario vestido con capote pardo y calañés, se ofrece con mucho desparpajo a levantar en su barrio, de camino, una buena cuerda de compadres. Así que, tras detenerse junto al palacio de Malpica para que Olmos traiga el

95

refuerzo de tres criados jóvenes, dos carabinas y cuatro escopetas de caza, el marqués, eligiendo las calles menos frecuentadas para evitar a los franceses, dirige a sus voluntarios hacia la puerta de Toledo.

El marqués de Malpica no es el único que ha pensado en cortar el paso a las tropas francesas. En el noroeste de la ciudad, un grupo numeroso y armado con escopetas de caza y carabinas, en el que se cuentan Nicolás Rey Canillas, de treinta y dos años, mozo de Guardias de Corps y ex soldado de caballería, Ramón González de la Cruz, criado del mariscal de campo don José Jenaro Salazar, el cocinero José Fernández Viñas, el vizcaíno Ildefonso Ardoy Chavarri, el zapatero de veinte años Juan Mallo, el aceitero de veintiséis Juan Gómez García y el soldado de Dragones de Pavía Antonio Martínez Sánchez, deciden obstaculizar la salida de la tropa francesa que ocupa el cuartel del Conde-Duque, junto a San Bernardino, y se apostan en las proximidades. El primero en morir es Nicolás Rey, que lleva dos pistolas cargadas al cinto; y que al toparse con un centinela, a quien descerraja un tiro a bocajarro, es alcanzado por un balazo. Desde ese momento, tomando posiciones en las casas cercanas y tras las tapias, los sublevados abren fuego y se generaliza un combate que será breve por la desproporción de fuerzas: quinientos franceses frente a veintipocos madrileños. Saliendo los marinos de la Guardia Imperial del cuartel, dirigen un eficaz fuego graneado que obliga a replegarse a los atacantes. En la retirada, deteniéndose de vez en cuando a disparar mientras saltan tapias y huertos para ponerse a salvo, morirán González de la Cruz, Juan Mallo, Ardoy, Fernández Viñas y el soldado Martínez Sánchez.

No sólo mueren los combatientes. Exasperados por el acoso de los madrileños, los piquetes franceses empiezan a hacer fuego contra los vecinos asomados a ventanas y balcones, o contra grupos de curiosos. El ex sacerdote José Blanco White, sevillano de treinta y dos años, sale a ver qué ocurre cuando oye el tumulto desde la casa que lleva dos meses habitando en el número 8 de la calle Silva.

—¡Los franceses tiran contra el pueblo! —le advierte un vecino.

En realidad, José Blanco White todavía no se llama así. El nombre —tomado de su ascendencia irlandesa— lo adoptará más tarde, britanizando el suyo original de José María Blanco y Crespo, cuando exiliado en Inglaterra escriba unas *Cartas de España* fundamentales para comprender el tiempo que le toca vivir. Ahora, a Blanco White, el Pepe Crespo de las tertulias sevillanas y de los cafés madrileños, amigo del poeta Quintana y al mismo tiempo admirador del teatro de Moratín, hombre ilustrado, lúcido, cuyas ideas de libertad y progreso están más cerca de las extranjeras que del cerrado ambiente de telarañas y sacristía que tanto lo desazona en su patria —es lector pertinaz de Feijoo, Rousseau y Voltaire—, la noticia de la represalia francesa le parece increíble; una atrocidad enorme e impolítica. De modo que se apresura a confirmarlo con sus propios ojos. Así llega a la plaza de Santo Domingo, donde confluyen cuatro grandes calles, una de las cuales viene directamente de Palacio. Por ella resuena el redoble de un tambor, y Blanco White se detiene junto a un grupo de gente pacífica, transeúntes bien vestidos y menestrales del barrio. Aparece entonces al extremo de la calle una tropa francesa a paso ligero, con los fusiles prevenidos. Mientras Blanco White espera a verlos de cerca, sin sospechar peligro alguno, observa que los imperiales hacen alto a veinte pasos y encaran sus armas.

—¡Cuidado!... ¡Van a disparar!... ¡Cuidado!

La descarga llega inesperada, brutal, y un hombre cae muerto a la entrada de la calle por donde todos escapan corriendo. Con el corazón saltándole en el pecho, aterrado por lo que acaba de presenciar y sin aliento, Blanco White corre de vuelta a su casa, sube las escaleras y cierra la puerta. Allí, indeciso, lleno de turbación, abre la ventana, escucha más disparos y vuelve a cerrarla a toda prisa. Luego, sin saber qué hacer, saca de un arcón una escopeta de caza, y con ella en las manos se pasea por la habitación, sobresaltándose a cada descarga cercana. Es un acto suicida, se dice, echarse a la calle de cualquier modo, sin saber para qué. Con quién ni contra quién. A fin de calmarse, mientras toma una decisión, coge una caja de pólvora y plomos y se pone a hacer cartuchos para la escopeta. Al cabo, sintiéndose ridículo, devuelve la escopeta al arcón y va a sentarse junto a la ventana, estremeciéndose con el crepitar del tiroteo que se extiende por los barrios cercanos, punteado a intervalos por el retumbar del cañón.

Cuando el capitán Marbot regresa al palacio Grimaldi, encuentra al duque de Berg saliendo a caballo con toda su plana mayor, escoltado por medio escuadrón de jinetes polacos y una compañía de fusileros de la Guardia Imperial. Como la situación se complica, y teme quedar aislado allí, Murat ha decidido trasladar su cuartel general cerca de las caballerizas del Palacio Real, en la cuesta de San Vicente, por donde tiene prevista su llegada la infantería acampada en El Pardo, mientras otra columna lo hará desde la Casa de Campo por el puente de Segovia. Una ventaja táctica del sitio, aunque eso nadie lo comenta en voz alta, es que desde allí podría Murat, con su cuartel general en pleno, rodear por el norte y replegarse sobre Chamartín si la ciudad quedase bloqueada y las cosas se salieran de madre.

—¡La caballería ya debería estar en la puerta del Sol, acuchillando a esa chusma! ¡Y Godinot y Aubrée avanzando detrás con su infantería!... ¿Qué pasa en el Buen Retiro?

El duque de Berg da furiosos tirones a las riendas del caballo. Su humor ha empeorado, y no le faltan motivos. Acaba de saber que más de la mitad de los correos enviados a las tropas han sido interceptados. Al menos ésa es la palabra que utiliza el general Belliard. El capitán Marbot, que se acerca sobre su montura mientras el rutilante grupo de estado mayor toma la calle Nueva hacia el Campo de Guardias, tuerce la boca al escuchar el eufemismo. Es una forma como otra cualquiera, piensa, de describir a jinetes apedreados desde las casas y las esquinas, acorralados por la gente, derribados de sus caballos y apuñalados en calles y plazas.

—Ahí tiene un pliego de órdenes, Marbot. Haga el favor de llevarlo al Buen Retiro. A rienda suelta.

—¿A quién se lo entrego, Alteza?

—Al general Grouchy. Y si no lo encuentra, a cualquiera que esté al mando... ¡Muévase!

El joven capitán recibe el sobre sellado, se lleva la mano al colbac y pica espuelas en dirección a Santa María y la calle Mayor, dejando atrás al escoltadísimo duque de Berg. Debido a la importancia de su misión, el general Belliard ha tenido la precaución de asignarle cuatro dragones de escolta. Mientras cabalga precediéndolos por la calle de la Encarnación, Marbot inclina la cabeza sobre la crin del caballo y aprieta los dientes, esperando el golpe de una teja, la maceta o el escopetazo que lo derriben de la silla. Es un militar profesional y con experiencia, pero eso no le impide lamentar su mala suerte. No hay tarea más peligrosa que llevar un mensaje a través de una ciudad en estado de insurrección; y su misión consiste en llegar al Buen Retiro, donde se encuentran acampadas la caballería de la Guardia Imperial y una división de dragones, sumando tres mil jinetes. La distancia no es grande, pero el itinerario incluye la calle Mayor, la puerta del Sol y las calles de Alcalá o San Jerónimo, que en este momento son, para un francés, los peores lugares de Madrid. A Marbot no se le escapa que Murat, consciente de lo peligroso del encargo, se lo ha encomendado a él, joven oficial agregado a su estado mayor, en vez de a los edecanes titulares, a quienes prefiere mantener cerca y a salvo.

Aún no han perdido de vista Marbot y sus cuatro dragones el palacio Grimaldi, cuando desde un balcón les tiran un escopetazo, que eluden sin consecuencias. A su paso suenan varios tiros más —por fortuna no son militares quienes disparan, sino civiles con escopetas de caza y pistolas— y algunos objetos caen desde balcones y ventanas. Acompañados del sonido de los cascos de sus monturas, los cinco jinetes avanzan al galope por las calles, en grupo compacto que obliga a la gente a dejar paso libre. De ese modo toman la calle Mayor y llegan a la puerta del Sol, donde la multitud es tanta y tan amenazadora que Marbot siente flaquearle el ánimo. Si vacilamos, concluye, aquí se acaba todo.

—¡No os detengáis! —grita a sus hombres—. ¡O estamos muertos!

Y así, temiendo a cada zancada del caballo verse desmontado y hecho pedazos, el capitán clava espuelas, ordena a los dragones juntarse bien unos con otros, y los cinco cabalgan hacia la embocadura de San Jerónimo sin que los que se apartan a su paso, intentando algunos atrevidos oponerse o agarrarlos por las riendas —el propio Marbot atropella con su caballo a un par de exaltados—, puedan hacer otra cosa que insultarlos, arrojarles piedras y palos, y verlos pasar, impotentes. Sin embargo, entre la calle del Lobo y el hospital de los Italianos, la carrera se trunca: un hombre envuelto en una capa dispara a bocajarro una pistola contra el caballo de uno de los dragones, que hinca el belfo y derriba al jinete. En el acto sale de las casas vecinas un grupo numeroso que intenta degollar al dragón caído; pero Marbot y los otros tiran de las riendas, vuelven grupas y acuden en socorro del camarada, imponiéndose a sablazos sobre las navajas y puñales que manejan los atacantes, casi todos jóvenes y desharrapados, de los que tres quedan en el suelo

101

y huye el resto; no sin que dos dragones sufran heridas ligeras y Marbot reciba una recia puñalada que, pese a no dar en carne, rasga una manga de su dolmán. Al fin, dando una mano al dragón desmontado para que se agarre a las sillas y corra entre dos caballos, los cinco hombres prosiguen la marcha a toda prisa, carrera de San Jerónimo abajo, hasta las caballerizas del Buen Retiro.

Mientras eso ocurre, el cerrajero Blas Molina Soriano también corre junto a los muros del convento de Santa Clara, huyendo de las descargas francesas. Tiene intención de bajar hacia la calle Mayor y la puerta del Sol para unirse a los que allí están; pero suena tiroteo y gritos de gente desbandada hacia la Platería, así que se detiene en la plazuela de Herradores con varios fugitivos que, como él, vienen corriendo desde Palacio. Entre ellos se encuentran el grupo del chocolatero José Lueco y otra pequeña cuadrilla formada por un hombre mayor de barba blanca, que trae una antigua espada llena de herrumbre en la mano, y tres jóvenes armados con oxidadas moharras de lanzas; armas todas viejas de más de un siglo, y que, cuentan, han cogido en la tienda de un chamarilero. Dos mujeres y un vecino salen a darles agua y a preguntar cómo están las cosas, aunque hay más gente arriba, en las ventanas, mirando sin comprometerse. Molina, que tiene una sed atroz, bebe un trago y pasa la jarra.

—¡Quién tuviera fusiles! —se lamenta el viejo de la barba blanca.

—Y que lo diga usted, vecino —apostilla uno de los jóvenes—. Hoy veríamos cosas gordas.

En ese momento el cerrajero tiene una inspiración. El recuerdo de su visita al parque de Monteleón, escoltando al joven Fernando VII, lo ilumina de pronto. Su memoria registró fielmente los cañones puestos en el patio, los fusiles alineados en sus armeros. Y ahora se da una sonora palmada en la frente.

—¡Estúpido de mí! —exclama.

Los otros lo miran, sorprendidos. Entonces se explica. En el parque de artillería hay armas, pólvora y munición. Con todo eso en su poder, los madrileños podrían tratar a los franceses de hombre a hombre, como debe ser, en vez de hacerse ametrallar por las calles, indefensos.

—Ojo por ojo —puntualiza, feroz.

A medida que explica su plan, Molina ve animarse los rostros de cuantos lo rodean: miradas de esperanza y ansia de revancha sustituyen a la fatiga. Al fin, levanta en alto el bastón de nudos con el que apaleó al soldado francés y echa a andar, decidido, hacia la calle de las Hileras.

—¡Quien quiera luchar, que me siga! Y ustedes, vecinas, corran la voz... ¡Hay fusiles en el parque de Monteleón!

3

En el parque de Monteleón, el teniente Rafael de Arango ha visto, con grandísimo alivio, abrirse un poco las puertas y entrar tranquilamente al capitán Luis Daoiz.

—¿Qué tenemos por aquí? —pregunta el recién llegado, con mucha sangre fría.

Arango, que debe contenerse para no perder las formas y abrazar a su superior, lo pone al corriente, incluido lo de colocar piedras en los fusiles y disponer alguna cartuchería, precauciones que Daoiz aprueba.

—Es hacer un poco de contrabando —dice con una breve sonrisa—. Pero eso llevamos adelantado, por si acaso.

La situación, le informa el teniente, es difícil, con el capitán francés y su gente muy nerviosos, y el gentío de afuera cada vez más espeso. Mientras se escuchan tiros hacia el centro de la ciudad, nuevos grupos de alborotadores confluyen desde las calles próximas a las de San José y San Pedro, delante del parque. Los vecinos, entre ellos muchas mujeres exaltadas, salen a unírseles y golpean las puertas pidiendo armas. Según el cabo Alonso, que sigue en la entrada, y el maestre mayor Juan Pardo, que vive enfrente y va y viene con noticias de la calle, todo se complica por momentos. El propio Daoiz pudo comprobarlo cuando se dirigía hacia aquí, enviado por el coronel Navarro Falcón.

—Así es —dice el capitán en el mismo tono de calma—. Pero creo que podemos controlar las cosas, de momento... ¿Cómo están los hombres?

—Preocupados, pero mantienen la disciplina —Arango baja la voz—. Imagino que al verlo a usted aquí estarán más confortados. Algunos vinieron a decirme que, si hay que batirse, cuente con ellos.

Daoiz sonríe, tranquilizador.

—No llegaremos a eso. Las órdenes que traigo son todo lo contrario: calma absoluta y ni un solo artillero fuera del parque.

—¿Y lo de dar armas al pueblo?

—Menos todavía. Sería un disparate, tal como están los ánimos... ¿Qué hay de los franceses?

Arango señala el centro del patio, donde el capitán imperial y sus subalternos forman un grupo que observa, preocupado, a los oficiales españoles. El resto de la tropa, excepto los pocos que hay vigilando la puerta, permanece formado a discreción veinte pasos más allá. Algunos hombres están sentados en el suelo.

—El capitán andaba muy arrogante hace un rato. Pero a medida que la gente se reunía afuera, se ha ido arrugando... Ahora está nervioso, y creo que tiene miedo.

—Voy a hablar con él. Un hombre nervioso y asustado resulta más peligroso que sereno.

En ese momento se acerca el cabo Alonso, que viene de la puerta. Tres oficiales de artillería solicitan entrar. Daoiz, que no parece sorprendido, dice que los dejen pasar; y al poco aparecen en el patio con aire casual, vestidos de uniforme y sable al cinto, el capitán Juan Cónsul y los tenientes Gabriel de Torres y Felipe Carpegna. Los tres saludan a Daoiz de modo tan serio y circunspecto que hace pensar a Arango que no es la primera vez que se encuentran esta mañana. Juan Cónsul es amigo íntimo de Daoiz; y su nombre, junto al del capitán Velarde y el de otros, circula estos días entre rumores de conspiración. También es uno de los que ayer lo acompañaban en el frustrado desafío de la fonda de Genieys.

«Aquí —reflexiona el joven teniente— se está cociendo algo».

A las diez y media, en las oficinas de la Junta de Artillería, número 68 de la calle de San Bernardo, frente al Noviciado, el coronel Navarro Falcón discute con el capitán Pedro Velarde, que está sentado tras su mesa de despacho, junto a la de su superior y jefe inmediato. Navarro Falcón ha visto llegar al capitán muy descompuesto, encendido y excitado, pidiendo ir al parque de Monteleón. El coronel, que aprecia sinceramente a Velarde, le niega el permiso con tacto y afectuosa firmeza. Daoiz se las arreglará solo, dice, y a usted lo necesito aquí.

—¡Hay que batirse, mi coronel!... ¡No queda otra!... ¡Daoiz tendrá que hacerlo, y nosotros también!

—Le ruego que no diga disparates y que se tranquilice.

—¿Tranquilizarme, dice?... ¿No ha oído los tiros? ¡Están ametrallando al pueblo!

—Tengo mis instrucciones, y usted tiene las suyas —Navarro Falcón empieza a exasperarse—. Haga el favor de no complicar más las cosas. Limítese a cumplir con su deber.

—¡Mi deber está ahí afuera, en la calle!

—¡Su deber es obedecer mis órdenes! ¡Y punto!

El coronel, que acaba de dar un puñetazo en la mesa, lamenta haber perdido los nervios. Es soldado viejo, que se batió en Santa Catalina de Brasil, contra los ingleses en el Río de la Plata, en la colonia de Sacramento, en el asedio de Gibraltar y durante toda la guerra con la República francesa. Ahora mira incómodo al escribiente Manuel Almira y a los que están en el cuarto contiguo, escuchando, y luego observa de nuevo a Velarde, que, enfurruñado, moja la pluma en el tintero y hace garabatos sin sentido sobre los papeles que tiene delante. Al fin el coronel se levanta y deja en la mesa de Velarde la orden transmitida por el general Vera y Pantoja, gobernador de la plaza, disponiendo que las tropas se mantengan en los cuarteles y al margen de cuanto ocurra.

—Somos soldados, Pedro.

No suele llamarlo a él ni a ningún oficial por el nombre de pila, y Velarde lo sabe; pero, ajeno a la muestra de afecto, niega con la cabeza mientras aparta a un lado, con desdén, la orden del gobernador.

—Lo que somos es españoles, mi coronel.

—Escuche. Si la guarnición se pusiera de parte de la gente revuelta, Murat haría marchar hacia Madrid al cuerpo del general Dupont, que está a sólo un día de camino... ¿Quiere usted que caigan sobre esta ciudad cincuenta mil franceses?

—Como si vienen cien mil. Seríamos un ejemplo para toda España, y para el mundo.

Harto de la discusión, Navarro Falcón vuelve a su mesa.

—¡No quiero oír una palabra más!... ¿Está claro?

El coronel toma asiento y aparenta enfrascarse en el papeleo. Y así, fingiendo que no oye a Velarde murmurar por lo bajo, como alienado: «Batirse, batirse... Morir por España» mientras sigue haciendo garabatos sin sentido, piensa que ojalá Luis Daoiz, allá en Monteleón, pueda conservar la cabeza fría, y él mismo, aquí, sea capaz de mantener a Velarde sujeto a su mesa. Dejar que el exaltado capitán se acerque hoy al parque de Monteleón sería arrimar una mecha encendida a un barril de pólvora.

Pese a sus excesos y apasionado patriotismo, el cerrajero Molina no tiene nada de tonto. Sabe que si conduce a la gente hacia el parque por calles anchas llamará mucho la atención, y tarde o temprano los franceses les cortarán el paso. Así que recomienda silencio a la veintena de voluntarios que lo siguen —número que aumenta sobre la marcha con nuevas incorporaciones—, y tras separarse de quienes buscan el camino más corto, conduce a su partida por el postigo de San Martín y la calle de Hita a la de Tudescos, en dirección a la corredera de San Pablo.

—Sin armar bulla, ¿eh?... Ya habrá tiempo para eso. Lo que importa es conseguir fusiles.

A esa misma hora, otros grupos de los incitados por Blas Molina, o encaminados a Monteleón por iniciativa espontánea, suben por los Caños y Santo Domingo hacia la calle ancha de San Bernardo, y desde la puerta del Sol por la red de San Luis hasta la calle Fuencarral. Algunos conseguirán llegar durante la hora siguiente; pero otros, confirmando los temores de Molina, quedarán aniquilados o dispersos al encontrar destacamentos franceses. Tal es el caso de la cuadrilla formada por el chocolatero José Lueco, que con los mozos de mulas y caballos Juan Velázquez, Silvestre Álvarez y Toribio Rodríguez, decide ir por su cuenta, acortando camino por San Bernardo. Pero en la calle de la Bola, cuando ya suma una treintena de individuos por habérsele unido los mozos de una hostería y un mesón cercanos, un dorador, dos aprendices de carpintero, un cajista de imprenta y varios sirvientes de casas particulares, la partida, que dispone de algunas carabinas, trabucos y escopetas, se topa con un pelotón de fusileros de la Guardia Imperial. El choque es brutal, a bocajarro, y tras los primeros navajazos y escopetazos los madrileños se parapetan en las esquinas con Puebla y Santo Domingo. Durante buen rato, y con no poco atrevimiento, libran allí un porfiado combate que causa bajas a los franceses, viéndose ayudados en la refriega por gente del vecindario que arroja tiestos y objetos desde los balcones. Al cabo, a punto de verse envueltos por tropas de refresco que llegan de las calles adyacentes, la partida se disuelve dejando varios muertos sobre el terreno. José Lueco, herido de un sablazo en la cara y un balazo en el hombro, consigue refugiarse en una casa próxima —al tercer intento, pues las dos primeras puertas a las que llama no se le abren—, donde permanecerá escondido el resto de la jornada.

Como la del chocolatero Lueco, otras partidas apenas llegan a formarse, o duran el poco tiempo que tardan las tropas francesas en dar con ellas y dispersarlas. Eso ocurre al pequeño grupo armado de palos y navajas que los franceses desbandan a cañonazos en la esquina de la calle del Pozo con San Bernardo, hiriendo a José Ugarte, cirujano de la Real Casa, y a la santanderina María Oñate Fernández, de cuarenta y tres años. Lo mismo pasa en la calle del Sacramento con una partida encabezada por el presbítero don Cayetano Miguel Manchón, quien armado con una carabina y al mando de algunos jóvenes resueltos intenta llegar al parque de artillería. Una patrulla de jinetes polacos cae sobre ellos de improviso, el presbítero resulta herido de un sablazo que le deja los sesos al aire, y su gente, aterrada, se desperdiga en un instante.

Tampoco llegará a su destino el grupo acaudillado por don José Albarrán, médico de la familia real, quien tras presenciar la matanza de Palacio recluta una cuadrilla de paisanos armados con palos, cuchillos y algunas escopetas, a los que intenta guiar por San Bernardo. Detenidos por la metralla que los franceses disparan con dos cañones puestos en batería frente a la casa del duque de Montemar, deben refugiarse en la calle de San Benito; y allí se ven cogidos entre dos fuegos cuando otra fuerza francesa, que viene de Santo Domingo, dispara contra ellos desde la plaza del Gato. El primero en morir, de un balazo en el vientre, es el yesero de cincuenta y cuatro años Nicolás del Olmo García. El grupo queda deshecho y disperso, y el doctor Albarrán, malamente herido y dejado por muerto —rescatado más tarde por sus amigos, logrará sobrevivir—, es despojado por los imperiales de su levita, reloj y doce onzas de oro que lleva encima. A su lado, tras haberse batido con un pequeño espadín de corte y una pistola de bolsillo como únicas armas, muere Fausto Zapata y Zapata, de doce años, cadete de Guardias Españolas.

En una casa de la calle del Olivo, el niño de cuatro años y medio Ramón de Mesonero Romanos —que con el tiempo será uno de los escritores más populares y castizos de Madrid— también resulta víctima accidental del tumulto. Al precipitarse con su familia al balcón para ver a un grupo de paisanos que gritan «¡A armarse! ¡Viva Fernando VII y mueran los franceses!», el pequeño Ramón tropieza y se abre la frente con los hierros de la barandilla. Muchos años después, en sus *Memorias de un setentón*, Mesonero Romanos contará el episodio, describiendo a su madre, doña Teresa, preocupada por la salud del hijo y por lo que ocurre en la calle, encendiendo candelillas ante una imagen del Niño Jesús y rezando con fervor el rosario, mientras el padre —el hombre de negocios Tomás Mesonero— debate inquieto con sus vecinos. En ese momento se presenta en la casa un amigo de la familia, el capitán de infantería Fernando Butrón, a dejar su espada y la casaca de uniforme, a fin de evitar, según dice, que los grupos de paisanos que recorren las calles lo obliguen, como ya han intentado tres veces, a ponerse a su cabeza.

—Van por ahí revueltos y desconcertados, buscando quien los dirija —cuenta Butrón, mientras se queda en chupa y mangas de camisa—. Pero todos los militares tenemos orden de ir a encerrarnos en los cuarteles... No hay otra.

—¿Y todos obedecen? —pregunta doña Teresa Romanos, que sin dejar de pasar cuentas del rosario le trae un vaso de clarete fresco.

Butrón bebe el vino sin respirar y se prueba la chaqueta inglesa que le ofrece el dueño de la casa. Queda algo corta de mangas, pero mejor eso que nada.

—Yo, al menos, pienso obedecer... Pero no sé qué pasará si esta locura sigue adelante.

—¡Jesús, María y José!

Doña Teresa se retuerce las manos y empieza a murmurar el vigésimo avemaría de la mañana. Tumbado en un canapé junto a la imagen del Niño Jesús, con un emplasto de vinagre en la frente, Ramoncito Mesonero Romanos llora a moco tendido. De vez en cuando, a lo lejos, suenan tiros.

En la puerta del Sol hay reunidas diez mil personas, y el gentío se extiende hacia las calles cercanas, de Montera hasta la red de San Luis, así como por Arenal, Mayor y Postas, mientras grupos armados con trabucos, garrotes y cuchillos patrullan los alrededores, alertando de toda presencia francesa. Desde el ventanal de su casa, en el número 15 de la calle de Valverde, esquina a Desengaño, Francisco de Goya y Lucientes, aragonés de sesenta y dos años de edad, miembro de la Academia de San Fernando y pintor de la Real Casa con cincuenta mil reales de renta, lo mira todo con expresión adusta. Dos veces ha rechazado a su mujer, Josefa Bayeu, al solicitarle ésta que baje la persiana y se retire al interior. En chaleco, abierto el cuello de la camisa y los brazos cruzados sobre el pecho, un poco inclinada la cabeza poderosa que todavía luce pelo espeso y crespo con patillas grises, el pintor vivo más famoso de España permanece asomado, tozudo, observando el espectáculo callejero. De las voces del gentío y los disparos sueltos, lejanos, apenas llegan a sus oídos —sordos desde que una enfermedad los maltrató hace años— algunos ruidos amortiguados que se confunden con los rumores de su cerebro, siempre atormentado, tenso y despierto. Goya está en el balcón desde que, hace poco más de una hora, el joven de dieciocho años León Ortega y Villa, discípulo suyo, vino desde su casa de la calle Cantarranas a pedirle permiso para no ir al estudio. «A lo mejor tenemos que hacer frente a los franceses», le dijo al pintor, acercándose a su oído inválido y levantando mucho la voz, como de costumbre, antes de marcharse con una sonrisa juvenil y heroica, propia de sus pocos años, sin atender los ruegos de Josefa Bayeu, que le recriminaba correr riesgos sin preocuparse de la angustia de su familia.

—Tienes madre, León.

—Y vergüenza torera, doña Josefa.

Ahora Goya sigue inmóvil, mirando ceñudo el denso hormigueo de gente que baja hacia la puerta del Sol o sube por Fuencarral en dirección al parque de artillería. Hombre genial, predestinado a la gloria de las pinacotecas y a la historia del Arte, intenta vivir y pintar más allá de la realidad de cada día, pese a sus ideas avanzadas, a sus amigos actores, artistas y literatos —entre ellos Moratín, cuya suerte preocupa hoy al pin-

114

tor—, a sus buenas relaciones con la Corte y a su rencor, no siempre secreto, hacia el oscurantismo, los frailes y la Inquisición. Que durante siglos, a su juicio, han convertido a los españoles en esclavos, incultos, delatores y cobardes. Pero mantener la propia obra lejos de todo eso resulta cada vez más difícil. Ya en la serie de grabados *Los caprichos*, realizada hace nueve años, el aragonés puso en solfa, sin apenas disimulo, a curas, inquisidores, jueces injustos, corrupción, embrutecimiento del pueblo y otros vicios nacionales. Del mismo modo, esta mañana le resulta imposible sustraerse a los negros presagios que ensombrecen Madrid. El rumor vago que llega a los tímpanos maltrechos del viejo pintor se incrementa a veces, subiendo de punto, mientras las cabezas de la multitud se agitan en oleadas, igual que el trigo a efectos del viento, o el mar cuando avisa temporal. El aragonés es hombre enérgico, que en su juventud hizo de torero, riñó a navajazos y fue prófugo de la Justicia; no se trata de un petimetre ni un apocado. Sin embargo, ese gentío para él casi silencioso, que se estremece y agita cerca, tiene algo oscuro que lo inquieta más allá del motín inmediato o los disturbios previsibles. En las bocas abiertas y los brazos alzados, en los grupos que pasan llevando en alto palos y navajas, gritando palabras sin sonido que en la cabeza de Goya suenan tan terribles como si pudiera oírlas, el pintor intuye nubes oscuras y torrentes de sangre. A su espalda, entre lápices, carboncillos y difuminos, sobre la mesita donde suele trabajar en sus apuntes aprovechando la claridad del amplio ventanal, está el esbozo de algo iniciado esta mañana, cuando la luz era todavía gris: un dibujo a lápiz donde se ve a un hombre de ropas desgarradas, arrodillado y con los brazos en cruz, rodeado de sombras que lo cercan como fantasmas de una pesadilla. Y al margen de la hoja, con su letra fuerte, indiscutible, Goya ha escrito unas palabras: *Tristes presentimientos de lo que ha de acontecer.*

Jacinto Ruiz Mendoza padece de asma, y hoy ha amanecido —como le ocurre a menudo— con fiebre alta y profunda sensación de ahogo. Desde la cama en la que se encuentra postrado oye disparos sueltos y se incorpora con esfuerzo. Tiene el cuerpo empapado en sudor, así que se quita la camisa de dormir húmeda, se refresca un poco la cara con el agua de una jofaina y se viste despacio, abrochando con dedos torpes los botones de la nueva casaca blanca con solapas y vueltas carmesíes con la que acaba de ser dotado el regimiento de infantería número 36 de Voluntarios del Estado, donde sirve con el grado de teniente. Le cuesta acabar de ponerse la ropa, pues se encuentra débil; y su asistente, un soldado al que envió en busca de noticias, no ha vuelto todavía. Al cabo logra ponerse las botas, y con pasos indecisos se dirige a la puerta. Nacido en Ceuta hace veintinueve años, Jacinto Ruiz es delgado, de complexión débil, pero voluntarioso y con mucho pundonor militar. Su carácter es tranquilo, casi tímido, con un punto de retraimiento debido a la enfermedad respiratoria que padece desde niño. Por lo demás, patriota, fiel cumplidor de sus obligaciones, amante del Ejército y de la gloria de España, en los últimos tiempos ha sufrido lo indecible, como tantos de sus camaradas, por la pos-

116

tración nacional ante el poder napoleónico. Aunque, no siendo hombre exaltado, nunca expresó opiniones políticas más allá del cerrado círculo de los amigos íntimos.

En la escalera, Ruiz encuentra a un mozalbete que sube corriendo, y con él se informa de que los franceses disparan contra el pueblo mientras grupos de civiles se encaminan a los cuarteles en busca de armas. Inquieto, Jacinto Ruiz sale a la calle y apresura el paso sin responder a las interpelaciones que varios vecinos, al ver su uniforme, le hacen desde los balcones en demanda de noticias. Sigue sin detenerse en dirección al cuartel de Mejorada, situado al final de la calle de San Bernardo, en el número 83 y haciendo esquina con San Hermenegildo, un poco más arriba del edificio de la Junta de Artillería. De ese modo, lo más aprisa que puede, aunque sin descomponer el paso para no causar mala impresión, luchando con el sofoco de sus pulmones enfermos y pese a la fiebre que le hace arder la frente bajo el sombrero, el humilde teniente de infantería, cuyo nombre no es más que una escueta línea en el escalafón del Ejército, acude a incorporarse a su regimiento sin sospechar que, cerca de la calle por la que ahora camina, muchos años después de este largo día que apenas comienza, se alzará un monumento de bronce a su memoria.

Lo que se oye en la distancia son tiros sueltos, pero no descargas. Eso tranquiliza un poco a Antonio Alcalá Galiano, que recorre el barrio observando el revuelo de la gente. Sus diecinueve años no le impiden darse cuenta de lo obvio: las cuadrillas van tan ridículamente armadas que parece locura desafiar a los soldados franceses. Aun así, a impulsos de su mocedad, el joven acaba uniéndose a un grupo que pasa con mucho alboroto junto a la iglesia de San Ildefonso, más por las mujeres que miran desde los balcones que por otra cosa. Está enamorado de una madrileña, y eso lo alienta a poder contar algún lance heroico, aunque sea mínimo. La cuadrilla, compuesta de muchachos, la dirige uno con trazas de oficial artesano, que da vivas al rey Fernando. Los sigue el joven Alcalá Galiano hasta la calle Fuencarral, donde surge una acalorada discusión sobre el camino a seguir: unos quieren ir a un cuartel a juntarse con la tropa y pelear juntos y en orden, mientras otros pretenden embestir a los franceses donde los encuentren, tendiéndoles celadas para hacerse con sus armas y seguir actuando a saltos, en pequeños grupos, atacando y retirándose por esquinas y azoteas. La disputa se enciende, algunos están a punto de llegar a las manos, y uno de los más exaltados, descamisado y de malas trazas, termina volviéndose a Alcalá Galiano:

—¿Qué opina usted, amigo?

El tratamiento llano no le hace gracia al educado huérfano del héroe de Trafalgar, que además pertenece a la Maestranza de Caballería de Sevilla, aunque vista de paisano. Así que, disgustado pero con prudencia y marcando distancias, responde que no tiene opinión formada al respecto.

—¿Pero quiere matar franceses, o no?

—Claro que sí. Aunque no pretenderá que los mate a puñetazos... No llevo armas.

—En eso estamos. En buscarlas.

118

Alcalá Galiano mira los rostros poco simpáticos que lo rodean. Casi todos son mozos de baja condición, y no faltan chicuelos desharrapados de la calle. Tampoco le pasan inadvertidas las miradas recelosas que dirigen a su frac y sombrero bordado. «Un currutaco», oye decir a uno. A éstos, concluye inquieto, hay que temerlos más que a los franceses.

—Pues ahora que me acuerdo —responde, todo lo sereno que puede—, tengo armas en mi casa. Así que voy a buscarlas, que vivo cerca, y vuelvo.

El otro lo estudia de arriba abajo, suspicaz y despectivo.

—Vaya entonces, hombre de Dios.

Alcalá Galiano titubea, picado por el tono, y en ese momento se acerca el que hace las veces de jefe. Es un esportillero de manos fuertes y callosas, que huele a sudor.

—Usted —le dice a bocajarro— no nos sirve para nada.

El joven siente un golpe de calor en la cara. Qué diablos hago yo, concluye, con esta gente.

—Pues que tengan un buen día.

Herido en su amor propio, pero aliviado en cuanto a la inquietante cuadrilla que deja atrás, Alcalá Galiano da media vuelta y se encamina a su casa. Una vez allí, tomando su sombrero con galón de plata y su espada, no sin dejar a la madre inquieta y llorosa al verlo arriesgarse de nuevo, sale en busca de mejor compañía, dispuesto a mezclarse en la refriega junto a gente decente y juiciosa. Pero sólo encuentra grupos de paisanos enfurecidos, casi todos gente baja, y algún militar intentando contenerlos. En la esquina de la calle de la Luna con Tudescos ve a un oficial de buen aspecto, teniente de Guardias de Corps, a quien pide consejo. El otro, creyendo por el galón del sombrero que es uno de sus guardias, le pregunta qué hace en la calle y si no conoce las órdenes.

—Soy maestrante, señor teniente. De Sevilla.

—Pues vuélvase inmediatamente a su casa. Yo voy de camino a mi cuartel, y las órdenes son de no moverse. Y si llega el caso, de disparar para sosegar el tumulto.

—¿Contra la gente?

—Todo puede ser. Ya ve cómo andan todos, rabiosos y sin freno. Hay muchas muertes de franceses y empieza a haberlas de paisanos... Usted parece de buena familia. Ni se le ocurra juntarse con la gente exaltada.

—Pero... ¿De verdad nuestras tropas no van a entrar en combate?

—Ya se lo he dicho, diantre. Le repito que vaya a su casa y no se mezcle con esa chusma.

Convencido y obediente, escarmentado por la propia experiencia, Antonio Alcalá Galiano desanda el camino a su domicilio, donde la madre, que aguarda angustiada, lo recibe con muchos ruegos de que no vuelva a salir. Y al fin, confuso y desalentado por cuanto ha visto, accede a quedarse en casa.

Mientras el joven Alcalá Galiano renuncia a ser actor de la jornada, grupos de madrileños siguen intentando llegar al parque de Monteleón en busca de armas. Desviándose en largo rodeo, el cerrajero Blas Molina y los suyos se ven detenidos cerca de la corredera de San Pablo por la presencia de un piquete francés, al que Molina, con el juicio despabilado por la experiencia de Palacio, decide no incomodar.

—Cada cosa a su tiempo —susurra—. Y los nabos en Adviento.

Otras partidas, sin embargo, llegan pronto y sin novedad a las puertas del parque, engrosando el número de los que allí se congregan. Tal es el caso de la acaudillada por el estudiante asturiano José Gutiérrez, un joven flaco y enérgico a quien se unen, con otra docena de individuos, el peluquero Martín de Larrea y su mancebo Felipe Barrio. También el vecino de la calle del Príncipe Cosme Martínez del Corral, impresor y administrador de una fábrica de papel y antiguo soldado de artillería, pese a llevar encima 7.250 reales en cédulas retiradas esta mañana, acude a Monteleón para ofrecerse a sus antiguos compañeros, por si se ven en trance de batirse. Por su parte, el almacenista de carbón Cosme de Mora, que tiene tienda en la corredera de San Pablo, y su amigo el portero de juzgado Félix Tordesillas, vecino de la calle del Rubio, logran abrirse paso al frente de un grupo de vecinos sin encontrar franceses que los inquieten. A esta partida, una de las más numerosas, se unen por el camino el oficial de obras Francisco Mata, el carpintero Pedro Navarro, el sangrador de la calle Silva Jerónimo Moraza, el arriero leonés Rafael Canedo, y José Rodríguez, botillero de San Jerónimo, que viene acompañado de su hijo Rafael. En la calle Hortaleza los alcanzan los hermanos Antonio y Manuel Amador; que, pese a su rechazo y a los pescozones que le dan, no pueden evitar que los siga su hermano pequeño Pepillo, de once años.

Otra cuadrilla que está a punto de llegar a Monteleón es la levantada por José Fernández Villamil, hostelero de la plazuela de Matute, a quien siguen escoltando los mozos a su servicio, algunos vecinos y el mendigo de Antón Martín. Irrumpiendo en el retén de Inválidos de las Casas Consistoriales, Fernández Villamil ha logrado apoderarse, sin resistencia por parte de los guardias —uno se unió a ellos—, de media docena de fusiles, sus bayonetas y la munición correspondiente. Entre todos los paisanos sublevados hoy en Madrid, el hostelero y su partida serán de los que más peripecias vivan. Apenas conseguidos los fusiles, tras encaminarse a Palacio por Atocha y la calle Mayor, tuvieron un encuentro cerca de los Consejos con un pequeño destacamento de caballería imperial. En la escaramuza, derribado de un tiro el oficial enemigo, el grupo se vio obligado a retroceder hasta los soportales de la plaza Mayor, manteniendo allí un breve tiroteo hasta que, llegada desde Palacio una avanzada de infantería francesa, el hostelero y los suyos tuvieron que replegarse, cruzando al descubierto y bajo fuego intenso la puerta de Guadalajara hacia la plaza de las Descalzas, donde se les unieron el maestro cerrajero Bernardo Morales y Juan Antonio Martínez del Álamo, dependiente de Rentas Reales. Un nuevo intento de ir a Palacio se vio frustrado hace rato por una descarga de metralla al doblar una esquina. De regreso a las Descalzas, mientras se detenían agrupados para recobrar aliento discutiendo qué hacer, algunos vecinos les han dicho desde los balcones que grupos de paisanos se dirigen al parque de Monteleón. De modo que, tras breve alto para refrescarse en la taberna de San Martín y coger un pellejo de vino de una arroba para el camino —a la vista de los fusiles, el tabernero se niega a cobrarles nada—, Villamil y sus hombres, mendigo incluido, toman a buen paso el camino del parque, sin que esta vez nadie grite «¡A matar franceses!». Aunque se cruzan con pequeños grupos que alborotan y piden armas, o vecinos que jalean desde portales, balcones y ventanas, el hostelero y sus acompañantes, escarmentados, avanzan ojo avizor pegados a las casas, con las armas prevenidas, la boca cerrada y procurando no llamar la atención.

Por las ventanas de la Junta de Artillería siguen oyéndose disparos a lo lejos —ahora el tiroteo es continuo— y gritos de gente suelta que pasa camino de Monteleón. A las once de la mañana, el capitán Pedro Velarde, que para preocupación de su coronel continúa haciendo garabatos en un papel mientras murmura entre dientes «a batirnos, a batirnos», echa hacia atrás su silla, con violencia, y se pone en pie, apoyadas ambas manos en la mesa.

—¡A morir! —exclama—. ¡A vengar a España!

Navarro Falcón se levanta e intenta contenerlo, pero Velarde está fuera de sí. Cada disparo de los que suenan en la calle, cada grito de la gente que pasa, parece roerle las entrañas. Descompuesto el gesto, pálido el rostro, rechaza a su superior, y ante los ojos espantados de oficiales, soldados y escribientes que acuden al oír sus voces, se precipita hacia la escalera.

—¡Vamos a batirnos con los franceses!... ¡A defender a la patria!

Todos se miran indecisos mientras el coronel levanta los brazos, ordenando que permanezcan donde están. Velarde, que se ha detenido un instante para ver si alguien lo acompaña, da media vuelta y se lanza a la calle, arrebatando de camino el fusil a uno de los ordenanzas.

—¡Todo el mundo quieto! —ordena Navarro Falcón—. ¡Que nadie lo siga!

Del medio centenar de hombres que en este momento se encuentran en las oficinas, patio y zaguán de la Junta de Artillería, sólo dos desobedecen esa orden: el escribiente de cuenta y razón Manuel Almira y el meritorio Domingo Rojo Martínez. Levantándose de sus mesas, dejan plumas y tinteros, cogen cada uno un fusil, y sin decir palabra siguen a Velarde.

Casi a la misma hora en que el capitán Velarde abandona la Junta de Artillería, al otro lado de la ciudad, cerca de la fuente de Neptuno, el capitán Marcellin Marbot mira la cuesta que baja del Buen Retiro, dispuesto a guiar las avanzadas de la columna de caballería que el general Grouchy envía en dirección a la puerta del Sol, donde según un correo que acaba de llegar —al galope y con un brazo roto de un balazo— todo sigue en manos del populacho. Vuelto a mirar sobre la grupa del caballo, firme y erguido en su silla, Marbot admira el aspecto imponente de la máquina de guerra inmóvil a su espalda.

«Nada en el mundo —se dice con orgullo— puede detener esto».

Y no le falta razón. Aquélla es la crema de las tropas imperiales. La mejor caballería del mundo. A lo largo de la tapia sur de las caballerizas, escalonadas por escuadrones, las compactas filas de monturas y jinetes ocupan toda la extensión de la alameda hasta la plaza del Coliseo del antiguo palacio de los Austrias, centellando puntas de lanza, cascos y cordones dorados bajo el sol de la mañana. La vanguardia está formada por un centenar de mamelucos y medio centenar de dragones de la Emperatriz. Los siguen doscientos cazadores a caballo y otros tantos granaderos montados, pertenecientes todos a la Guardia Imperial, y casi un millar de dragones de la brigada Privé. La misión de esa fuerza de caballería es despejar la puerta del Sol y la plaza Mayor para converger allí con la infantería, que llegará por las calles Arenal y Mayor, y la caballería pesada, que desde los Carabancheles avanzará por la calle de Toledo.

—Usted dirá, Marbot.

El veterano coronel Daumesnil, encargado de dirigir el primer ataque, llega junto al capitán. Viene a lomos de un espléndido tordo rodado, vestido con su vistoso uniforme de coronel de cazadores a caballo de la Guardia: el dolmán verde, la pelliza roja balanceándose con garbo sobre un hombro, el colbac de piel de oso con su barbuquejo enmarcándole los ojos vivos y el mostacho. Reprimir alborotos de muchachos y viejas, ha dicho despectivo, es impropio de un soldado. Pero las órdenes son las órdenes. Respetuosamente, Marbot recomienda la calle de Alcalá, que es ancha y despejada.

—Con atención a las bocacalles de la izquierda, mi coronel. Hay mucha gente emboscada.

Daumesnil, sin embargo, se muestra partidario de enviar la vanguardia por San Jerónimo, que es el camino más corto. El resto de la fuerza seguirá luego por Alcalá, despejando así ambas avenidas.

—Que asomen el hocico, si se atreven... ¿Se adelanta usted de vuelta con el gran duque o viene con nosotros?

—Tal como está la puerta del Sol, prefiero acompañarlos. Ya ha visto cómo llegó el último batidor, y lo que cuenta. Con mi pequeña escolta no podré pasar.

—Permanezca a mi lado, entonces... ¡Mustafá!

El bravo jefe de los mercenarios egipcios, el mismo que en Austerlitz estuvo a punto de alcanzar al gran duque Constantino de Rusia, avanza con su caballo, acariciándose solemne los desaforados bigotes. Es un tipo grande y fuerte, que viste pantalón bombacho rojo, chaleco y turbante, y al cinto luce curva gumía y un largo alfanje, como el resto de sus camaradas.

—Tú y tus mamelucos vais delante. Sin piedad.

En el rostro atezado del egipcio destella una sonrisa feroz. «*Iallah Bismillah*», responde, y tornando grupas alcanza la cabeza de su colorida tropa. Entonces el coronel Daumesnil se vuelve a su corneta de órdenes, suena un clarinazo, todos gritan «¡Viva el Emperador!» y la vanguardia de la columna se pone en marcha.

Veinte minutos antes de que la caballería de la Guardia Imperial avance desde el Buen Retiro, el alférez de fragata Manuel Esquivel, con todo el alivio del mundo, ha visto llegar su relevo a la casa de Correos de la puerta del Sol.

—¿Traen ustedes munición?

El otro, un teniente chusquero de edad avanzada, el aire rudo e inquieto, niega con la cabeza.

—Ni siquiera para nosotros. Ni un mal cartucho.

Al escuchar aquello, Esquivel no hace aspavientos. Se lo esperaba. Tendrá que hacer todo el camino de regreso al cuartel con la tropa indefensa, a través de una ciudad enloquecida. Malditos sean, piensa. Sus jefes, los franceses, el populacho y la madre que los trajo a todos.

—¿Cuáles son las últimas instrucciones?

—No han cambiado. Encerrarnos y no asomar la gaita.

—¿Así estamos todavía?... ¿Con lo que está pasando ahí afuera?

El otro tuerce el gesto con desagrado.

—A mí qué me cuenta. Yo cumplo órdenes, como usted.

—¿Órdenes? ¿Qué órdenes?... Aquí nadie ordena nada.

El teniente no responde, limitándose a mirarlo como urgiéndolo a irse de una vez. Esquivel observa angustiado a sus veinte granaderos de Marina, que terminan de formar en el patio con los inútiles fusiles colgados al hombro. Para colmo, comprueba, el vistoso uniforme de esa tropa de élite, casaca azul con vueltas rojas, correaje blanco y gorro forrado de piel, puede confundirse de lejos con el de los granaderos imperiales.

—¿Qué hay de los franceses?

El teniente hace amago de escupir entre sus botas, pero se contiene. Luego encoge los hombros con indiferencia.

—Se preparan para marchar sobre el centro de la ciudad. O eso dicen.

—Será una matanza. Ya ve cómo está la gente de encendida. He visto cosas...

—Ése es problema de los gabachos, ¿no cree?... Ni suyo ni mío.

Está claro que al recién llegado empieza a incomodarlo tanta conversación. Y parece resuelto a no complicarse la vida. Ahora dirige ojeadas impacientes a diestra y siniestra, con visibles deseos de que Esquivel desaparezca y atrancar las puertas.

—Yo de usted me iría a toda prisa —sugiere.

Esquivel asiente como si acabara de escuchar el Evangelio.

—No me lo pensaré dos veces —concluye—. Buena suerte.

—Lo mismo digo.

Haciendo de tripas corazón, preocupado por lo que va a encontrar afuera, el alférez de fragata se acerca a sus granaderos, que lo miran entre confiados e inquietos. Del edificio de Correos al cuartel de Marina, situado en el paseo del Prado, hay un trecho largo. Aunque estarán mejor allí, con el resto de la compañía —sobre todo si al final se les ordena salir a la calle para ayudar al pueblo o para reprimirlo—, el trayecto se presenta lleno de obstáculos: la distancia, la gente y los franceses. Sobre todo estos últimos, que viniendo del Buen Retiro van a seguir, sin duda, el mismo camino que él debe tomar, a la inversa, para ir al cuartel. Y no quiere imaginar lo que pasará si se encuentran.

—Calen bayonetas.

«Por lo menos —decide en sus adentros— que la cosa no nos pille con las manos en los bolsillos».

—Preparados para salir. A mi orden y sin detenerse. Vean lo que vean, pase lo que pase, no atiendan más que a mí... ¿Listos?

El sargento del piquete, con su cara curtida de veterano y sus cicatrices de Trafalgar, lo mira como preguntándole si sabe lo que hace. Para tranquilizar a la tropa, Esquivel compone una sonrisa.

—Fusil en prevengan. Paso ligero.

Y tras persignarse mentalmente, poniéndose a la cabeza de sus hombres, el alférez de fragata abandona el edificio. Apenas en la calle, su primera impresión es que penetra en un océano de gente. Al reconocer los uniformes de Marina, la multitud deja paso, respetuosa. Hay mucho pueblo llano, con numerosas mujeres que han venido de la parte sur de la ciudad, y los balcones y ventanas están cuajados como si de una fiesta se tratara. Unos sonríen, dan vivas o aplauden viendo tropa española. Otros, más hoscos, los incitan a unirse a ellos o entregar los fusiles. Impertérrito, sin hacer caso a nadie, Esquivel sigue su marcha. Del lado de Santa Ana oye tiros sueltos. Procurando no mirar a nadie, el sable en la vaina y suspendido en la mano izquierda, los ojos fijos en la embocadura de la carrera de San Jerónimo, el marino dirige a sus granaderos mientras ruega a Dios les permita llegar a tiempo y sin novedad al paseo del Prado.

—¡Mantengan el paso!... ¡Vista al frente!

La marcha, siempre a paso redoblado, lleva al piquete junto al Buen Suceso y luego carrera de San Jerónimo abajo, donde Esquivel observa que los grupos de gente son más dispersos, clarean y acaban siendo pequeñas partidas agazapadas en portales y esquinas con trabucos, palos y cuchillos. En tres ocasiones, al pasar por las bocacalles que llevan a Antón Martín y la calle de Atocha, les hacen algunos disparos de lejos —no se sabe si franceses o españoles—, que no causan desgracias, aunque sí sobresalto. Mientras mantiene el paso rápido, trotando con resonar de botas en el suelo, y a medida que el piquete se acerca a la confluencia de San Jerónimo y el Prado, Esquivel siente desfallecerle el ánimo cuando ve la rutilante y compacta columna de caballería francesa que, despacio, extendiéndose por atrás hasta el Buen Retiro, baja por la cuesta y avanza en dirección contraria, todavía a unas cien varas de distancia.

—Virgen santa —exclama el sargento, a su espalda.

Esquivel se vuelve, con un rugido.

—¡Conserven la formación!... ¡Vista al frente!... ¡Cabeza, variación izquierda!

Y así, sólo un poco antes de que la caballería francesa rebase la fuente de Neptuno, desfilando impasible a paso ligero ante los sorprendidos jinetes de la vanguardia imperial, el pequeño destacamento español, con todos sus granaderos mirando al vacío como si no vieran la amenazadora masa de hombres y caballos, gira disciplinadamente en la esquina misma y se aleja bajo los árboles del paseo del Prado, a salvo.

Hacia las once y media de la mañana, cuando la vanguardia de caballería avanza hacia la puerta del Sol por San Jerónimo, el resto de las tropas imperiales situadas en las afueras de Madrid han abandonado sus campamentos y se dirigen a las puertas de la ciudad, obedeciendo las órdenes de tomar las grandes avenidas y converger en el centro. Al ver multiplicarse la presencia de franceses, y comprobando que sus avanzadas abren fuego sin aviso previo contra todo grupo de civiles que encuentran a su paso, la gente que sigue en la calle busca desesperadamente armas. A veces las obtiene asaltando tiendas, salones de esgrima, cuchillerías, o saqueando la Armería Real, de donde algunos salen con corazas, alabardas, arcabuces y espadas de los tiempos de Carlos V. A esa misma hora, por la tapia trasera del cuartel de Guardias Españolas, un grupo de soldados pasa fusiles y cartuchos al paisanaje que desde allí reclama, mientras sus oficiales miran hacia otro lado pese a las órdenes recibidas. El coronel don Ramón Marimón, que se presentó apenas comenzaron los disturbios, ha llegado a tiempo de impedir que la tropa, ya formada para ello, saliera a la calle. Pese a todo, cinco soldados uniformados, entre los que se cuentan el sevillano de veinticinco años Manuel Alonso Albis y el madrileño de veinticuatro Eugenio García Rodríguez, saltan la tapia y se unen a los insurrectos. De este modo forman partida una treintena de soldados y paisanos entre los que se encuentran José Peña, zapatero de diecinueve años; José Juan Bautista Montenegro, criado del marqués de Perales; el toledano Manuel Francisco González Rivas, vecino de la calle del Olivar; el madrileño Juan Eusebio Martín, y el oficial herrero de cuarenta años Julián Duque. Todos juntos se dirigen hacia el paseo del Prado cruzando por el huerto de San Jerónimo y el Jardín Botánico, en busca de franceses. Allí combatirán, con extraordinaria dureza y haciendo daño al enemigo, contra destacamentos de caballería que bajan del Buen

Retiro y unidades de infantería imperial que empiezan a subir desde el paseo de las Delicias y la puerta de Atocha.

Mientras los choques entre madrileños y avanzadillas francesas se generalizan a lo largo del Prado, el mozo de caballerías reales Gregorio Martínez de la Torre, de cincuenta años, y José Doctor Cervantes, de treinta y dos, que se dirigían al cuartel de Guardias Españolas en busca de armas, dan media vuelta al ver el paso cortado por una columna de jinetes franceses. Al poco encuentran a un conocido llamado Gaudosio Calvillo, funcionario del Resguardo de la Real Hacienda, que va apresurado llevando cuatro fusiles, dos sables y una bolsa de cartuchos. Calvillo les cuenta que muy cerca, en el portillo de Recoletos, sus compañeros de Aduanas se disponen a batirse, o lo hacen ya; de modo que cogen un fusil cada uno y deciden seguirlo. Por el camino, al verlos armados y resueltos, se les unen los hortelanos de la duquesa de Frías y del marqués de Perales Juan Fernández López, Juan José Postigo y Juan Toribio Arjona, llevando Fernández López una escopeta de caza de su propiedad y provistos los otros sólo de navajas. Arjona se hace cargo del fusil que resta, y llegan de ese modo a las inmediaciones del portillo, justo cuando los aduaneros y algunos paisanos se enfrentan a avanzadillas de infantería francesa que se aventuran por el lugar. Saltando tapias, corriendo agachados bajo los árboles de las huertas, los seis terminan por unirse a un grupo numeroso, formado entre otros por los funcionarios del

Resguardo Anselmo Ramírez de Arellano, Francisco Requena, José Avilés, Antonio Martínez y Juan Serapio Lorenzo, a quienes acompañan los alfareros del tejar de Alcalá Antonio Colomo, Manuel Díaz Colmenar, los hermanos Miguel y Diego Manso Martín, y el hijo de éste. Entre todos logran acorralar a unos exploradores franceses que avanzan descuidados por la huerta de San Felipe Neri. Tras furioso intercambio de disparos, les caen encima con navajas, al degüello, haciendo tan terrible carnicería que al cabo, espantados de su propia obra, previendo la inevitable represalia, se dispersan y corren a ocultarse. Los funcionarios buscan amparo en las dependencias de Aduanas del portillo de Recoletos, y el hortelano Juan Fernández López, todavía con su escopeta, decide acompañarlos; sin imaginar que de allí a poco rato, cuando llegue el grueso de tropas enemigas queriendo vengar a sus camaradas, ese lugar se convertirá en una trampa mortal.

En su despacho de la Cárcel Real, el director no da crédito a sus oídos.

—¿Que los presos solicitan qué?

El portero jefe, Félix Ángel, que acaba de poner un papel manuscrito sobre la mesa de su superior, encoge los hombros.

—Lo piden respetuosamente, señor director.

—¿Y qué es lo que dice que solicitan?

—Defender a la patria.

—Me toma el pelo, Félix.

—Dios me libre.

Poniéndose los anteojos, incrédulo todavía, el director lee la instancia que acaba de presentar el portero jefe, transmitida por conducto reglamentario:

Abiendo adbertido el desorden que se nota en el pueblo y que por los balcones se arroja almas y munisiones para la defensa de la Patria y el Rey, el abajo firmante Francisco Xavier Cayón suplica en su nombre y de sus compañeros bajo juramento de volber todos a la prisión se nos ponga en libertad para ir a exponer la vida contra los estrangeros y en bien de la Patria.

Respetuosamente en Madrid a dos de mayo de mil ochosientos y ocho.

Aún estupefacto, el director mira al portero jefe.

—¿Quién es ese Cayón?... ¿El número quince?

—El mismo, señor director. Tiene estudios, como puede ver. Y buena letra.

—¿De fiar?

—Dentro de lo que cabe.

El director se rasca las patillas y resopla, dubitativo.

—Esto es irregular... Eh... Imposible. Ni siquiera en estas difíciles circunstancias... Además, algunos son criminales con delitos de sangre. No podemos dejarlos sueltos.

El portero jefe se aclara la garganta, mira el suelo y luego al director.

—Dicen que si no se atiende la solicitud de buen grado, se amotinan por fuerza.

—¿Amenazan? —el director da un respingo—. ¿Se atreven a eso, los canallas?

—Bueno... Es una forma de verlo. De cualquier manera ya lo han hecho... Están reunidos en el patio y me han quitado las llaves —el portero jefe señala el papel sobre la mesa—. En realidad esa instancia es una formalidad. Un detalle de buena fe.

—¿Se han armado?

—Bueno, sí... Lo de siempre: hierros afilados, pinchos, tostones... Lo normal. También amenazan con pegarle fuego a la cárcel.

El director se seca la frente con un pañuelo.

—De buena fe, dice.

—Yo no digo nada, señor director. Lo de buena fe lo dicen ellos.

—¿Y se ha dejado quitar las llaves, por las buenas?

—Qué remedio... Pero ya los conoce. Por las buenas es una manera de hablar.

El director se levanta de su mesa y da un par de vueltas alrededor. Luego va junto a la ventana, oyendo preocupado los tiros de afuera.

—¿Cree que cumplirían su palabra?

—Ni idea.

—¿Se hace usted responsable?

—Lo veo con ganas de guasa, señor director. Dicho sea con todo respeto.

Indeciso, el director vuelve a secarse la frente. Luego regresa junto a la mesa, coge los lentes y lee otra vez la instancia.

—¿Cuántos reclusos tenemos ahora?

El portero jefe saca una libreta del bolsillo.

—Según el recuento de esta mañana, ochenta y nueve sanos y cinco en la enfermería: noventa y cuatro en total —cerrando la libreta, hace una pausa significativa—. Al menos hace un momento teníamos ésos.

135

—¿Y quieren salir todos?

—Sólo cincuenta y seis, según el tal Cayón. Otros treinta y ocho, si contamos los enfermos, prefieren quedarse aquí, tranquilos.

—Es una locura, Félix. Más que una cárcel, esto parece un manicomio.

—Un día es un día, señor director. La patria y todo eso.

El director mira al portero jefe, suspicaz.

—¿Qué pasa?... ¿También quiere ir con ellos?

—¿Yo?... Ni ciego de uvas.

Mientras el director y el portero jefe de la Cárcel Real dan vueltas al escrito de los presos, una carta de tono diferente llega a manos de los miembros del Consejo de Castilla. Va firmada por el duque de Berg:

Desde este instante debe cesar toda especie de miramiento. Es preciso que la tranquilidad se restablezca inmediatamente o que los habitantes de Madrid esperen ver sobre sí todas las consecuencias de su resolución. Todas mis tropas se reúnen. Órdenes severas e irrevocables están dadas. Que toda reunión se disperse, bajo pena de ser exterminados. Que todo individuo que sea aprehendido en una de esas reuniones sea inmediatamente pasado por las armas.

Como respuesta a la intimación de Murat, el abrumado Consejo, con firma del gobernador don Antonio Arias Mon, se limita a despachar un bando conciliador al que, en una ciudad en armas y enloquecida, nadie hará caso:

Que ninguno de los vasallos de S.M. maltrate de palabra ni de obra a los soldados franceses, sino que antes bien se les dispense todo favor y ayuda.

Ajeno a cualquier bando publicado o por publicar, Andrés Rovira y Valdesoera, capitán del regimiento de Milicias Provinciales de Santiago de Cuba, a la cabeza de un pelotón de paisanos que buscan batirse con los franceses, encuentra al capitán Velarde cuando éste, seguido por los escribientes Rojo y Almira, camina por San Bernardo hacia el cuartel de Mejorada, sede del regimiento de Voluntarios del Estado. Al ver la actitud resuelta de Velarde, Rovira, que lo conoce, se le une con su gente. De ese modo llegan juntos al cuartel, donde encuentran el regimiento formado en el patio y en actitud de defensa, y a su coronel, don Esteban Giraldes Sanz y Merino —marqués de Casa Palacio, veterano de las campañas de Francia, Portugal e Inglaterra—, discutiendo agriamente en un aparte con sus oficiales, que pretenden echarse a la calle, fraternizar con el pueblo e intervenir en la lucha. Giraldes se niega y amenaza con arrestar a todos los mandos de teniente para arriba, pero la discusión se agrava con la presencia de jefes populares, vecinos y conocidos de la gente del cuartel, que se ofrecen para abrir paso a los soldados hasta el cercano parque de Monteleón, garantizando que el pueblo, necesitado de jefes, acatará cualquier orden militar.

—¡Aquí la única disciplina es cumplir lo que yo mando! —exige el coronel, a punto de perder los estribos.

La posición de Giraldes se debilita con la llegada de Velarde, Rovira y los hombres que los siguen. El teniente Jacinto Ruiz, que pese al asma y la mucha fiebre ha logrado incorporarse a su unidad, escucha a Velarde argumentar con calor, y comprueba que sus exaltadas palabras encienden todavía más los ánimos, incluido el suyo.

—¡No podemos estar cruzados de brazos mientras asesinan al pueblo! —vocea el artillero.

El coronel se mantiene en sus trece, y la situación roza el motín. Frente a quienes afirman que si el regimiento sale a la calle su ejemplo alentará al resto de tropas españolas, Giraldes opone que eso extendería la matanza, volviendo irreversible el conflicto.

—¡Es vergonzoso! —insiste Velarde, coreado por oficiales y paisanos—. ¡El honor nos obliga a batirnos por encima de toda consideración!... ¿Es que no oye usted los tiros?

El coronel empieza a dudar, y se le nota. La discusión sube de tono. Las voces llegan hasta los soldados formados en el patio, entre los que empiezan a correr comentarios levantiscos.

—Permítanos al menos —insiste Velarde— reforzar a los compañeros de Monteleón... Apenas hay allí unos pocos artilleros con el capitán Daoiz, y los franceses tienen dentro del parque una fuerza muy superior... Será usted responsable, mi coronel, si atacan a los nuestros.

—¡No le tolero que me hable en ese tono!

Velarde no se achanta lo más mínimo:

—¡Con mi tono o sin él, será responsable ante la patria y ante la Historia!

Ha subido la voz lo suficiente para que los soldados de las filas próximas escuchen a gusto. En el patio crece el rumor de murmullos. Rojo de ira, con las venas a punto de reventarle por el cuello alto y duro de la casaca, Giraldes señala la puerta de la calle.

—¡Salga de mi cuartel inmediatamente!

Resuelto, Velarde alza más la voz, que ahora resuena en todo el patio.

—¡Cuando salga, le juro por mi conciencia que no lo haré solo!

Es el capitán Rovira quien propone una solución. Puesto que el peligro que corren los artilleros del parque es real, podría enviarse una pequeña tropa para asegurarlos de cualquier intento francés. Una fuerza oficial, que al mismo tiempo frene a los paisanos que se amontonan en la calle.

—Si la gente se desboca, será peor. Más uniformes españoles mantendrían la disciplina.

Al fin, acosado, inseguro de poder seguir manteniendo a sus hombres bajo control, el coronel se agarra a esa salida como mal menor. A regañadientes, accede a enviar una fuerza a Monteleón. Para ello elige a uno de sus capitanes más serenos: Rafael Goicoechea, al mando de la 3.ª compañía del 2.º batallón, que tiene bajo sus órdenes a treinta y tres fusileros, a los tenientes José Ontoria y Jacinto Ruiz Mendoza, al subteniente Tomás Bruguera y a los cadetes Andrés Pacheco, Juan Manuel Vázquez y Juan Rojo. La instrucción verbal que recibe Goicoechea es no emprender actos de hostilidad contra ninguna fuerza francesa. Tras lo cual, provistos de munición, fusiles al hombro, con su jefe y oficiales al frente, los Voluntarios del Estado abandonan el cuartel y bajan por San Bernardo hacia la fuente de

Matalobos, la calle de San José y el parque de artillería. Los acompañan Velarde, Rovira y una veintena de paisanos alborozados. Los vecinos aplauden y vitorean, palmean la espalda a los soldados, y algunos se les unen. Precediendo a la tropa, aturdido por su precario estado de salud, inflamado de fiebre y respirando con dificultad, el teniente Jacinto Ruiz se esfuerza por mantenerse erguido. Al pasar por la esquina de la calle de San Dimas, Ruiz observa cómo el padre del cadete Andrés Pacheco, el exento de Guardias de Corps José Pacheco, que desde el balcón de su casa ha visto a su hijo pasar con los otros camino de Monteleón, baja a toda prisa ciñéndose un sable, y sin decir palabra se une a la tropa.

—¡Ahí están!... ¡Vienen delante los moros!

Cuando la vanguardia de jinetes desemboca de San Jerónimo en la puerta del Sol, entre el hospital e iglesia del Buen Suceso y el convento de la Victoria, el primer movimiento de la multitud desarmada es dispersarse por las calles próximas, esquivando los caballos lanzados al galope y los alfanjes de los mamelucos, que hacen molinetes sobre sus cabezas tocadas con turbantes y descargan tajos contra la gente que corre indefensa. Empujado entre la desbandada general, el presbítero de Fuencarral don Ignacio Pérez Hernández intenta refugiarse en un portal. Allí ayuda a un anciano que ha caído al suelo y se expone a ser pisoteado, cuando por todas partes surgen voces de cólera, incitando a no retroceder y plantar cara.

—¡A ellos, rediós!... ¡A por esos moros gabachos! ¡Que no pasen! ¡Que no pasen!

A su alrededor, espantado, el presbítero escucha el clac, clac, clac, de innumerables navajas que se abren. Cachicuernas albaceteñas de siete muelles, con hojas de entre uno y dos palmos de longitud, que los hombres sacan de las fajas, de los bolsillos, de bajo los capotes y las chaquetas, y con ellas en las manos se lanzan ciegos, gritando encolerizados, al encuentro de los jinetes que avanzan.

—¡Viva España y viva el rey!... ¡A ellos!... ¡A ellos!

El choque es brutal, de un salvajismo nunca visto. Tan ebrios de ira que algunos ni se preocupan por su seguridad personal, los madrileños se meten entre las patas de los caballos, se agarran a las bridas y se cuelgan de las sillas, apuñalando a los mamelucos en las piernas, en el vientre, destripando a los caballos que caen patas al aire coceando sus propias entrañas.

—¡A ellos!... ¡Que no quede moro vivo!

Continúan llegando mamelucos a brida suelta. Tropiezan los caballos con los cuerpos caídos y siguen adelante a saltos y trompicones, dando corvetas con hombres agarrados a ellos en racimos testarudos y feroces que intentan derribar a los jinetes sin precaverse de los sablazos, mientras de todos los rincones de la plaza acuden corriendo paisanos enloquecidos con navajas en las manos, con escopetas de caza y trabucos que descargan a bocajarro en la cara de los caballos y en el pecho de sus jinetes. No hay mameluco que caiga o ruede por tierra sin ocho o diez puñaladas, y a medida que acuden más jinetes, y los uniformes verdes y cascos relucientes de los dragones franceses se mezclan con la ropa multicolor de los mercenarios egipcios, la matanza se extiende al centro de la plaza, con la gente disparando carabinas y escopetas desde los balcones, tirando tejas, botellas, ladrillos y hasta muebles. Algunas mujeres arremeten desde los portales con tijeras de coser o cuchillos de cocina, muchos vecinos arrojan armas a quienes pelean abajo, y los más osados, desorbitados los ojos por el ansia de matar, aullando de furia, saltan a la grupa de los caballos y, agarrados a sus jinetes, los acuchillan y degüellan, matan, mueren, se desploman abiertos a sablazos, caen de rodillas bajo los caballos o se revuelcan por el suelo con los enemigos agonizantes, envueltos en sangre de todos, clavando navajas entre los gritos de unos y otros, los relinchos de las bestias desventradas, las coces de sus patas en el aire. Perecen así, deshechos a puñaladas, veintinueve de los ochenta y seis mamelucos que integran el escuadrón; entre ellos el legendario Mustafá, héroe de Austerlitz, a quien sujetan los asturianos Francisco Fernández, criado del conde de la Puebla, y Juan González, criado del marqués de Villaseca, mientras el albañil Antonio Meléndez Álvarez, leonés de treinta años, le rebana el cuello con su cachicuerna. Y al coronel Daumesnil, jefe de la vanguardia francesa, le matan dos caballos a navajazos, librándose de ser acuchillado porque en ambas ocasiones lo socorren sus mamelucos y dragones.

—¡Vienen más, aguantad!... ¡Viva el rey Fernando!... ¡Viva España!

Ensangrentadas hasta las cachas, las navajas no descansan. Muchos jinetes, espantados por el muro humano que se les opone, vuelven grupas y se alejan rodeando el Buen Suceso hacia la calle de Alcalá, donde otra gente los acomete; pero la carrera de San Jerónimo sigue vomitando oleadas de caballería imperial, y los paisanos combatientes sufren terribles bajas. Jun-

142

to a la fuente de la Mariblanca, el albañil Meléndez Álvarez recibe un sablazo que le abre la cabeza. Un mancebo de tienda de la calle Montera llamado Buenaventura López del Carpio, que acude a batirse junto a su compañero Pedro Rosal, encaja un tiro en la cara; y a su lado, pisoteados por los caballos a cuyas riendas se aferran, caen el menorquín Luis Monge, el mozo de cuerda Ramón Huerto, el napolitano Blas Falcone, el jornalero Basilio Adrao Sanz y la vecina de la calle Jacometrezo María Teresa de Guevara. Mucha gente empieza a chaquetear y corre en busca de amparo, y al poco rato no quedan en la puerta del Sol más de tres centenares de hombres y algunas mujeres que pelean como pueden, refugiándose en las esquinas y zaguanes para tomar respiro o esquivar las cargas de los grupos más compactos de caballería, volviendo a saltar sobre los jinetes sueltos que van y vienen para despejar la plaza. Los hermanos Rejón y su compañero el cazador colmenarense Mateo González, que luchan a brazo partido, se ven obligados a recular hasta el atrio enrejado del Buen Suceso cuando una nueva oleada de dragones a caballo dispersa su grupo a tiros y golpes de sable, matando a la manola Ezequiela Carrasco, al herrador Antonio Iglesias López y al zapatero de diecinueve años Pedro Sánchez Celemín. Entre los que, navaja en mano, se resguardan en el Buen Suceso, Mateo González reconoce con estupor al actor Isidoro Máiquez, que ha salido a batirse con el pueblo.

—Rediós. No me diga que usted es Máiquez...

El famoso representante, que tiene cuarenta años, viste a lo castizo: chaquetilla corta de majo, calzón de ante, polainas de paño y pañuelo recogiéndole el pelo. Al oír su nombre sonríe con aire fatigado, mientras se enjuga la sangre de la cara —sangre ajena, parece— con el dorso de una mano.

—Sí, amigo —responde, afable—. En persona y a su servicio.

A Mateo González, que no le han temblado las piernas frente a los mamelucos, se le corta el aliento. Lástima, se lamenta, que no quede vino en la bota de los hermanos Rejón, para celebrar el encuentro.

—Lo vi hacer de don Pedro en *La comedia nueva...* ¡Impresionante!

—Se lo agradezco mucho, pero no es momento. Vayamos a lo nuestro.

El descanso dura poco. Apenas pasa el grueso del nuevo ataque francés, todos, Máiquez incluido, salen otra vez a la calle, sobre el empedrado de la acera, resbaladizo de sangre. José Antonio López Regidor, de treinta años, recibe un balazo a bocajarro en el mismo instante en que, encaramado a la grupa del caballo de un mameluco, le parte a éste el corazón de una puñalada. Caen también en esas cargas francesas, entre otros, Andrés Fernández y Suárez, contador de la Real Compañía de La Habana, de sesenta y dos años; Valerio García Lázaro, de veintiuno; Juan Antonio Pérez Bohorques, de veinte, mozo de caballos de las Reales Guardias de Corps, y Antonia Fayola Fernández, vecina de la calle de la Abada. El noble guipuzcoano José Manuel de Barrenechea y Lapaza, de paso por Madrid, que al oír el tumulto salió esta mañana de su fonda con un bastón estoque, dos pistolas de duelo al cinto y seis cigarros habanos en un bolsillo de su levita, recibe un sablazo que le parte la clavícula izquierda, abriéndola hasta el pecho. Y unos pasos más allá, en la esquina de la casa del Correo con la calle Carretas, los niños José del Cerro, de diez años, que va descalzo y con las piernas desnudas, y José Cristóbal García, de doce, resisten a pedradas, cara a cara, el embate de un dragón de la Guardia Imperial bajo cuyo sable pierden la vida. Para entonces, el presbítero don Ignacio Pérez Hernández, espantado por cuanto presencia, ha abierto la navaja que traía en el bolsillo. Remangados hasta la cintura los faldones de la sotana, pelea a pie firme entre los caballos, junto a sus feligreses foncarraleros.

4

Cuando el capitán Pedro Velarde llega al parque de Monteleón con la fuerza de Voluntarios del Estado y los paisanos que los acompañan, el gentío en la calle de San José supera el millar de personas. Viendo aparecer los uniformes blancos con un capitán de artillería al frente, todos prorrumpen en vítores y aplausos, y a duras penas logra Velarde abrirse paso hasta la puerta. Al encontrarla cerrada, la golpea con firmeza y autoridad. Se entreabre ésta un poco, y al ver los de dentro —dos franceses y un artillero español— sus charreteras de capitán, le franquean el paso sin más trámite, aunque sólo permiten que entren él y otro oficial, que resulta ser el teniente Jacinto Ruiz. En cuanto pisa el recinto, Velarde ve al capitán francés con sus oficiales y la gente formada; y antes de presentarse a Luis Daoiz, que se encuentra con el teniente Arango en la sala de oficiales, se dirige en línea recta, resuelto y escoltado por Ruiz, hacia el jefe de los imperiales.

—Está usted perdido —le suelta a bocajarro— si no se oculta con toda su gente.

El capitán francés, inseguro ante la ruda actitud del español e impresionado por su casaca verde de estado mayor, se queda mirándolo desconcertado.

—El primer batallón de granaderos está en la puerta —farolea Velarde, impertérrito, señalando al teniente Ruiz—. Y los demás vienen marchando.

El francés lo observa fijamente, y luego a Jacinto Ruiz. Después se quita el chacó, secándose la frente con la manga de la casaca. Velarde casi puede oír sus pensamientos: desde el día anterior carece de órdenes superiores, desconoce la situación en el exterior, y ninguno de los enlaces que mandó en busca de noticias ha regresado. Ni siquiera sabe si llegaron a su cuartel o han sido despedazados en las calles.

—Que los suyos entreguen las armas —lo intima Velarde—, pues el pueblo está a punto de forzar la entrada y no respondemos de que sea usted atropellado.

El otro contempla a sus hombres, que se agrupan como un rebaño antes del sacrificio, mirándose inquietos mientras oyen arreciar los gritos de la gente que pide armas y cabezas de gabachos. Luego balbucea unas palabras en mal español, intentando ganar tiempo. No sabe quién es este capitán ni lo que representa, aunque la autoridad con que se expresa, el gesto exaltado y el brillo fanático de sus ojos, lo desconciertan. A Velarde, que advierte el ánimo de su oponente, ya no hay quien lo pare. En el mismo tono, apoyada la mano izquierda en la empuñadura del sable, exige al francés que haga de buena voluntad lo que, de negarse, le obligarán a hacer a la fuerza. El tiempo es precioso, y urge.

—Rinda las armas inmediatamente.

Cuando el capitán Luis Daoiz sale al patio a ver qué ocurre, el jefe imperial, desmoronado, acaba de rendirse a Velarde con toda su tropa y los Voluntarios del Estado se encuentran ya dentro del parque. De modo que Daoiz, como comandante del recinto, asume las disposiciones adecuadas: los fusiles franceses a la armería, el capitán y los mandos al pabellón de oficiales con órdenes de ser exquisitamente tratados, y los setenta y cinco soldados en las cuadras al otro extremo del edificio, lo más lejos posible de la puerta y bajo la vigilancia de media docena de Voluntarios del Estado. Luego de ordenar todo eso, coge aparte a Velarde y, encerrándose con él en la sala de banderas, le echa una bronca.

—Que sea la última vez que das una orden en este cuartel sin contar conmigo... ¿Está claro?

—Las circunstancias...

—¡Al diablo las circunstancias! ¡Esto no es un juego, maldita sea!

Por muy exaltado que sea, Velarde aprecia mucho a su amigo. Lo respeta. Su tono se vuelve conciliador, y las excusas son sinceras.

—Discúlpame, Luis. Yo sólo quería...

—¡Sé perfectamente lo que querías! Pero no hay nada que hacer. ¡Nada!... A ver si te lo metes de una vez en la cabeza.

—Pero la ciudad está en armas.

—Sólo cuatro infelices, al final. Y sin ninguna posibilidad. Estás hablando de batir al ejército más poderoso del mundo con paisanos y unas cuantas escopetas... ¿Es que te has vuelto loco? Léete la orden que me dio Navarro cuando salí esta mañana —Daoiz golpetea con los dedos sobre el papel que ha sacado de una vuelta de la casaca—. ¿Ves?... Prohibido tomar iniciativas o unirse al pueblo.

—¡Las órdenes ya no valen, tal como están las cosas!

—¡Las órdenes valen siempre! —al levantar la voz, Daoiz también eleva su escasa estatura empinándose sobre las puntas de las botas—. ¡Incluidas las que yo doy aquí!

Velarde no está convencido, ni lo estará nunca. Se roe las uñas, agita con violencia la cabeza. Le recuerda a su amigo el compromiso para la sublevación de los artilleros.

—Lo decidimos hace unos días, Luis. Tú estabas de acuerdo. Y la situación...

—Eso ya es imposible de ejecutar —lo interrumpe Daoiz.

—El plan puede seguir adelante.

—El plan se ha ido al traste. La orden del capitán general nos destroza a ti, a mí y a unos pocos más, pero es una disculpa estupenda para los indecisos y los cobardes. No disponemos de fuerza suficiente para sublevarnos.

Sin darse por vencido, llevándolo hasta la ventana, Velarde señala a los Voluntarios del Estado que fraternizan con los artilleros.

—Te he traído casi cuarenta soldados. Y ya sabes todos los paisanos que hay afuera, esperando armas. También veo que han venido algunos compañeros fieles, como Juanito Cónsul, José Dalp y Pepe Córdoba. Si armamos al pueblo...

—Métetelo en la cabeza, Pedro. De una vez. Nos han dejado solos, ¿comprendes?... Hemos perdido. No hay nada que hacer.

—Pero la gente se está batiendo en Madrid.

—Eso no puede durar. Sin los militares, están sentenciados. Y nadie va a salir de los cuarteles.

—Demos ejemplo y nos seguirán.

—No digas simplezas, hombre.

Dejando a Velarde murmurar sus inútiles argumentos, Daoiz se aleja de él, sale al patio y se pone a pasear solo, descubierta la cabeza, las manos cruzadas a la espalda sobre los faldones de la casaca, sintiéndose blanco de todas las miradas. Fuera del parque, al otro lado de la gran puerta cerrada bajo el arco de ladrillo y hierro, la gente sigue dando mueras a Francia y vivas a España, al rey Fernando y al arma de artillería. Por encima de sus voces, amortiguado en la distancia, resuena crepitar de fusilería. A Luis Daoiz, que vive el momento más amargo de su vida, cada uno de esos gritos y sonidos le desgarra el corazón.

Mientras el capitán Daoiz se debate con su conciencia en el patio del parque de Monteleón, al sur de la ciudad, en el extremo opuesto, a Joaquín Fernández de Córdoba, marqués de Malpica, y a los paisanos voluntarios, se les seca la boca cuando ven aparecer la caballería francesa que sube hacia la puerta de Toledo. Más tarde, al hacer balance de la jornada, se confirmará que esa fuerza imperial, que viene de su campamento en los Carabancheles bajo el mando del general de brigada Rigaud, consta de dos regimientos de coraceros: novecientos veintiséis jinetes que ahora remontan la cuesta al trote, entre las rectas arboledas que se inclinan hasta el Manzanares, con intención de dirigirse por la calle de Toledo hacia la plaza de la Cebada y la plaza Mayor.

—Cristo misericordioso —murmura el sirviente Olmos.

Con pocas esperanzas, el marqués de Malpica mira alrededor. En torno al embudo de la puerta de Toledo, por donde forzosamente deben penetrar los franceses en la ciudad, hay apostados cuatrocientos

151

vecinos de los barrios de San Francisco y Lavapiés. Decir que abundan entre ellos los tipos populares —chaquetillas pardas, pañuelos de franjas blancas y negras, calzones con las boquillas sueltas y la pierna al aire— es quedarse corto: en su mayor parte son manolos y gente baja, rufianes de navaja fácil y mujeres de las calles de mala fama próximas al lugar, aunque no falten vecinos honrados de la Paloma y las casas cercanas, carniceros y curtidores del Rastro, mozos y criadas de los mesones y tabernas de esa parte de la ciudad. Pese a sus esfuerzos por plantear una defensa razonable en lo militar, y tras muchas discusiones y voces desabridas, el de Malpica no ha podido impedir que se organicen a su manera, según grupos y afinidades, de forma que cada cual toma las disposiciones que cree oportunas: unos bloquean la calle con carros, vigas, cestones y ladrillos de una obra cercana, y aguardan detrás, confiados en sus navajas, cuchillos, machetes, chuzos, espetones de asador u hoces de segar. Otros, los que tienen fusiles, carabinas o pistolas, han ido a apostarse en el hospital de San Lorenzo y en los balcones, ventanas y terrazas que dominan la puerta de Toledo y la calle, donde hay mujeres que disponen ollas de aceite y agua hirviendo. El de Malpica, que por su grado de capitán en la reserva del regimiento de Málaga es el único con verdadera experiencia militar, apenas consigue imponer algunos consejos tácticos. Sabe que los jinetes franceses acabarán forzando la débil barrera, así que ha situado algo más atrás, escalonada al amparo de un soportal próximo a la esquina de la calle de los Cojos, a la gente que acata sus órdenes: una treintena de personas que incluye a sus criados y la partida levantada en la calle de la Almudena, la mujer con el hacha, el mancebo de botica y algunos más que se unieron por el camino. Su misión, ha explicado, será atacar por el flanco a los jinetes enemigos que pasen la barrera. Y a quienes tienen fusiles de reglamento —el dragón de Lusitania, los cuatro desertores de Guardias Walonas, el criado Olmos y el conserje de los Consejos— les recomienda disparar con preferencia a los oficiales, abanderados y cornetas. En cualquier caso, a los que cabalguen delante, den órdenes o muevan mucho las manos.

—Y si nos dispersan, corred y reuníos de nuevo, retrocediendo poco a poco hacia la plaza de la Cebada... Si hay que retirarse, nos juntaremos allí.

Uno de los voluntarios, el caballerizo de Palacio que empuña un trabuco, sonríe confiado. Para el pueblo español, acostumbrado a la obediencia ciega a la Religión y la Monarquía, un título nobiliario, una sotana o un uniforme son la única referencia posible en momentos de crisis. Eso quedará patente muy pronto, en la composición de las juntas que hagan la guerra a los franceses.

—¿Cree usía que vendrán nuestros militares?

—Claro que sí —miente el aristócrata, que no se hace ilusiones—. Ya lo veréis... Por eso hay que aguantar lo que se pueda.

—Cuente con nosotros, señor marqués.

—Pues vamos. Cada uno en su puesto, y que Dios nos ayude.

—Amén.

Al otro lado de la puerta de Toledo, el sol hace relucir, elocuente, corazas, cascos y sables. Los gritos y vivas con los que hace un momento se animaba la gente han cesado por completo. Las bocas están ahora mudas, abiertas; y todos los ojos, desorbitados, fijos en la brigada de caballería que se acerca en masa compacta. Arrodillado tras el pilar de madera de un soportal, con una carabina en las manos, dos pistolas cargadas y un machete al cinto, el sombrero inclinado sobre la frente para que no lo deslumbre el sol, el marqués de Malpica piensa en su mujer y en sus hijos. Luego se persigna. Aunque es hombre piadoso que no oculta sus devociones, procura hacerlo con disimulo; pero el ademán no pasa inadvertido. Su criado Olmos lo imita, y al cabo hacen lo mismo cuantos se encuentran próximos.

—¡Ahí están! —exclama alguien.

Por un instante, el marqués no presta atención a la puerta de Toledo. Intenta averiguar la causa de una extraña vibración creciente que nota bajo la rodilla apoyada en tierra. Entonces comprende que se trata del suelo que tiembla con las herraduras de los caballos que se acercan.

A mediodía, el centro de Madrid es un continuo y confuso combate. En el espacio comprendido entre la embocadura de la calle de Alcalá y la carrera de San Jerónimo, la casa de Correos, San Felipe y la calle Mayor hasta los portales de Roperos, hay cadáveres de ambos bandos: franceses degollados y madrileños que yacen en el suelo o son retirados a rastras dejando regueros de sangre, entre relinchos de caballos moribundos. Y la lucha sigue sin cuartel, por una ni otra parte. Los pocos fusiles y escopetas cambian de manos al morir sus dueños, arrebatados por quienes esperan a que alguien caiga para coger su arma. Los grupos dispersos en la puerta del Sol vuelven a reunirse después de cada carga de caballería, y saltando desde los zaguanes y soportales, el claustro del Buen Suceso, la Victoria, San Felipe y las calles adyacentes, acometen de nuevo a cuerpo descubierto, navajas contra sables, trabucos contra cañones, tanto a los dragones y mamelucos que siguen llegando de San Jerónimo y vuelven grupas por Alcalá, como a los soldados de la Guardia Imperial que, bajo el mando del coronel Friederichs, avanzan por Mayor y Arenal, desde Palacio, barriendo las calles con fusilería y fuego de las piezas de campaña que emplazan en cada esquina. Uno de los primeros heridos por estas descargas es el joven León Ortega y Villa, el discípulo del pintor Francisco de Goya, que lleva un rato desjarretando a navajazos caballos de los franceses. Y cerca de los Consejos, tras retirarse ante una carga de jinetes polacos junto a sus feligreses de Fuencarral, el presbítero don Ignacio Pérez Hernández es alcanzado por una andanada de metralla francesa, da unos pasos vacilantes y se desploma. Pese al nutrido fuego enemigo, sus compañeros logran rescatarlo, aunque herido de gravedad, y ponerlo a cubierto. Llevado más tarde y con muchas peripecias al Hospital General, don Ignacio salvará la vida.

Por toda la ciudad se suceden casos particulares, combates que a veces llegan a ser individuales. Tal es el que libra frente a la residencia de la duquesa de Osuna, en solitario, el carbonero Fernando Girón: topándose en una esquina con un dragón francés, lo desmonta de un garrotazo y, tras rematarlo a golpes, le quita el sable y con él se enfrenta a un pelotón de granaderos antes de ser muerto a bayonetazos. Un mallorquín llamado Cristóbal Oliver, antiguo soldado de Dragones del Rey al servicio del barón de Benifayó, sale de la hostería donde se alojan ambos en la calle de los Peligros, y con un espadín de su amo como única arma, camina hasta la esquina de la calle de Alcalá, donde acomete a cuanto francés pasa a su alcance, mata a uno y hiere a dos; y al rompérsele en el último la hoja del espadín, con sólo la empuñadura en la mano, regresa tranquilamente a su hostería. De ese modo, las relaciones de los combates y sus incidencias registrarán, más tarde, la actuación de muchos hombres y mujeres anónimos, como el que los vecinos de la calle del Carmen ven desde sus ventanas, vestido con ropa de cazador, polainas de becerro y una canana llena de cartuchos, que parapetado en una esquina de la calle del Olivo dispara uno tras otro diecinueve tiros contra los franceses, hasta que, sin munición, arroja la escopeta, saca un cuchillo de monte y se defiende espalda contra la pared, hasta que lo matan. Tampoco llega a saber nadie el nombre del calesero —conocido sólo como *El Aragonés*— que, emboscado en un zaguán de la calle de la Ternera, dispara un trabuco cargado con puntas de tapicero, a bocajarro, contra todo francés que pasa por la calle. Ni los nombres de cuatro chisperos que pelean a navajazos con unos polacos en la calle de la Bola. Ni el de la mujer todavía joven que, en Puerta Cerrada, tras derribar del caballo a pedradas a un batidor francés mientras le grita «¡date, perro!», lo degüella con su propio sable. Nunca se conocerá, tampoco, el nombre del granadero de Marina desarmado —desertor de su cuartel o del piquete del alférez de fragata Esquivel— que en la calle de Postas pone a salvo a un grupo de mujeres y niños acosado por los franceses; y cayendo luego sobre un dragón desmontado, lo estrangula con las manos desnudas; aunque más tarde, en la relación de bajas de la jornada, figurarán los nombres de tres soldados que hoy visten ese uniforme: Esteban Casales Riera, catalán —muerto—, Antonio Durán, valenciano, y Juan Antonio Cebrián Ruiz, de Murcia.

Quedará memoria documentada, en cambio, de los nueve albañiles que al iniciarse el enfrentamiento trabajaban en la obra de reparación de la iglesia de Santiago: el capataz de sesenta y seis años Miguel Castañeda Antelo, los hermanos Manuel y Fernando Madrid, Jacinto Candamo, Domingo Méndez, José Amador, Manuel Rubio, Antonio Zambrano y José Reyes Magro. Todos ellos pelean en la calle de Luzón, acorralados entre la caballería francesa que llega de la puerta del Sol y la infantería que avanza por Mayor y Arenal. Hace media hora, al pasar bajo sus andamios un pelotón de polacos que daba caza a paisanos en fuga, los albañiles atacaron a los jinetes, tirándoles cuanto hallaron a mano, desde tejas hasta herramientas; y bajando luego, descamisados, abiertas las navajas que todos llevaban encima, se arrojaron a luchar con la ingenua rudeza de su oficio. Ahora, acosados por todas partes, batidos a mosquetazos, deben retroceder calle arriba y resguardarse en la parroquia. El capataz Castañeda acaba de recibir un tiro en el vientre que le hace doblar las rodillas y acurrucarse en la acera, de donde lo levanta el albañil Manuel Madrid. Con su compañero a cuestas, viendo que la iglesia queda lejos, Madrid busca reparo en la plaza de la Villa; con tan mala fortuna que, al pasar una zona enfilada, suena una descarga, chascan plomazos contra los muros próximos, y aunque Madrid resulta ileso, una bala rompe un brazo al infeliz Castañeda. Caen los dos, y mientras más tiros zurrean sobre sus cabezas, Madrid arrastra como puede al compañero, tirando de su brazo sano, para ponerlo a cubierto.

—Déjame, hombre —murmura débilmente el capataz—. Peso demasiado... Déjame y vete... Sálvate mientras puedas.

—¡Ni hablar! ¡Así me maten esos mosiús hijoputas, te vienes conmigo!

—No vale la pena... Yo estoy servido, y me voy por la posta.

Un vecino llamado Juan Corral, que observa la escena desde un portal, se acerca agachado, y cogiendo al herido por los pies ayuda a ponerlo a salvo. De esa forma, cargados con Castañeda a través de la ciudad llena de franceses, aventurándose por calles desiertas y por otras donde los enemigos hacen fuego de lejos, Madrid y Corral logran llevarlo a su casa de la calle Jesús y María, donde le hacen la primera cura. Trasladado en los días siguientes al Hospital General, el capataz vivirá tres años hasta morir, al fin, a causa de sus heridas.

Los otros albañiles de la obra de Santiago corren una suerte más inmediata y trágica. Refugiados en la iglesia, al poco rato se ven rodeados por un pelotón de fusileros que busca vengar a sus camaradas polacos. Jacinto Candamo intenta resistir y apuñala al primer francés que se acerca, por lo que es reventado a culatazos y dejado agonizante con siete heridas. A Fernando Madrid, José Amador, Manuel Rubio, José Reyes, Antonio Zambrano y Domingo Méndez se los llevan atados entre empujones, insultos y golpes. Los seis se contarán entre los ejecutados la madrugada del día siguiente, en la montaña del Príncipe Pío.

—¡Viva España y viva el rey!... ¡A ellos! ¡A ellos!

En la puerta de Toledo, bajo las patas de los caballos rabones y los sables de los coraceros franceses, la manolería de los barrios bajos de Madrid combate enloquecida, con la ferocidad de la gente que nada tiene que perder y el odio insensato de quien sólo anhela venganza y sangre. Apenas los primeros jinetes cruzaron bajo el arco, topándose con la barricada, una turba de hombres y mujeres saltó sobre ellos a pecho descubierto, acometiendo con palos, cuchillos, piedras, chuzos, tijeras, agujas de espartero y cuantos enseres domésticos pueden ser usados como armas, mientras desde los tejados, ventanas y balcones próximos se hacía un fuego irregular, pero nutrido, de escopetas, fusiles y carabinas. Cogidos por sorpresa, los primeros coraceros se amontonan ahora desordenados, derriban gente a sablazos, intentan volver atrás o espolean sus monturas para salvar los obstáculos; mas los estorba el enjambre de civiles vociferantes que corta las riendas, apuñala a los caballos, se encarama a las grupas y da en tierra con los imperiales, entorpecidos por sus pesados cascos y corazas de acero, por cuyas junturas y golas, una vez en tierra, los atacantes meten sus enormes navajas.

—¡Sin piedad!... ¡No dejéis francés vivo!

El degüello se extiende más allá de la puerta y la barricada, a medida que más caballería atropella a la multitud e intenta abrirse paso hacia la calle de Toledo. Viene ahora el turno de las mujeres que están en las ventanas, con sus calderos de aceite y agua hirviendo que encabritan a los caballos y hacen revolcarse por tierra a los jinetes abrasados, cuyos alaridos cesan cuando grupos de paisanos los acometen, matan y descuartizan sin misericordia. Algunos arrojan tiestos, botellas y muebles. Las balas de los tiradores —el dragón de Lusitania y los Guardias Walonas disparan con eficacia profesional— abren orificios en cascos y corazas, y cada vez que un francés pica espuelas y se lanza al galope en dirección a Puerta Cerrada, rufianes de burdel, mujerzuelas de taberna, honradas amas de casa y vecinos airados, dejándose pisotear por los cascos del caballo, arrastrados por el suelo sin soltar la silla o la cola recortada del animal, unen sus esfuerzos en derribar al jinete, clavarle cuanto tienen a mano, arrancarle la coraza y reventarle las tripas a golpes y cuchilladas. Cuando María Delgado Ramírez, de cuarenta años, casada, se enfrenta a un jinete francés con una hoz de segar, recibe un balazo que le rompe el fémur del muslo derecho. Una bala atraviesa la boca a María Gómez Carrasco, y un sablazo acaba con Ana María Gutiérrez, de cuarenta y nueve años, vecina de la Ribera de Curtidores. A su lado es herido de muerte el joven de veinte años Mariano Córdova, natural de Arequipa, Perú, presidiario del puente de Toledo, de donde escapó esta mañana para unirse a los que combaten. La manola María Ramos y Ramos, de veintiséis años, soltera, que vive en la calle del Estudio, recibe un sablazo que le abre un hombro cuando, espetón de asar en mano, intenta derribar del caballo a un coracero. Cerca de ella caen el peón de albañil Antonio González López —pobre de solemnidad, casado y con dos hijos—, el carbonero gallego Pedro Real González y los manolos del barrio José Meléndez Moteño y Manuel García, domiciliados en la calle de la Paloma. La pescadera Benita Sandoval Sánchez, de veintiocho años, que pelea junto a su marido Juan Gómez, grita «¡cochinos gabachos!», se aferra a un caballo y le clava unas tijeras de limpiar pescado en el cuello, derribando a bestia y jinete; y antes de que el francés se reponga de la caída, lo apuñala en la cara y los ojos, revolviéndose luego contra otros que llegan. A su lado, cuchillos en mano y cubiertos de sangre francesa, pelean el manolo Miguel Cubas Saldaña, carpintero de Lavapiés, y sus amigos el lavandero Manuel de la Oliva y el vidriero Francisco López Silva. Otro compadre, el jornalero Juan Patiño, se arrastra por el suelo con las tripas fuera, intentando esquivar las patas de los caballos.

—¡Resistid!... ¡Por España y por el rey Fernando!

El marqués de Malpica, que ha descargado su carabina y las dos pistolas, empuña el machete, abandona el resguardo de los soportales y se une a la pelea, seguido por el sirviente Olmos y la gente de su grupo; pero a los pocos pasos vacila, espantado. Nada en su anterior vida militar lo había preparado para una escena como ésta. Hombres y mujeres con la cara abierta a sablazos se retiran de la pelea dando traspiés, los franceses que caen chillan como animales en manos de matarifes mientras se debaten y son degollados, y muchos caballos desventrados a navajazos van de un lado a otro sin jinete, pisándose las entrañas. Un oficial de coraceros de ojos despavoridos, que ha perdido el casco en la refriega, se abre camino con golpes de sable, espoleando su montura. El criado Olmos, la mujer del hacha de carnicero y el manolo Cubas Saldaña se arrojan bajo las patas del caballo, que los arrastra y atropella, no sin que Cubas logre darle al francés una puñalada en el vientre. Se descompone el jinete, tambaleándose en la silla, y eso basta para que uno de los soldados de Guardias Walonas —el polaco Lorenz Leleka— lo derribe de un bayonetazo, antes de caer él mismo con un tajo de sable en el cuello. Resuena el jinete francés con estrépito de acero al dar en el suelo, y Malpica, por instintivo impulso de honor militar, le pone el machete ante los ojos, intimándolo a rendirse. Asiente el otro, aturdido, más por interpretar el ademán que por comprender lo que se le dice; pero en ese instante la mujer se acerca por detrás, ensangrentada y cojeando, y le abre al coracero la cabeza de un hachazo, hasta los dientes.

—¿Cuándo vienen a ayudarnos nuestros militares, señor marqués?

—Ya falta menos —murmura Malpica, mirando al francés.

Al otro lado de la puerta de Toledo suenan clarines, crece el rumor de caballerías al galope, y Malpica, que reconoce el toque de carga, mira inquieto más allá de la matanza que lo rodea. Una masa de acero centelleante, cascos, corazas y sables, empieza a cruzar compacta bajo el arco de la puerta de Toledo. Entonces comprende que hasta ahora no se las han visto más

162

que con la avanzadilla de la columna francesa. El verdadero ataque empieza en este momento.

«Esto no puede durar», piensa.

El capitán Luis Daoiz está inmóvil y pensativo en el patio del parque de Monteleón, escuchando los gritos de la multitud que reclama armas al otro lado de la puerta. Procura evitar las miradas que, a pocos pasos, en grupo junto a la entrada de la sala de banderas, le dirigen Pedro Velarde, el teniente Arango y los otros jefes y oficiales. En la última media hora han llegado ante el parque nuevas partidas, y las noticias corren como pólvora inflamada. Habría que estar sordo para ignorar lo que ocurre, pues el ruido de disparos se extiende por toda la ciudad.

Daoiz sabe que no hay nada que hacer. Que el pueblo que combate en las calles se queda solo. Los cuarteles cumplirán las órdenes recibidas, y ningún jefe militar arriesgará su carrera ni su reputación sin instrucciones del Gobierno o de los franceses, según las lealtades de cada cual. Con Fernando VII en Bayona y la Junta que preside el infante don Antonio abrumada y sin autoridad, pocos de quienes tienen algo que perder se pronunciarán hasta que se perfilen vencedores y vencidos. Por eso no hay esperanza. Sólo una insurrección militar que arrastrase al resto de guarniciones españolas habría tenido posibilidades de éxito; pero todo se ha torcido, y no será la voluntad de unos pocos la que lo enderece. Ni siquiera abrir las puertas del parque a quienes reclaman afuera, armarlos contra los franceses, cambiará las cosas. Sólo exten-

163

derá la matanza. Además están las órdenes, la disciplina y todo el resto.

Órdenes. Con gesto maquinal, Daoiz extrae de la vuelta de su casaca el papel que le entregó el coronel Navarro Falcón antes de salir de la Junta Superior de Artillería, lo desdobla y vuelve a leerlo por enésima vez:

No tomará en ningún momento iniciativa propia sin órdenes superiores por escrito, ni fraternizará con el pueblo, ni mostrará hostilidad ninguna contra las fuerzas francesas.

Con amargura, el artillero se pregunta qué harán en ese momento el ministro de la Guerra, el capitán general, el gobernador militar de Madrid, para justificarse ante Murat. A Daoiz le parece oírlos: el populacho y sus bajas pasiones, Alteza. Gente descarriada, inculta, agitadores ingleses. Etcétera. Lamiendo las botas al francés pese a la ocupación, al rey prisionero, a la sangre que corre por todas partes. Sangre española, en suma; vertida con razón o sin ella —hoy la razón es lo de menos— mientras se ametralla al pueblo indefenso. El recuerdo del incidente de ayer por la tarde en la fonda de Genieys asalta de nuevo a Daoiz, produciéndole una insoportable vergüenza. Al capitán de artillería le escuece su honor maltrecho. Aquellos oficiales extranjeros insolentes, burlándose de un pueblo desgraciado... ¡Cómo se arrepiente ahora de no haberse batido! ¡Y cómo, sin duda, se arrepentirá mañana!

Estupefacto, Daoiz mira el papel de la orden a sus pies. No es consciente de haberlo roto, pero ahí está, arrugado y hecho pedazos. Al fin, como si despertara de un sueño incómodo, mira alrededor, observa el asombro de Velarde y los otros, las expresiones ansiosas de artilleros y soldados. De pronto se siente liberado de un peso enorme, casi con ganas de reír. No se recuerda tan sereno y lúcido jamás. Entonces se yergue, comprueba que lleva bien abotonadas casaca y chupa, saca el sable de la vaina y apunta con él hacia la puerta.

—¡Las armas al pueblo!... ¡A batirnos!... ¿No son nuestros hermanos?

Además del presbítero de Fuencarral, a quien sus feligreses retiraron malherido del combate, hay otro sacerdote que pelea en las inmediaciones de la puerta del Sol: se llama don Francisco Gallego Dávila. Capellán del convento de la Encarnación, se echó a la calle a primera hora de la mañana, y tras batirse en Palacio y junto al Buen Suceso huye ahora fusil en mano, con un grupo de civiles, hasta la calle de la Flor baja. El ayudante de la Real Caballeriza Rodrigo Pérez, que lo conoce, lo encuentra arengando a los vecinos a tomar las armas para defender a Dios, al rey y a la patria.

—Quítese usted de ahí, don Francisco... Que lo van a matar, y éstas no son cosas de su ministerio. ¡Qué dirán sus monjas!

—¡Qué monjas ni qué niño muerto! Hoy, mi ministerio se ejerce en la calle. Así que únase a nosotros, o vaya a su casa a esconderse.

—Prefiero irme a casa, con su permiso.

—Pues vaya con Dios y no importune más.

Animados por su tonsura, sotana y actitud decidida, varios fugitivos se congregan alrededor del sacerdote. Entre ellos se encuentran el conductor de Correos Pedro Linares, de cincuenta y dos años, que lleva en la mano una bayoneta francesa y al cinto una pistola sin munición, y el zapatero de treinta años Pedro Iglesias López, vecino de la calle del Olivar, armado con un sable de su propiedad, a quien hace media hora vieron matar a un soldado enemigo en la esquina de la calle Arenal.

—¡Volvamos a pelear! —los exhorta el sacerdote—. ¡Que no digan que los españoles damos la espalda!

El grupo —seis hombres y un muchacho provistos de cuchillos, bayonetas y un par de carabinas cogidas a los dragones enemigos— se encamina resuelto hacia la calle de los Capellanes, junto a cuya fuente, agazapados tras un guardacantón, turnándose para apuntar y disparar mientras el compañero carga, hay tres soldados haciendo fuego con fusiles.

—¡Ya están aquí nuestros militares! —exclama don Francisco Gallego, gozoso.

La desilusión llega pronto. Uno de los uniformados es el sargento segundo de Inválidos Víctor Morales Martín, de cincuenta y cinco años, veterano de los dragones de María Luisa, que se ha echado a la calle por su cuenta, abandonando sin permiso el cuartel de la calle de la Ballesta con algunos compañeros de los que se vio separado en la refriega. Los otros dos soldados son jóvenes, visten casaca azul con cuello del mismo color y solapas rojas, y llevan en la escarapela roja del sombrero la cruz blanca que distingue a los regimientos suizos al servicio de España. Uno de ellos no tarda en confirmar a los recién llegados, en un español de rudas resonancias germánicas, que él y su camarada —se trata de su hermano, pues son los soldados

166

Mathias y Mario Schleser, del cantón de Aargau— se encuentran allí combatiendo por gusto, pues su regimiento, el 6.º suizo de Preux, tiene órdenes de no salir a la calle. Ellos iban al cuartel cuando se vieron en mitad del tumulto; así que desarmaron a unos franceses a los que sorprendieron fugitivos y aislados, y aquí están. Librando su propia guerra.

—Que Dios os bendiga, hijos míos.

—Apárrtese de ahí, reverrendo. Vienen más frranzosen. *Ja.*

En efecto. Desde la plazuela del Celenque suben, con muchas precauciones, dos dragones franceses desmontados parapetándose tras sus caballos, seguidos por un pequeño grupo de uniformes azules. Apenas ven a los concentrados en la esquina, se detienen y hacen fuego. Algunas balas levantan desconchones en el yeso de las paredes.

—¡De lejos no hacemos nada! —grita el sacerdote—... ¡A ellos!

Y acto seguido, pese a los esfuerzos de los militares por detenerlo, se lanza blandiendo el fusil como una maza, seguido ciegamente por los paisanos. La nueva descarga francesa, cerrada y bien dirigida, los encuentra al descubierto, mata al sargento de Inválidos Morales, hiere de muerte al soldado Mathias Schleser —que hace dos días cumplió veintinueve años— y alcanza con un rebote superficial a su hermano Mario, mientras don Francisco Gallego, aturdido, es arrastrado por los otros en busca de refugio. Cargan ahora los franceses con sus bayonetas, y los supervivientes corren despavoridos hacia las Descalzas golpeando las puertas que encuentran al paso, aunque ninguna se abre. El zapatero Iglesias y el conductor de Correos Linares logran escabullirse hacia la plazuela de San Martín; pero el sacerdote, que cojea por haberse lastimado un pie, sólo llega hasta la puerta principal del convento. Allí, dando golpes con la culata del fusil, pide refugio; mas nadie responde dentro, y los franceses le dan alcance. Resignado a su suerte, se vuelve mientras reza el acto de contrición, dispuesto a entregar a Dios su alma. Pero al ver su sotana y su tonsura, el oficial que manda el grupo, un veterano de bigote cano, aparta con el sable a los que quieren atravesarlo allí mismo.

—¡Herejes y malditos hijos de Lucifer! —les escupe don Francisco.

Los soldados se limitan a molerlo a culatazos y llevárselo maniatado en dirección a Palacio.

No sólo corren los fugitivos de la plaza de las Descalzas. Algo más al sur de la ciudad, al otro lado de la plaza Mayor, los supervivientes tras la carga de la caballería pesada en la puerta de Toledo se retiran como pueden, cuesta arriba, hacia el Rastro y la plaza de la Cebada. La refriega ha sido tan dura, y tan enorme la matanza, que los franceses no conceden cuartel a nadie. Para dar esquinazo a los coraceros que lo sablean todo a su paso, el exhausto marqués de Malpica busca resguardo en las calles próximas a la Cava Baja mientras sostiene a su sirviente Olmos, que después de verse entre las patas de un caballo enemigo orina sangre como un cerdo degollado.

—¿Adónde vamos ahora, señor marqués?

—A casa, Olmos.

—¿Y los gabachos?

—No te preocupes. Has hecho suficiente por hoy. Y creo que yo también.

El criado se mira el calzón, teñido de rojo hasta las rodillas.

—Me estoy vaciando por el pitorro del botijo.

—Pues aguanta.

En la esquina de la calle de Toledo con la de la Sierpe, el dragón de Lusitania Manuel Ruiz García, que se retira con los Guardias Walonas supervivientes Paul Monsak, Gregor Franzmann y Franz Weller —los tres extranjeros y él se conocen desde hace poco rato, pero les parece haber pasado juntos media vida—, se detiene muy sereno a cargar el fusil al reparo de un portal, encara el arma apuntando con cuidado y derriba de un tiro en el pecho a un francés que galopaba calle arriba, sable en alto.

—Era mi último cartucho —le dice a Weller.

Después los cuatro echan a correr, agachados, esquivando el fuego que les hacen unos franceses desmontados que avanzan bajo los soportales. Lo empinado de la calle los fatiga. Ruiz García les ha propuesto a los otros ampararse con él en su cuartel, que está en la plaza de la Cebada. Todos se apresuran mucho, pues zurrean las balas y también suena próximo el trote de más caballos enemigos. Al llegar Monsak, Franzmann y Weller al cruce con la calle de las Velas, este último advierte que el dragón no va con ellos; se vuelve y lo ve tirado boca arriba en mitad de la calle. «*Scheisse*», piensa el alsaciano. Suerte de mierda. Primero su camarada Leleka, y ahora el español. Por un momento piensa en ayudarlo, pues tal vez sólo se encuentre herido; pero suenan más disparos y los coraceros están cerca. Así que sigue corriendo.

Perseguida por los jinetes franceses, llevando en una mano sus tijeras de pescadera, la manola de veintiocho años Benita Sandoval Sánchez, que ha luchado hasta el último instante en la puerta de Toledo, pasa corriendo junto al cuerpo del dragón Manuel Ruiz García. En el combate y la posterior espantada ha perdido de vista a su marido, Juan Gómez, y ahora intenta ponerse a salvo por la puerta de Moros, a fin de dar un rodeo y regresar a su casa, en el 17 de la calle de la Paloma. Pero los caballos de los perseguidores corren más que ella, entorpecida por la falda que levanta con la mano libre mientras pretende esquivarlos, desesperada. Al ver que es imposible, entra por la calle del Humilladero, refugiándose en un portal que cierra con el pestillo. Se queda de ese modo inmóvil y a oscuras, el corazón saliéndosele por la boca, sofocada por la carrera, atenta a los ruidos de afuera, que no tardan en desengañarla: el rumor de caballerías se detiene, suenan voces airadas en francés, y una sucesión de golpes estremece la puerta. Sin hacerse ilusiones sobre su suerte —morir no sería lo peor, piensa—, la mujer sube desatinada por las escaleras, golpea una puerta tras otra, y al ver una abierta se mete por ella, mientras abajo crujen los maderos del portal y ruido de botas y metal atruena los peldaños. No hay nadie en la casa; y tras recorrer las habitaciones pidiendo auxilio en vano, Benita sale al pasillo para darse de boca con unos coraceros que lo destrozan todo.

—*Viens, salope!*

La ventana más próxima está demasiado lejos para tirarse a la calle, de modo que la mujer le cruza la cara de un tijeretazo al primer francés que la toca. Luego retrocede e intenta defenderse entre los muebles. Exasperados por su resistencia, los imperiales la acribillan a balazos, dejándola por muerta en un charco de sangre. Pese a la extrema gravedad de sus heridas, los dueños de la casa la encontrarán más tarde, aún con aliento. Curada in extremis en el hospital de la Orden Tercera, Benita Sandoval vivirá el resto de su vida respetada por sus vecinos, famosa entre la manolería protagonista del terrible combate de la puerta de Toledo.

Con los coraceros pisándole los talones, otro grupo de paisanos huye hacia el cerrillo del Rastro. Se trata del manolo Miguel Cubas Saldaña, sus compadres Francisco López Silva y Manuel de la Oliva Ureña, el aguador de quince años José García Caballero, la vecina de la calle Manguiteros Vicenta Reluz, y el hijo de ésta, de once años, Alfonso Esperanza Reluz. Todos, hasta el niño, han intervenido en el combate de la puerta de Toledo e intentan ponerse a salvo; pero un destacamento de caballería que sube desde Embajadores les corta el paso, acometiéndolos a sablazos. Cae herido de un tajo en la cabeza García Caballero, alcanzan a Manuel de la Oliva cuando intenta saltar una tapia, y huye el resto hacia la plaza de la Cebada, donde aún hay choques entre paisanos dispersos y jinetes. Allí, Miguel Cubas Saldaña logra escabullirse metiéndose en San Isidro, pero Francisco López, alcanzado por los franceses, es roto a culatazos que le hunden el pecho. En las escaleras de la iglesia, en el momento de volverse para arrojar una piedra,

171

cae muerto a balazos el niño Alfonso Esperanza, y herida la madre cuando intenta protegerlo.

En su progresión hacia el centro de la ciudad, la caballería pesada que viene de los Carabancheles por la calle de Toledo y la infantería que sube desde la Casa de Campo por la calle de Segovia encontrarán, todavía, otro núcleo de resistencia en Puerta Cerrada. Allí se ven acometidos los franceses por fusilería desde ventanas y azoteas, y por ataques de vecinos que los hostigan desde las calles próximas. Eso da ocasión a varias cargas despiadadas con pérdida de muchas vidas, el incendio de algunas casas y la explosión del depósito de pólvora de la plazuela, donde muere abrasado el empleado de almacén Mariano Panadero. Cae combatiendo, alcanzado por un balazo, el zapatero gallego Francisco Doce, vecino de la calle del Nuncio; y también José Guesuraga de Ayarza, natural de Zornoza, Joaquín Rodríguez Ocaña —peón albañil de treinta años, casado y con tres hijos— y Francisco Planillas, de Crevillente, que logra retirarse herido hasta las cercanías de su casa, en la calle del Tesoro, donde morirá sin socorro y desangrado. Muere también el asturiano de Llanes Francisco Teresa, soltero, con madre anciana en su tierra: hombre bravo, licenciado de la guerra del Rosellón y sirviente en el mesón nuevo de la calle de Segovia, hace fuego de fusil por las ventanas, matando a un oficial francés. Cuando se le acaba la munición, los franceses entran a por él y, tras maltratarlo mucho, lo fusilan en la puerta.

El avance imperial se complica, pues ni siquiera las grandes calles que conducen al centro son seguras. El capitán Marcellin Marbot, que tras el primer ataque en la puerta del Sol intenta establecer contacto con el general Rigaud y sus coraceros, se ve obligado a detenerse y desmontar en la plazuela de la Provincia hasta que una tropa de infantería despeje el camino. Escarmentados de anteriores emboscadas, los soldados avanzan despacio, pegados a las casas y resguardándose en los zaguanes, apuntando a ventanas y tejados, y disparan contra cualquier vecino, hombre, mujer o niño, que se asoma.

—¿Se puede pasar sin problemas? —le pregunta Marbot al caporal de infantería que al fin le hace señas de seguir adelante.

—Pasar, se puede —responde indiferente el otro—. De los problemas no me hago responsable.

Picando espuelas con su escolta de dragones, el joven capitán de estado mayor avanza al trote, cauto. No llega, sin embargo, más que hasta la calle de la Lechuga, donde se detiene al ver más fusileros agazapados tras unos carros con las caballerías muertas entre los varales. Más allá, le dicen, los golpes de mano de la gente que ataca a saltos desde las calles cercanas y la acción de tiradores ocultos hacen el avance imposible.

—¿Cuándo podré pasar?

—Ni idea —responde un sargento con aretes en las orejas, mostacho gris y la cara tiznada de pólvora—. Tendrá que esperar a que despejemos la calle... Aventurarse es peligroso.

Marbot mira en torno. Sentados contra una pared hay tres soldados franceses con vendajes ensangrentados. Un cuarto yace boca abajo, inmóvil en un charco rojo parduzco sobre el que zumba un enjambre de moscas. En cada bocacalle hay cadáveres que nadie se atreve a retirar.

—¿Tardarán mucho nuestros jinetes?

El sargento se hurga la nariz. Parece muy cansado.

—Por los tiros y gritos que se oyen, no andan lejos. Pero han tenido pérdidas enormes.

—¿Frente a mujeres y paisanos? ¡Es caballería pesada, por Dios!

—A mí qué me cuenta. Con estos brutos enloquecidos, todo es posible. Y matarlos lleva su tiempo.

Mientras el capitán Marbot intenta cumplir su misión de enlace, algunos madrileños sufren las primeras represalias organizadas. Además de las ejecuciones en caliente, rematando heridos o tirando sobre gente indefensa que observa los combates, los franceses empiezan a fusilar, sin trámite previo, a quienes apresan con armas en la mano. Tal es la suerte que corre Vicente Gómez Sánchez, de treinta años, de profesión tornero de marfil, capturado tras una escaramuza frente a San Gil y arcabuceado en la alcantarilla de Leganitos. Lo mismo ocurre con los hortelanos de la duquesa de Frías Juan José Postigo y Juan Toribio Arjona, que los imperiales capturan tras la matanza del portillo de Recoletos. Sacados de la huerta donde se escondían y llevados fuera de la puerta de Alcalá, junto a la plaza de toros, los fusilan y rematan a bayonetazos en compañía de los hermanos alfareros Miguel y Diego Manso Martín, y del hijo de éste, Miguel.

Sobre las doce y media, a excepción de los puntos de resistencia que los madrileños mantienen entre Puerta Cerrada, la calle Mayor, Antón Martín y la puerta del Sol, las columnas que convergen hacia el centro avanzan ya sin demasiada dificultad, asegurando sus comunicaciones por las grandes avenidas. Tal es el caso de la calle de Atocha, hacia la que se han retirado numerosos paisanos que combatían en el paseo del Prado. Algunos traen noticia de las atrocidades cometidas por los franceses en la puerta de Alcalá y en el Resguardo de Recoletos, donde acaban de apresar a los funcionarios que allí estaban, interviniesen o no en los combates.

—Se los han llevado a todos —cuenta alguien—: Ramírez de Arellano, Requena, Parra, Calvillo y los otros... También a un hortelano del marqués de Perales que tuvo la mala suerte de esconderse con ellos. Llegaron los gabachos, les quitaron las armas y los caballos, y los bajaron al Prado como a una recua de bestias... Y cuando el brigadier don Nicolás Galet acudió de uniforme a reclamar a su gente, le pegaron un tiro en la ingle.

—Conozco a Ramírez de Arellano. Su mujer es Manuela Franco, la hermana de Lucas. Tienen dos hijos y ella está embarazada del tercero... ¡Pobres!

—Por lo visto están fusilando a mucha gente.

—Y la que van a fusilar... A nosotros, por ejemplo, si nos agarran.

—¡Cuidado, que vuelven!

Atacados por un destacamento de dragones procedente del Buen Retiro y por una columna de infantería que avanza desde el paseo de las Delicias, una docena de paisanos y cuatro soldados de los cinco que abandonaron el cuartel de Guardias Españolas —el quinto, Eugenio García Rodríguez, ha muerto junto a la verja del Jardín Botánico— se baten en retirada protegiéndose en las calles próximas. Empieza de ese modo una sucia pelea de esquinas, zaguanes y soportales, en la que los españoles terminan cercados. Apresan así, cuando huye hacia las tapias de Jesús, a Domingo Braña Balbín, mozo de tabaco de la Real Aduana. Tres soldados de Guardias Españolas que van con él logran escapar de casa en casa, derribando tabiques y saltando por los tejados, mientras que el sevillano Manuel Alonso Albis, cuyo uniforme atrae la atención de los franceses, recibe un tiro de refilón que le destroza un carrillo; y al volverse dejando caer el fusil mientras desenvaina el sable, recibe otro disparo en el pecho que lo derriba junto al muro trasero del Hospital General. Capturan después al arriero Baltasar Ruiz, que será fusilado al poco rato en la alcantarilla de Atocha. Los demás, perseguidos por los imperiales que les dan caza a la bayoneta y los ametrallan con una pieza de artillería que enfila calle de Atocha arriba, pelean al arma blanca, sin esperanza, sucumbiendo uno tras otro. El que más lejos llega es Juan Bautista Coronel, músico de cincuenta años nacido en San Juan de Panamá, quien, corriendo cerca de la plazuela de Antón Martín, recibe una esquirla de metralla que le desgarra un muslo y el vientre. Otros miembros de esa partida, José Juan Bautista Montenegro, el gallego de Mondoñedo Juan Fernández de Chao y el zapatero de diecinueve años José Peña, acorralados y sin municiones, levantan las manos y se rinden a los franceses. Por la

176

tarde, los tres se contarán entre los fusilados en la cuesta del Buen Retiro.

En el Hospital General, situado en la esquina de la calle de Atocha con la puerta del mismo nombre, donde dos mil enfermos franceses se salvaron esta mañana de verse degollados por el populacho, el mozo de sala Serapio Elvira, de diecinueve años, acaba de llegar de la calle trayendo a un compañero, maltrecho de un balazo que le fracturó dos costillas cuando ambos recogían heridos en Antón Martín. Dejando al compañero en manos de un cirujano, Elvira atraviesa el corredor atestado de heridos y agonizantes en busca de otro mozo que se atreva a salir a la calle. En ese momento, un practicante de cirugía sube dando voces por la escalera principal.

—¡Los gabachos quieren fusilar a los presos de las cocinas!

Serapio Elvira corre abajo, con otros, y encuentra allí a un sargento imperial que, con un pelotón de soldados, se lleva al zapador, los mozos y los enfermeros que hace rato pretendieron pasar a cuchillo a los franceses del hospital. Sin pensarlo dos veces, Elvira coge un trinchante y se arroja sobre el suboficial, que saca su espada y le da un sablazo. Cae herido el joven, desenvainan los otros soldados, y se les arrojan encima, en tropel, todos los mozos de la cocina —en su mayor parte asturianos— y algunos enfermeros y practicantes de cirugía que acuden al tumulto. De los españoles, además de Serapio Elvira, resulta muerto Francisco de Labra, de diecinueve años, y heridos sus compañeros

177

Francisco Blanco Encalada, de dieciséis, Silvestre Fernández, de treinta y dos, y José Pereira Méndez, de veintinueve, así como el cirujano José Quiroga, el lavandero Patricio Cosmea, el mozo de patio Antonio Amat y el enfermero Alonso Pérez Blanco —que morirá de sus heridas días más tarde—. Pero entre todos hacen retroceder a los franceses, llenándolos de golpes y heridas. El marmitón Vicente Pérez del Valle, un robusto mozo de Cangas que empuña un hierro de asar, se enfrenta al suboficial hasta que éste suelta el sable y huye descalabrado con sus hombres.

—¡Gabachos hijos de la gran puta!... ¡No volváis aquí!

Pero los franceses vuelven, y con ansias de revancha. Tras pedir ayuda en el piso superior, el suboficial agredido —lleva ahora la cabeza vendada y viene ciego de cólera— regresa con un pelotón de granaderos, irrumpe en las cocinas a punta de bayoneta y señala a cuantos se distinguieron en la refriega. Se llevan de ese modo hacia la alcantarilla de Atocha, descalzos y en camisa, a Pérez del Valle, a otro mozo de cocina y a cinco practicantes de cirugía. En una declaración posterior sobre los sucesos del día, un testigo presencial, el juez Pedro la Hera, declarará que «ninguno volvió al hospital ni jamás se supo de ellos».

El capitán Luis Daoiz está preocupado por la defensa del parque de artillería. La mayor parte de la gente que reclamaba fusiles, al abrírsele las puertas y hacerse con ellos se dispersó por la ciudad, dispuesta a combatir por su cuenta —muchos, poco familiarizados con las armas de fuego, sólo cogieron sables y bayonetas—. Entre Daoiz, el capitán Velarde y los otros oficiales han podido retener a algunos paisanos, convenciéndolos de que serán más útiles allí. En una viva discusión mantenida en la sala de banderas, confrontado el orgullo frío de Daoiz con los apasionados arrebatos de Velarde, este último se manifestó seguro de que, cuando en los otros cuarteles sepan que la lucha empieza en Monteleón, las tropas españolas saldrán a la calle.

—¿De qué sirve batirnos? —preguntaba uno de los compañeros, el capitán de artillería José Córdoba—. Somos cuatro gatos.

—Porque dando ejemplo animaremos a otros —fue la respuesta optimista de Velarde—. Ningún militar de honor se quedará cruzado de brazos, dejando que nos liquiden.

—¿Tú crees?

—Me va la vida en ello. O mejor dicho, nos va.

El escéptico Daoiz, siempre prudente y lúcido, duda que eso ocurra. Conoce el estado de apatía y desconcierto en que se encuentra el Ejército, así como la cobardía moral de los mandos superiores. Sabe perfectamente —lo sabía al tomar la decisión de entregar fusiles al pueblo— que quienes ocupan el parque, cuando peleen, lo harán solos. Por el honor, y punto. Además, pocos lugares hay en Madrid menos adecuados para una defensa eficaz. Monteleón no es cuartel sino edificio civil, o conglomerado de varios, antiguo palacio de los duques de Monteleón cedido por Godoy al arma de artillería: medio millón de pies cuadrados imposibles de defender, circunvalados por una tapia que ni siquiera es muro, tan alta como débil, que discurre recta y cuadrangular a lo largo de las Rondas en su parte posterior, por la calle de San Bernardo al oeste, por San Andrés al este, y al sur por San José. Lo dilatado del recinto, rodeado de casas y alturas que lo dominan, sin otra posición para observar el exterior que algunas ventanas del tercer piso del edificio —retirado de la tapia, sólo puede verse desde él un trecho de la calle de San José—, hace que la vigilancia de eventuales fuerzas enemigas deba efectuarse con centinelas en las casas próximas o en la calle, al descubierto. Además, excepto los Voluntarios del Estado y los pocos artilleros, la gente carece de disciplina y formación militar. Para colmo de males, según acaba de informar el sargento Rosendo de la Lastra, los cañones sólo disponen de diez cargas de pólvora encartuchadas y otras veinte que se preparan a toda prisa; y aunque sobran balas de todos los calibres, no hay saquetes ni botes de metralla. Con ese panorama, Luis Daoiz sabe que una victoria militar está descartada, y que cuanta acción emprenda no puede ser sino dilatoria. Una vez comience el ataque francés, lo que Monteleón aguante dependerá de la desesperación de quienes lo defiendan.

—Con su permiso, mi capitán —dice el teniente Arango—. Ya está la gente distribuida en escuadras, como ordenó... El capitán Velarde se ocupa ahora de situarla en sus puestos.

—¿Cuánta hay?

—Poco más de doscientos civiles entre la calle y el parque, aunque todavía se nos une algún vecino del barrio... A eso hay que sumar los Voluntarios del Estado, los artilleros que teníamos aquí y la media docena de señores oficiales que han venido a reforzarnos.

—Trescientos, más o menos —concluye Daoiz.

—Sí, bueno... Quizá algunos más.

Arango, cuadrado ante Daoiz, aguarda instrucciones. El capitán observa su gesto preocupado por la enormidad de lo que preparan, y siente algún remordimiento. El joven oficial, ajeno a la conspiración, se encuentra allí porque esta mañana le tocaba estar de servicio, dolido al constatar que todo se organizó a sus espaldas. El comandante del parque ni siquiera sabe qué piensa Arango de la ocupación francesa, ni de las medidas que se toman, y desconoce sus opiniones políticas. Lo ve cumplir sus obligaciones, y es lo que cuenta. De cualquier modo, concluye, la suerte o el futuro de ese joven cuentan poco. No es el único imposibilitado de elegir hoy su destino, en Madrid.

—Haga traer cerca de la puerta dos cañones de a ocho libras y otros dos de a cuatro —le ordena Daoiz—. Limpios, cargados y listos para hacer fuego.

—No tenemos metralla, mi capitán.

—Ya lo sé. Que los carguen con bala. De todas formas, encargue a alguien buscar clavos viejos, balas de mosquete o lo que sea... Hasta las piedras de fusil pueden valer, y de ésas tenemos muchas. Que las metan en saquetes, por si acaso.

—A la orden.

El capitán observa a las mujeres que están en el patio, mezcladas con los civiles y los militares. En su mayor parte son familiares de soldados o de los paisanos armados: madres, esposas e hijas, vecinas de las calles próximas que han venido acompañando a los suyos. Bajo la dirección del cabo artillero José Montaño, algunas traen sábanas, colchas y manteles, y rasgándolos hacen en el patio una pila de hilas y vendas para cuando empiece a caer gente. Otras abren cajas de munición, meten manojos de cartuchos en capazos y cestos de mimbre, y los llevan a los hombres que se parapetan en los edificios del parque o en la calle.

—Otra cosa, Arango. Procure sacar a esas mujeres de ahí antes de que lleguen los franceses... Éste no es sitio para ellas.

El teniente suspira hondo.

—Ya lo he intentado, mi capitán. Y se ríen en mi cara.

Frente a la puerta del parque y con talante muy distinto al de Luis Daoiz, el infatigable Pedro Velarde supervisa la distribución de los tiradores, seguido por las sombras fieles de los escribientes Rojo y Almira. Su presencia y el calor convencido que derrocha a cada paso animan a militares y a paisanos, que lo secundan con fervor, dispuestos a seguirlo al mismo infierno. El capitán de estado mayor —hoy lo demuestra de sobra— es de los raros jefes capaces de inflamar a la gente bajo su mando. Hasta puede aprenderse de memoria, en el acto, los nombres de todos sus subordinados y dirigirse a ellos, incluidos los civiles más torpes y bisoños, como si hubiesen luchado juntos toda la vida.

—¡Les vamos a dar a los franceses con todo lo que tenemos! —dice de grupo en grupo, mientras se frota las manos—. ¡Esos mosiús no saben la que les espera!

Por todas partes sus palabras confortan a la gente, que hace punto de honra en cumplir las órdenes. Así, con el estímulo y la actitud resuelta del capitán, aquellos paisanos desorientados, las partidas anárquicas hechas de gente casi toda humilde, comerciantes modestos, artesanos, chisperos, mozos, criados y veci-

182

nos que empuñan un fusil por primera vez en sus vidas —algunos sintieron flaquear su ánimo al ver marcharse, una vez armados, a la mayor parte de quienes los acompañaban en la calle—, toman conciencia de grupo, se organizan y apoyan unos a otros, atienden las instrucciones y acuden con buen talante donde se les requiere.

—Hay que arrimar esos andamios a la tapia del parque, junto a la puerta, para que nuestra gente pueda asomarse y disparar por encima... ¿Le parece bien, Goicoechea?

—Sólo podrán encaramarse cuatro o cinco.

—Cuatro o cinco fusiles ahí son un mundo.

—A la orden.

De acuerdo con el capitán de Voluntarios del Estado, Velarde ha dividido en dos a los soldados traídos del cuartel de Mejorada, reforzándolos con cuadrillas de paisanos. Quince de los treinta y tres fusileros, bajo el mando del teniente José Ontoria y el subteniente Tomás Bruguera, vigilan la parte trasera del recinto —las cocinas, los talleres y las cuadras, contiguas a la calle de San Bernardo y a la Ronda—. El resto, del que se harán cargo Goicoechea y su ayudante Francisco Alveró cuando empiece el combate, ocupa las pocas ventanas que dan a la fachada principal, la puerta del parque y la calle de San José, con gente de la partida de paisanos reunida por el oficial de obras Francisco Mata. A los demás civiles los deja Velarde bajo el mando de quienes vinieron acaudillándolos, pero con supervisión de los capitanes Cónsul, Córdoba, Rovira y Dalp. De ese modo los sitúa junto a la tapia y en los edificios particulares que hay al otro lado de la calle, al abrigo de portales y zaguanes o parapetados con muebles, fardos, colchones y cuanto amontonan los vecinos. También destaca avanzadillas de paisanos en la esquina de San Bernardo, la calle de San Pedro, que desemboca junto al convento de las Maravillas —el edificio de las monjas carmelitas está frente a la puerta principal del parque—, y la esquina de la calle Fuencarral, con órdenes de avisar cuando aparezcan enemigos. En ese último punto, Velarde sitúa la partida del estudiante asturiano José Gutiérrez, al que acompañan, entre otros, el peluquero Martín de Larrea y su mancebo Felipe Barrio. Sus órdenes son dar aviso, replegarse y entrar en las casas próximas para combatir allí.

—Sobre todo, que nadie dispare sin órdenes. En cuanto vean enemigos, se retiran ustedes con mucha cautela y vienen a avisar. Es mejor pillarlos desprevenidos... ¿Está claro?

—Clarísimo, mi capitán. Ver, callar y volver a contarlo.

—Justo. Así que hala, espabilen. Y viva España.

—¡Viva!

—¿Qué hacemos nosotros, señor capitán?

Velarde se vuelve hacia otro grupo que aguarda instrucciones: la partida de José Fernández Villamil, el hostelero de la plazuela de Matute, cuya gente —José Muñiz Cueto y su hermano Miguel, otros mozos de la hostería, algunos vecinos del barrio y el mendigo de Antón Martín— llegó armada por su cuenta, tras apoderarse de fusiles del retén de Inválidos de las Casas Consistoriales. El hostelero y los suyos son de los pocos civiles presentes en el parque que han olido hoy la pólvora, batiéndose en varios lugares de la ciudad. Esa experiencia les da aplomo. Incluso, le cuenta Fernández Villamil al capitán de artillería, su mozo José Muñiz mató de un tiro a un oficial francés. Al escuchar aquello,

Velarde asiente y felicita a Muñiz. Sabe lo que significa el elogio de un superior, sobre todo viniendo de un militar y en estas circunstancias. Con lo que se avecina.

—Díganme una cosa... ¿Se ven capaces de aguantar en la calle, a pecho descubierto?

—Espere y lo verá —gallea el hostelero.

—La duda ofende —apunta otro.

Velarde sonríe aprobador, procurando poner cara de que lo han impresionado. Está en su salsa.

—No se hable más, porque voy a encomendarles una misión crucial... De momento embósquense enfrente, en el huerto de las Maravillas, sin pegar un tiro hasta que empiece el fuego en serio. Tenemos intención de sacar luego los cañones a la calle, y hará falta quien nos proteja. Cuando eso ocurra, ustedes salen del huerto y se tumban en la acera, unos apuntando hacia Fuencarral y otros hacia San Bernardo. ¿Entendido?... Así impedirán que los tiradores franceses se acerquen y disparen contra nuestros artilleros.

—¿Y por qué no sacamos ya los cañones? —pregunta con mucho desparpajo el mendigo de Antón Martín.

Los escribientes Rojo y Almira, que siguen pegados a Velarde, estudian al mendigo con ojo crítico: nariz roja de vino, calzón sucio y chupa vieja sobre una camisa llena de mugre. Los dedos que aferran el mosquete reluciente tienen las uñas rotas y negras. Pero Velarde sonríe con naturalidad. Es un hombre más, a fin de cuentas. Un fusil, una bayoneta y dos manos. Esta mañana no sobra nada de eso.

—Es pronto para arriesgarlos sin saber por dónde vendrá el ataque —responde, paciente—. Los sacaremos cuando tengamos claro dónde disparar.

Fernández Villamil y los otros miran al artillero, entusiasmados. Todos muestran una confianza ciega.

—¿Vendrán más militares, señor capitán?

—Por supuesto —responde Velarde, impasible—. En cuanto empiecen los tiros... ¿Imaginan que nos van a dejar solos peleando?

—¡Claro que no!... ¡Cuente con nosotros, mi capitán!... ¡Viva el rey Fernando! ¡Viva España!

—Viva siempre. Y ahora ocupen sus puestos.

Viéndolos irse, fanfarrones y bulliciosos como una pandilla de chicos dispuestos a jugar a la guerra, Velarde siente una punzada incómoda. Sabe que los manda a una posición expuesta. Haciendo como que no advierte las miradas que le dirigen los escribientes Rojo y Almira —los dos saben que no hay tropas españolas que esperar, ni mucho menos—, prosigue la distribución de gente que acordó con Luis Daoiz.

—A ver, ¿quién manda en este grupo?... Usted es Cosme, ¿verdad?

—Sí, mi capitán —responde el almacenista de carbón Cosme de Mora, encantado de que el militar haya retenido su nombre—. Para servirle a usted y a la patria.

—¿Saben todos manejar los fusiles?

—Más o menos. Yo cazo con escopeta.

—No es lo mismo. Estos dos señores les dirán lo más básico.

Mientras los escribientes explican a Mora y los suyos el modo de morder el cartucho con rapidez, cargar, atacar, disparar y cargar de nuevo, Velarde observa a los hombres que tiene alrededor. Algunos son sólo unos chicos. Con ellos está un niño pequeño que lo mira impávido.

—¿Y este crío?

—Es nuestro hermano, señor capitán —dice un joven que está junto a otro que se le parece mucho—. No hay forma de convencerlo de que vuelva a casa... Ni pegándole se va.

—Será peligroso para él. Y vuestra madre estará angustiada.

—¿Y qué quiere que hagamos? No consiente en irse.

—¿Cómo se llama?

—Pepillo Amador.

Velarde decide olvidarse del niño, pues tiene cosas urgentes que atender. Aquélla es la partida más numerosa de las que han llegado a Monteleón, y los rostros traslucen sentimientos diversos: inquietud, decisión, desconcierto, angustia, esperanza, valor... También muestran una ingenua fe en el capitán que tienen delante, o más bien en su graduación y uniforme. La palabra *capitán* suena bien, inspira confianza elemental a esos voluntarios valerosos, sencillos, huérfanos de su rey y su Gobierno, dispuestos a seguir a quien los guíe. Todos han dejado familias, casas y trabajos, arriesgándose para acudir al parque impulsados por la rabia, el pundonor, el patriotismo, el coraje, el odio a la arrogancia francesa. Dentro de un rato, concluye Velarde, muchos quizás estén muertos. Incluso él mismo, con ellos. El pensamiento lo deja absorto, silencioso, hasta que se percata de que todos lo miran expectantes. Entonces se yergue y alza la voz.

—En cuanto al manejo de la bayoneta y el arma blanca —añade—, tratándose de hombres como ustedes, seguro que no hace falta que nadie les enseñe nada.

La bravata da en el blanco: los rostros se relajan, hay algunas carcajadas y palmadas en los hombros. Ni sobre bayonetas ni sobre navajas, alardean algunos golpeando la cachicuerna que llevan en la faja. Que se lo pregunten, si no, a los gabachos.

—Lo bueno de esta munición —remata Velarde, tocando a su vez la empuñadura del sable— es que ni se acaba nunca, ni precisa quemar pólvora... ¡Y ningún francés la maneja como los españoles!

—¡¡Ninguno!!

Le responde una ovación. Y de ese modo, tras alentarles un poco más el entusiasmo —el capitán sabe que, como el miedo, el valor es contagioso—, envía al almacenista de carbón y a su gente a cubrir las barricadas, aceras y balcones de las casas contiguas al jardín y al huerto del convento de las Maravillas, con la orden de batir, cuando empiece la lucha, la mayor extensión posible de la embocadura de San José a San Bernardo.

—¿Qué opina usted, mi capitán? —pregunta en voz baja el escribiente Almira, que mueve dubitativo la cabeza.

Velarde encoge los hombros. Lo que importa es el ejemplo. Tal vez eso remueva conciencias y favorezca el milagro. Pese al pesimismo de Daoiz, sigue creyendo que, si Monteleón resiste, las tropas españolas no permanecerán con los brazos cruzados. Tarde o temprano se echarán a la calle.

—Hay que aguantar como sea —responde.

—Sí, pero... ¿Cuánto tiempo?

—Lo que podamos.

Mientras conversan en voz baja, capitán y escribiente miran irse a los voluntarios. Van con ese grupo, hasta un total de quince hombres y muchachos, el

188

oficial sangrador Jerónimo Moraza, el portero de juzgado Félix Tordesillas, el carpintero Pedro Navarro, el botillero de la calle Hortaleza José Rodríguez —acompañado por su hijo Rafael— y los hermanos Antonio y Manuel Amador, seguidos de cerca por Pepillo, su hermanito de once años, que los sigue arrastrando una pesada cesta llena de munición.

Después de conseguir un fusil y un paquete de cartuchos, el joven de dieciocho años Francisco Huertas de Vallejo, segoviano de familia acomodada, va a apostarse donde le ordenan: el balcón de un primer piso situado frente a la tapia del parque de artillería. Desde allí puede ver la esquina con San Bernardo. Lo acompañan un hombre joven, flaco y con lentes, armado también con mosquete, que tras estrecharle la mano con ceremonia se identifica de nombre y oficio como Vicente Gómez Pastrana, cajista de imprenta, y el inquilino o dueño de la casa: un tipo risueño de patillas grises y cierta edad que lleva polainas de cazador, escopeta y dos cananas de balas cruzadas al pecho.

—Éste es el mejor sitio —comenta el cazador—. En cuanto los franceses aparezcan por esa esquina, los tendremos enfilados.

—Se ha equipado usted bien.

—Iba a salir temprano por Fuencarral, con mi perro. Pero al fin decidí quedarme aquí... Es mejor que tirarles a los conejos.

El cazador, que se presenta como Francisco García —don Curro, precisa, para amigos y camaradas—, parece hombre de permanente buen humor, poco preo-

189

cupado por la suerte de sus enseres domésticos. Aun así, con ayuda de Francisco Huertas y del cajista de imprenta, aparta muebles para despejar las inmediaciones del balcón y coloca dos colchones enrollados contra la barandilla de hierro, a modo de parapeto, por si alguna bala perdida, dice, quiere colarse dentro. Luego retira algunas porcelanas y una imagen de Jesús Nazareno que estaba junto a un aparador, y lo pone todo a salvo en el dormitorio. Al cabo mira en torno, satisfecho, y les guiña un ojo a sus acompañantes.

—He mandado a mi mujer a casa de su hermana. No quería irse, pero pude convencerla. Espero que no haya muchos destrozos... Le puede dar un soponcio.

Asomados al balcón, los tres hombres observan el ir y venir de gente armada que se distribuye por el huerto de las Maravillas o se tumba en la acera junto a la tapia, al otro lado de la calle. Hay gritos, carreras y órdenes contradictorias, pero todos mantienen una disciplina razonable. Los uniformes blancos de los Voluntarios del Estado asoman por las ventanas del único edificio interior del parque que se encuentra cerca de la calle, y en la puerta destaca el azul turquí de los artilleros. Francisco Huertas observa al capitán de casaca verde que da órdenes en la entrada. Ignora su nombre, pero militares y paisanos lo obedecen sin rechistar. Eso inspira confianza al joven segoviano, que salió esta mañana de casa de su tío don Francisco Lorrio —el sobrino está en Madrid pretendiendo un empleo del Estado merced a las buenas relaciones de la familia— sin otra intención que observar el tumulto, pero no pudo sustraerse al entusiasmo popular. Cuando se abrieron las puertas del parque y la gente entró en busca de fusiles, le pareció vergonzoso quedarse afuera, mirando. Así que fue con los demás, y antes de darse cuenta tenía en las manos un fusil reluciente y en los bolsillos provisión de cartuchos.

—Vamos a tomarnos una copita mientras esperamos, porque una cosa no quita la otra... ¿Ustedes gustan?

Don Curro ha aparecido con una botella de anís dulce, tres vasos y tres cigarros habaneros. Francisco Huertas bebe un sorbo de licor, sintiéndose tonificado.

—Estaría bien —dice el cajista de imprenta— despachar a algún gabacho.

—Brindemos por la intención —el dueño de la casa vuelve a llenar los vasos—. Y también a la salud del rey Fernando.

Hay tumulto en la calle. Francisco Huertas, con el cigarro en la boca y sin encender —no es partidario de ponerse a echar humo en este momento—, apura su anís y se asoma al balcón, mosquete en mano. La gente está tumbada en tierra, y junto a la esquina algunos apuntan sus fusiles. Otros corren hacia el convento de las Maravillas. El capitán de casaca verde ha desaparecido dentro del parque, cuyas puertas se cierran lentamente, suscitando en el joven una extraña sensación de desamparo. Cuando mira hacia las ventanas del edificio, comprueba que los Voluntarios del Estado se han agachado y sólo asoman las bocas de sus armas.

—Murat nos invita a bailar, señores —dice don Curro, que echa humo con mucha flema.

Francisco Huertas observa que al cajista de imprenta le tiemblan las manos cuando, tras apagar su cigarro, vacía la pólvora en el cañón del fusil, mete la bala con el resto del cartucho y lo ataca todo con la baqueta. Sintiendo un escalofrío que le recorre la espina dorsal, los brazos y las ingles, el joven hace lo mismo y después se arrodilla con sus dos compañeros tras el improvisado parapeto, con la culata pegada a la cara. Huele a metal, madera y aceite.

«¿Qué hago aquí?», se interroga de pronto, asustado.

Desde un balcón vecino, alguien grita que vienen los franceses.

La única partida de voluntarios que todavía no ha llegado al parque de artillería es la de Blas Molina Soriano. En un alarde de prudencia, escarmentado por las escenas que presenció ante Palacio, el cerrajero lleva a su cuadrilla en silencio y dando rodeos para evitar toparse con una fuerza francesa que los desbarate. De ese modo, procurando pasar inadvertido, el grupo ha ido desde Tudescos a la corredera de San Pablo, de allí a la plazuela de San Ildefonso, y luego de callejear un poco desemboca ahora en la calle de San Vicente, camino de la Palma alta y el convento de las Maravillas. La cercanía del parque de Monteleón anima a Molina y los suyos, que empiezan a perder la discreción y prorrumpen en vivas a España y mueras a los franceses. Pero al doblar la esquina de San Andrés y San Vicente, el cerrajero levanta una mano y hace alto.

—¡Callarse! —ordena—. ¡Callarse!

La gente de la partida se congrega a su lado, pegada a la esquina, mirando calle arriba. Escuchando. Los vivas y mueras han cesado, los rostros están mortalmente serios. Como Molina, cada hombre permanece atento al ruido inconfundible que se oye con claridad entre los edificios interpuestos: un crepitar siniestro, seco, nutrido y constante.

Se combate en el parque de Monteleón.

5

Entre las doce y media y la una de la tarde, Madrid queda cortado en dos. Desde el paseo del Prado hasta el Palacio Real, las vías principales se encuentran ocupadas por tropas francesas, cuya caballería va y viene al galope barriendo las calles con feroces cargas, reforzada por cañones que tiran contra cuanto se mueve y por destacamentos de infantería que avanzan de esquina en esquina. Sin embargo, pese a que la máquina de guerra napoleónica se impone poco a poco, su control está lejos de ser absoluto. Los coraceros de la brigada Rigaud siguen en Puerta Cerrada, sin tener el paso expedito. Con la artillería imperial batiendo la plaza Mayor, la de Santa Cruz y Antón Martín, grupos de madrileños se dispersan por las callejas adyacentes después de cada acometida, pero vuelven a reunirse y atacan de nuevo, tenaces, desde zaguanes y soportales. Sin esperanza de victoria, buena parte de la gente sensata, desengañada o aterrada por la matanza, anda en fuga o procura retirarse a su casa. Pero aún quedan madrileños empeñados en disputar, a tiros y navajazos, cada portal y cada esquina. Quienes se baten de ese modo son los desesperados sin escapatoria posible, los que nada tienen que perder, los que quieren vengar a amigos y parientes, la gente de los barrios bajos dispuesta a todo, y quienes, más allá de cualquier razón, ya sólo buscan cobrarse caro en los franceses, ojo por ojo y diente por diente, el estrago de la jornada.

—¡A ellos!... ¡Que lo paguen, esos gabachos!... ¡Que lo paguen!

Para unos y otros, el precio es terrible. Hay muertos en cada calle del centro, en cada portal y en cada esquina. El fuego de artillería, que no escatima la metralla, ha hecho desaparecer de balcones y ventanas a casi todos los tiradores españoles, y descargas continuas de fusileros, cazadores y granaderos mantienen desiertas las fachadas superiores, tejados y terrazas de los edificios. Varias mujeres perecen así, alcanzadas cuando arrojan desde sus casas macetas, floreros y muebles contra los franceses. Entre ellas se cuentan la aragonesa de treinta y seis años Ángela Villalpando, que muere en la calle Fuencarral; en la de Toledo, las vecinas Catalina Calderón, de treinta y siete años, y María Antonia Monroy, de cuarenta y ocho; en la del Soldado, la chispera de treinta y ocho años Teresa Rodríguez Palacios; y en la de Jacometrezo, la viuda Antonia Rodríguez Flórez. Por su parte, el comerciante Matías Álvarez recibe un disparo en el pecho cuando hostiga a los imperiales con una escopeta desde un balcón de la calle de Santa Ana. Y en su casa de la calle de Toledo, esquina a la Concepción Jerónima, desde donde arroja tejas y enseres de cocina contra todo francés que pasa por debajo, a Segunda López del Postigo le atraviesan el muslo izquierdo de un balazo.

Sin embargo, muchos de quienes hoy mueren o quedan heridos en ventanas y balcones son ajenos al combate, alcanzados al asomarse o mientras intentan resguardarse del tiroteo. Es así como, en la calle del Espejo, una misma bala perdida, o intencionada, mata a la joven Catalina Casanova y Perrona —hija del alcalde de Casa y Corte don Tomás de Casanova— y a su hermano Joselito, de pocos años; y en la esquina de la calle de la Rosa con la de Luzón, otra descarga francesa cuesta la vida, en vísperas de su boda, a la joven de dieciséis años Catalina Pajares de Carnicero, hiriendo a la criada de la casa, Dionisia Arroyo. De ese modo mueren también, entre numerosas víctimas no combatientes, Escolástica López Martínez, de treinta y seis años, natural de Caracas; el pinche de cocina de treinta años José Pedrosa, en la plaza de la Cebada; Josefa Dolz de Castellar, en la calle de Panaderos; la viuda María Francisca de Partearroyo, en la plaza del Cordón; y muchos otros, entre los que se cuentan los niños Esteban Castarera, Marcelina Izquierdo, Clara Michel Cazervi y Luisa García Muñoz. Tras poner a esta última, de siete años, en manos de su madre y de un cirujano, su padre y el mayor de sus hermanos, que no habían participado hasta ahora en los acontecimientos de la jornada, cogen un viejo sable de la familia, un cuchillo de monte y dos pistolas, y se echan a la calle.

Los franceses tiran a bulto, sin avisar. En la calle del Tesoro, un destacamento de la Guardia Imperial y un cañón emplazado en la esquina de la Biblioteca Real disparan contra un grupo nutrido donde se mezclan fugitivos de los combates, vecinos y curiosos. Mueren en el acto Juan Antonio Álvarez, jardinero de Aranjuez, y el septuagenario napolitano Lorenzo Daniel, profesor de italiano de los infantes de la familia real; y queda herido Domingo de Lama, aguador del retrete de la reina María Luisa. Cuando acude a ayudar a este último, que se arrastra por el suelo dejando un reguero de sangre, Pedro Blázquez, maestro de primeras letras, soltero, es acometido por un granadero francés, al que se enfrenta sin otra arma que un cortaplumas que lleva en el bolsillo. Perseguido hasta un patio interior, Blázquez logra despistar al granadero y regresa para ayudar a Domingo de Lama, a quien pone al cuidado de unos vecinos. El maestro de primeras letras se encamina entonces a su casa, situada en la calle Hortaleza, con tan mala suerte que al doblar una esquina se da de boca con un centinela francés, allí apostado con fusil y bayoneta. Consciente de que, si se aleja, el otro disparará su arma, Blázquez se abraza a él, intentando acuchillarlo en el cuello con su cortaplumas, recibiendo a cambio un bayonetazo en un costado. Al fin logra desasirse y huir por la calle de las Infantas, refugiándose en casa de una conocida, Teresa Miranda, soltera, maestra de niñas. Atemorizada por el tumulto, la maestra abre la puerta a Blázquez tras mucho hacerse de rogar y lo encuentra ante sí, ensangrentado, todavía con el cortaplumas en la mano, con aspecto que más tarde, entre sus amistades, calificará de «*homérico y varonil*». Haciéndolo pasar, y mientras el hombre se desnuda de cintura para arriba a fin de que le cure la herida, la solterona se enamorará perdidamente del maestro de primeras letras. Transcurrido el tiempo de noviazgo al uso y hechas las amonestaciones pertinentes, Pedro Blázquez y Teresa Miranda se casarán un año más tarde, en la iglesia de San Salvador.

Mientras el maestro Blázquez es curado de su bayonetazo, en el centro de la ciudad prosiguen los combates. Aunque las tropas imperiales se mantienen desplegadas en las grandes avenidas, ni las cargas de caballería ni el fuego nutrido de la infantería logran despejar del todo la puerta del Sol, donde grupos de paisanos siguen atacando desde el Buen Suceso y las calles próximas sin desmayar por las enormes pérdidas y la dureza de la respuesta. Lo mismo pasa en Antón Martín, Puerta Cerrada, la parte alta de la calle de Toledo y la plaza Mayor. En ésta, bajo el arco de la calle Nueva, los artilleros franceses de un cañón de a ocho libras se ven acometidos por medio centenar de hombres mal vestidos, sucios e hirsutos, que se han ido acercando a saltos, en pequeños grupos, resguardados en zaguanes y soportales. Se trata de los presos liberados de la cercana Cárcel Real, en la plazuela de la Provincia, que tras dar un rodeo caen sobre los franceses con la contundencia propia de su cruda condición, armados con pinchos, navajas y cuantas armas han podido coger por el camino. Atacados desde varios sitios a la vez, los artilleros son descuartizados sin misericordia junto al cañón y despojados de ropa, fusiles, sables y bayonetas. Luego de aliviar a conciencia los cadáveres, dientes de oro incluidos, los atacantes, asesorados por un gallego llamado Souto —que hace tres años, según afirma, sirvió a bordo del navío *San Agustín* en Trafalgar—, dan la vuelta al cañón y enfilan la desembocadura de la calle Nueva con la puerta de Guadalajara, disparando contra la infantería francesa que viene desde los Consejos.

—¡Metralla!... ¡Meted metralla, que es lo que más daño hace!... ¡Y refrescad antes, no se inflame la pólvora!... ¡Así!... ¡Venga acá ese botafuego!

Alentados por su ferocidad, otros paisanos dispersos o fugitivos engrosan el grupo, atrincherado en el ángulo noroeste de la plaza. Se unen a los presos, entre otros, los asturianos Domingo Girón, de treinta y seis años de edad, casado, carbonero de la calle Bordadores, y Tomás Güervo Tejero, de veintiuno, criado de la casa de monsieur Laforest, embajador de Francia. También se incorporan a la partida, tras venir corriendo por la calle de Postas a causa de una nueva carga francesa y la consiguiente dispersión, el murciano de cuarenta y dos años Felipe García Sánchez, inválido de la 3.ª compañía, su hijo —zapatero de oficio— Pablo Policarpo García Vélez, el tahonero Antonio Maseda, el guarnicionero Manuel Remón Lázaro, y Francisco Calderón, de cincuenta años, que vive de pedir limosna en las gradas de San Felipe.

—¿Qué pasa con los militares, amigo? ¿Salen o no salen a echar una mano?

—¿Salir?... Ya lo ve. ¡Aquí los únicos que salen son gabachos!

—Pues en la plaza de la Cebada acabo de cruzarme con unos de Guardias Walonas...

—Son desertores, seguro... Todavía los fusilarán si los cogen, o cuando vuelvan a su cuartel.

Llega a congregarse en aquel ángulo de la plaza una nutrida fuerza que, pese a estar mal organizada y peor armada, impone respeto a los franceses procedentes de la puerta de Guadalajara, obligándolos a retirarse hacia los Consejos. Eso envalentona a algunos presos, que se aventuran bajo los soportales y acometen a los rezagados, entablándose confusos combates parciales al arma blanca, bayonetas contra navajas, entre la Platería, la cava de San Miguel y la plazuela del mismo nombre. Ese ir y venir, que despeja un trecho de la calle Mayor, permite llevar a varios heridos hasta la botica de don Mariano Pérez Sandino, en la vecina calle de Santiago, que su propietario mantiene abierta desde que empezaron los combates. Entre los allí atendidos se cuenta Manuel Calvo del Maestre, oficial de archivo del Ministerio de la Guerra y veterano de la campaña del Rosellón, que tiene un carrillo destrozado de un balazo. Al poco rato llegan el guarnicionero Remón, con los dedos de una mano cercenados por un sable francés, y el criado de la embajada francesa Tomás Güervo, que grita de dolor mientras contiene con ambas manos sus tripas abiertas. Según comenta el preso Francisco Xavier Cayón, que trae al herido, Güervo parece el caballo de un picador después de que lo empitone un toro.

—¡Alto el fuego!... ¡No gastemos más cartuchos!
Tumbados en la esquina de las calles de San José y San Bernardo, al extremo de la tapia de Monteleón, los hombres de la partida de José Fernández Villamil cargan y disparan sus fusiles, ensordecidos por las detonaciones, irritados los ojos por el humo de la pólvora quemada. Han salido desde el huerto de las Maravillas por iniciativa propia, antes de tiempo, y disparan a ciegas, derrochando munición para nada. Los franceses que se acercaban al parque —veinte hombres y un oficial queriendo entrar en el recinto— hace rato que desaparecieron calle abajo, ahuyentados a tiros, a excepción de dos cuerpos inmóviles en el suelo, junto a la Visitación, y un herido que se arrastra hacia

la fuente de Matalobos. Imponiéndose al fin a sus compañeros, el hostelero de la plazuela de Matute logra que dejen de disparar. Se incorporan mirándose unos a otros, desconcertados. En la confusión del primer tiroteo salieron todos a la calle contraviniendo las órdenes del capitán Velarde, que les había encargado permanecer ocultos en el huerto del convento. La escaramuza real, intensa de fuego, apenas duró un minuto; pero el tiroteo se prolongó un rato, ya sin objeto, a causa del ardor de los voluntarios, a quienes sólo las advertencias de los soldados del cuartel han impedido meterse en San Bernardo detrás de los franceses fugitivos.

—¡Ésos no paran de correr!

—¡Recuerdos a Napoleón, mosiús!

—¡Cobardes!... ¡Les hemos dado para el pelo!

Ahora se abren un poco las puertas del parque, y el capitán Luis Daoiz, con semblante hosco, sale y se dirige a grandes zancadas hacia Fernández Villamil y su gente. Viene sin sombrero, y pese a las charreteras de la casaca azul, el sable y las botas altas, su pequeña estatura no impondría gran cosa, de no ser por la autoridad de su aire resuelto y la mirada furiosa que perfora a los paisanos.

—¡No vuelvan a desobedecer las órdenes!... ¿Me oyen?... ¡Ustedes se someten a la disciplina militar, o se van todos a casa!

Protesta débilmente el hostelero, arropado por su gente. Sólo pretendían ayudar, argumenta. Al ver a los franceses, creyeron su deber unirse a los que disparaban.

—De los franceses se han encargado, y muy bien, el capitán Goicoechea y los Voluntarios del Estado —lo corta Daoiz—. Aquí cada uno tiene su obligación. La de ustedes es quedarse en el huerto, como les dijo don Pedro Velarde, hasta que salgan los cañones.

—¡Pero si los hemos hecho correr como conejos! ¡Ésos no vuelven!

—Era sólo una patrulla despistada. Vendrán más, se lo aseguro. Y no será tan fácil ahuyentarlos la próxima vez... ¿Les queda munición?

—Alguna queda, señor oficial.

—Pues no malgasten la que tienen. Hoy cada bala vale una onza de oro. ¿Entendido?... Ahora, regresen a sus puestos inmediatamente.

—A sus órdenes.

—Eso. A ver si es verdad. A mis órdenes.

Desde el primer piso de la casa contigua, en el balcón protegido por los colchones de don Curro García, el joven Francisco Huertas de Vallejo asiste a la conversación del artillero y la gente de Fernández Villamil. Está sentado en el suelo, la espalda apoyada en la pared y el mosquete entre las piernas, y experimenta una extraña sensación de euforia. Durante la escaramuza ha disparado dos de los veinte cartuchos que traía en los bolsillos, y ahora se lleva a los labios la tercera copa de anís que el dueño de la casa acaba de ofrecerles a él y al cajista de imprenta Gómez Pastrana. Para celebrar, argumenta, el bautismo de fuego.

—Tiene razón ese capitán —dice don Curro, filosófico, fumando con parsimonia el resto de su cigarro habanero—. Sin disciplina, España se iría al carajo.

Esta vez Francisco Huertas apenas prueba el licor. Alguien se acerca a la carrera desde el otro extremo de la calle, dando voces junto al convento de las Maravillas. Los tres hombres empuñan sus armas y se incorporan, asomándose a mirar desde el balcón. Quienes llegan, sin aliento, son el estudiante José Gutiérrez, el peluquero Martín de Larrea y su mancebo Felipe Barrio, que estaban de avanzadilla en la esquina de las calles San José y Fuencarral. Por las trazas, traen prisa.

—¡Gabachos!... ¡Vienen más gabachos!... ¡Ahora es por lo menos un regimiento!

En un abrir y cerrar de ojos, la calle se vacía. El capitán Daoiz da tres o cuatro órdenes secas y se encamina despacio a la puerta del parque, con mucha serenidad y sin descomponer el paso. José Gutiérrez y los suyos se meten en el huerto del convento con la partida del hostelero Fernández Villamil. En balcones y ventanas, soldados y paisanos se agachan, ocultándose lo mejor que pueden.

—¿Queríamos bailar?... Pues ahí traen la música —comenta don Curro, amartillando su escopeta tras despachar, con mirada ya un poco turbia, la cuarta copita de anís.

Cuando las puertas de Monteleón se cierran tras Luis Daoiz, el teniente Rafael de Arango, que supervisa la traída de cargas de pólvora para balas de cañón y las hace apilar en lugar seguro cerca de la entrada, observa que Pedro Velarde va al encuentro de su superior, que ambos discuten en voz baja, y que Daoiz mueve la cabeza con ademán rotundo, señalando los cuatro cañones dispuestos junto a la entrada. Después, los dos capitanes se acercan a las piezas recién engrasadas, pulidas y relucientes en sus cureñas.

—¡Los militares, a formar! —ordena Daoiz.

Sorprendidos, Arango, Velarde, los otros oficiales, los dieciséis artilleros y los Voluntarios del Estado que están en el patio se alinean en dos grupos, junto a los cañones. También el capitán Goicoechea y los suyos se asoman arriba, por las ventanas. Daoiz se adelanta tres pasos y mira a los hombres casi uno por uno, impasible. Luego saca el sable de la vaina.

—Hasta ahora —dice en voz alta y clara—, todo cuanto ha ocurrido aquí es de mi exclusiva responsabilidad, y de ello responderé ante mis superiores, mi patria y mi conciencia... En lo que pase a partir de ahora, las cosas son diferentes. Quien se una al grito que me dispongo a dar, no podrá volverse atrás... ¿Está claro?

Una pausa. El silencio es mortal. A lo lejos empieza a oírse el redoble de un tambor que se aproxima. Todos saben que se trata de un tambor francés.

—¡Viva el rey don Fernando Séptimo! —grita Daoiz—. ¡Viva la libertad de España!

El teniente Arango, por supuesto, grita con todos. Sabe que a partir de ese momento no podrá alegar que sólo cumple órdenes, pero el honor militar le impide hacer otra cosa. De los demás, oficiales o soldados, nadie se queda callado: dos sonoros «¡viva!» de respuesta atruenan el patio. Sin poderse contener, exaltado como suele, Pedro Velarde rompe la formación, saca su espada y la levanta, cruzándola en alto con la de Daoiz.

—¡Muertos antes que esclavos! —exclama a su vez.

Un tercer oficial se adelanta de las filas. Es el teniente Jacinto Ruiz, con paso vacilante por la fiebre, que se acerca a los dos capitanes, saca también su sable y sin decir una palabra cruza su hoja con las otras dos. Tropas y oficiales los vitorean. Por su parte, Rafael de

Arango permanece inmóvil en la fila, el sable en la vaina. Resignado. El joven tiene la boca seca y amarga como si hubiera masticado granos de pólvora. Se batirá, por supuesto, si no queda otro remedio. Hasta la muerte, como es su obligación. Pero malditas las ganas que tiene de morir allí.

Impresionados, la boca abierta de estupor, el almacenista de carbón Cosme de Mora y su gente se mantienen con la cabeza baja y en silencio, espiando a los franceses por las rendijas de las puertas y tras los postigos entornados de las ventanas. Los quince hombres, entre los que se cuentan Antonio y Manuel Amador y su hermanito Pepillo, ocupan el almacén de un espartero que da a la calle de San José, situado en la planta baja de una casa vecina al convento de las Maravillas.

—Madre del Amor Hermoso —murmura entre dientes el carpintero Pedro Navarro.

—Silencio, carajo.

Los franceses que llegan desde la calle Fuencarral son muchos. Por lo menos una compañía entera, calcula el portero de juzgado Félix Tordesillas, que tuvo en su juventud alguna experiencia militar. Vienen con redoble de tambor y bien formados, arrogantes, llevando desplegado un banderín tricolor. Para sorpresa de los paisanos que los observan ocultos, tanto oficiales como soldados se cubren con el alto chacó característico de los franceses, pero sus casacas de uniforme no son azules, sino blancas con pecheras abotonadas de color azul. Los preceden gastadores con hachas, granaderos y un par de oficiales.

—Ésos traen malas pulgas —susurra Cosme de Mora—. Que a nadie se le escape un tiro ni haga ruido, o estamos apañados.

El tambor francés ha enmudecido, y por las rendijas se ve a dos oficiales acercarse a la puerta del cuartel, llamar a ella a voces y con los puños, y mirar a los lados de la calle. Después uno de los oficiales da una orden, y una veintena de gastadores y soldados se acerca a la puerta y empieza a dar hachazos y golpes. En el almacén de esparto, arrodillado sobre un montón de sacos nuevos de arpillera, un ojo pegado a la rendija del postigo, el lencero Benito Amégide y Méndez se pasa la lengua por los labios y cuchichea con el sangrador Jerónimo Moraza, que está a su lado.

—No creo que los de adentro vayan a...

Un estampido ensordecedor le corta las palabras y el aliento, mientras la onda expansiva de tres explosiones encadenadas, rebotando en los muros de la calle, revienta los vidrios de las ventanas y arroja una nube de astillas, esquirlas y fragmentos de yeso y ladrillo que crujen y saltan por todas partes. Aturdidos, sin reponerse de su asombro, Cosme de Mora y sus hombres se asoman a la calle, fusil en mano, y lo que ven los deja estupefactos: las puertas del parque han desaparecido, y bajo el arco de hierro forjado penden sólo maderas rotas colgadas de sus bisagras. Frente a ellas, en una extensión semicircular de quince o veinte varas de diámetro, el suelo está cubierto de escombros, sangre y cuerpos mutilados de franceses, mientras los supervivientes de la tropa corren en completo desorden, atropellándose unos a otros.

—¡Les han tirado desde dentro!... ¡Han disparado los cañones a través de la puerta!

—¡Viva España!... ¡Que no escape ninguno!... ¡A ellos, a ellos!

La calle se llena de paisanos que disparan contra los franceses fugitivos, perseguidos casi hasta la fuente Nueva de los Pozos, en el cruce con la calle Fuencarral. El entusiasmo es delirante. De las casas salen hombres, mujeres y niños que se apoderan de las armas abandonadas por el enemigo en fuga, disparan contra los franceses que aún se hallan a la vista, rematan a los heridos a navajazos y cuchilladas y despojan los cuerpos de cuanto útil, arma, munición, dinero, anillos o ropa intacta llevan encima.

—¡Victoria! ¡Van de huida!... ¡Victoria!... ¡Mueran los gabachos!

Con toda ingenuidad, la multitud —más grupos de vecinos quieren unirse ahora a los paisanos armados— pretende lanzarse tras los franceses, dándoles alcance hasta sus cuarteles. El teniente Arango, a quien Luis Daoiz ha hecho salir con varios artilleros para impedirlo, debe emplearse a fondo para convencer a la gente de que entre en razón.

—¡No están vencidos! —grita hasta volverse ronco—. ¡Cuando se reorganicen, volverán! ¡Volverán!

—¡¡Viva España y viva el rey!!... ¡¡Muera Napoleón!!... ¡¡Abajo Murat!!

Al fin, casi a golpes y empujones, Arango y los artilleros logran restablecer el orden. Los ayuda la llegada oportuna de la partida de civiles que acaudilla el cerrajero Blas Molina Soriano, que tras prolongados rodeos para evitar a los franceses —y una prudente espera en la calle de la Palma hasta ver en qué terminaba el último episodio—, se incorpora, al fin, al número de defensores de Monteleón. Recibido el refuerzo con alborozo y conducido al interior del parque, es Molina quien informa al capitán Daoiz de la presencia de más fuerzas imperiales en las proximidades. Acuden con mucha prisa, señala, desde la puerta de Santa Bárbara. Por su parte, observando los uniformes y divisas de la docena de enemigos muertos en la calle, el capitán Velarde, que por su experiencia de estado mayor conoce la composición de las fuerzas napoleónicas, identifica a la tropa que llevó a cabo el último intento. Se trata de una compañía adelantada del batallón de Westfalia, que suma al completo más de medio millar de hombres. Los mismos que, según el cerrajero Molina, acuden a paso ligero hacia Monteleón.

Junto a la fuente de la Mariblanca, en la puerta del Sol, Dionisio Santiago Jiménez, mozo de labor conocido por *Coscorro* en el real sitio de San Fernando, de donde es natural, ve morir a su amigo José Fernández Salcedo, de cuarenta y seis años, cuando una bala francesa le arranca media cara.

—¡No os quedéis al descubierto, carajo! ¡Cubríos!

Coscorro y otros que andan cerca forman parte de los grupos de gente forastera, robusta y decidida, que entró ayer en Madrid para pronunciarse a favor de Fernando VII; y que hoy, lejos de sus casas y sin refugio posible, pelean en las calles con la determinación de quien no tiene adónde ir. Tal es el caso de muchos de los que integran la partida numerosa, casi un centenar de hombres, que lleva hora y media tenazmente pegada a los aledaños de la plaza, retirándose dispersa ante cada acometida francesa y volviendo a juntarse y pelear en cuanto puede. Están allí el sexagenario José Pérez Hernán de la Fuente y sus hijos Francisco y Juan, que vinieron ayer de Miraflores de la Sierra endomingados con marsellés, gorro de pelo y capote de grana, y también el jardinero del marqués de Santiago en Griñón Miguel Facundo Revuelta Muñoz, de diecinueve años, a quien acompaña su padre Manuel Revuelta, jardinero del real sitio de Aranjuez. Andan cerca, lanzando golpes de mano contra los franceses desde las puertas del hospital del Buen Suceso que dan a San Jerónimo y a Alcalá, los hermanos Rejón, con su bota de vino vacía y sus navajas ensangrentadas, en compañía de Mateo González, el actor Isidoro Máiquez, el oficial de imprenta Antonio Tomás de Ocaña, que va armado con un trabuco, los vecinos de Perales del Río Francisco del Pozo y Francisco Maroto, y los muchachos Tomás González de la Vega, de quince años, y Juanito Vie Ángel, de catorce. Este último se encuentra en compañía de su padre, el antiguo soldado inválido de Guardias Walonas Juan Vie del Carmen.

—¡Ahí vienen más!

Cuatro jinetes polacos y unos dragones sables en mano se acercan al galope, dispuestos a dispersar el pequeño grupo que de nuevo se ha formado junto a la Mariblanca. En ese momento, saliendo del Buen Suceso, el oficial de imprenta Ocaña descerraja un trabucazo en el pecho de uno de los caballos, que cae arrastrando al jinete. Aún no ha tocado éste el suelo cuando los hermanos Rejón y Mateo González lo cosen a puñaladas, y Máiquez, que acaba de cargar una pistola, dispara contra los otros. Acuden los demás paisanos, sablean polacos y dragones, suenan mosquetazos de infantes franceses que cargan a la bayoneta desde la calle de Alcalá, y en medio de una confusión enorme, entre gritos y maldiciones, se baten todos con rápida ferocidad. Un sablazo deja fuera de combate a Mateo González, que se arrastra como puede, desangrándose, hasta un portal cercano. Suenan tiros, llegan más enemigos, cae Antonio Ocaña atravesado de un balazo, Francisco del Pozo retrocede dando alaridos con un profundo tajo de sable que casi le cercena un hombro, y el resto busca resguardo en el claustro del Buen Suceso, donde varias mujeres aterrorizadas gritan e intentan esconderse mientras suenan las descargas y los franceses fuerzan la entrada.

—Estoy sin balas —dice Isidoro Máiquez— y ya tengo bastante.

Escapando por la puerta frontera al convento de la Victoria, el actor sale disparado hacia su casa, que está cerca de Santa Ana. Lo acompañan corriendo los hermanos Rejón, a los que ofrece refugio. Al intentar seguirlos, una bala alcanza por la espalda a Francisco Maroto, que se desploma en medio de la calle, frente a la botillería de La Canosa. El ex soldado Juan Vie del Carmen, que sale detrás con su hijo, coge a éste de la mano y se lanza en dirección opuesta, hacia la esquina de Carretas, mientras las balas zumban alrededor y suenan con chasquidos en el suelo y contra las fachadas de las casas.

—¡Corre, Juanito!... ¡Corre!... ¡Piensa en tu madre!... ¡Corre!

Subiendo por Carretas, a punto de torcer a la derecha por detrás de Correos, el muchacho se suelta de la mano, trastabilla y cae.

—¡Papá!... ¡Papá!

Con la muerte en el alma, Juan Vie se detiene y da la vuelta. Una bala le ha pasado un muslo a Juanito. Aterrado, el padre lo coge en brazos e intenta ponerlo a resguardo mientras lo cubre con su cuerpo, pero en un instante se ven rodeados de soldados enemigos. Éstos son muy jóvenes y llevan los uniformes sucios y los rostros ennegrecidos por el humo de la pólvora. Con sistemática brutalidad, usando las culatas de sus fusiles, los franceses revientan a golpes a padre e hijo.

—¡Llegan más gabachos!

En la calle de San José, ante el parque de Monteleón, el capitán Daoiz contiene a los paisanos que, envalentonados, quieren ir al encuentro de los franceses que se acercan. Esta vez los imperiales vienen sin redoble de tambores; aunque, según las avanzadillas que regresan a la carrera para informar, son numerosos.

—No nos precipitemos, muchachos. Dejadlos que se aproximen y los escarmentaremos mejor.

El tuteo complace a los paisanos, satisfechos por verse tratados de igual a igual por el capitán de artillería. El cerrajero Molina, que se ha ofrecido a tender una emboscada cerca de la fuente Nueva, convence a los suyos de que el señor oficial tiene razón y lo mejor es seguir sus instrucciones. Así que Luis Daoiz, tras recomendar prudencia, ahorro de munición y mantenerse a cubierto, envía a Molina y su gente a las casas de la esquina con San Andrés. Contando la cuadrilla traída por el cerrajero, Daoiz tiene ahora bajo su mando a poco más de cuatrocientas personas entre artilleros,

Voluntarios del Estado y gente civil, con el refuerzo de una docena de mujeres resueltas. Éstas incluso ayudan a sacar a la calle los cuatro cañones que, tras hacer buen papel en la emboscada de la puerta, el capitán ordena colocar afuera. Cubrirán la transversal de San José en ambas direcciones, hacia San Bernardo y la fuente de Matalobos por la derecha y hacia Fuencarral y la fuente Nueva por la izquierda, enfilando también hacia abajo la calle de San Pedro, que desde la misma puerta del parque discurre perpendicular junto al convento de las Maravillas. El problema consiste en que los cañones, con munición para treinta tiros —y sólo unos pocos saquetes improvisados de metralla—, serán servidos por gente al descubierto, expuesta al fuego francés sin otra protección que los tiradores apostados en las ventanas del parque, encima de la tapia y en los edificios cercanos; cuya munición, pese a que artilleros y soldados trabajan en el polvorín encartuchando a toda prisa bajo la vigilancia del sargento Lastra, no supera los veinte o treinta disparos por fusil.

—A tus órdenes, Luis. Están listos los cañones.

Daoiz, que observa preocupado las esquinas de la calle de San José, preguntándose por cuál asomará el enemigo, se vuelve al oír la voz de Pedro Velarde. Siguiendo sus instrucciones, éste ha supervisado la instalación de las cuatro piezas: tres enfilando cada posible eje de la progresión enemiga y otra dispuesta a ser orientada en una u otra dirección, según las necesidades. Con cada cañón hay una dotación de artilleros reforzada por voluntarios civiles para municionar y mover las cureñas. El plan consiste en que Velarde dirija la defensa desde el interior del cuartel mientras Daoiz manda personalmente el fuego de cañón, asis-

213

tido por los tenientes Arango y Ruiz —este último se ha ofrecido voluntario, pues sirvió como artillero en el campo de Gibraltar—. Humean los botafuegos en las manos de cada cabo de pieza, y todos, militares y paisanos, miran expectantes a los dos capitanes. La fe ciega que Daoiz advierte en sus rostros, las sonrisas bravuconas y confiadas, las mujeres que van de un cañón a otro repartiendo vino a los artilleros o llevando cartuchos al huerto y las casas cercanas, inquietan a éste. No saben, piensa, lo que nos espera.

—¿Mandaste al muchacho? —pregunta Velarde.

Asiente Daoiz. A esas horas, el cadete de Voluntarios del Estado Juan Vázquez Afán de Ribera, a quien se le ha confiado la misión a causa de su juventud y agilidad, debe de correr como un gamo por la calle de San Bernardo, llevando un escrito para el capitán general de Madrid. En pocas líneas, y más a instancias de Velarde que por auténtica esperanza de que sirva para algo, Daoiz, como comandante del parque de Monteleón, explica las razones por las que se baten con los franceses, expresa su resolución de resistir hasta el final y pide ayuda a sus camaradas *«para que el sacrificio de los hombres y paisanos bajo mi mando no sea inútil»*.

—Vete adentro, Pedro —le dice a Velarde—. Y que Dios nos la depare buena.

Sonríe el otro. Parece a punto de decir algo; tal vez una frase que tiene preparada para la ocasión. Conociéndolo como lo conoce, a Daoiz no le sorprendería en absoluto. Al cabo, Velarde se limita a encoger los hombros.

—Buena suerte, mi capitán.

—Buena suerte, amigo mío.

—¡Viva España!

—Que sí, hombre. Vete adentro de una vez.

—A tus órdenes.

Daoiz se queda inmóvil, viendo a Velarde desaparecer dentro del parque. Genio y figura, piensa. Luego se vuelve a los que aguardan junto a los cañones. Alguien grita desde un balcón que los franceses están a punto de doblar la esquina. Daoiz traga saliva, suspira y saca el sable.

—¡Todos a sus puestos! —ordena—. ¡Fuego a mi voz!

En la esquina de la calle de la Palma con San Bernardo, Juan Vázquez Afán de Ribera, cadete de la 2.ª compañía, 3.er batallón de Voluntarios del Estado, se detiene a tomar aliento. Con la agilidad de sus doce años, ha bajado a la carrera desde el parque de Monteleón, llevando el mensaje del capitán Daoiz en la vuelta izquierda de la manga de su casaca, y ahora se dispone a atravesar una zona descubierta. El hecho de que el cruce de calles esté desierto, sin un alma a la vista ni vecinos en los balcones, le da mala espina. Pero el comandante del parque, al despedirlo hace un rato, encareció lo importante de la misión.

—De usted depende —le dijo— que nos socorran o no.

El jovencísimo aspirante a oficial se pasa una mano por el pelo revuelto y sudoroso. Ha dejado el sombrero en el cuartel para ir más desembarazado, y sólo lleva al cinto su daga de cadete. Con ojos suspicaces observa los alrededores. Nadie a la vista, comprueba de nuevo. Las puertas están cerradas, los postigos echados, las tiendas tienen puestos los tablones por fuera. Y reina un silencio inquietante, roto a intervalos por algunos disparos lejanos.

Hay que decidirse, piensa el muchacho. El mensaje de socorro de sus compañeros parece quemarle en la manga. Prudente, recordando las enseñanzas recibidas en la escuela militar, reflexiona sobre el recorrido que va a hacer en la siguiente carrera. Cruzará la calle hasta el guardacantón de enfrente, y de allí seguirá hasta el carro abandonado en la puerta de lo que parece una posada. Ojalá, se dice, no haya tiradores enemigos cerca. Luego respira hondo tres veces, agacha la cabeza, y echa a correr de nuevo.

Recibe el tiro casi antes de escucharlo. Un golpe en el pecho y un chasquido. Pero no siente dolor. Creo que me han disparado, concluye. Tengo que salir de aquí. Ayúdame, Dios mío. De pronto advierte que tiene la cara pegada al suelo y que todo se vuelve oscuro. Tengo que entregar el mensaje, piensa angustiado. Hace un esfuerzo para levantarse, y muere.

La llegada de más infantería enemiga por San Jerónimo y desde Palacio ha hecho insostenible la situación en la puerta del Sol. El suelo está cubierto de cadáveres de franceses y españoles, caballos muertos, sangre y escombros. Desiertos balcones y ventanas, marcados los edificios con viruela de balas y metralla, el lugar queda al fin en manos imperiales. En los últimos combates, huyendo hacia las calles próximas o luchando como perros acorralados, caen el carbonero de veinticuatro años Andrés Cano Fernández, Juan Alfonso

Tirado, de ochenta años, el jornalero Félix Sánchez de la Hoz, de veintitrés, y muchos otros que, sin poder escapar, quedan heridos o presos. Mientras huyen calle Montera arriba, una descarga mata al tejedor septuagenario Joaquín Ruesga y a la manola de Lavapiés Francisca Pérez de Párraga, de cuarenta y seis años. El último disparo español en la puerta del Sol lo hace, con una carabina y desde su casa —situada cerca de la esquina con Arenal—, el oficial de la Real Lotería José de Fumagal y Salinas, de cincuenta y tres años, a quien la fusilada francesa que llega como respuesta deja muerto sobre los hierros del balcón, ante los ojos espantados de su esposa. Y abajo, junto a la fuente de la Soledad, el maestro de esgrima Pedro Jiménez de Haro, que salió a batirse en compañía de su primo el también maestro de armas Vicente Jiménez, cae tras vérselas a sablazos con un grupo de dragones franceses mientras el primo, desarmado por los imperiales, es hecho prisionero. A golpes, los franceses llevan a Vicente Jiménez a las covachuelas de San Felipe, bajo las gradas de la iglesia, donde están concentrando a cuantos capturan cerca. Allí es puesto con otros hombres que aguardan a que se decida su suerte.

—Nos van a fusilar —comenta alguien.

—Ya veremos.

En la penumbra de la covacha, unos rezan y otros blasfeman. Alguno confía en una intervención de las autoridades españolas, y no falta quien manifiesta su esperanza en un alzamiento general de los militares contra los franceses; pero el comentario sólo suscita un silencio escéptico. De vez en cuando se abre la puerta y los centinelas meten dentro a otro prisionero. De ese modo, a medida que sus captores los traen atados, sangrando y maltratados, llegan el contador del Ayuntamiento Gabino Fernández Godoy, de treinta y cuatro años, y el corredor de letras de cambio aragonés Gregorio Moreno y Medina, de treinta y ocho.

—Nos van a fusilar, seguro —insiste el de antes.

—No sea usted cenizo, hombre... ¡Habrase visto mala sombra!

No todos los fusilamientos se hacen esperar. En algunos lugares de Madrid, los franceses pasan de las represalias individuales a las ejecuciones en grupo, sin juicio previo. En la zona oriental de la ciudad, apenas se despeja de resistencia la amplia alameda del paseo del Prado, los funcionarios del Resguardo de Recoletos y otros paisanos capturados con las armas en la mano son empujados a culatazos hasta la fuente de la Cibeles, donde se les obliga a desnudarse para no estropear la ropa con las balas y la sangre. En la calle de Alcalá, asomado a un balcón del palacio del marqués de Alcañices, el oficial de contaduría Luis Antonio Palacios ve traer del Buen Retiro a una de esas cuerdas de prisioneros, custodiada por mucha tropa francesa. Tumbado en el balcón para no recibir un balazo desde abajo, con un catalejo para observar mejor la escena, Palacios reconoce entre los prisioneros a algunos de los funcionarios del Resguardo y a un amigo suyo, de familia distinguida, llamado Félix de Salinas González. Aterrado, el contador ve a través de la lente cómo a Salinas, tras despojarlo de su levita y su reloj, lo hacen arrodillarse y le disparan en la cabeza, desde atrás. A su lado ve caer, uno tras otro, a los aduaneros Gaudosio Calvillo, Francisco Parra y Francisco Requena, y al hortelano de la duquesa de Frías Juan Fernández López.

Atruena de punta a punta, entre turbonadas de humo de pólvora, la calle de San José, frente al parque de Monteleón. Las balas crepitan por todas partes, punteadas por estampidos y fogonazos de artillería.

—¡Cubrirse! —grita ronco el capitán Daoiz—. ¡Los que no estén en los cañones, que se protejan!

Los franceses han aprendido la lección de los dos fracasos anteriores: no intentan ya forzar el asalto, sino que aprietan el cerco desde San Bernardo, Fuencarral y la Palma, destacando tiradores que hacen fuego graneado sobre los defensores del parque. De vez en cuando, resueltos a apoderarse de un zaguán o a desalojar un edificio, lanzan ataques puntuales, con grupos reducidos que avanzan pegados a las casas; pero sus esfuerzos se ven obstaculizados por el fuego de los paisanos parapetados en las viviendas próximas, el de los Voluntarios del Estado que disparan desde el tercer piso del edificio del parque, y el de los cuatro cañones situados ante la puerta que enfilan las calles a lo largo, en todas direcciones. Aun así, entre quienes sirven las piezas de artillería o combaten tumbados en la acera junto a la tapia, hay varias bajas. Muy castigado por los tiradores franceses, con las balas estrellándose sobre sus cabezas o rebotando en el suelo, el grupo del hostelero Fernández Villamil, cegado por el humo de las descargas, se ve obligado a retirarse al interior del parque, luego que la fusilada enemiga mate al mendigo de Antón Martín —nunca llegará a saberse su nombre— y hiera en la cabeza a Antonio Claudio Dadina, platero de la calle de la Gorguera, a quien los hermanos Muñiz, con los fusiles terciados a la espalda y a gatas por el suelo bajo las balas francesas, arrastran por los pies hasta poner en resguardo.

—¡Sólo quedan dos saquetes de metralla, mi capitán!

—Usad bala rasa... Y guardad los saquetes para cuando los franceses estén más cerca.

—¡A la orden!

De pie entre los cañones, paseándose con el sable apoyado en el hombro como si estuviera en una parada militar, el semblante en apariencia tranquilo, Luis Daoiz dirige con mucho oficio el fuego de los que sirven las cuatro piezas, mientras el tiroteo enemigo busca su cuerpo. La fortuna, sin embargo, sonríe al capitán: ninguno de los moscardones de plomo que pasan zumbando da en el blanco.

—¡Ruiz!

El teniente Ruiz, que ayuda a cargar una de las piezas de a ocho libras, se yergue entre el humo de la refriega. Está más pálido que la casaca de su uniforme, pero los ojos le brillan enrojecidos de fiebre.

—¡A sus órdenes, mi capitán!

Una bala roza la charretera derecha de Daoiz, haciéndole sentir un hondo vacío en el estómago. Esto no puede durar mucho, piensa. De un momento a otro, esos cabrones se harán conmigo.

—Mire aquellos franceses que se agrupan en la esquina de San Andrés. ¿Cree que podrá alcanzarlos con un disparo?

—Si movemos el cañón unos pasos allá, podría intentarse.

—Pues a ello.

Otras dos balas francesas zumban entre los dos hombres. El teniente Ruiz mira de dónde provienen con aire molesto, como si algún inoportuno maleducado se inmiscuyera en la conversación. Buen muchacho, piensa Daoiz. Nunca lo había visto antes de hoy, pero le gusta el tenientucho. Desea que salga de ésta.

—¡Alonso!... ¡Portales!... ¡Ayuden a mover esta pieza!

El cabo segundo Eusebio Alonso y el artillero valenciano de treinta y tres años José Portales Sánchez, que acaban de municionar un cañón cuyo fuego dirige el teniente Arango, acuden con la cabeza baja, esquivando balazos, y empujan las ruedas de la cureña. A medio camino es alcanzado Portales, que se desploma sin abrir la boca. Al verlo caer, una mujer de buen palmito que, desafiando el tiroteo, remangada la basquiña, trae dos cartuchos de cañón desde la puerta del parque, se une al grupo.

—¡Quítese de ahí, señora! —la intima el cabo Alonso.

—¡Quítate tú, malasombra!

La maja —lo sabrán más tarde los artilleros— se llama Ramona García Sánchez, tiene treinta y cuatro años y vive en la cercana calle de San Gregorio. Al poco rato la releva un artillero. No es la única que en este momento participa en el combate. La inquilina del número 11 de la calle de San José, Clara del Rey y Calvo, de cuarenta y siete años, ayuda al teniente Arango y al artillero Sebastián Blanco a cargar y apuntar uno de los cañones, en compañía de su marido, Juan González, y sus tres hijos. Otras mujeres traen cartuchos, vino o agua para los que pelean. Entre ellas está la joven de diecisiete años Benita Pastrana, vecina del barrio, que salió a la calle al saber herido a su novio Francisco Sánchez Rodríguez, cerrajero de la plazuela del Gato. También combaten la malagueña Juana García, de cincuenta años; la vecina de la calle de la Magdalena Francisca Olivares Muñoz; Juana Calderón, que tumbada en un zaguán carga y pasa fusiles a su marido José Beguí; y una muchachita quinceañera que cruza a menudo la calle sin inmutarse por las descargas francesas, llevando en el delantal munición para su padre y el grupo de paisanos que disparan contra los franceses desde el huerto de las Maravillas, hasta que en una descarga cerrada cae muerta por una bala. El nombre de esta joven nunca llegará a saberse con certeza, aunque algunos testigos y vecinos afirman que se llama Manolita Malasaña.

—¿Que el parque de artillería qué? —pregunta Murat, fuera de sí.

Alrededor del duque de Berg, instalado en el Campo de Guardias con toda su plana mayor y fuerte escolta, sus generales y edecanes tragan saliva. Los partes de bajas propias son estremecedores. El capitán Marcellin Marbot —quien acaba de informar de que la infantería del coronel Friederichs ha tomado la puerta del Sol, pero continúan los combates en Antón Martín, Puerta Cerrada y la plaza Mayor— ve a Murat estrujar entre las manos el informe del comandan-

222

te del batallón de Westfalia, empeñado en el parque de Monteleón. Allí, la resistencia de los sublevados está siendo tenaz. Los artilleros, reforzados con algunos soldados, se han unido al pueblo. Sus cañones, bien situados en la calle, hacen estragos.

—Quiero que los borren de la faz de la tierra —exige Murat—. Inmediatamente.

—Se está en ello, Alteza. Pero tenemos muchas bajas.

—Me importan poco las bajas. ¡A ver si nos enteramos de una vez!... ¡Me importan un rábano!

Murat, que se ha inclinado sobre el plano de Madrid extendido en una mesa de campaña, golpea con el dedo un punto de la parte superior: un contorno cuadrangular rodeado de calles rectas, que hasta ahora traía a todos sin cuidado. Monteleón. Ni siquiera tiene un nombre en el plano.

—¡Quiero que se tome a cualquier precio! ¿Me oyen? ¡A cualquier precio!... Esos canallas necesitan un escarmiento ejemplar... A ver, Lagrange. ¿A quién tenemos cerca?

El general de división Joseph Lagrange, que hoy oficia de ayudante personal del duque de Berg, echa un vistazo al mapa y consulta las notas que le muestra un edecán. Parece aliviado al confirmar que, en efecto, disponen de alguien en las inmediaciones.

—El comandante Montholon, Alteza. Coronel en funciones del Cuarto de infantería. Espera órdenes con un batallón entre la puerta de Santa Bárbara y la de los Pozos.

—Perfecto. Que refuerce a los westfalianos inmediatamente... ¡Mil quinientos hombres bastarán para planchar a esa chusma, maldita sea!

—Supongo, Alteza.

—¿Lo supone?... ¿Qué coño que lo supone?

En la plazuela de Antón Martín, situada a media subida de Atocha hacia la plaza Mayor, al manolo Miguel Cubas Saldaña, que tras batirse en la puerta de Toledo pudo escapar refugiándose en San Isidro, se le acaba la suerte. Ha llegado hasta allí peleando donde podía, unido a un pequeño grupo que al final se ve disperso por una andanada de metralla. Aturdido Saldaña por el impacto, sangrando por los oídos y la nariz, cuando levanta la cabeza del suelo se encuentra rodeado de bayonetas francesas. Mientras lo llevan a empujones, tambaleante y maniatado, en dirección al Prado, el manolo observa con desconsuelo que se apaga la resistencia de los que pelean en las callejas próximas. Apoyada por un cañón que bate la ancha avenida, la infantería francesa avanza de casa en casa, disparando de modo preventivo hacia cada balcón, ventana o bocacalle. Por tierra hay numerosos muertos y heridos que nadie retira.

Poco después de que Cubas Saldaña caiga prisionero, las dos últimas partidas que combaten en Atocha y Antón Martín son aniquiladas. Acosados hasta la puerta de una corrala de la Magdalena, ametrallados por el cañón que tira desde la plaza, caen Francisco Balseyro María, jornalero de cuarenta y nueve años, la gallega de treinta Manuela Fernández,

224

herida en la cabeza por una esquirla, y el sirviente asturiano Francisco Fernández Gómez, a quien la metralla arranca el brazo derecho. De esa cuadrilla sólo consiguen escapar el cabrero Matías López de Uceda, moribundo de un balazo, y dos hombres también heridos que lo transportan: su hijo Miguel y el jornalero palentino Domingo Rodríguez González. Dando un rodeo intentan dirigirse al Hospital General, sin que en ninguna de las casas a las que llaman se les abra ni socorra.

—¡Dispersaos!... ¡Sálvese quien pueda!

El otro grupo corre la misma suerte. Deshecho a metrallazos, en plena fuga, caen junto a la calle de la Flor, cazados como conejos, el músico de veintisiete años Pedro Sessé y Mazal, el criado de la Inclusa Manuel Anvías Pérez, de treinta y tres, y el mozo de cuerda leonés Fulgencio Álvarez, de veinticuatro. Este último, al que dan alcance los franceses por ir herido en una pierna, se defiende con su navaja hasta que lo rematan a bayonetazos. No es mucho mejor la suerte que corre el joven de dieciocho años Donato Archilla y Valiente, a quien su compadre y compañero de combate Pascual Montalvo, panadero, que huye con él por la calle del León, ve capturar y llevarse atado calle del Prado abajo. Desprendiéndose en un portal del sable francés que lleva en la mano, Montalvo camina detrás de su amigo, siguiéndolo de lejos para ver adónde lo conducen y procurar, si puede, su liberación. Poco después, escondido tras unos setos del paseo del Prado, lo verá fusilar en las tapias de Jesús Nazareno, en compañía de Miguel Cubas Saldaña.

No todos los muertos en Antón Martín son combatientes. Tal es el caso del cirujano de ochenta y dos años Fernando González de Pereda, que fallece de un balazo junto a la fuente de la plaza cuando, con algunos camilleros voluntarios, socorre a las víctimas de uno y otro bando. Como él, varios médicos, cirujanos y mozos de hospital caen hoy mientras realizan su tarea humanitaria: el cirujano Juan de la Fuente y Casas, de treinta y dos años, muere cuando intenta cruzar la plazuela de Santa Isabel con enfermeros y material sanitario; Francisco Javier Aguirre y Angulo, médico de treinta y tres años, recibe un balazo de un centinela francés mientras atiende a unos heridos abandonados en la calle de Atocha; y a Carlos Nogués y Pedrol, catedrático de clínica de la universidad de Barcelona, una bala le rompe la cadera cuando, tras atender a innumerables heridos en la puerta del Sol, se retira a su casa de la calle del Carmen. Caen también Miguel Blanco López, de sesenta años, enfermero de la sacramental de San Luis; el mancebo de cirugía Saturnino Valdés Regalado, que con otro compañero transporta en camilla a un herido por la calle de Atocha; y el capellán de las Descalzas José Cremades García, a quien los franceses matan de un tiro mientras da los auxilios espirituales a un moribundo, en la puerta misma de la iglesia.

De las muertes que hoy enlutan Madrid, la más singular y misteriosa, nunca del todo aclarada, es la de

María Beano: la mujer bajo cuyo balcón pasaba temprano cada día, visitándola por las tardes, el capitán Pedro Velarde. Aún joven y hermosa, viuda de un oficial de artillería, respetada por sus vecinos y de honorabilidad sin tacha, esa madre de cuatro hijos pequeños, un varón y tres hembras, lleva toda la mañana con la ventana abierta, reclamando noticias del parque de Monteleón. Y cuando al fin le confirman que los artilleros luchan allí con los franceses, se precipita al tocador, peina sus cabellos, ordena su vestido, toma una toquilla negra y se echa a la calle tras encomendar sus hijos a una criada vieja y fiel, sin más explicaciones. De ese modo, corriendo por las calles, *«demudado el rostro y descompuesta de ansiedad»*, según testimoniarán más tarde quienes se cruzan con ella, María Beano se dirige al parque de artillería, probando suerte por diversos lugares para aventurarse por las calles que allí conducen. Pero el cerco es absoluto, y nadie puede ir más allá de los destacamentos que bloquean cada acceso. Rechazada por los soldados imperiales, contenida a duras penas por algunos vecinos que intentan disuadirla de su empeño, la viuda termina desasiéndose de quienes la estorban, deja atrás un retén francés, y sin atender los gritos de los centinelas corre calle de San Andrés arriba, hasta que la mata una bala. El cuerpo, sobre un charco de sangre y envuelto en la toquilla negra, permanecerá todo el día tirado en la acera. Tan extraña conducta, el secreto de su afán por llegar al parque de Monteleón, quedará velado para siempre por las sombras del misterio.

Ajeno a la muerte de María Beano, el capitán Velarde supervisa desde hace cuarenta y cinco minutos el fuego de los hombres apostados en el edificio y bajo el arco del parque de Monteleón. Luis Daoiz le ha pedido que no se exponga junto a los cañones, con objeto de que tome el mando en caso de que él caiga. En este momento Velarde se encuentra junto a la entrada, dirigiendo a los tiradores que, tumbados allí y encaramados a un andamio apoyado en la tapia, protegen con su mosquetería a los que afuera sirven las cuatro piezas. Los franceses sólo han adelantado infantería hasta las calles próximas, sin fuego de cañón, y Velarde está satisfecho de cómo van las cosas. Artilleros y Voluntarios del Estado se baten con oficio y firmeza, y casi todos los paisanos hacen su papel, sosteniendo un fuego que, si bien no es muy preciso, tiene a los atacantes en respeto. Aun así, el capitán observa preocupado que los tiradores enemigos, saltando de portal en portal y de casa en casa, están cada vez más cerca. Eso obliga a algunos civiles a retroceder, abandonando la esquina con San Bernardo y San Andrés. Los franceses han ocupado un primer piso en esta última calle, y desde allí hostigan a quienes transportan heridos al convento de las Maravillas. Dispuesto a desalojarlos, Velarde reúne un pequeño grupo formado por el escribiente Almira —el otro escribiente, Rojo, está sirviendo un cañón con el teniente Ruiz—, los Voluntarios del Estado Julián Ruiz, José Acha y José Romero, y el criado de la calle Jacometrezo Francisco Maseda de la Cruz.

—¡Vengan conmigo!

A la carrera, uno tras otro, los seis hombres cruzan la calle, pasan entre los cañones y se pegan a la fachada de enfrente. Desde allí, por señas, Velarde indica a Luis Daoiz cuáles son sus intenciones. El comandante del parque, que permanece de pie en medio del tiroteo, sereno como si estuviese de paseo, hace un gesto que podría interpretarse como afirmativo; aunque también, sospecha Velarde, puede haberse encogido de hombros. De cualquier modo, el capitán avanza con los otros pegado a la pared, protegiéndose de portal en portal, hasta llegar al depósito de esparto donde se encuentra la partida del almacenista de carbón Cosme de Mora.

—¿Cuántos son ustedes? —pregunta Velarde.

—Quince, señor oficial.

—La mitad, conmigo.

Saliendo a la calle uno por uno, a intervalos que les marca el propio Velarde, Almira, los tres Voluntarios del Estado, Maseda, Cosme de Mora y seis más, pasan corriendo el cruce de San José con San Andrés y se reúnen al otro lado.

—Somos trece —murmura Maseda—. Mal número.

—¡Silencio!... Calen bayonetas.

Obedecen los Voluntarios del Estado, con movimientos mecánicos y profesionales. Varios paisanos los imitan, torpes.

—Algunos no tenemos bayoneta, señor oficial —dice el lencero Benito Amégide y Méndez.

—Pues a culatazos, entonces... ¡Arriba!

En tropel, Velarde a la cabeza, los trece hombres suben el tramo de escalera que lleva al primer piso, hacen astillas la puerta y se lanzan contra los franceses que hay en la casa.

—¡Viva España!... ¡Viva España y viva Dios!

La refriega se lleva a cabo acuchillando en corto, sin cuartel, entre los muebles destrozados, de habitación en habitación, a gritos, golpes y mosquetazos. El lencero Amégide recibe once heridas, y a su lado caen el Voluntario del Estado José Acha, que recibe un bayonetazo en un muslo, y el criado Francisco Maseda, con un balazo en el pecho. De los enemigos, cuatro quedan degollados y cinco saltan por la ventana. En el último instante, el Voluntario del Estado Julián Ruiz, de veintitrés años, recibe un tiro tan a quemarropa que muere antes de que se apague el papel del cartucho francés que le humea en la casaca.

Afloja un poco el fuego enemigo, y los españoles economizan munición. Frente a la puerta del parque, donde están los cañones —a uno se le ha rajado el fogón, por lo que sólo quedan tres cubriendo las calles—, el teniente Jacinto Ruiz tiene cargada y apuntada la pieza que enfila San José hacia la esquina de San Andrés, Fuencarral y la fuente Nueva, pero retiene el tiro hasta dar con un blanco que merezca la pena. Está auxiliado por el escribiente Domingo Rojo, el Voluntario del Estado José Abad Leso y dos artilleros del parque: el cabo segundo Eusebio Alonso y el soldado José González Sánchez. La fiebre tiene a Ruiz sumido en un estado de alucinación que le hace despreciar el peligro. Se mueve como si la pólvora quemada estuviese dentro de su cabeza, y no fuera. Intentando ver a través de la humareda, el teniente señala con el sable desnudo los posibles objetivos a batir, mientras el cabo Alonso y los otros, bien abierta la boca para que no les revienten los tímpanos con los estampidos, se agachan detrás de la pieza, botafuego en mano, esperando la orden.

—¡Allí, allí!... ¡Miren a la izquierda!

Desde atrás, mientras vigila la actuación de los otros cañones, el capitán Luis Daoiz ve cómo una repentina fusilada francesa graniza sobre el cañón del teniente, hiere a éste en un brazo y derriba al cabo Alonso, al Voluntario del Estado José Abad y al artillero González Sánchez. En dos zancadas se acerca a ellos: González Sánchez tiene los sesos al aire, y Abad una bala en el cuello, aunque sigue vivo. El cabo Alonso, al que sólo un rebote ha rozado la frente, se incorpora tapándose la brecha con una mano, dispuesto a seguir cumpliendo con su obligación. A Jacinto Ruiz, que tiene un desgarrón de un palmo en la manga izquierda, el brazo le sangra mucho.

—¿Cómo se encuentra? —pregunta Daoiz, a gritos para hacerse oír por encima del tiroteo.

El teniente se tambalea y busca apoyo en el cañón. Al cabo respira hondo y mueve la cabeza.

—Estoy bien, mi capitán, no se preocupe... Puedo seguir aquí.

—Ese brazo tiene mala pinta. Vaya a curárselo.

—Luego... Ya iré luego.

Tres hombres y dos mujeres jóvenes —una es la que antes ayudó a mover el cañón, Ramona García Sánchez— acuden desde los portales cercanos y arrastran a González Sánchez y a José Abad, dejando un rastro de sangre, hasta el convento de las Maravillas. El exento José Pacheco, que con su hijo el cadete Andrés Pacheco trae cuatro cargas de pólvora encartuchada, saca un pañuelo del bolsillo y se lo ata a Jacinto Ruiz en torno a la herida. Un estampido próximo —el cañón mandado por el teniente Arango, que dispara hacia la calle de San Pedro— los ensordece a todos. Ahora el fuego de mosquetería francesa se dirige a la puerta del parque, y ninguno de los artilleros que se resguardan allí acude a cubrir los puestos vacíos. Dirigiendo señas a unos paisanos tumbados junto a la tapia del huerto de las Maravillas, Daoiz hace venir a dos: el botillero de Hortaleza José Rodríguez y su hijo Rafael.

—¿Saben manejar un cañón?

—No... Pero llevamos un rato mirando cómo lo hacen.

—Pues ayuden aquí. Ahora están a las órdenes de este oficial.

—¡Sí, señor capitán!

No todos parecen tan dispuestos, comprueba Daoiz. Artilleros, soldados y voluntarios aguantan lo mejor que pueden; pero cada vez que se intensifica el fuego francés, más gente busca refugio dentro del parque o se queda en el convento con pretexto de llevar a los heridos. Es lógico, concluye desapasionado el capitán. No hay como los metrallazos y la sangre para templar entusiasmos. Tampoco todos los oficiales que esta mañana se presentaron voluntarios asoman la nariz. Alguno de los que más alto hablaban en tertulias y cafés prefiere ahora quedarse dentro. Daoiz suspira, resignado, el sable sobre el hombro y rozándole la hoja la patilla derecha. Allá cada cual. Mientras él mismo, Velarde y algunos otros sigan dando ejemplo, la mayor parte de militares y civiles aguantará; ya sea por confianza ciega en los uniformes que los guían —si esos pobres paisanos supieran, concluye—, o por mantener las formas y el qué dirán. A falta de otra triste cosa, la palabra *cojones* sigue obrando efectos prodigiosos entre el pueblo llano.

—¡Apunten esta pieza!... ¡Ya!

Las órdenes de Jacinto Ruiz vuelven a resonar junto a su cañón. Satisfecho, Daoiz comprueba que también las otras dos piezas cumplen su cometido. Las balas pasan zumbando como abejorros, y el sevillano se sorprende de seguir vivo en vez de tirado en el suelo, como otros infelices que están junto a la tapia con los ojos abiertos y las caras rebozadas de sangre, o los que gritan mientras los llevan camino del convento, la amputación o la muerte. Así, tarde o temprano, vamos a terminar todos, piensa. En el suelo o en el convento. La idea le hace torcer la boca en una mueca sin esperanza. Por un instante su mirada se cruza con la del teniente Rafael de Arango, negro de pólvora, sudoroso y con la casaca y el chaleco desabrochados, que da órdenes a su gente. El comportamiento del joven es correcto, pero en sus ojos puede leerse un reproche. Creerá que disfruto con esto, deduce Daoiz. Un chico extraño, de todas formas: suspicaz y poco simpático. Debe de pensar que, si sale vivo de Monteleón y no acaba fusilado o en un castillo, le hemos reventado para siempre la carrera. Pero al diablo. Que cada palo aguante su vela. Tenientes, capitanes o soldados, no hay vuelta atrás para nadie. Eso vale para todos, paisanos incluidos. Lo demás carece de importancia.

Con tales pensamientos en la cabeza, cuando Daoiz se vuelve a mirar hacia otro lado, encuentra al capitán Velarde.

—¿Qué haces aquí?

Pedro Velarde, con el escribiente Almira pegado a él como una sombra, viene tiznado y roto de su refriega en la esquina de San Andrés, donde acaba de mandar como refuerzo a la otra mitad de la partida de Cosme de

Mora. Daoiz observa que su amigo ha perdido algunos botones de la elegante casaca verde de estado mayor y trae una charretera partida de un sablazo.

—¿Crees que vendrán a socorrernos? —pregunta Velarde.

Ha debido gritar para hacerse oír entre el tiroteo. Daoiz encoge los hombros. Hoy no sabe qué soporta menos: los reproches mudos del teniente Arango o el optimismo desaforado de Velarde.

—No creo. Estamos solos... No hay más cera que la que arde.

—Pues los franceses aflojan el fuego.

—De momento.

Velarde se acerca más, intentando que no los oiga Almira.

—Aún hay esperanza, ¿no? Ya le habrá llegado tu mensaje al capitán general... Tal vez reaccionen... ¡Nuestro ejemplo los estará haciendo enrojecer de vergüenza!

Una bala francesa zumba entre los dos militares, que se miran a los ojos. Exaltado como siempre el uno, sereno el otro.

—No digas tonterías, hombre —responde Daoiz—. Y vete adentro, que te van a matar.

6

Disparando sus últimos cartuchos, los soldados de Guardias Walonas Paul Monsak, Gregor Franzmann y Franz Weller se repliegan en buen orden desde Puerta Cerrada a la plaza Mayor por el arco de Cuchilleros. Retroceden cubriéndose unos a otros, amparados en los portales y sin dejar de batirse con tenacidad germánica, desde que la última carga de coraceros e infantería francesa los desalojó de la plaza de la Cebada, donde se habían juntado con un grupo que intentaba resistir allí, y en el que se contaban, entre otros, el vecino de la Arganzuela Andrés Pinilla, el zapatero de viejo Francisco Doce González, el guarda de la Casa de Campo León Sánchez y el maestro veterinario Manuel Fernández Coca. Entre todos mataron a un oficial y dos soldados franceses cerca de la casa del arzobispo de Toledo, lo que dio lugar a que los imperiales asaltaran la vivienda, saqueándola con mucho estrago. Ahora, acosada por jinetes franceses, la cuadrilla se dispersa. Sánchez y Fernández Coca escapan hacia la plazuela del Cordón, y el resto hacia la Cava Alta, donde una bala de fusil destroza las piernas de Andrés Pinilla y otra mata al zapatero Doce González. Cuando los supervivientes —los tres Guardias Walonas, un médico militar de treinta y un años llamado Esteban Rodríguez Velilla, el peón de albañil Joaquín Rodríguez Ocaña y el vizcaíno Cayetano Artúa, dependiente del marqués de Villafranca— intentan parapetarse tras dos carros abandonados al pie de las escaleras de Cuchilleros, un pelotón de infantería imperial baja desde la puerta de Guadalajara disparando contra todo lo que se mueve.

—¡Vámonos!... ¡Aprisa!... ¡Vámonos de aquí!

Cogidos entre dos fuegos, caen heridos de muerte el albañil y el vizcaíno, escapan Monsak, Franzmann y Weller escaleras arriba, y a Esteban Rodríguez Velilla, que tocado de bala en un muslo pretende refugiarse en la posada de la Soledad, donde vive, un coracero lo alcanza y derriba de dos sablazos, uno de los cuales le abre la cabeza y otro le deja un tajo hondo en el cuello. Malherido, desangrándose, el médico se arrastra de portal en portal hasta Puerta Cerrada, donde unos vecinos piadosos, de los pocos que se aventuran a asomarse a la calle, lo recogen y llevan a la posada. Sale al patio su joven esposa, Rosa Ubago, espantada por el aspecto del marido, que viene exánime y empapadas las ropas de sangre. En ese momento entran detrás varios soldados enemigos, que han visto retirar al herido y pretenden rematarlo.

—*Coquin! Salaud!*—lo insultan los imperiales, enfurecidos.

Llueven empujones y culatazos, maltratan a la mujer, huyen los vecinos, dejan los franceses por muerto a Rodríguez Velilla y saquean el lugar. El médico agonizará penosamente hasta morir al décimo día, maltrecho por las heridas y golpes. Retirada a Galicia, su viuda Rosa Ubago, según una carta familiar que será conservada, no volverá a casarse *«en respeto a la memoria del que murió como un héroe».*

—¡Vivan los valientes!... ¡Que Dios los bendiga!... ¡Viva España!

Los gritos los da una monja, sor Eduarda de San Buenaventura: una de las cinco religiosas de velo que, con otras catorce profesas, una priora y una subpriora, residen en el convento de clausura de las Maravillas, justo enfrente del parque de Monteleón. A diferencia de sus compañeras, sor Eduarda no atiende a los heridos que traen de la calle, ni ayuda al capellán don Manuel Rojo a administrarles auxilio espiritual. Se encuentra encaramada a una de las ventanas del convento que dan a la puerta del parque, enardeciendo a los hombres que luchan y arrojándoles a través de la reja estampas de santos y escapularios, que los combatientes recogen, besan y se meten entre la ropa.

—¡Quítese de ahí, hermana, por el amor de Dios! —le ruega la superiora, madre sor María de Santa Teresa, intentando retirarla de la ventana.

—¡Salve! ¡Salve! —sigue gritando la religiosa, sin hacer caso—. ¡Viva España!

Los cañonazos han roto los vidrios del crucero y las ventanas del convento, convertido en hospital de campaña. Atrio, templo, locutorio y sacristía albergan a los heridos que llegan sin cesar, y largos regueros rojos, que al principio las monjas limpiaban con bayetas y cubos de agua y ahora a nadie preocupan, manchan corredores y pasillos. Olvidadas las rejas y la clausura, abierta la cancela y los portones de la calle, las carmelitas recoletas van y vienen con hilas, vendajes, bebidas calientes y alimentos, sus hábitos y delantales manchados de sangre. Algunas llegan hasta la puerta para hacerse cargo de los combatientes que vienen destrozados por las balas y la metralla, traídos por compañeros o por sus propios medios, tambaleantes, cojeando mientras intentan taponarse las heridas.

—¡Vivan los valientes!... ¡Viva la Inmaculada madre de Jesús!

Algunos se persignan al escuchar las voces de sor Eduarda. Desde la calle, donde sigue junto a los cañones, Luis Daoiz observa a la monja asomada a la ventana, temiendo que una bala fría o un rebote de metralla la despache al otro mundo. Hace falta estar como una cabra, concluye. O ser patriota hasta las cachas. Aunque no es hombre aficionado a estampas piadosas ni gasta más rezos que los imprescindibles, el capitán acepta una medallita de la Virgen que un paisano le entrega a instancias de la monja.

—Para el señor oficial, ha dicho.

Daoiz coge la medalla y la contempla en la palma de la mano. Hay gente para todo. De cualquier manera, concluye, aquello no hace mal a nadie, y el entusiasmo de la religiosa es de agradecer. Además, su presencia en la ventana anima a los que luchan. Así que, procurando lo vean quienes están cerca, besa con gravedad la medalla, se la mete en el bolsillo interior de la casaca y luego saluda a la monja con una inclinación de cabeza. Eso atiza los gritos y el entusiasmo de ésta.

—¡Vivan los oficiales y los soldados españoles! —grita desde su reja—. ¡No desmayen, que Dios los mira desde el Cielo!... ¡Allí los espera a todos!

El cabo Eusebio Alonso, negro de pólvora, costra de sangre seca en la frente y el bigote chamuscado por los fogonazos, que limpia el ánima de uno de los cañones de a ocho libras, se queda mirando a la monja con la boca abierta y luego se vuelve hacia Daoiz.

—Por mí, que espere. ¿No le parece, mi capitán?

—Eso mismo estaba pensando yo, Alonso. Tampoco es cosa de ir con prisas.

Dos manzanas de casas más allá, en el tramo de la calle Fuencarral comprendido entre las de San José y la Palma, el comandante en funciones de coronel Charles Tristan de Montholon, jefe del 4.º regimiento provisional de la brigada Salm-Isemburg, 1.ª división de infantería, se asoma prudente a una esquina y echa un vistazo. El comandante es apuesto y de buena familia, hijastro del diplomático, senador y marqués de Semonville, antaño intransigente revolucionario y hoy bien situado en el círculo íntimo del Emperador. Esa favorable conexión familiar tiene mucho que ver con el hecho de que Charles de Montholon ostente a los veinticinco años de edad una alta graduación militar, aunque en su hoja de servicios figuren más tareas de estado mayor junto a generales influyentes que combates en primera línea. Lo que el joven coronel no puede imaginar en esta turbulenta mañana de mayo junto al parque de artillería de Madrid —cuyo nombre, Monteleón, tiene singular semejanza con su apellido familiar—, es que el futuro le reserva, además del grado de mariscal de campo y el título de conde del Imperio, un puesto de observador privilegiado de los últimos días del Emperador, cuyos ojos cerrará tras acompañarlo en la isla de Santa Helena. Mas para eso faltan todavía trece años. De momento está en Ma-

239

drid, al sol, sombrero bajo el brazo y pañuelo en mano para enjugarse la frente, en compañía de dos oficiales, su corneta de órdenes y un intérprete.

—Que los tiradores intenten despejar la calle y eliminar a los que sirven los cañones... El ataque será simultáneo: los westfalianos desde San Bernardo y la Cuarta compañía por esa otra calle... ¿Cómo se llama?

—San Pedro. Desemboca en la puerta misma del parque.

—Por San Pedro, entonces. Y desde aquí, la Segunda y Tercera compañías por San José. Tres puntos a la vez darán a esos bárbaros en qué pensar mientras les caemos encima. Así que vamos allá... Muévanse.

Los capitanes que acompañan a Montholon se miran entre sí. Se llaman Hiller y Labedoyere. Son veteranos, fogueados en campos de batalla de media Europa y no entre edecanes y mapas de cuartel general.

—¿No conviene esperar a que lleguen los cañones? —pregunta Hiller, cauto—. Quizá sea mejor barrer antes la calle con metralla.

Montholon hace un mohín desdeñoso.

—Podemos arreglarnos solos. Son pocos militares y algunos paisanos. Apenas tendrán tiempo de disparar una andanada y les habremos caído encima.

—Pero los de Westfalia han recibido lo suyo.

—Fueron confiados y torpes. No perdamos más tiempo.

Seguro de la tropa bajo su mando, el comandante mira alrededor. Desde hace rato, mientras avanzadas de tiradores hacen fuego de diversión sobre los cañones enemigos, el grueso de la fuerza de asalto toma posiciones esperando la orden de avanzar. Desde la fuente Nueva hasta la puerta de los Pozos, la calle Fuencarral está llena de casacas azules, calzones blancos, polainas y chacós negros de la infantería de línea imperial. Los soldados son jóvenes, como de costumbre en España, aunque encuadrados por cabos y suboficiales disciplinados y con experiencia. Quizá por eso se muestran tranquilos pese a los cadáveres de camaradas que se ven a lo lejos, tirados en la calle. Desean vengarlos, y verse numerosos les inspira confianza. Se trata, a fin de cuentas, de la infantería del ejército más poderoso del mundo. Tampoco Montholon alberga dudas. Cuando empiece el ataque, la defensa de los sublevados se desmoronará en un momento.

—Vamos allá de una vez.

—A la orden.

Suenan toques de corneta, redoblan las cajas de los tambores, el capitán Hiller saca su sable, grita «Viva el Emperador» y se planta en mitad de la calle mientras los noventa y seis soldados de su compañía se ponen en movimiento. Avanzan primero los tiradores saltando de puerta en puerta, seguidos por filas de infantes que se pegan a las fachadas y caminan tras los oficiales. Desde su esquina, el comandante los ve progresar por ambos lados de la calle de San José mientras crepita la fusilería y la humareda se extiende como niebla baja. Por los redobles que llegan de las cercanías, Montholon sabe que en ese instante se registra un movimiento similar en la calle de San Pedro, junto al convento de monjas, y que los westfalianos, escarmentados de su experiencia anterior, avanzan también por San Bernardo. La idea es que tres ataques simultáneos confluyan en la puerta misma del parque.

—Algo no va bien —dice Labedoyere, que ha permanecido junto a Montholon.

Muy a su pesar, éste opina lo mismo. Pese a la granizada de fusilería que cae sobre los cañones rebeldes, los españoles aguantan. Innumerables fogonazos relumbran entre la humareda. Un estampido hace temblar las fachadas y arroja un proyectil que restalla contra los muros, haciendo saltar fragmentos de yeso, ladrillo y astillas. A poco empiezan a aparecer soldados franceses que regresan heridos, apoyándose en las paredes o dando traspiés, traídos a rastras por sus camaradas. Uno es el capitán Hiller con el rostro ensangrentado, pues un rebote se le acaba de llevar el chacó, hiriéndolo en la frente.

—No se arrugan —informa mientras se quita la sangre de los ojos, se hace vendar y vuelve a meterse, estoico y profesional, en la humareda.

Viéndolo irse, Labedoyere tuerce el gesto.

—Me parece que no va a ser tan fácil —comenta.

Montholon le impone silencio con una orden seca.

—Avance con su compañía.

Labedoyere se encoge de hombros, saca el sable, hace redoblar el tambor, grita «calen bayonetas» y luego «adelante» a sus hombres, y se mete en la neblina de pólvora detrás de Hiller, seguido por ciento dos soldados que agachan la cabeza cada vez que relumbra enfrente un rosario de fogonazos.

—¡Adelante!... ¡Viva el Emperador!... ¡Adelante!

En su esquina, inquieto, el comandante Montholon se roe la uña del dedo anular de la mano izquierda, donde luce un sello de oro con el escudo fami-

242

liar. Es imposible, piensa, que en un episodio de orden público, sucio, oscuro, sin gloria, unos cuantos insurrectos desharrapados resistan a los vencedores de Jena y Austerlitz. Pero el capitán Labedoyere tiene razón. No va a ser fácil.

La bala le entra a Jacinto Ruiz por la espalda, saliéndole por el pecho. Desde cinco o seis pasos de distancia, Luis Daoiz lo ve erguirse como si de pronto hubiese recordado algo importante. Después el teniente suelta el sable, se mira aturdido el orificio de salida en la tela rota de su casaca blanca, y al fin, sofocado por la sangre que le sale de la boca, cae primero sobre el cañón y luego al suelo, resbalando contra la cureña.

—¡Recojan a ese oficial! —ordena Daoiz.

Unos paisanos agarran a Ruiz y se lo llevan parque adentro, pero Daoiz no dispone de tiempo para lamentar la pérdida del teniente. Dos artilleros y cuatro de los civiles que atienden los cañones han caído ya bajo la granizada de balas que los franceses dirigen contra las piezas, y varios de los que ayudan a cargar y apuntar se encuentran heridos. A cada momento, en cuanto los enemigos logran acercarse un poco y afirmar su fuego, nuevos abejorros de plomo pasan zumbando, golpean el metal de los cañones o hacen saltar astillas de las cureñas. Mientras Daoiz mira en torno, el roce de un balazo hace vibrar con tintineo metálico la hoja del sable que tiene apoyada en el hombro. Al echar un vistazo, comprueba que el impacto ha hecho en ésta una mella de media pulgada.

«De aquí no salgo vivo», se dice otra vez.

Más zumbidos y chasquidos alrededor. A Daoiz le duelen la espalda y el pecho por la tensión de los músculos que esperan recibir un tiro de un momento a otro. Otro artillero que sirve el cañón del teniente Arango, Sebastián Blanco, de veintiocho años, se lleva las manos a la cabeza y se desploma con un gemido.

—¡Más gente ahí!... ¡No desatiendan esa pieza!

Satisfecho, Daoiz observa que, aun batiéndose muy expuestos en mitad de la calle, al descubierto, los cañones se manejan con regularidad y razonable eficacia, y sus andanadas, aunque de bala rasa, infunden respeto a los franceses, junto con el feroz fuego de fusilería que se hace por la tapia y las ventanas altas del parque, donde el capitán Goicoechea y sus Voluntarios del Estado se ganan el jornal. Desde las casas de enfrente y el huerto de las Maravillas, los paisanos, todavía con buen ánimo, también disparan o alertan sobre movimientos enemigos. Daoiz observa que uno de ellos abandona su refugio, corre veinte pasos bajo el fuego para registrar los bolsillos de un francés muerto junto a la arcada del convento, y tras desvalijarlo regresa a la carrera, sin un rasguño.

—¡Hay gabachos agrupándose allí! ¡Van a cargarnos a la bayoneta!

—¡Traed metralla!... ¡Hay que tirarles con metralla!

Los saquetes de lona cargados con balas de mosquete o fragmentos de metal se han terminado hace rato. Alguien trae un talego relleno con piedras de chispa para fusil.

—Es lo que hay, mi capitán.

—¿Quedan más de éstos?

—Otro.

—Siempre es mejor que nada... ¡Cargad la pieza!

Uniendo sus esfuerzos a los de los sirvientes, Daoiz ayuda a apuntar el cañón hacia San Bernardo. Una bala enemiga golpea junto a su mano derecha, resonando metal contra metal, y cae al suelo aplastada, del tamaño de una moneda. Ayudan al capitán el artillero Pascual Iglesias y un chispero de veintisiete años, achulado y con buena planta, llamado Antonio Gómez Mosquera. Como las ruedas de la cureña se traban en los escombros de la calle, Ramona García Sánchez, que sigue trayendo cartuchos del parque o agua para que se refresquen cañones y artilleros, ayuda a los que empujan.

—¡Los veo flojos, señores soldados! —zahiere guasona, resoplando con los dientes apretados, un hombro contra los radios de una rueda. Con el esfuerzo se le ha roto la redecilla del pelo, que le cae sobre los hombros.

—Olé las mujeres bravas —dice Gómez Mosquera, garboso, echándole un vistazo al corpiño algo suelto de la maja.

—Menos verbos, galán. Y más puntería... Que me he encaprichado de un abanico con plumeros de los gabachos, para ir el domingo a los toros.

—Eso está hecho. Prenda.

Apenas situado el cañón, el artillero Iglesias clava la aguja en el fogón, ceba con un estopín y levanta la mano.

—¡Pieza lista!

—¡Fuego! —ordena Daoiz, mientras se apartan todos.

Es Gómez Mosquera quien aplica el botafuego humeante. Con una violenta sacudida de retroceso, el cañón envía su andanada de piedras de fusil convertidas en metralla a los franceses agrupados a cincuenta pasos. Aliviado, Daoiz ve cómo el grupo enemigo se deshace: algunos soldados caen y otros corren, despejando aquel lugar de la calle. Desde la tapia y balcones próximos, los tiradores aplauden a los artilleros. Ramona García Sánchez, después de limpiarse la nariz con el dorso de la mano, piropea al capitán con mucho garbo.

—Vivan los señores oficiales guapos, aunque sean bajitos. Y viva la madre que los parió.

—Gracias. Pero váyase, que disparan otra vez.

—¿Irme?... De aquí no me sacan ni los moros de Murat, ni la emperatriz Agripina, ni el desaborío de Naboleón Malaparte en persona... Yo sólo salto por el rey Fernando.

—Que se vaya, le digo —insiste Daoiz, malhumorado—. Estar al descubierto es peligroso.

Sonríe con media boca la maja, ahumada la cara de pólvora, mientras se anuda un pañuelo en torno a la cabeza para recogerse el pelo. El sudor, observa Daoiz, le oscurece la camisa en las axilas.

—Mientras usted siga aquí, mi brigadier, Ramona García se le atornilla... Como dice una prima mía soltera, a un hombre hay que seguirlo hasta el altar, y a un hombre valiente hasta el fin del mundo.

—¿De verdad dice eso su prima?

—Como lo oye, sentrañas.

Y arrimándose un poco más, ante las sonrisas fatigadas de los otros artilleros y paisanos, Ramona García Sánchez le canta al capitán Daoiz, en voz baja, dos o tres compases de una copla.

El postrer combate en el centro de Madrid tiene lugar en la plaza Mayor, donde se han retirado las últimas partidas que aún disputan la calle a los franceses. Amparándose bajo los soportales, en zaguanes y callejones aledaños, ya sin municiones y con la única ayuda de sables, navajas y cuchillos, unos pocos hombres libran una lucha sin esperanza, mueren o son capturados. El tahonero Antonio Maseda, que acorralado por un piquete de infantería francesa se niega a soltar la vieja espada enmohecida que tiene en la mano, es cosido a bayonetazos en el portal de Pañeros. La misma suerte corre el mendigo Francisco Calderón, muerto de un balazo cuando intenta escapar por el callejón del Infierno.

—¡Aquí ya no hay quien aguante más!... ¡Que cada perro se lama su cipote!

Un estampido final, y todos a correr. En la embocadura de la calle Nueva, los presos de la Cárcel Real han hecho su último disparo de cañón contra los granaderos franceses que vienen de la Platería. Después lo inutilizan, siguiendo el consejo del gallego Souto, aplastándole un clavo en el orificio de la pólvora antes de dispersarse buscando el amparo de las calles próximas. Un disparo abate al preso Domingo Palén, que es recogido con vida por los compañeros. En su fuga, apenas se meten corriendo a ciegas por la calle de la Amargura, el carbonero asturiano Domingo Girón y los presos Souto, Francisco Xavier Cayón y Francisco Fernández Pico se dan de boca con seis jinetes polacos, que los intiman a rendirse. Están a punto de hacerlo cuando interviene desde un balcón la joven de quince años Felipa

Vicálvaro Sáez, que arroja macetas sobre los polacos, derribando a uno del caballo. Suena un tiro, cae la muchacha pasada de un balazo, y aprovechan los presos para acometer cuchillo en mano.

—¡Gabachos cabrones!... ¡Os vamos a meter los sables por el culo!

En la refriega degüellan al caído y vuelven grupas los otros, mientras los cuatro hombres cruzan corriendo la calle Mayor. Acuden al galope más polacos, suenan tiros, y en la esquina de la calle Bordadores cae muerto el carbonero Girón. Unos pasos más allá, en la de las Aguas, una bala le destroza una rodilla a Fernández Pico, y da con él en tierra.

—¡No me dejéis aquí!... ¡Socorredme!

Los cascos de los jinetes enemigos suenan cerca. Ni Souto ni Cayón se vuelven a mirar atrás. El caído intenta arrastrarse hasta el resguardo de un portal, pero un polaco refrena su caballo junto a él e, inclinado y sin desmontar, lo remata despacio, a sablazos. Muere así el preso Francisco Fernández Pico, de dieciocho años, vecino de la calle de la Paloma y pastor de profesión. Se encontraba en la cárcel por apuñalar a un tabernero que le había aguado el vino.

Los avatares de la última resistencia en la plaza Mayor han reunido en el mismo grupo, junto al arco de Cuchilleros, al vecino de la escalera de las Ánimas Teodoro Arroyo, al conductor de Correos Pedro Linares —superviviente de varias escaramuzas—, a los Guardias Walonas Monsak, Franzmann y Weller, al napolitano Bartolomé Pechirelli, al inválido de la 3.ª compañía

Felipe García Sánchez y su hijo el zapatero Pablo García Vélez, a los oficiales jubilados de embajadas Nicolás Canal y Miguel Gómez Morales, al sastre Antonio Gálvez y a los restos de la partida formada por el platero de Atocha Julián Tejedor de la Torre, su amigo el guarnicionero Lorenzo Domínguez y varios oficiales y aprendices. Son diecisiete hombres los que se resguardan en la desembocadura del arco con la plaza, y su número llama la atención de un pelotón enemigo que en ese momento recupera el cañón abandonado. Al no poder alcanzarlos con el fuego de sus fusiles, pues los españoles se protegen en los zaguanes y en las gruesas columnas de los soportales, cargan los otros a la bayoneta y se entabla un reñido cuerpo a cuerpo. Caen varios imperiales, y también Teodoro Arroyo con la ingle abierta de un bayonetazo, mientras el conductor de Correos Pedro Linares, abrazado en el suelo a un sargento francés, intercambia puñaladas con él hasta que lo matan entre varios enemigos.

—¡Paul!... ¡Quítate de ahí, Paul!

El grito de advertencia del soldado de Guardias Walonas Franz Weller a su camarada Monsak llega tarde, cuando a éste ya le han atravesado los pulmones y cae ahogándose en sangre. Fuera de sí, Weller y Gregor Franzmann acometen a los franceses, manejando sus fusiles armados con bayonetas contra las aceradas puntas enemigas. Hay golpes, culatazos, cuchilladas. Gritan los de uno y otro bando para inspirarse valor o infundir miedo al enemigo, cae más gente, salpica la sangre por todas partes. Aguantan los insurgentes y retroceden los imperiales.

—¡A ellos! —aúlla Pablo García Vélez—. ¡Se retiran!... ¡Acabemos con ellos!

Weller y Franzmann, que han recibido heridas ligeras —el primero tiene una ceja abierta hasta el hueso y el segundo un bayonetazo en un hombro—, saben que la palabra *retirada* aplicada al enemigo es una quimera; así que, tras cambiar un rápido vistazo de inteligencia, arrojan los fusiles y salen corriendo bajo los soportales, esquivando como pueden el fuego de mosquetería que les hacen desde el otro lado de la plaza. Llegan de ese modo a la plazuela de la Provincia, donde tropiezan con unos soldados franceses. Para su sorpresa, al verlos solos, de uniforme y desarmados, los imperiales no se muestran hostiles. Cambian con ellos unas palabras en francés y alemán, e incluso los ayudan a vendar sus heridas cuando los Guardias Walonas cuentan que las recibieron intentando poner paz entre los combatientes.

—Estos españoles, *vous savez* —apunta Franzmann—... Verdaderas bestias, todos ellos. *Ja.*

Luego, orientados por los franceses sobre el mejor camino para no encontrar problemas, los dos camaradas se dirigen calle Atocha abajo, para curarse en el Hospital General. Horas después, avanzada la tarde, el húngaro y el alsaciano regresarán sin otros incidentes a su cuartel. Y allí, tras presentarse convencidos de que los espera un severo castigo por deserción, comprobarán con alivio que, a causa de la confusión reinante, nadie ha advertido su ausencia.

Menos suerte que los Guardias Walonas Franzmann y Weller tiene el sastre Antonio Gálvez, que intenta escapar tras deshacerse el grupo en la refriega del arco de Cuchilleros. Cuando corre de la calle Nueva a la plazuela de San Miguel, un disparo de metralla barre el lugar, arranca esquirlas del empedrado de la acera y alcanza a Gálvez en las piernas, derribándolo. Consigue incorporarse y correr de nuevo, maltrecho, dando traspiés, mientras unos pocos vecinos asomados a los balcones próximos lo animan a escapar; pero sólo avanza unos pasos antes de caer de nuevo. Sigue arrastrándose cuando los imperiales le dan alcance, disparan contra los balcones para ahuyentar a los vecinos y le tunden sin piedad el cuerpo a culatazos. Dejado por muerto, reanimado más tarde gracias a la caridad de dos mujeres que salen a recogerlo y lo llevan a una casa cercana, Antonio Gálvez quedará inválido para el resto de su vida.

No lejos de allí, tras escapar de la plaza Mayor, el zapatero Pablo García Vélez, de veinte años, busca a su padre. Cuando la segunda carga a la bayoneta francesa se vio apoyada por unos coraceros venidos de la calle Imperial, y los restos del grupo del arco de Cuchilleros acabaron deshechos bajo una lluvia de sablazos, García Vélez y su padre —el murciano de cuarenta y dos años Felipe García Sánchez— se vieron separados, pues cada uno procuró salvarse como pudo. Ahora, con la navaja metida en la faja y un tajo de sable que le sangra un poco en el cuero cabelludo, exhausto por el combate y las carreras que se ha dado con los franceses detrás, el zapatero recorre prudente los alrededores, guareciéndose de portal en portal, preocupado por la suerte de su padre; ignorando que a estas horas, después de huir hasta las cercanías de la calle Preciados, Felipe García Sánchez yace en el suelo con dos balas en la espalda.

—¡Tenga cuidado, señor!... ¡Hay franceses en los Consejos!

García Vélez se vuelve, sobresaltado. Sentada en los escalones de madera, en la penumbra del zaguán donde acaba de refugiarse, hay una joven de dieciséis o diecisiete años.

—Súbete arriba, niña. Eso de afuera no es para ti.

—Ésta no es mi casa. Estoy esperando a poder irme.

—Pues quédate un poco más, hasta que amaine.

El joven permanece en el umbral, espiando las inmediaciones. Parecen tranquilas, aunque hacia la plaza Mayor suenan tiros sueltos. Alcanza a ver un hombre muerto: un paisano boca abajo en la acera, a quince pasos.

«Espero —se dice— que mi padre haya logrado escapar».

Luego piensa en los otros. En toda la gente dispersa con la última arremetida francesa. Antes de echar a correr tuvo tiempo de ver a alguno con las manos levantadas, rindiéndose. No le gustaría estar en su pellejo, concluye, con tanto gabacho muerto en la plaza.

—¿Quiere un poco de pan?

García Vélez no ha probado bocado desde que salió de su casa, muy temprano. Así que va a sentarse en la escalera, junto a la muchacha que le ofrece medio pan de los dos que lleva en una cesta. No es ni fea ni bonita. Dice llamarse Antonia Nieto Colmenar, costurera y vecina del barrio, con casa junto a la iglesia de Santiago.

Había salido a comprar en la plaza cuando se vio sorprendida por las cargas de los franceses, y buscó refugio.

—Tienes sangre en la falda, chica —observa el zapatero.

—También usted la lleva en las manos y en la cabeza.

Sonríe el joven, mirando el rojo oscuro que se coagula en sus dedos y en la navaja. Luego se toca la herida del pelo. Le escuece.

—La de las manos es sangre francesa —dice, pavoneándose un poco.

—La mía es del hombre muerto ahí afuera. Me arrodillé a socorrerlo, pero no pude hacer nada. Luego vine aquí... Por culpa de esta sangre no me han dejado entrar en ninguna casa. Todo era verme y cerrar la puerta, los que abrían... La gente no quiere problemas.

El zapatero escucha distraído mientras mordisquea el pan con voracidad, pero el tercer bocado se hace imposible de tragar, a causa de la boca seca. Daría la vida, decide, por un cuartillo de vino. Con ese pensamiento se levanta y sube por la escalera, llamando a tres o cuatro puertas. Nadie abre ni atiende a sus voces, así que vuelve a bajar, resignado.

—Cobardes hijos de Satanás... Son peores que los gabachos.

Encuentra a la joven observando la calle, con su cesta al brazo.

—Se ve todo tranquilo. Voy a irme a casa.

A García Vélez no le parece buena idea. Hay franceses por todas partes, dice. Y no respetan nada.

—Deberías esperar un poco.

—Llevo mucho rato fuera. Mi madre estará preocupada.

Tras mirar con cautela a uno y otro lado de la calle, la muchacha se recoge un poco la falda con una mano y camina apresurada y temerosa. Desde el portal, García Vélez la ve alejarse. En ese momento, hacia los Consejos, oye cascos de caballos; se vuelve y ve a cinco coraceros franceses que trotan calle arriba. Al descubrir a la chica, espolean sus monturas y cruzan frente al portal, gritando de júbilo. Viéndolos pasar, el zapatero blasfema para sus adentros. La pobrecita no tiene ninguna posibilidad de escapar.

«Y aquí se acaba tu suerte, compañero.»

Es lo que se dice a sí mismo, resuelto a encarar lo inevitable. Después, con el chasquido de siete muescas cachicuernas, Pablo García Vélez abre la navaja.

En la ventana del segundo piso de una casa de la calle Mayor, desde donde observa tras una persiana, el oficial de la Biblioteca Real Lucas Espejo, de cincuenta años, que vive con su madre inválida y una hermana soltera, ve a cinco coraceros franceses perseguir a una joven, que corre delante de los caballos hasta que éstos la atropellan y derriban. Tres de los jinetes siguen adelante, pero los otros hacen caracolear a sus monturas en torno a la muchacha, que se incorpora aturdida. De improviso, intenta escapar. Un coracero se inclina desde la silla y la agarra brutal por el pelo. Ella se debate furiosa, le muerde la mano, y el francés la derriba de un sablazo.

—Dios mío —murmura Lucas Espejo, apartando a su hermana, que pretende acercarse a mirar.

Horrorizado, el oficial de la Biblioteca Real está a punto de retirarse de la ventana cuando, de un portal próximo, ve salir a un hombre joven con alpargatas, faja, chaleco y en mangas de camisa, que se arroja navaja en mano contra el coracero, apuñala al caballo en el cuello hasta hacerle doblar las patas delanteras, y aferrándose al jinete, encaramado sobre la montura, le clava al francés una y otra vez la navaja de dos palmos de hoja por la escotadura de la coraza, antes de que el segundo coracero, acercándose por detrás, lo mate de un tiro de pistola a bocajarro.

Una granizada de balas francesas obliga a meterse dentro a los tres hombres que combaten parapetados tras los colchones, en el balcón que da a la calle de San José, frente a la tapia del parque de Monteleón.

—Esto se pone feo —dice el dueño de la casa, don Curro García, apurando el chicote de un cigarro habanero.

La botella de anís, que rueda vacía a sus pies, no le afloja el pulso. Ha estado disparando su escopeta de postas, con eficacia de cazador, sobre los franceses que asoman por la esquina de San Bernardo. Pero el fuego enemigo, cada vez más intenso, apenas permite ya asomar la cabeza. Junto a don Curro, el joven de dieciocho años Francisco Huertas de Vallejo tiene la boca amarga y áspera, llena de un desagradable sabor a pólvora. Sus labios y lengua están grises, pues ha mordido y metido en el caño del fusil, con sus respectivas balas, diecisiete de los veinte cartuchos de papel encerado —cada uno contiene una bala y la carga necesaria para el disparo— que le dieron antes de empezar el combate. Nadie ha traído más munición desde el parque de artillería, difuminado entre la humareda de los cañonazos y el fogonear de los disparos. Lo ha intentado el cajista de imprenta Vicente Gómez Pastrana, que hace rato quemó su último cartucho y ahora se apoya en la pared del revuelto salón de la casa —hay impactos de bala en el techo y astillazos en los muebles—, con las manos en los bolsillos y mirando disparar a sus compañeros. Hace un rato quiso ir en busca de munición, pero los enemigos están muy cerca, su fuego es graneado y no hay quien salga a la calle. Abajo no queda nadie, y en las otras viviendas, tampoco. De un momento a otro, ha dicho preocupado el cajista, los gabachos pueden aparecer en la escalera.

—Habría que irse —sugiere.

—¿Por dónde?

—Por detrás. Al convento de las Maravillas.

Francisco Huertas muerde otro cartucho, mete pólvora y bala en el cañón, y usando el papel encerado como taco lo presiona todo con la baqueta. Luego mueve la cabeza, poco convencido. Aquello no se parece a lo que imaginaba cuando, al oír el tumulto, salió de casa de su tío dispuesto a batirse por la patria. En realidad está empezando a batirse por sí mismo. Para seguir vivo.

—Yo creo que deberíamos juntarnos con los del parque. Allí podemos seguir luchando.

—Por la calle, imposible —opone Gómez Pastrana—. Los mosiús están a veinte pasos y no se puede cruzar... A lo mejor yendo por los patios llegamos hasta nuestros cañones. Seguir aquí es quedarnos en la ratonera.

Indeciso, Francisco Huertas consulta con el dueño de la casa. Don Curro se rasca las patillas grises y mira alrededor, impotente. Aquél es su hogar, y no le apetece dejárselo al enemigo.

—Váyanse ustedes —dice al fin, hosco—, que yo me quedo.

—Los gabachos están al llegar.

—Por eso mismo... ¡Qué dirían mis vecinos, si desamparo esto!

—Pues bien que lo han desamparado ellos.

—Cada uno es cada cual.

Resulta imposible determinar si el valor de don Curro proviene de que defiende su casa o de la botella vacía que hay en el suelo. Prudente, agachado tras los colchones, el joven Huertas se asoma al balcón para echar un último vistazo. Los uniformes azules son cada vez más numerosos en la esquina con San Bernardo, hostigados por los Voluntarios del Estado que tiran desde las ventanas altas del parque. Calle de San José abajo, frente a la puerta principal de Monteleón, los tres cañones siguen disparando a intervalos, y algunos paisanos todavía hacen fuego desde las casas contiguas. Junto a las piezas de artillería permanece un grupo numeroso de hombres y algunas mujeres, indiferentes al hecho de hallarse al descubierto en mitad de la calle enfilada por la mosquetería enemiga.

—Yo me voy —concluye, metiéndose dentro.

El cajista Gómez Pastrana aparta la espalda de la pared.

—¿Adónde?

—Con los que luchan abajo.

El otro coge el fusil, le pone la bayoneta y se pasa la lengua por los labios, tan ennegrecidos de pólvora como los de Francisco Huertas.

—Pues andando —dice, tras pensarlo un instante—. No se nos pegue el arroz.

—¿Viene usted, don Curro?

El dueño de la casa, que se inclina para encender con un mixto otro habanero, mueve la cabeza.

—Ya he dicho que no —dice echando humo, el aire heroico—. Aquí caerá Sansón con todos los filisteos.

—¿Y su mujer?

—Por ella lo hago... Y por mis hijos, si los tuviera —nueva bocanada de humo—. Lo que no es el caso.

Francisco Huertas se cuelga el fusil del hombro.

—Que Dios lo proteja, entonces.

—Y a ustedes, criaturas.

Los dos jóvenes bajan por la escalera, y dando la espalda al zaguán principal cruzan un patio con macetas de geranios y un aljibe y salen a la parte de atrás. Algunas balas pasan alto, zurreando en el aire, y les hacen agachar la cabeza. A Gómez Pastrana se le rompe un cristal de los espejuelos.

—Maldita sea mi estampa. El ojo de apuntar.

Ayudándose mutuamente, saltan una tapia y se encuentran al otro lado, junto al huerto de las Maravillas. Hay humo a lo lejos, sobre los tejados. En la calle y los alrededores sigue el tiroteo.

—Detrás viene alguien —susurra el cajista.

—¿Gabachos?

—Puede.

Aún no ha terminado de decirlo cuando ante su bayoneta, que apunta hacia lo alto de la tapia, aparecen las patillas grises y el rostro enrojecido de don Curro. El cazador viene sudoroso, terciada la escopeta a la espalda, sofocado por el esfuerzo.

—Me lo he pensado mejor —dice.

El cerrajero Blas Molina Soriano, que ha ayudado a retirar al teniente Ruiz, regresa a la puerta del parque con los bolsillos llenos de cartuchos. Allí, apoyado en una jamba destrozada de la puerta, dispara contra los franceses que se adelantan desde la fuente Nueva y la calle Fuencarral. Le parece que han pasado días enteros desde que, a primera hora de la mañana, encabezó el estallido del motín junto a Palacio. Y empieza a sentirse decepcionado. La gente que combate es poca, habida cuenta de la población que tiene Madrid. Y los militares, salvo los de Monteleón, donde casi todos los uniformados baten el cobre como buenos, no muestran prisa por unirse a la lucha. De cualquier modo, Molina aún confía en que los soldados españoles salgan de sus cuarteles. Es imposible, se dice, que hombres con sangre en las venas permitan a los franceses ametrallar impunemente al pueblo, como hasta ahora, sin mover un dedo para evitarlo. Pero tanta demora y falta de noticias da mala espina. A medida que el tiempo pasa, los enemigos estrechan el cerco y cae más gente, el cerrajero siente menguar sus esperanzas. No llegan los anhelados refuerzos, cada vez hay más paisanos y militares que chaquetean, hartos o asustados, retirándose del fuego para resguardarse en la parte de atrás del parque o las casas vecinas, y los franceses menudean como abejas en una colmena. Así que, en un claro del tiroteo, Molina se acerca al oficial de artillería que, sable en mano, dirige el fuego de los cañones.

—¿Cuándo vienen los militares a socorrernos, mi capitán?

—Pronto.

—¿Seguro?

Luis Daoiz lo mira impasible, el aire ausente. Como si no lo viera.

—Tal que hay Dios.

Molina, impresionado por la actitud del oficial, traga saliva con dificultad, pues tiene el gaznate seco como la mojama.

—Hombre, si usted lo dice...

La mujer que asiste en el cañón más próximo, Ramona García Sánchez, se pasa el dorso de una mano sucia por la nariz y mira al cerrajero entre los párpados entornados, ennegrecidos de humo de pólvora.

—¿No ha oído usted al señor capitán, so malaentraña?... Si dice que vienen, vendrán. Y punto. Ahora eche aquí una mano, o váyase y no estorbe. Que no está el día para chácharas.

—No se ponga así, señora.

—Me pongo como me sale del refajo. No te fastidia.

La última palabra es ahogada por un estampido. Otro de los cañones acaba de disparar, y el retroceso de la cureña casi atropella a Molina, que da un respingo y se aparta a un lado. Como respuesta, llega una furiosa fusilada francesa. Entre el humo y los plomazos que pasan, uno de los sirvientes de la pieza se vuelve a gritar hacia la puerta del parque.

—¡Pólvora y balas!... ¡Aquí!... ¡Rápido!

Desde la puerta vienen varios paisanos, entre ellos dos mujeres —la joven Benita Pastrana y la vecina de la calle de San Gregorio Juana García— con munición encartuchada que traen en serones de esparto, agachándose para esquivar las descargas enemigas.

Abastecen así el cañón del teniente Arango, que sigue enfilando la calle de San Pedro servido por el artillero Antonio Martín Magdalena, al que ayudan con la lanada y los espeques los vecinos Juan González, la mujer de éste, Clara del Rey, y sus hijos Juanito, de diecinueve años, Ceferino, de diecisiete, y Estanislao, de quince. También queda provisto el cañón de a ocho libras que antes mandaba el teniente Ruiz, cuyo fuego hacia Fuencarral y la fuente Nueva dirige ahora el cabo Eusebio Alonso, y donde combaten el escribiente Rojo, el botillero de Hortaleza José Rodríguez y su hijo Rafael. Recibe asimismo cuatro balas y cargas de pólvora la tercera pieza, que apunta hacia la calle de San Bernardo y la fuente de Matalobos, servida por los artilleros Pascual Iglesias y Juan Domingo Serrano, el chispero Antonio Gómez Mosquera y el soldado de Voluntarios del Estado Antonio Luque Rodríguez. Algunos soldados y paisanos se encuentran entre ellos, tumbados en tierra, de rodillas o en pie los más atrevidos, disparando en todas direcciones para protegerlos del fuego francés. Otros se resguardan tras las cureñas y en la puerta del parque mientras cargan fusiles y pistolas o reciben armas que les pasan cargadas desde el interior del recinto. A cada momento cae alguno. Es el caso de Juan Rodríguez Llerena, curtidor, natural de Cartagena de Levante; del soldado de Voluntarios del Estado Esteban Vilmendas Quílez, de diecinueve años, y de Francisca Olivares Muñoz, vecina de la calle de la Magdalena, a la que un balazo traspasa el cuello cuando lleva una damajuana con vino a los artilleros. Las cureñas de los cañones están manchadas de sangre, hay charcos rojos en el suelo y regueros que dejan los cuerpos que son llevados a rastras, apenas caen, a la puerta del parque o al convento de las Maravillas; en una de cuyas ventanas, la monja sor Eduarda sigue arrojando medallas y estampas mientras anima a los que combaten.

—¡Que Dios los bendiga a todos!... ¡Viva España!

Benditos o sin bendecir, piensa amargamente Luis Daoiz, lo cierto es que los defensores del parque caen como conejos. Se lo dice —discreto y entre dientes— al capitán Velarde cuando éste se acerca a ver cómo andan las cosas afuera.

—En menudo lío hemos metido a estos infelices, Pedro.

Velarde, que trae su habitual cara de alucinado, lo mira como si acabara de caer de la luna.

—Es cosa de aguantar un poco más —dice, componiéndose la charretera partida de un sablazo—. Los compañeros no pueden dejarnos así.

—¿Compañeros? ¿Qué compañeros? —Daoiz baja cuanto puede la voz—. Están todos escondidos en sus cuarteles... Y si salimos de ésta, a ti y a mí nos espera el paredón. Acabe como acabe, estamos fritos.

Un par de balas francesas pasan zumbando, cerca. Tras mirar con calma a uno y otro lado de la calle, Velarde se acerca un poco más a su amigo.

—Vendrán —susurra, confidencial—. Te lo digo yo.

—Qué coño van a venir.

Velarde se vuelve al interior del parque, y Luis Daoiz echa un nuevo vistazo en torno, sintiendo remordimientos por las miradas confiadas que ve fijas en él: su uniforme y su actitud siguen confortando a los que pelean. En cualquier caso, concluye, no hay vuelta atrás. La fatiga, las muchas bajas, el castigo francés, empiezan a sentirse. Daoiz no quiere pensar lo que ocurrirá si los franceses, profesionales a fin de cuentas, llegan al cuerpo a cuerpo en una carga a la bayoneta. Eso, suponiendo que quede alguien para recibirlos. La masa de combatientes en torno a las tres piezas de artillería atrae lo más nutrido del fuego enemigo, cuyos tiradores afinan la puntería. Otro balazo tintinea en la culata de un cañón, y el rebote, que pasa a un palmo del capitán, alcanza en la garganta al artillero Pascual Iglesias, que se derrumba con el atacador en las manos, vomitando sangre como un jarameño apuntillado. Llama Daoiz para que releven al caído, pero ninguno de los artilleros guarecidos en la puerta del parque se atreve a ocupar el puesto. Acude en su lugar un soldado de Voluntarios del Estado llamado Manuel García, veterano de rostro aguileño, patillas frondosas y piel atezada.

—¡No se agrupen junto a los cañones! —grita Daoiz—. ¡Dispérsense un poco!... ¡Busquen resguardo!

Es inútil, comprueba. A los paisanos que todavía no se amilanan y aflojan, poco hechos a los rudimentos de táctica militar, su propio ardor los expone demasiado. Otra descarga francesa acaba de cobrarse las vidas del vecino del barrio Vicente Fernández de Herosa, alcanzado cuando traía cartuchos para los fusiles, y del mozo de pala de tahona Amaro Otero Méndez, de veinticuatro años, a quien el ama, Cándida Escribano —que observa la lucha escondida tras la ventana de su panadería—, ve caer pasado de dos balazos, tras batirse junto a sus compañeros Guillermo Degrenon Dérber, de treinta años, Pedro del Valle Prieto, de dieciocho, y Antonio Vigo Fernández, de veintidós. Agarrando al caído, los tres panaderos lo cargan hasta el convento, sin poder evitar que por el camino —su sangre les chorrea por los brazos— muera desangrado. Al regreso, apenas pisan la calle, una nueva fusilada francesa hiere en la cabeza, de gravedad, a Guillermo Degrenon, alcanza en el pecho a Antonio Vigo y mata en el acto a Pedro del Valle. En sólo diez minutos, la panadería de la calle de San José pierde a sus cuatro mozos de tahona.

Charles Tristan de Montholon, comandante en funciones de coronel del 4.º regimiento provisional de infantería imperial, comprueba que todos los botones de su casaca están abrochados según las ordenanzas, se ajusta bien el sombrero y saca el sable. Está harto de que a sus soldados los cacen uno a uno. Así que, tras recibir los informes de sus capitanes de compañía y las malas noticias de los westfalianos, que siguen bloqueados en la esquina de San José con San Bernardo, resuelve poner toda la carne en la sartén. El ataque simultáneo por las tres calles no progresa, sus hombres sufren demasiadas bajas, y los mensajes del cuartel general son cada vez más irritados y acuciantes. *«Acabe con eso»*, ordena, lacónico, el último, firmado de puño y letra por Joachim Murat. De modo que, ordenando un repliegue táctico, Montholon no ha dejado en primera línea más que a los de Westfalia y a destacamentos de tiradores para que hostiguen desde terrazas y tejados. El resto de la fuerza lo concentrará en un solo punto.

—Iremos en columna cerrada —ha dicho a sus oficiales—. Desde la fuente Nueva, calle de San José adelante, hasta el parque mismo. Bayonetas caladas, y sin detenerse... Yo iré a la cabeza.

Los oficiales terminan de disponer a los hombres y se sitúan en sus puestos. Montholon comprueba que la columna imperial es una masa compacta, erizada de ochocientas bayonetas, que ocupa toda la calle; y que los soldados jóvenes, al verse amparados entre sus camaradas, muestran más confianza. Para abrir la marcha ha escogido a los mejores granaderos del regimiento. El ataque en columna cerrada es, además, temible especialidad del ejército imperial. Los campos de batalla de toda Europa atestiguan que resulta difícil soportar la presión de un ataque francés en columnas, formación que expone a los hombres a sufrir mayor castigo durante el avance, pero que, dirigida por buenos oficiales y con tropas entrenadas, permite llevar hasta las filas enemigas, a modo de ariete, una cuña compacta y disciplinada, de gran cohesión y potencia de fuego. Decenas de combates se han ganado así.

—¡Viva el Emperador!

La corneta de órdenes emite la nota oportuna, y en el acto empiezan a redoblar los tambores.

—¡Adelante!... ¡Adelante!

Azul, sólida, impresionante por su tamaño y el brillo de las bayonetas, con rítmico ruido de pasos, la columna se pone en marcha embocando San José. Montholon camina en cabeza, expuesto como el que más, con la extraña sensación de irrealidad que siempre le produce entrar en combate: los movimientos mecánicos, el adiestramiento y la disciplina, reemplazan la voluntad y los sentimientos. Procura, por otra parte, que la aprensión a recibir un balazo se mantenga relegada al rincón más remoto de su pensamiento.

—¡Adelante!... ¡Paso ligero!

El ritmo de las pisadas se acelera y resuena ahora en toda la calle. Montholon escucha a su espalda la respiración entrecortada de los hombres que lo siguen, y al frente la fusilada de los que cubren el ataque. Mientras avanza, los ojos del joven comandante no pierden detalle: los soldados muertos, la sangre, los impactos de metralla y balas en las fachadas de las casas, los cristales rotos, la tapia de Monteleón, el convento de las Maravillas más allá del cruce con San Andrés, la puerta del parque algo más lejos, con los cañones y el grupo de gente que se arremolina en torno. Uno de los cañones hace fuego, y la bala, que llega alta, golpea el alero de un tejado, arrojando sobre la columna francesa una lluvia de ladrillo desmenuzado, yeso y tejas rotas. Después, un espeso tiroteo estalla desde la tapia y la puerta.

—¡Apretad el paso!

Los españoles no disponen de metralla, confirma con júbilo el comandante francés. Volviéndose a medias, echa un vistazo a su espalda y comprueba que, pese a los disparos que derriban a algunos hombres, la columna sigue su marcha, imperturbable.

—¡Paso de carga! —grita de nuevo, enardeciendo a la gente para el asalto—... ¡Viva el Emperador!

—¡¡¡Viva!!!

Ahora sí tienen al fin, concluye Montholon, la victoria al alcance de la mano.

Reuniendo a cuantos hombres puede en el patio, Pedro Velarde, el sable desnudo, se echa con ellos a la calle.

—¡Calad bayonetas!... ¡Ahí vienen!

Aunque muchos se quedan parapetados en la puerta o disparando desde las tapias, lo siguen afuera cinco Voluntarios del Estado y media docena de paisanos, entre los que se cuentan el cerrajero Molina y los restos de la partida del hostelero Fernández Villamil, con el platero Antonio Claudio Dadina y los hermanos Muñiz Cueto.

—¡No van a pasar! —aúlla Velarde, ronco de furia y de pólvora—... ¡Esos gabachos no van a pasar! ¿Me oís?... ¡Viva España!

Entre confuso tiroteo, el grupo se ve reforzado por gente de la partida de Cosme de Mora, que retrocede en desorden desamparando la casa de la esquina de San Andrés que hace rato tomaron al asalto con Velarde, y por paisanos sueltos: el estudiante José Gutiérrez, el peluquero Martín de Larrea y su mancebo Felipe Barrio, el cajista de imprenta Gómez Pastrana, don Curro García y el joven Francisco Huertas de Vallejo, que han logrado llegar hasta allí por el convento de las Maravillas. Se congregan así en torno a los cañones, incluyendo a los que manejan las piezas, medio centenar de combatientes, incluidas Ramona García Sánchez, que permanece cerca del capitán Daoiz, y Clara del Rey, que con su marido e hijos sigue atendiendo el cañón que manda el teniente Arango.

—¡Aguantad!... ¡Bayonetas y navajas!... ¡Aguantad!

El agrupamiento se paga con sangre, pues facilita la puntería de los tiradores desplegados por los edificios y tejados cercanos. Recibe así un balazo en un pie la joven de diecisiete años Benita Pastrana, que morirá de la infección a los pocos días. También caen heridos el jornalero de diecisiete años Manuel Illana, el soldado asturiano de Voluntarios del Estado Antonio López Suárez, de veintidós, y recibe un disparo en la cabeza el aserrador Antonio Matarranz y Sacristán, de treinta y cuatro.

—¡Ahí vienen!... ¡Ahí llegan!

Con la manga de la casaca, Luis Daoiz se enjuga el sudor de la frente y levanta el sable. Dos de los tres cañones están cargados, y sus sirvientes los empujan a toda prisa para enfilar la calle de San José, por donde se acerca, a paso de carga y bayonetas por delante, la inmensa columna francesa, imperturbable en su avance aunque la gente del capitán Goicoechea, desde las ventanas del parque, la fusila con cuanto tiene. De los demás oficiales que acudieron a presentarse por la mañana, apenas hay rastro. Deben de estar, piensa agriamente Daoiz, vigilando con mucho denuedo la pacífica retaguardia. En cuanto a la fuerza enemiga que se encuentra a punto de caerle encima, el veterano capitán de artillería sabe que no hay modo de detener su ataque, y que cuando las disciplinadas bayonetas francesas lleguen al cuerpo a cuerpo, los defensores acabarán arrollados sin remedio. Sólo queda, por tanto, rendirse o morir matando. Y antes que verse ante un pelotón de ejecución —de eso no lo libra nadie, si lo cogen vivo—, Daoiz es partidario de acabar allí, de pie y sable en mano. Cual debe hacer, a tales alturas, un hombre que, como él, no está dispuesto a levantarse la tapa de los sesos de un pistoletazo. Antes prefiere levantársela a cuantos franceses pueda. Por eso, desentendiéndose del mundo y de todo, el capitán afirma los pies y se dispone a bajar el sable, gritar «fuego» para la descarga de los cañones —si al menos tuvieran metralla, se lamenta por enésima vez— y luego usar ese sable para vender su vida al mayor precio en que su coraje y desesperación puedan tasarla. Por un instante, su mirada encuentra los ojos enfebrecidos de Pedro Velarde, que amartilla una pistola y la dispara contra los franceses, sin dejar de dar voces y empujones para contener a los que, ante la cercanía de aquéllos, chaquetean y pretenden echarse atrás. Maldito y querido loco de atar, piensa. Hasta aquí nos han traído tu patriotismo y el mío, dignos de una España mejor que esta otra, triste, infeliz, capaz de hacernos envidiar a los mismos franceses que nos esclavizan y nos matan.

—¿Cuándo llegan los refuerzos, señor capitán? —pregunta Ramona García Sánchez, que se ha situado junto a Daoiz, cuchillo en una mano y bayoneta en la otra—... Porque la verdad es que tardan, sentrañas.

—Pronto.

La maja sonríe, hombruna y feroz, sucio el rostro de pólvora.

—Pues como tarden más de minuto y medio, a buenas horas.

Daoiz abre la boca para ordenar la última andanada: los franceses están a punto de rebasar la esquina de San Andrés, a cuarenta pasos. Y en ese instante, cuando la columna enemiga llega al mismo cruce, suenan clarinazos y alguien uniformado, un oficial español, aparece en la esquina con un sable en alto y, anudada en él, una bandera blanca.

—¡Deteneos!... ¡Alto el fuego!

La tentación de evitar más efusión de sangre es poderosa. El comandante Montholon sabe que, aunque tome el parque de artillería por asalto, las bajas entre su tropa serán muchas. Y ese oficial que llega agitando bandera de parlamento mientras hace esfuerzos desesperados para que cese el combate, ofrece una oportunidad que sería suicida —literalmente, pues el propio Montholon avanza a la cabeza de sus hombres— desaprovechar. Por eso el francés ordena detenerse a la columna y colgar los fusiles al hombro culata arriba, a la funerala. El momento es de extrema tensión, pues aún hay disparos y la actitud de los españoles no está clara. Desde la puerta del parque llegan gritos con órdenes y contraórdenes, mientras un oficial de baja estatura y casaca azul se mueve entre los cañones con los brazos en alto, conteniendo a su gente. Un disparo abate a un soldado imperial, que se desploma entre las protestas de indignación de sus camaradas. Confuso, Montholon está a punto de ordenar que prosiga el ataque cuando, tras otros dos tiros sueltos, el fuego cesa por completo, y desde las tapias y ventanas del parque algunos insurrectos se incorporan para ver qué ocurre. El oficial de la bandera blanca ha llegado hasta los cañones, donde todos gritan y discuten. Montholon no entiende una palabra del idioma, así que ordena al intérprete, pegado a sus talones con el corneta y un tambor, que traduzca cuanto oiga. Luego ordena a la columna seguir adelante a paso ordinario, manteniendo los fusiles culata arriba, hasta que llegan a diez pasos de los cañones. Allí, un oficial sin sombrero y con una charretera de su casaca verde partida de un sablazo les sale al encuentro, y gesticulando con malos modos suelta una áspera parrafada en español, que remata en mal francés:

—*Si continués, ye ordone vu tirer desús... ¿Comprí o no comprí?*

—Dice... —empieza a traducir el intérprete.

—Comprendo perfectamente lo que dice —responde Montholon.

Ordenando hacer alto a la columna, el comandante francés se adelanta seguido por el intérprete, el corneta y los capitanes Hiller y Labedoyere, hacia el grupo formado por el oficial de la bandera blanca, el de la casaca azul —capitán de artillería, comprueba al ver de cerca los ribetes rojos del uniforme—, el de la casaca verde, que es otro capitán, y media docena de militares y paisanos que se adelantan entre los cañones, más curiosos que los demás, agolpados detrás de las cureñas, en la puerta, sobre las tapias y en las ventanas del parque, armas en mano, en actitud al tiempo curiosa y hostil. Hasta del convento de las Maravillas salen hombres armados a ver qué ocurre, y escuchan y miran desde la verja retorcida de balazos. El oficial recién llegado discute vivamente con los otros dos. Montholon observa que también lleva distintivos de capitán y viste uniforme blanco con vueltas carmesíes, como algunos de los soldados que defienden el parque. Eso lo identifica con el mismo regimiento al que pertenece esa tropa. Sin embargo, entre ésta se ven también casacas azules de artillería, como la que lleva el capitán bajito. Y aunque el capitán alto lleva en el cuello las bombas de artillero, su casaca verde lo distingue como perteneciente al estado mayor de esa arma. Desconcertado, el comandante francés se pregunta a quién tiene enfrente, en realidad, y quién diablos manda allí.

Además de sudoroso y jadeante, el capitán Melchor Álvarez, del regimiento de infantería Voluntarios del Estado, está irritado. El sudor y el jadeo se deben a la carrera que acaba de darse desde el cuartel de Mejorada, donde el coronel don Esteban Giraldes lo comisionó hace quince minutos con la instrucción de ordenar a los responsables del parque de Monteleón que cesen el fuego y entreguen el recinto a los franceses. En cuanto a la irritación, proviene de que, pese al riesgo que ha corrido interponiéndose entre los contendientes sin más resguardo que un pañuelo blanco en la punta del sable, ninguno de los oficiales al mando de aquel disparate le hace el menor caso. El capitán Luis Daoiz le ha dicho que se vaya por donde vino, y el otro insurrecto, Pedro Velarde, acaba de reírse con todo descaro en su cara:

—El coronel Giraldes no manda aquí.

—¡No es cosa de Giraldes, sino de la Junta de Gobierno! —insiste Álvarez, mostrando el documento—. La orden viene firmada por el ministro de la Guerra en persona... Lo indigna esta sinrazón, y ordena cesar el fuego inmediatamente.

—El ministro pierde el tiempo —declara Velarde—. Y usted, también.

—Están solos. Nadie va a secundarlos, y en el resto de la ciudad reina la calma.

—¡Le digo que pierde el tiempo, rediós!... ¿Está sordo?

El capitán Álvarez mira malhumorado al oficial de estado mayor. Al entregarle la orden, el coronel

Giraldes lo previno sobre la exaltación y fanatismo de ese Pedro Velarde, aunque sin detallarle que llegara a tal extremo. Más inquietante resulta que el otro capitán, cuya reputación es de hombre ecuánime y sereno, se enroque de tal manera. Lo cierto, concluye Álvarez observando los estragos y los regueros de sangre en el suelo, la gente agolpada y expectante, es que todo ha ido demasiado lejos.

—Son ustedes unos irresponsables —insiste severo—. Están precipitando al pueblo, y lo exponen a consecuencias aún más desastrosas... ¿No les basta la sangre derramada por unos y otros?

El capitán Daoiz estudia a los franceses. El jefe de la columna se mantiene a cuatro pasos, acompañado de dos capitanes y un corneta. A su lado, un intérprete traduce cuanto se habla. El comandante escucha atento, inclinada a un lado la cabeza, fruncido el ceño y manoseando la hebilla del cinturón, el sable todavía en la otra mano.

—Al pueblo lo ametrallan y su sangre la vierten estos señores —dice Daoiz, señalando al francés—. Y el Gobierno, y usted mismo, capitán Álvarez, y muchos otros, siguen cruzados de brazos, mirando.

—Eso —interviene Velarde, muy acalorado— cuando no lo hacen en connivencia directa con el enemigo.

Álvarez, que es hombre poco sufrido, siente que la cólera le sube a la cabeza. No es partidario de los franceses, sino militar fiel a las ordenanzas y al rey Fernando VII. Está allí, órdenes aparte, porque considera la resistencia a los imperiales una aventura temeraria e inútil. Ni el pueblo y los militares juntos, ni España entera levantada en armas, tendrían la menor posibilidad frente al ejército más poderoso del mundo.

—¿Enemigo? —protesta, amoscado—. Aquí el único enemigo es el populacho sin freno y el desorden... ¡Y lo de la connivencia lo tomo como un insulto personal!

Pedro Velarde se adelanta un paso, duros los rasgos, la mano izquierda crispada en torno a la empuñadura del sable.

—¿Y qué? ¿Quiere que le dé satisfacción?... ¿Le apetece batirse conmigo?... Pues retire esa vergonzosa bandera blanca y júntese con estos señores franceses, que ellos y usted se verán bien servidos.

—Tranquilízate —tercia Daoiz, sujetándolo por un brazo.

—¿Que me tranquilice? —Velarde se libera de la mano del otro, con malos modos—. ¡Que se vayan ellos al diablo, maldita sea!

Álvarez está a pique de abandonar. Es inútil, concluye. Que se maten, si no queda otra. Y sea lo que Dios quiera. Sin embargo, tras cambiar una mirada con el comandante de la columna francesa —parece un joven distinguido y razonable, no como otras malas bestias cuarteleras del ejército imperial— decide insistir un poco. De los dos capitanes rebeldes, Luis Daoiz parece el más sensato. Por eso se dirige a él.

—¿Usted no tiene nada que decir?... Sea razonable, por amor de Dios.

El artillero parece reflexionar.

—Se ha ido muy lejos por ambas partes —dice al fin—. Habría que ver en qué condiciones se detendría el fuego —en ese punto mira al comandante francés—... Pregúntele.

Todos se vuelven a mirar al jefe de la columna imperial, que, inclinado hacia el intérprete, escucha con atención. Luego niega con la cabeza y responde en su idioma. El capitán Álvarez no habla francés; pero antes de que el intérprete traduzca, advierte el tono desabrido, inequívoco, del comandante. Después de todo, se dice, tiene sus motivos. Los del parque le han matado a no poca tropa.

—El señor comandante lamenta no poder ofrecer condiciones —traduce el intérprete—. Tienen que devolver a los rehenes franceses sanos y salvos y dejar las armas. Les ruega que piensen sobre todo en la gente del pueblo, pues ya hay muchos muertos en Madrid. Sólo puede aceptar de ustedes la rendición inmediata.

—¿Rendirnos?... ¡Y un cuerno! —exclama Velarde.

Luis Daoiz levanta una mano. El capitán Álvarez observa que el comandante francés y él se miran a los ojos, de profesional a profesional. Quizás haya alguna esperanza.

—Vamos a ver —dice Daoiz con calma—. ¿No hay otra forma de acomodarlo?

Niega de nuevo el francés después de que su intérprete traduzca la pregunta. Y cuando el artillero lo mira a él, Álvarez se encoge de hombros.

—No nos dejan salida, entonces —comenta Daoiz, con una extraña sonrisa a un lado de la boca.

El capitán de Voluntarios del Estado exhibe de nuevo la orden firmada por el ministro O'Farril.

—Esto es lo que hay. Sean sensatos.

—Ese papel no vale ni para las letrinas —opina Velarde.

Ignorándolo, el capitán Álvarez observa a Luis Daoiz. Éste mira el documento, pero no lo coge.

—En cualquier caso —solicita Álvarez, desalentado al fin— permitan que me lleve de aquí a mi gente.

Daoiz lo mira como si hubiese hablado en chino.

—¿Su gente?

—Me refiero al capitán Goicoechea y los Voluntarios del Estado... No vinieron a luchar. El coronel insistió mucho en eso.

—No.

—¿Perdón?

—Que no se los lleva.

Daoiz ha respondido seco y distante, mirando alrededor como si de repente aquella situación le fuese ajena y él se hallase lejos. Están como cabras, decide de pronto Álvarez, asustado de sus propias conclusiones. Es lo que ocurre, y no lo había previsto nadie: Velarde con su exaltación lunática y este otro con su frialdad inhumana, están locos de atar. Por un momento, dejándose llevar por el automatismo de su graduación y oficio, Álvarez considera la posibilidad de arengar a los soldados que pertenecen a su regimiento y ordenarles que lo sigan lejos de allí. Eso debilitaría la posición de aquellos dos visionarios, y tal vez los inclinase a aceptar rendirse a discreción del francés. Pero entonces, como si le hubiera advertido el pensamiento, Daoiz se inclina un poco hacia él, casi cortés, con la misma sonrisa extraña de antes.

—Si intenta amotinarme a la tropa —le dice confidencial, en voz bajísima—, lo llevo adentro y le pego un tiro.

Francisco Huertas de Vallejo asiste al parlamento de los oficiales españoles y franceses, entre el resto de paisanos que se congregan junto a los cañones. El joven voluntario se encuentra con don Curro y el cajista de imprenta Gómez Pastrana, la culata del fusil apoyada en el suelo y las manos cruzadas sobre la boca del cañón. No todo lo que se dice llega hasta sus oídos, pero parece clara la postura de los jefes, tanto por las voces que da el capitán Velarde, que es quien habla más alto de todos, como por las actitudes de unos y otros. En su ánimo, el joven voluntario confía en que lleguen a un acuerdo honorable. Hora y media de combate le ha cambiado ciertos puntos de vista. Nunca imaginó que defender a la patria consistiera en morder cartuchos agazapado tras los colchones enrollados en un balcón, o en la zozobra de correr como una liebre, saltando tapias con los franceses detrás. De aquello a las estampas coloreadas con heroicas gestas militares media un abismo. Tampoco imaginó nunca los charcos de sangre coagulada en el suelo, los sesos desparramados, los cuerpos mutilados e inertes, los alaridos espantosos de los heridos y el hedor de sus tripas abiertas. Tampoco la feroz satisfacción de seguir vivo donde otros no lo están. Vivo y entero, con el corazón latiendo y cada brazo y cada pierna en su sitio. Ahora, la breve tregua le permite reflexionar, y la conclusión es tan simple que casi lo avergüenza: desearía que todo acabara, y regresar a casa de su tío. Con ese pensamiento mira alrededor, buscando el mismo sentimiento en los rostros que tiene cerca; pero no encuentra en ellos —no lo advierte, al menos— sino decisión, firmeza y desprecio hacia los franceses. Eso lo lleva a erguirse y endurecer el gesto, por miedo a que sus facciones delaten sus pensamientos. Así que, como todos, el joven procura mirar con desdén a los enemigos, muchos de ellos tan imberbes como él, que aguardan a pocos pasos en formación de columna. Vistos de cerca impresionan menos, concluye, aunque se les vea amenazadores en su compacta disciplina, con los vistosos uniformes azules, correajes blancos y fusiles colgados del hombro culata arriba; tan distintos a la desastrada fuerza española, hosca y silenciosa, que tienen enfrente.

—Esto no va bien —murmura don Curro.

El capitán Daoiz está diciéndole algo aparte al capitán de Voluntarios del Estado que vino con la bandera blanca, quien no parece satisfecho con lo que escucha. Francisco Huertas los ve conversar, y también cómo el intérprete que está junto al comandante francés se aproxima un poco, atento a lo que dicen. Entonces, un chispero que se encuentra apoyado en uno de los cañones —el joven Huertas sabrá más tarde que su nombre es Antonio Gómez Mosquera— aparta al francés de un violento empujón, haciéndolo caer de espaldas.

—¡Carajo! —grita el chispero—. ¡Viva Fernando Séptimo!

Lo que viene a continuación, inesperado y brutal, ocurre muy rápido. Sin que medie orden de nadie, de forma deliberada o por aturdimiento, un artillero que tiene el botafuego encendido en la mano aplica la mecha al fogón cebado de la pieza. Atruena la calle un estampido que a todos sobresalta, retrocede la cureña con el cañonazo, y la bala rasa, pasando junto al comandante enemigo y los oficiales, abre una brecha sangrienta en la columna francesa, inmóvil e indefensa. Gritan todos a un tiempo, confusos los oficiales españoles, espantados los franceses, y al vocerío se suman los lamentos de los heridos imperiales que se revuelcan en el suelo entre sus propios pedazos, el horror de los miembros mutilados, los aullidos de pánico de la columna deshecha que se desbanda y corre en busca de refugio. Tras el primer momento de estupor, Francisco Huertas, como el resto de sus compañeros, se echa el fusil a la cara y arcabucea a quemarropa a los enemigos en desorden. Luego, entre el fragor de la matanza, observa cómo el capitán Daoiz grita inútilmente «¡Alto el fuego!», pero aquello ya no hay quien lo pare. El capitán Velarde, que ha sacado su sable, se precipita sobre el comandante imperial y lo intima a él y a sus oficiales a la rendición. El francés, de rodillas y conmocionado por el disparo del cañón —tan próximo que le ha chamuscado la ropa—, al ver la punta reluciente del sable ante sus ojos, alza los brazos, confuso, sin comprender lo que está pasando; y lo imitan sus oficiales, el corneta y el intérprete. También muchos de los soldados que formaban la vanguardia de la columna, los que todavía no han escapado por las calles de San José y San Pedro, hacen lo mismo: arrojan los fusiles, levantan las manos y piden cuartel rodeados por una turba de paisanos, artilleros y soldados españoles que a empujones y culatazos, cercándolos con las bayonetas, los meten en el parque con sus oficiales, mientras la gente alborozada grita victoria y da vivas a España y al rey Fernando y a la Virgen Santísima; y las ventanas, las tapias y la verja del convento hormiguean de civiles y militares que aplauden y festejan lo ocurrido. Entonces, Francisco Huertas, que con don

Curro, el cajista Gómez Pastrana y los demás, vitorea entusiasmado mientras levanta en lo alto de su fusil el chacó manchado de sangre de un francés, advierte al fin la enormidad de lo ocurrido. En un instante, los defensores de Monteleón, además de cautivar al comandante y a varios oficiales de la columna enemiga, han hecho un centenar de prisioneros. Por eso le sorprende tanto que el capitán don Luis Daoiz, inmóvil y pensativo en medio del tumulto, en vez de participar de la alegría general, tenga el rostro ceñudo y ausente, pálido como si un rayo hubiera caído a sus pies.

7

Desde la una de la tarde, un silencio siniestro se extiende por el centro de Madrid. En torno a la puerta del Sol y la plaza Mayor sólo se oyen tiros aislados de las patrullas o pasos de piquetes franceses que caminan apuntando sus fusiles en todas direcciones. Los imperiales controlan ya, sin oposición, las grandes avenidas y las principales plazas, y los únicos enfrentamientos consisten en escaramuzas individuales protagonizadas por quienes intentan escapar, buscan refugio o llaman a puertas que no se abren. Aterrados, escondidos tras postigos, celosías y cortinas, asomados a portales y ventanas los más osados, algunos vecinos ven cómo patrullas francesas recorren las calles con cuerdas de presos. Una la forman tres hombres maniatados que caminan por la calle de los Milaneses bajo custodia de un grupo de fusileros que los hacen avanzar a golpes. Un platero de esa calle, Manuel Arnáez, que pese a los ruegos de su mujer se encuentra asomado a la puerta del taller, reconoce en uno de los cautivos a su compañero de profesión Julián Tejedor de la Torre, que tiene tienda en la calle de Atocha.

—¡Julián!... ¿Adónde te llevan, Julián?

Los guardias franceses le gritan al platero que se meta dentro, y uno llega a amenazarlo con el fusil. Arnáez ve cómo Julián Tejedor se vuelve a mostrarle las manos atadas y levanta los ojos al cielo con gesto resignado. Más tarde sabrá que Tejedor, tras echarse a la calle para batirse junto a sus oficiales y aprendices, ha sido capturado en la plaza Mayor en compañía de uno de los hombres que van atados con él: su amigo el guarnicionero de la plazuela de Matute Lorenzo Domínguez.

El tercer preso del grupo se llama Manuel Antolín Ferrer, y es ayudante de jardinero del real sitio de la Florida, de donde vino ayer para mezclarse en los tumultos que se preparaban. Es hombre corpulento y recio de manos, como lo ha probado batiéndose en los Consejos, la puerta del Sol y la plaza Mayor, donde resultó contuso y capturado por los franceses en la última desbandada. Testarudo, callado, ceñudo, camina junto a sus compañeros de infortunio con la cabeza baja y el ojo derecho hinchado de un culatazo, barruntando el destino que le aguarda. Confortado por la satisfacción de haber despachado, con sus propias manos y navaja, a dos soldados franceses.

La escena de la calle de los Milaneses se repite en otros lugares de la ciudad. En el Buen Retiro y en las covachuelas de la calle Mayor, los franceses siguen encerrando gente. En estas últimas, bajo las gradas de San Felipe, el número de presos asciende a dieciséis cuando los franceses meten dentro, empujándolo a culatazos, al napolitano de veintidós años Bartolomé Pechirelli y Falconi, ayuda de cámara del palacio que el marqués de Cerralbo tiene en la calle de Cedaceros. De allí salió esta mañana con otros criados para combatir, y acaban de apresarlo cuando huía tras deshacerse la última resistencia en la plaza Mayor.

Cerca, por la plaza de Santo Domingo, otro piquete imperial conduce en cuerda de presos a Antonio Macías de Gamazo, de sesenta y seis años, vecino de la calle de Toledo, al palafrenero de Palacio Juan Antonio Alises, a Francisco Escobar Molina, maestro de coches, y al banderillero Gabriel López, capturados en los últimos enfrentamientos. Desde la puerta de las caballerizas reales, el ayudante Lorenzo González ve venir de Santa María a unos granaderos de la Guardia que conducen, entre otros, a su amigo el oficial jubilado de embajadas Miguel Gómez Morales, con quien hace unas horas asistió a los incidentes de la plaza de Palacio y que luego, no pudiendo sufrir el desafuero de la fusilada francesa, fue a batirse en los alrededores de la plaza Mayor. Al pasar maniatado y ver a González, Gómez Morales le pide ayuda.

—¡Acuda usted a alguien, por Dios! ¡A quien sea!... ¡Estos bárbaros van a fusilarme!

Impotente, el ayudante de caballerizas ve cómo un caporal francés le cierra la boca a su amigo con una bofetada.

El mismo camino sigue otra cuerda de presos en la que figuran Domingo Braña Calbín, mozo de tabaco de la Real Aduana, y Francisco Bermúdez López, ayuda de cámara de Palacio. Braña y Bermúdez se cuentan entre quienes con más coraje se han batido en las calles de Madrid, y diversos testigos acreditarán puntualmente su historia. Braña, asturiano, tiene cuarenta y cuatro años y ha sido capturado cuando peleaba al arma blanca, con un valor extremo, cerca del Hospital General. En cuanto a Francisco Bermúdez, vecino de la calle de San Bernardo, salió al estallar los tumultos armado con una carabina de su propiedad, y tras pelear durante toda la mañana donde la refriega era más intensa —*«bizarramente»*, afirmarán los testigos en un memorial—, fue apresado cuando, herido y exhausto, rodeado de enemigos y aún con su carabina en las manos, ya no podía valerse. Antonio Sanz, portero de la Sala de Alcaldes de Casa y Corte, lo identifica al pasar llevado por los franceses, junto a la parroquia de Santa María. Al poco rato, también Juliana García, una conocida que vive en la calle Nueva, lo ve desde su balcón, entre otros presos, *«cojeando de una herida en la pierna y con la cara quemada de pólvora»*.

Otros tienen más suerte. Es el caso del joven Bartolomé Fernández Castilla, que en la plazuela del Ángel salva la vida de milagro. Sirviente en casa del marqués de Ariza, donde se aloja el general francés Emmanuel Grouchy, Fernández Castilla salió a pelear con el primer alboroto del día, armado de una escopeta. Asistió así a los combates de la puerta del Sol, y tras batirse en las callejuelas que van de San Jerónimo a Atocha, resultó herido por una descarga hecha desde la plaza Mayor. Disperso su grupo, llevado por tres compañeros de aventura hasta la casa de su amo, donde lo dejan en el portal, es rodeado por la guardia del general francés, que pretende acabarlo a bayonetazos. Lo advierte una criada, pide socorro, acuden los demás sirvientes y se oponen todos a los franceses. Porfían unos y otros, amagan empujones y golpes, logran los criados meter a Fernández Castilla en la casa, y sólo se calman los ánimos cuando acude un ayudante del general Grouchy, quien ordena respetar la vida del mozo y llevarlo preso en una camilla al Buen Retiro. Vuelven a amotinarse los criados, negándose a entregarlo, y hasta las cocineras salen a forcejear con los imperiales. El propio marqués, don Vicente María Palafox, termina por intervenir y convence a los franceses de que respeten al herido. Bajo su cuidado personal, el joven permanecerá en cama cuatro meses, convaleciente de sus heridas. Años más tarde, acabada la guerra contra Napoleón, el marqués de Ariza comparecerá por iniciativa propia ante la comisión correspondiente, para que las autoridades concedan a su criado una pensión por los servicios prestados a la patria.

Mientras en la plazuela del Ángel se decide sobre la vida o muerte de Bartolomé Fernández Castilla, cerca de allí, en la de la Provincia, el portero jefe de la Cárcel Real, Félix Ángel, oye golpes en la parte trasera del edificio y acude a ver quién llama. Al cabo empiezan a llegar presos de los que salieron a combatir por la mañana. Muchos vienen ahumados de pólvora, rotos de la lucha, ayudando a caminar a sus camaradas; pero todos se tienen, más o menos, sobre sus pies. Acuden solos, en parejas o pequeños grupos, sofocados por el esfuerzo de la carrera que se han dado para escapar de los franceses.

—Nunca pensé que me alegraría de volver aquí —comenta uno.

No falta quien conserva ánimo para alardear de lo que hizo afuera, ni quien tuvo tiempo de remojarse en la taberna del arco de Botoneras. Varios traen las ropas manchadas de sangre, no siempre propia, y también armas capturadas al enemigo: sables, fusiles y pistolas que van dejando en el zaguán y que, a toda prisa, el portero jefe hace desaparecer arrojándolas al pozo. Entre ellos vienen el gallego Souto —vestido con una casaca de artillero francés— y un sonriente Francisco Xavier Cayón, el recluso que escribió la petición para que los dejaran salir a la calle bajo palabra de reintegrarse a prisión cuando todo acabase.

—¿Ha sido duro?

—A ratos.

Sin más comentarios, con el aplomo de la gente cruda, Cayón se va derecho al porrón de vino que el portero jefe tiene sobre la mesa de la entrada, echa atrás la cabeza y se mete un largo chorro en el gaznate. Luego se lo pasa a Souto, que hace lo mismo.

—¿Muchas desgracias? —se interesa Félix Ángel.

Cayón se seca la boca con el dorso de la mano.

—Que yo sepa, han matado a Pico.

—¿A Frasquito? ¿El pastor mozo de la Paloma?

—Ese mismo. Y a Domingo Palén también se lo llevaron herido al hospital, pero no sé si habrá llegado o no... También me parece que vi caer a otros dos, pero de ésos no estoy seguro.

—¿Quiénes?

—Quico Sánchez y el Gitano.

—¿Y los demás que faltan?

El preso cambia una mirada guasona con su compañero Souto y luego se encoge de hombros.

—No sé. Estarán por ahí.

—Prometieron volver.

El otro le guiña un ojo.

—Pues si lo prometieron, volverán, ¿no?... Supongo.

El pronóstico de Francisco Xavier Cayón se cumple casi al pie de la letra. El último preso llamará a la puerta principal de la Cárcel Real al mediodía del día siguiente, bien afeitado y vestido con ropa limpia, tras haber pasado tranquilamente la noche en su casa del Rastro, con la familia. Y el recuento definitivo, remitido dos días más tarde por el portero jefe al director de la cárcel, concluirá con la siguiente lista:

Presos: 94
Se negaron a salir: 38
Salieron: 56
Muertos: 1
Heridos: 1
Desaparecidos (que se dan por muertos): 2
Prófugos: 1
Regresaron: 51

En la cuesta de San Vicente, a Joachim Murat se lo llevan los diablos. Sus ojos de brutal espadón echan chispas entre los rizos negros y las frondosas patillas. Un ayudante lo está poniendo al corriente de los sucesos en el parque de artillería.

—¿Prisioneros? —Murat no da crédito a lo que oye—. ¡Imposible!... ¿Cuántos?

El ayudante traga saliva. Tampoco él daba crédito hasta que acudió en persona a comprobarlo. Acaba de regresar con las espuelas ensangrentadas, reventando a su caballo.

287

—Han cogido al comandante Montholon con varios oficiales y unos cien soldados de su columna —dice con cuanta suavidad le es posible, viendo enrojecer el rostro de su interlocutor—... Si se les suman los heridos que han metido dentro y el destacamento de setenta y cinco hombres que teníamos allí cuando se sublevó el cuartel, salen unos... En fin... Alrededor de doscientos.

El gran duque de Berg, los ojos inyectados en sangre, lo agarra por los alamares bordados de la pelliza.

—¿Doscientos?... ¿Me está diciendo que esa gentuza tiene en su poder a doscientos prisioneros franceses?

—Más o menos, Alteza.

—¡Hijos de puta!... ¡Hijos de la grandísima puta!

Ciego de ira, Murat dirige una mirada homicida a dos dignatarios españoles que aguardan algo más lejos, descubiertos y a pie. Se trata de los ministros de Hacienda, Azanza, y de la Guerra, O'Farril, a los que hace esperar desde hace rato. A última hora de la mañana, Murat mandó un mensaje al Consejo de Castilla para que aplacase al pueblo, so pena de males mayores. Y los dos ministros, tras recorrer —inútilmente y con riesgo para su integridad física— las calles próximas al Palacio Real, se han presentado al jefe de las tropas francesas para pedirle que no extreme el rigor en la venganza.

—¡Que no lo extreme, dicen!... ¡Van a ver todos lo que es extremar de verdad!

Acto seguido, descompuesto y a gritos, Murat ordena una sucesión de represalias que incluyen arcabucear sobre el terreno a todo madrileño culpable de la muerte de un francés, así como el juicio sumarísimo, condena de muerte incluida, de cuantos hombres, mujeres o muchachos sean apresados con armas en la mano, desde las de fuego hasta simples navajas, tijeras y cualquier instrumento que pinche o corte. También ordena la detención inmediata, en su domicilio, de todo sospechoso de haber intervenido en el motín, y autoriza a los imperiales a entrar en casas desde las que se haya disparado contra ellos.

—¿Qué hacemos con los insurrectos del parque de artillería, Alteza?

—Fusílenlos a todos.

—Antes habrá que... Bueno. Tendremos que tomar el parque.

Con violencia, Murat se vuelve hacia el general de división Joseph Lagrange.

—Oiga, Lagrange. Quiero que se ponga usted al mando del Sexto regimiento de la brigada Lefranc, que se está moviendo desde la carretera de El Pardo y San Bernardino hacia Monteleón. Y que con ésta, auxiliado de artillería y de cuantas fuerzas necesite, incluido lo que quede del batallón de Westfalia y del Cuarto provisional, acabe con la resistencia del parque. ¿Me oye?... Páselos a cuchillo a todos.

El otro, un soldado veterano y duro, con las campañas de los Pirineos, Egipto y Prusia en la hoja de servicios, se cuadra con un taconazo.

—A la orden, Alteza.

—No quiero recibir de usted ningún parte, ningún informe, ningún mensaje. ¿Comprende?... No quiero saber una maldita palabra de nada que no sea el completo exterminio de los rebeldes... ¿Lo ha entendido bien, general?

—Perfectamente, Alteza.

—Pues muévase.

Aún no ha montado Lagrange a caballo, cuando Murat se vuelve hacia Augustin-Daniel Belliard, también general de división y jefe de su estado mayor.

—¡Belliard!

—A la orden.

El gran duque de Berg señala, despectivo, a los dos ministros españoles que aguardan mansamente a que los reciba. Semanas más tarde, ambos se pondrán sin reservas al servicio del rey intruso José Bonaparte. Ahora siguen esperando, sin que nadie los atienda. Hasta los batidores y granaderos de la escolta de Murat se les ríen en la cara.

—Ocúpese de esos dos imbéciles. Que sigan ahí, pero lejos de mi vista... Ganas me dan de hacerlos fusilar a ellos también.

Apoyado en una jamba rota de la puerta de Monteleón, el capitán Luis Daoiz no se hace ilusiones. Desde el desastre de la columna francesa no han sufrido ningún ataque serio, pero los tiradores enemigos mantienen la presión. El cerco es total, y los servidores de los cañones españoles se mantienen lo más a cubierto que pueden para eludir los disparos. Todo el que cruza entre la puerta del parque, el convento de las Maravillas y las casas contiguas, debe hacerlo a la carrera, con riesgo de recibir un balazo. Y por si fuera poco, el capitán Goicoechea, que con sus Voluntarios del Estado y buen número de paisanos sigue apostado en las ventanas altas del edificio principal, anuncia movimiento de cañones enemigos por la parte de San Bernardo, junto a la fuente de Matalobos. Todo indica que los franceses preparan un nuevo asalto en toda regla, y que esta vez no tienen intención de fracasar.

—¿Cómo ves el panorama? —pregunta Pedro Velarde.

Daoiz mira a su amigo, que viene fumando una pipa. Lleva el sable en la funda y dos pistolas metidas en el cinto. Con algunos botones menos en la casaca, la charretera partida y la mugre del combate, más parece contrabandista de Ronda que oficial de estado mayor. Tampoco yo, piensa el capitán, debo de tener mejor aspecto.

—Mal —responde.

Los dos militares permanecen callados, atentos a los sonidos del exterior. Salvo algún disparo esporádico de los tiradores ocultos, la ciudad está en silencio.

—¿Cómo sigue el teniente Ruiz? —se interesa Daoiz.

—Gravísimo. No ha perdido el conocimiento, y sufre horrores... Un chico valiente, ¿verdad?... Un buen muchacho.

—¿No sería mejor llevarlo al convento, con las monjas?

—No conviene moverlo. Ha perdido mucha sangre y podría quedarse en el camino. Lo tengo en la sala de oficiales, con otros heridos nuestros y franceses.

—¿Cómo va lo demás?

En pocas palabras, Velarde lo pone al corriente. Los defensores del parque ya se reducen a media docena de oficiales, diez artilleros, una treintena de Voluntarios del Estado y menos de trescientos paisanos: el medio centenar que ayuda en los cañones y defiende las casas contiguas al convento, los que están con el propio Velarde en la puerta y las tapias o con Goicoechea en las ventanas del tercer piso, y los que se ocupan de proteger la parte posterior del recinto, aunque de ésos desertan muchos. Además, no toda la fuerza atiende a la defensa, pues parte se emplea en vigilar al comandante y a los trece oficiales franceses prisioneros en el pabellón de guardia, así como a los doscientos soldados encerrados en las cocheras y cuadras. En lo que se refiere a municiones, escasea la cartuchería, la falta de cargas de pólvora para los cañones es angustiosa, y la de metralla, absoluta: un saquete con piedras de chispa de fusil se reserva para emplearlo como metralla si la infantería francesa vuelve a acercarse lo suficiente.

—Que se acercará —apunta Daoiz, sombrío.

Su amigo chupa la pipa mientras se agita, incómodo. Ha perdido fuelle, advierte Daoiz. Ni siquiera un exaltado como él puede engañarse a estas alturas.

—¿Cuántos ataques más podremos aguantar? —pregunta Velarde.

Más que pregunta, parece una reflexión en voz alta. Daoiz mueve la cabeza, escéptico.

—Si los franceses lo hacen bien, sólo habrá uno.

Los dos capitanes permanecen otro rato en silencio, observando cómo algunos soldados y paisanos intentan mejorar la protección en torno a los cañones. Aprovechando la pausa en el combate, las piezas se resguardan con dos armones del parque y algunos muebles sacados de las casas. Velarde tuerce el gesto.

—¿Crees que eso sirve de algo?

—Levanta un poco la moral.

Viniendo del interior del parque, una jovencita de falda sucia y desgarrada, brazos desnudos y el pelo recogido bajo un pañuelo, se les acerca con una garrafa en cada mano y les ofrece vino. Le dicen que no, gracias, que atienda a la tropa; y ella, agachada la cabeza y apresurándose, se dirige hacia la gente que guarnece los cañones. Daoiz nunca llegará a conocer su nombre, pero esa muchacha, vecina de la cercana calle de San Vicente, se llama Manoli Armayona y Ceide, y aún no ha cumplido trece años.

—Me temo que en Madrid ha terminado todo —comenta de pronto Velarde—. Y tú tenías razón... Nadie mueve un dedo por nosotros.

—¿Y qué esperabas?

—Esperaba decencia. Patriotismo. Coraje... No sé... España es una vergüenza... Confiaba en que nuestro ejemplo moviera a otros.

—Pues ya ves.

—Quisiera preguntarte algo, Luis. Antes, cuando parlamentábamos con los franceses... ¿Llegaste a pensar en rendirnos?

Un silencio. Al cabo, Daoiz se encoge de hombros.

—Quizás.

Velarde lo mira de reojo, pensativo, dando chupadas a la pipa. Luego mueve la cabeza.

—Bueno —concluye—. De cualquier manera, no importa. Después de la salvajada del cañonazo con bandera blanca, ya no podemos capitular, ¿verdad?...

Sonríe Daoiz, casi a su pesar.

—No estaría bien visto.

—Y que lo digas —también Velarde esboza ahora una sonrisa torcida—. Mejor terminar aquí, sable en mano, que fusilados de madrugada en el foso de un castillo.

Con ademán cansado, adelantando el mentón, Daoiz señala a los hombres y mujeres agazapados tras los muebles rotos y las cureñas de los cañones.

—Diles eso a ellos.

Los rostros de artilleros y paisanos, ahumados de pólvora, parecen máscaras grises relucientes de sudor. El sol calienta lo suyo a estas horas, y es evidente que el cansancio, la tensión y los estragos del combate hacen efecto. Pese a todo, la mayoría sigue mirando confiada a los dos capitanes. Junto a la tapia del huerto de las Maravillas, entre un grupo de vecinos armados con fusiles que descansa a resguardo de los tiradores franceses, Daoiz observa al niño de diez u once años —Pepillo Amador le han dicho que se llama— que vino acompañando a sus hermanos y ahora lleva puesto un chacó francés. Algo más acá, sentada en el suelo entre el chispero Gómez Mosquera y el cabo artillero Eusebio Alonso, con un enorme cuchillo de cocina metido en el refajo, la manola Ramona García Sánchez le dedica una sonrisa radiante al capitán cuando se cruzan sus miradas.

—Siguen creyendo en ti —dice Velarde—. En nosotros.

Daoiz se encoge otra vez de hombros.

—Si no fuera por eso —responde con sencillez— hace rato que me habría rendido.

Entre la una y las dos de la tarde, desde el balcón de una casa de la calle Fuencarral, junto al Hospicio, el literato e ingeniero retirado de la Armada José Mor de Fuentes presencia con su amigo Venancio Luna y el cuñado de éste, que es sacerdote, el espectáculo de los batallones franceses entrando con redoble de tambores y águilas desplegadas por la puerta de Santa Bárbara. Luego de dar vueltas por la ciudad, Mor de Fuentes ha buscado refugio allí al toparse con los imperiales cuando se dirigía a echar un vistazo al parque de artillería. Detenido en la esquina de la calle de la Palma por un piquete, pudo desembarazarse sin inconveniente por hablar bien el idioma.

—Esto tiene fea pinta —comenta Luna.

—Vaya si la tiene. Menos mal que pude meterme aquí.

—¿Qué ha visto por el camino? —se interesa el cuñado sacerdote.

Mor de Fuentes tiene una copa de vino oloroso en una mano. Con la otra hace un ademán de suficiencia, como si nada de cuanto ha visto fuese digno de su combatividad patriótica.

—Mucho francés. Y a última hora, vecinos muertos de miedo y poca gente en la calle. Casi todos los insurrectos se han ido a Monteleón o andan dispersos.

—Dicen que en el Prado están arcabuceando gente —apunta Luna.

—Eso no lo sé. Pese a mis esfuerzos no pude pasar de la fuente de la Cibeles, porque encontré caballería francesa... Quería llegar hasta el cuartel de Guardias Españolas, donde tengo conocidos. Naturalmente, con intención de unirme a la tropa si ésta hubiera intervenido. Pero no tuve oportunidad.

—¿Llegó usted al cuartel?

—Bueno. No del todo... Por el camino supe que el coronel Marimón ordenó cerrar las puertas y que no saliera nadie, así que comprendí que no valía la pena. Allí, por lo visto, se limitaron a entregar a los vecinos, por encima de la tapia, unas docenas de fusiles.

—Lo mismo habrán hecho en otros cuarteles, imagino.

—Que den armas al pueblo, sólo lo he oído de Guardias Españolas y de Inválidos. También los de Monteleón, claro... Del resto, Walonas, los de Corps y demás, no sé nada.

—¿Cree que al fin saldrán a la calle? —pregunta el cuñado sacerdote.

—¿A estas horas, con los de Murat por todas partes?... Lo dudo. Es demasiado tarde.

—Pues crea que no lo lamento. Esa chusma armada es peor que los franceses. A fin de cuentas, Napoleón ha restaurado los altares que profanó en Francia la Revolución... Lo que importa es que se restablezca el orden y acabe este disparate. La gente de bien, moderada y amante del reposo público, no está para sobresaltos.

En la calle resuena un tiro de fusil, muy cerca, y los tres hombres retroceden inquietos, abandonando el balcón. En la sala de estar, sentado en un sofá, Mor de Fuentes bebe otro sorbito de oloroso.

—No seré yo quien discuta eso.

El coronel Giraldes, marqués de Casa Palacio y comandante del regimiento de infantería de línea

Voluntarios del Estado, se apoya en la mesa de su despacho como si fuera a caerse al suelo de un momento a otro.

—Es su parque, por Dios... ¡Son sus artilleros quienes lo empezaron todo!

—¿Y sus soldados? —replica el coronel Navarro Falcón—. ¡Algo habrán tenido que ver!

—Están bajo su jurisdicción, diantre... ¡Es su responsabilidad, y no la mía!

Hace quince minutos que intercambian reproches. José Navarro Falcón, director de la Junta de Artillería y superior directo de los capitanes Daoiz y Velarde, se ha presentado en el cuartel de Mejorada asustado por las noticias que llegan de Monteleón. No menos preocupación embarga a Giraldes, enterado de que la tropa que encomendó a Velarde y al capitán Goicoechea se encuentra mezclada en el combate. Además, la mortandad entre las tropas francesas está siendo terrible. Con tales antecedentes, a ambos jefes se les descompone el cuerpo imaginando las consecuencias.

—¿Cómo se le ocurrió confiarle tropa a Pedro Velarde, en el estado en que se hallaba ese oficial? —pregunta Navarro Falcón.

—Me dejé liar —responde Giraldes—. Ese loco de capitán suyo pretendía amotinarme a la tropa.

—¡Haberlo arrestado!

—¿Y por qué no lo hizo usted, que es su superior inmediato?... No me fastidie, hombre. Mis oficiales también andaban calientes, queriendo echarse a la calle. Para quitármelo de encima, no tuve más remedio que mandar a Goicoechea con treinta y tres soldados... ¡Y mire que lo dejé claro! Nada de confraternizar con el pueblo, nada de oposición a los franceses... Ya ve. Una desgracia, de verdad. Le aseguro, por mi honor, que esto es una completa desgracia.

—Y que lo diga. Para todos.

—Pero mucho ojo, ¿eh?... Quien dejó salir de la Junta Superior a Velarde, y luego envió a Monteleón al capitán Daoiz, fue usted. ¿Estamos?... Es su parque de artillería, Navarro, y su gente. Insisto: la mía no tuvo más remedio que obedecer.

—¿Y cómo sabe que ocurrió así?

—Bueno. Lo supongo.

—¿Lo supone?... ¿Eso es lo que piensa decir al capitán general, en su descargo?

Giraldes alza un dedo.

—Es lo que he dicho ya, si usted me permite. Le he enviado un oficio a Negrete asegurándole que soy ajeno a esa barbaridad... ¿Y sabe qué responde?... Pues que él se lava las manos... ¡Otro que tal! —Giraldes coge un pliego manuscrito que tiene sobre la mesa y se lo muestra al coronel de artillería—. Para dejarlo claro, me ha remitido con acuse de recibo una copia de la carta que Murat mandó esta mañana a la Junta. Lea, lea... Me la trajeron hace un momento.

Es preciso que la tranquilidad se restablezca inmediatamente, o que los habitantes de Madrid esperen sobre sí todas las consecuencias de su resolución...

—¿Qué le parece? —prosigue Giraldes recuperando el papel—. Más claro, agua. Y todavía, cuando mando a uno de mis ayudantes a Monteleón para que reduzca a esos caribes a la obediencia, cosa que debería haber hecho usted, no se les ocurre más que disparar un cañonazo en mitad del parlamento y hacer una sarracina... Así que lo de menos es cómo termine el parque. Lo que me preocupa ahora son las consecuencias.

—¿Se refiere a usted y a mí?

—En cierta manera, sí. A nosotros como responsables... Quiero decir a todos, naturalmente. Ya ha visto cómo las gasta Murat. En mala hora, Navarro. Le digo que en mala hora.

Exasperado, lleno de irritación y sin saber qué hacer, el coronel Navarro Falcón se despide de Giraldes. Una vez afuera decide echar un vistazo por la parte de Monteleón y camina San Bernardo arriba, hasta que en la esquina de la calle de la Palma un retén le corta el paso con malos modos, sin deferencia hacia su uniforme y charreteras.

—*Arrêtez-vous!*

En su torpe francés, aprendido durante la campaña de los Pirineos, el jefe de la Junta de Artillería de Madrid pide hablar con un oficial; pero lo más que logra es que se acerque un subteniente bigotudo con granos en la cara. Por las insignias, Navarro Falcón comprueba que pertenece al 5.º regimiento de la 2.ª división de infantería, que a primera hora de la mañana, según sus noticias, se hallaba acampada en la carretera de El Pardo. Los imperiales están metiendo en danza, deduce, todo lo que tienen.

—¿Puedo paser un peu avant, silvuplé?

—*Interdit!... Reculez!*

Navarro Falcón se toca las bombas doradas del cuello de la casaca.

—Soy el director de la Junta...

—*Reculez!*

Un par de soldados levantan sus fusiles, y el coronel, prudente, da media vuelta. Está enterado de que al brigadier Nicolás Galet y Sarmiento, gobernador del Resguardo, que esta mañana quiso interceder por sus funcionarios del portillo de Recoletos, los franceses le han pegado un tiro. Así que mejor será no tentar la suerte. Para Navarro Falcón, sus años de juventud intrépida, Brasil, Río de la Plata, la colonia de Sacramento, el asedio de Gibraltar y la guerra contra la República francesa están demasiado lejos. Ahora tiene un ascenso en puertas —lo tenía hasta esta mañana— y dos nietos a los que desea ver crecer. Mientras se aleja procurando hacerlo despacio y sin perder la compostura, oye a lo lejos descargas aisladas de fusilería. Antes de volver la espalda ha tenido ocasión de ver mucha infantería y cuatro cañones franceses frente al palacio de Montemar, junto a la fuente de Matalobos. Dos de las piezas apuntan hacia San Bernardo y la cuesta de Santo Domingo; y a su ojo experto no escapa que están allí para impedir todo socorro a los cercados. Los otros cañones enfilan la calle de San José y el parque de artillería. Y mientras sigue alejándose del lugar sin mirar atrás, el coronel los oye abrir fuego.

El primer disparo de metralla arroja sobre los defensores una nube de polvo, yeso pulverizado y fragmentos de ladrillos.

—¡Tiran de Matalobos!... ¡Cuidado!... ¡Cuidado!

Advertida de los movimientos franceses por el capitán Goicoechea y los que observan desde las ventanas altas del parque, la gente tiene tiempo de buscar cobijo, y la primera andanada sólo se cobra dos heridos. Bernardo Ramos, de dieciocho años, y Ángela Fernández Fuentes, de veintiocho, que se encuentra allí acompañando a su marido, un piconero de la calle de la Palma llamado Ángel Jiménez, son evacuados al convento de las Maravillas.

—¡Los artilleros en la calle, y agachados! —vocea el capitán Daoiz—. ¡Los demás, busquen resguardo!... ¡A cubierto, rápido!... ¡A cubierto!

La orden es oportuna. Siguen al poco rato un segundo disparo francés y un tercero, antes de que el fuego se haga preciso y constante, con gran despliegue de fusilería desde todas las esquinas, terrazas y tejados. Para Luis Daoiz, único que se mantiene en pie entre los cañones pese al horroroso fuego que bate la calle, la intención de los franceses está clara: impedir el descanso de los defensores y mantenerlos con la cabeza baja, sometidos a intenso desgaste como preparación de un asalto general. Por eso sigue gritando a la gente que se proteja y economice munición hasta que la infantería enemiga se ponga a tiro. También ordena al capitán Velarde, que se ha acercado entre el fuego para pedir instrucciones, que mantenga a los suyos dentro del parque, listos para salir cuando asomen bayonetas enemigas.

—Y tú quédate con ellos, Pedro. ¿Me oyes?... Aquí no haces nada, y alguien tiene que tomar el mando si me dan.

—Pues como sigas ahí, de pie, tendré que relevarte pronto.

—Adentro, te digo. Es una orden.

Al poco rato, el bombardeo ensordecedor —la onda expansiva de los cañonazos emboca la calle, retumbando en todos los pechos junto al estrépito de la metralla— y la intensa fusilada francesa empiezan a hacer daño. Crece el castigo, corre la sangre, y alguna gente de la que se resguarda en los portales cercanos, en la huerta y tras la verja del convento, se desbanda y desaparece por donde puede. Es el caso del joven Francisco Huertas de Vallejo y su compañero don Curro, que se cobijan en las Maravillas después de que al cajista de imprenta Gómez Pastrana una esquirla le seccione la yugular y muera desangrado. También son heridos un cerrajero llamado Francisco Sánchez Rodríguez, el presbítero de treinta y siete años don Benito Mendizábal Palencia —que viste ropa seglar y se ha estado batiendo con una escopeta— y el estudiante José Gutiérrez, que hoy frecuenta todos los lugares de peligro. La herida de este asturiano de Covadonga es ya la cuarta —aún ha de recibir hoy treinta y nueve más, y pese a ello sobrevivirá—: un rebote le arranca el lóbulo de una oreja. Gutiérrez acude por su pie a hacerse vendar donde las monjas antes de volver al combate. Luego contará que lo que más lo impresiona es la cantidad enorme de sangre —*«como si hubieran echado en el suelo cubos y cubos»*— que pisa mientras camina por los pasillos del convento.

En la calle, mientras tanto, el resto de la partida de José Gutiérrez es casi aniquilado cuando otra descarga francesa mata, en la puerta misma del parque, a dos de los tres últimos hombres que quedaban en pie de quienes lo siguieron a Monteleón: el peluquero Martín de Larrea y su mancebo Felipe Barrio. También derriba malherido al artillero Juan Domingo Serrano, cuyo puesto ocupa el cochero del marqués de San Simón: un mozo alto y fornido, de fuertes brazos, llamado Tomás Álvarez Castrillón. Cae poco después, junto al cañón que atiende con su marido y sus hijos, la vecina del barrio Clara del Rey, alcanzada por un cascote de metralla que le destroza la frente. La pérdida más sensible es la del niño de once años Pepillo Amador Álvarez, que durante toda la jornada se ha mantenido junto a sus hermanos Antonio y Manuel, asistiéndolos en el combate. Al cabo, una bala francesa lo alcanza en la cabeza cuando, después de cruzar varias veces corriendo la zona batida con la audacia de su corta edad, trae un cesto lleno de munición. Muere así el más joven de los defensores del parque de artillería.

Tiene pocos años más que Pepillo Amador el soldado francés que, en el improvisado hospital de las Maravillas, agoniza en brazos de la monja sor Pelagia Revut.

—*Ma mère!* —exclama, en el momento de morir.

La monja entiende perfectamente las últimas palabras del muchacho, porque ella misma es francesa: llegó a España en 1794 con un grupo de religiosas fugitivas de la Revolución. Esta mañana, cuando al primer estampido de cañón saltaron los cristales del crucero y las ventanas, las religiosas abandonaron despavoridas sus celdas y se congregaron en la iglesia a rezar, creyendo llegado el fin del mundo. Fue el capellán mayor del convento, don Manuel Rojo, quien tras alentar a las carmelitas con oraciones y palabras de ánimo, apelando luego a la humanidad y caridad cristiana, mandó abrir la clausura y franquear la cancela del templo y la verja del atrio. Después, auxiliado por algunos vecinos, empezó a meter heridos dentro, sin distinción de uniforme —al principio la mayor parte eran franceses—, mientras las monjas, preparando hilas, vendajes, caldos y cordiales, se ocupaban de ellos. Ahora, atrio, templo, locutorio y sacristía resuenan con gemidos y gritos de dolor en ambas lenguas, las veintiuna religiosas —en realidad veinte, pues sor Eduarda sigue animando a los patriotas desde una ventana— atienden a los heridos, y el capellán va de uno a otro entre cuerpos mutilados y charcos de sangre, dando los auxilios espirituales. Los últimos defensores de Monteleón que acaban de traer son una mujer moribunda llamada Juana García, con domicilio en el número 14 de la calle de San José, y un chispero joven y animoso que se sostiene él mismo el paquete intestinal, desgarrado por un metrallazo, de nombre Pedro Benito Miró. A éste lo dejan en el suelo entre otros heridos y agonizantes, sin poder darle más socorro que unos trapos con los que le vendan el vientre.

—¡Padre! —llama sor Pelagia, que cierra los ojos del soldado francés.

Acude don Manuel y musita una oración mientras hace la señal de la cruz en la frente del muerto.

—¿Era católico?

—No sé.

—Bueno. Da lo mismo.

Levantándose, la monja atiende a otros compatriotas. Sor María de Santa Teresa, la superiora, le ha encomendado que, por su nacimiento y por dominar la lengua, se encargue de los franceses heridos en el desastre de la columna Montholon, o de los que entran por la parte meridional del convento, a través de la puerta de la iglesia que da a la calle de la Palma. Porque en las Maravillas se da una situación peculiar, sólo imaginable en el desbarajuste de un combate como el que se libra afuera: mientras los cañonazos franceses arrasan el jardín y la huerta, arruinan el Noviciado, maltratan los muros y llenan los patios y galerías de cascotes y fragmentos de metralla, por San José y San Pedro entran heridos españoles, y por la Palma traen a heridos franceses, respetando ambos bandos el recinto como terreno neutral, o sagrado. Ese miramiento no es común en las tropas imperiales, que han profanado iglesias y aún lo harán con muchas más, en Madrid y en toda España. Pero la circunstancia de que las monjas acojan a las víctimas, así como la presencia mediadora de sor Pelagia, obran el milagro.

Cerca del palacio de Montemar, el general de división Joseph Lagrange, futuro conde del Imperio con nombre inscrito en el Arco de Triunfo de París, presencia el bombardeo del parque de artillería.

—Creo que ya los hemos ablandado lo suficiente —apunta el general de brigada Lefranc, que está a su lado, observando la calle de San José con un catalejo.

—Esperemos un poco más.

Con el aliento del duque de Berg en el cogote, Lagrange, soldado frío y minucioso —por eso le ha encargado Murat resolver la crisis—, no quiere riesgos innecesarios. Los madrileños, con tan poca preparación militar que ni siquiera tienen milicias ciudadanas, no acostumbran a verse bajo las bombas; y el general francés está seguro de que, cuanto más prolongue el castigo, menor será la resistencia al asalto, que desea definitivo y final. Lagrange, fogueado militar de cincuenta y cuatro años, piel pálida y nariz aguileña enmarcada por patillas a la moda imperial, tiene experiencia en sofocar motines: durante la campaña de Egipto se encargó de aplastar sin misericordia, ametrallando a la multitud, la revuelta de El Cairo.

—¿No cree que podríamos avanzar? —insiste Lefranc, dando golpecitos impacientes en el catalejo.

—Todavía no —responde Lagrange, áspero.

En realidad está a punto de ordenar el ataque de la infantería, pero Lefranc —rubio, nervioso, poco hábil en ocultar sus emociones— no le cae bien, y desea mortificarlo. El general de división comprende que su colega, humillado al verse desplazado del mando, no sea el hombre más feliz de la tierra. Pero una cosa es el puntillo de pundonor, comprensible en todo militar, y otra el antipático recibimiento que le dispensó Lefranc, al extremo de ilustrarlo a regañadientes sobre la composición y distribución táctica de la tropa. De modo que el general de división, poco amigo de malentendidos en cuestiones de servicio, ha puesto firme al de brigada, recordándole sin rodeos que él no pidió el mando de esta operación, que las órdenes son directas y verbales del gran duque de Berg, y que en el ejército imperial, como en todos los ejércitos del mundo, el que manda, manda.

—Vamos allá —dice por fin—. Que sigan tirando los cañones hasta que la vanguardia llegue a la esquina. Después, a paso de carga.

Sus ayudantes traen los caballos de ambos generales; porque estas cosas, opina Lagrange, hay que hacerlas como es debido. Suena la corneta, redoblan los tambores, se despliega el águila tricolor, y los oficiales gritan órdenes mientras forman en columna de ataque a los mil ochocientos hombres del 6.º regimiento provisional de infantería. Casi el mismo número de efectivos —eso incluye el maltrecho regimiento del apresado Montholon y lo que queda del batallón de Westfalia— estrechan el cerco alrededor del parque y lo aíslan del exterior. En este instante, obedeciendo los toques de corneta y las señales del tambor, se intensifica el fuego de fusilería contra los rebeldes. A lo largo de la columna corren ya los acostumbrados vivas al Emperador con que el ejército francés suele enardecerse en cada asalto. Para encabezar éste, Lagrange ha conseguido un destacamento de gastadores, que utilizará para despejar obstáculos, y algunos mostachudos granaderos de la Guardia Imperial. Está seguro de que, puestos al frente con su reputación de imbatibles, esos veteranos arrastrarán con más eficacia a los bisoños. Con un último vistazo, envidiando el soberbio tordo jerezano que monta su colega Lefranc —requisado *manu militari* hace quince días en Aranjuez—, el pacificador de El Cairo monta en su caballo y comprueba que todo está a punto. Así que, satisfecho de la tropa espesa y reluciente de bayonetas que se extiende desde la plazuela de Monserrate hasta las Comendadoras de Santiago, se acomoda en la silla, afirma las botas en los estribos y pide a Lefranc que se sitúe a su lado.

—Ahora, si le parece, general —comenta, seco—, acabemos esto de una vez.

Diez minutos después, de la esquina de San Bernardo al convento de las Maravillas, la calle de San José es una hoguera. La humareda de pólvora se retuerce en espirales desgarradas por los fogonazos, y sobre el redoble de tambor y los toques de corneta franceses asciende el crepitar violento de la fusilería. Tiran contra esa neblina los hombres a los que el capitán Goicoechea dirige desde las ventanas altas del edificio principal del parque, y tiran cuanto tienen —disparos, piedras, tejas y ladrillos arrancados— los que, encaramados sobre la tapia, intentan obstaculizar más de cerca el avance francés. Frente a la puerta, los cañones disparan bala rasa contra la columna enemiga, y en torno a ellos se agrupan los paisanos y soldados que el capitán Velarde saca del interior para enfrentarse a las bayonetas próximas.

—¡Aguantad!... ¡Por España y por Fernando Séptimo!... ¡Aguantad!

Artilleros, Voluntarios del Estado, paisanos y mujeres, empuñando fusiles, bayonetas, sables y cuchillos, ven surgir de la humareda, imparables, los chacós de los granaderos enemigos, las hachas y picas de los gastadores, los chacós negros y las bayonetas de la temible infantería imperial. Pero en vez de vacilar o retroceder, se mantienen firmes en torno a los cañones, arcabucean a los franceses casi apoyándoles los cañones en el pecho, a quemarropa; y un último tiro de cañón arroja, a falta de metralla, una lluvia de piedras de chispa para fusil que hace buen destrozo en la vanguardia francesa y le destripa el caballo jerezano al general Lefranc, dando con éste en tierra, contuso. Vacilan los franceses ante la brutal descarga, y al detenerse un instante se renueva el ánimo de los defensores.

—¡Resistid por España!... ¡Que no se diga!... ¡A ellos!

Acometen los más osados, lanzándose contra los granaderos, y se traba así un áspero combate en corto, cuerpo a cuerpo, a golpes de bayoneta y culatazos, usando los fusiles descargados como mazas. Caen muertos en esa refriega Tomás Álvarez Castrillón, el jornalero José Álvarez y el soldado de Voluntarios del Estado, de veintidós años, Manuel Velarte Badinas; y quedan heridos el mozo de carnicería Francisco García, el soldado Lázaro Cansanillo y Juana Calderón Infante, de cuarenta y cuatro años, que pelea junto a su marido José Beguí. Por parte francesa las bajas son numerosas. Impresionados ante la ferocidad del contraataque, retroceden los imperiales dejando el suelo cubierto de muertos y heridos, bajo el fuego graneado que les hacen desde ventanas y tapias. Luego, rehaciéndose, empujados por sus oficiales, hacen una descarga cerrada que diezma a los defensores y avanzan de nuevo, a la bayoneta. La fusilada, intensa y terrible, hiere sobre la tapia al paisano Clemente de Rojas y al capitán de Milicias Provinciales de Santiago de Cuba Andrés Rovira, que esta mañana vino acompañando a Pedro Velarde y a la gente del capitán Goicoechea. También mutila junto a la puerta del parque a Manoli Armayona, la muchacha que durante la última pausa del combate estuvo refrescando con vino a los artilleros, y hiere de muerte en torno a los cañones a José Aznar, que pelea junto a su hijo José Aznar Moreno —éste lo vengará luchando como guerrillero en las dos Castillas—, al guarnicionero sexagenario Julián López García, al vecino de la calle de San Andrés Domingo Rodríguez González, y a los jóvenes de veinte años Antonio Martín Rodríguez, de profesión aguador, y Antonio Fernández Garrido, albañil.

—¡Ahí vienen otra vez los gabachos!... ¡Hay que detenerlos, porque no darán cuartel!

El ímpetu del segundo asalto lleva a los franceses hasta casi tocar con la mano los cañones. No hay tiempo de cargar de nuevo las piezas, de modo que el capitán Daoiz, agitando en molinetes el sable sobre su cabeza, reúne a cuanta gente puede.

—¡Aquí, conmigo!... ¡Que les cueste caro!

Acuden alrededor, con desesperada resolución, el resto de la partida de Cosme de Mora, el crudo chispero Gómez Mosquera, el artillero Antonio Martín Magdalena, el escribiente de artillería Domingo Rojo, la manola Ramona García Sánchez, el estudiante José Gutiérrez, algunos Voluntarios del Estado y una docena de paisanos de los que todavía no huyen buscando refugio. Pedro Velarde, también sable en mano y fuera de sí, corre de un lado a otro, obligando a volver al combate a quienes se esconden en las Maravillas o dentro del parque. Saca así del convento, a empujones, al joven Francisco Huertas de Vallejo, a don Curro y a algunos heridos leves que habían buscado cobijo, y los hace unirse a los que defienden los cañones.

—¡Al que retroceda, lo mato yo!... ¡Viva España!

Continúa cuerpo a cuerpo el segundo asalto francés, bayonetas por delante. Nadie entre los defensores ha tenido tiempo de morder cartuchos y cargar fusiles, de manera que suenan algunos pistoletazos a bocajarro y se confía la matanza a bayonetas, cuchillos y navajas. Ahora, en corto, la ventaja de los enemigos no es otra que la del número, pues a cada paso que dan se ven acometidos por hombres y mujeres que lidian como fieras, borrachos de sangre y de odio.

—¡Que lo paguen!... ¡Al infierno con ellos!... ¡Que lo paguen!

Abaten de ese modo a muchos franceses; pero también, revueltos entre enemigos a los que golpean con los fusiles descargados o apuñalan, caen acribillados a tiros y golpes de bayoneta el artillero Martín Magdalena, el chispero Gómez Mosquera, los Voluntarios del Estado Nicolás García Andrés, Antonio Luce Rodríguez y Vicente Grao Ramírez, el sereno gallego Pedro Dabraña Fernández y el botillero de San Jerónimo José Rodríguez, muerto cuando acomete a un oficial enemigo en compañía de su hijo Rafael.

—¡Se han parado los franceses! —aúlla el capitán Daoiz—. ¡Resistid, que los hemos parado!

Es cierto. Por segunda vez, el ataque de los mil ochocientos hombres de la columna Lagrange-Lefranc se ve detenido ante los cañones, donde los muertos y heridos de uno y otro bando se amontonan hasta el punto de dificultar el paso. Una nueva andanada artillera —inesperada descarga hecha desde la calle de San Pedro— acribilla al estudiante José Gutiérrez, que se desploma milagrosamente vivo, pero con treinta y nueve impactos de metralla en el cuerpo. La misma descarga mata a la vecina de la calle de la Palma Ángela Fernández Fuentes, de veintiocho años, que combate bajo el arco de la puerta del parque, a su comadre Francisca Olivares Muñoz, al vecino José Álvarez y al paisano de sesenta y seis años Juan Olivera Diosa.

—¡Recargad!... ¡Ahí vienen otra vez!

En esta ocasión el asalto francés ya no se detiene. Gritando «*Sacré nom de Dieu, en avant, en avant!*», los granaderos, gastadores y fusileros trepan sobre el montón de cadáveres, desbordan a los que defienden los cañones y alcanzan la puerta del parque. La humareda y los fogonazos de quienes todavía tienen armas cargadas se salpican de gritos y alaridos, chasquidos de carne abierta y huesos que se rompen, olor a pólvora quemada, exclamaciones, blasfemias e invocaciones piadosas. Enloquecidos por la carnicería, los últimos defensores del parque matan y mueren, rebasadas las fronteras de la desesperación y el coraje. Daoiz, que se defiende a sablazos, ve caer a su lado, muerto, al escribiente Rojo. El veterano cabo Eusebio Alonso es desarmado —un granadero enemigo le arrebata el fusil de las manos— y se desploma malherido tras defenderse con los puños, a patadas y golpes. Y cae también la manola Ramona García Sánchez, que provista de su enorme cuchillo de cocina tiene arrestos para espetarle a un enemigo: «Ven que te saque los ojos, mi alma», antes de que la maten a bayonetazos. En ese momento, cuando desde el interior del parque acude con refuerzos, un balazo mata en la puerta al capitán Velarde. El cerrajero Blas Molina, que corre detrás con el escribiente Almira, el hostelero Fernández Villamil, los hermanos Muñiz Cueto y algunos Voluntarios del Estado, lo ve caer al suelo y, desconcertado, se detiene y retrocede con los otros. Sólo Almira y el sobrestante de la Real Florida Esteban Santirso se inclinan sobre el capitán, y agarrándolo por un brazo intentan ponerlo a resguardo. Otra bala alcanza en el pecho a Santirso, que cae a su vez. Almira desiste al comprobar que sólo arrastra un cadáver.

Desde la calle, el joven Francisco Huertas de Vallejo ha visto morir al capitán Velarde, y también observa que los franceses empiezan a entrar por la puerta del parque.

«Es hora de irse», piensa.

Peleando de cara, pues no se atreve a dar la espalda a los enemigos, caminando hacia atrás mientras se cubre con el fusil armado de bayoneta, el joven intenta alejarse de la carnicería en torno a los cañones. De ese modo retrocede con don Curro García y otros paisanos, formando un grupo al que se unen los hermanos Antonio y Manuel Amador —que cargan con el cuerpo sin vida de su hermano Pepillo—, el impresor Cosme Martínez del Corral, el soldado de Voluntarios del Estado Manuel García, y Rafael Rodríguez, hijo del botillero de Hortaleza José Rodríguez, muerto hace rato. Todos intentan llegar a la puerta trasera del convento de las Maravillas, pero en la verja les caen encima los imperiales. Apresan a Rafael Rodríguez, huyen Martínez del Corral y los hermanos Amador, y cae don Curro con la cabeza abierta, abatido por el sablazo de un oficial. Forcejean otros, escapan los más, y Francisco Huertas acomete al oficial en un impulso de rabia, resuelto a vengar a su compañero. Penetra la bayoneta sin dificultad en el cuerpo del francés, y al joven se le eriza la piel cuando siente rechinar el acero entre los huesos de la cadera de su adversario, que lanza un alarido y cae, debatiéndose. Recuperando el fusil, despavorido de su propia acción, eludiendo los plomazos que zumban alrededor, Francisco Huertas da media vuelta y se refugia en el interior del convento.

Rodeado de muertos, cercado de bayonetas, aturdido por el estruendo del cañón y la fusilería, el capitán Daoiz sigue defendiéndose a sablazos. En la calle sólo queda una docena de españoles resguardados entre las cureñas, sumergidos en un mar de enemigos, ya sin otro objeto que seguir vivos a toda costa o llevarse por delante a cuantos puedan. Daoiz es incapaz de pensar, ofuscado por el fragor del combate, ronco de dar gritos y cegado de pólvora. Se mueve entre brumas. Ni siquiera puede concertar los movimientos del brazo que maneja el sable, y su instinto le dice que, de un momento a otro, uno de los muchos aceros que buscan su cuerpo le tajará la carne.

—¡Aguantad! —grita a ciegas, al vacío.

De pronto siente un golpe en el muslo derecho: un impacto seco que le sacude hasta la columna vertebral y hace que le falten las fuerzas. Con gesto de estupor, mira hacia abajo y observa, incrédulo, el balazo que le desgarra el muslo y hace brotar borbotones de sangre que empapan la pernera del calzón. «Se acabó», piensa atropelladamente mientras retrocede, cojeando, hasta apoyarse en el cañón que tiene detrás. Luego mira en torno y se dice: «Pobre gente».

Pie a tierra entre la confusión del combate, casi en la vanguardia misma de sus tropas, el general de división Joseph Lagrange ordena que cese el fuego. Unos pasos atrás, junto al magullado general de brigada Lefranc, se encuentra un alto dignatario español, el mar-

314

qués de San Simón, que con uniforme de capitán general y revestido de todas sus insignias y condecoraciones ha logrado abrirse paso hasta allí, a última hora, para rogarles que detengan aquella locura, ofreciéndose a reducir a la obediencia a quienes aún resisten dentro del parque de artillería. Al general Lagrange, espantado de las terribles bajas sufridas por su gente en el asalto, no le gusta la idea de seguir combatiendo habitación por habitación para despejar los edificios donde se refugian los rebeldes; de modo que accede a la solicitud del anciano español, a quien conoce. Se agitan pañuelos blancos, y el toque de corneta, repetido una y otra vez, obra efecto sobre los disciplinados soldados imperiales, que detienen el fuego y dejan de acometer a los pocos supervivientes que permanecen entre los cañones. Cesan así disparos y gritos, mientras se disipa la humareda y los adversarios se miran unos a otros, aturdidos: centenares de franceses alrededor de los cañones y en el patio de Monteleón, españoles en las ventanas y en las tapias acribilladas de metralla, que arrojan los fusiles o huyen hacia el edificio principal, y el reducido grupo que sigue de pie en la calle, tan sucio y roto que apenas es posible distinguir a paisanos de militares, negros todos de pólvora, cubiertos de sangre, mirando alrededor con los ojos alucinados de quien ve suspender su sentencia en el umbral mismo de la muerte.

—¡Rendición inmediata o degüello! —grita el intérprete del general Lagrange—. ¡Armas abajo o serán pasados a cuchillo!

Tras unos momentos de duda, casi todos obedecen lentos, agotados. Como sonámbulos. Siguiendo al general Lagrange, que se abre paso entre sus tropas, el marqués de San Simón contempla con horror la calle cubierta de cadáveres y heridos que se agitan y gimen. Asombra la cantidad de paisanos, entre ellos muchas mujeres, que se encuentran mezclados con los militares.

—¡Todos ustedes son prisioneros! —vocea el intérprete francés, repitiendo las palabras de su general—. ¡Queda el parque bajo autoridad imperial por derecho de conquista!

Algo más allá, el marqués de San Simón divisa a un oficial de artillería al que increpa el general francés. El oficial está de rodillas y recostado sobre uno de los cañones, lívido el rostro, una mano apretándose la herida de una pierna ensangrentada y la otra sosteniendo todavía un sable. Quizás, concluye San Simón, se trate del capitán Daoiz, a quien no conoce en persona, pero al que sabe —a estas horas está al corriente todo Madrid— responsable de la sublevación del parque. Mientras avanza curioso, dispuesto a echarle un vistazo más de cerca, el anciano marqués escucha algunas palabras subidas de tono que el general Lagrange, descompuesto por la matanza y en atropellada jerga de francés y mal español, dirige al herido. Habla de responsabilidades, de temeridad y de locura, mientras el otro lo mira impasible a los ojos, sin bajar la cabeza. En ese momento, Lagrange, que tiene su sable en la mano, toca con la punta de éste, despectivo, una de las charreteras del artillero.

—*Traître!*—lo increpa.

Es evidente que el capitán herido —ahora el marqués de San Simón está seguro de que es Luis Daoiz— entiende el idioma francés, o intuye, al menos, el sentido del insulto. Porque su rostro, blanco por la pérdida de sangre, enrojece de golpe al oírse llamar traidor. Después, sin pronunciar palabra, incorporándose de improviso con una mueca de dolor y violento esfuerzo sobre la pierna sana, tira un golpe de sable que atraviesa al francés. Cae hacia atrás Lagrange en brazos de sus ayudantes, desmayado y echando sangre por la boca. Y mientras estalla un confuso griterío alrededor, varios granaderos que están detrás acometen al capitán español y lo traspasan por la espalda, a bayonetazos.

8

El coronel Navarro Falcón llega al parque de Monteleón poco antes de las tres de la tarde, cuando todo ha terminado. Y el panorama lo espanta. La tapia está picada de balazos y la calle de San José, la puerta y el patio del cuartel, cubiertos de escombros y cadáveres. Los franceses agrupan en la explanada a una treintena de paisanos prisioneros y desarman a artilleros y Voluntarios del Estado, haciéndolos formar aparte. Navarro Falcón se identifica ante el general Lefranc, que lo trata muy desabrido —aún atienden al general Lagrange, maltrecho por la espada de Daoiz—, y luego recorre el lugar, interesándose por la suerte de unos y otros. Es el capitán Juan Cónsul, que pertenece al arma de artillería, quien le da el primer informe de la situación.

—¿Dónde está Daoiz? —pregunta el coronel.

Cónsul, cuyo rostro muestra los estragos del combate, hace un ademán vago, de extremo cansancio.

—Lo han llevado a su casa, muy grave... Muriéndose. No había camilla, así que lo pusieron sobre una escalera y una manta.

—¿Y Pedro Velarde?

El otro señala un montón de cadáveres agrupados junto a la fuente del patio.

—Ahí.

El cuerpo desnudo de Velarde está tirado de cualquier manera entre otros, pues los franceses lo han despojado de sus ropas. La casaca verde de estado mayor despertó la codicia de los vencedores. Navarro Falcón se queda inmóvil, paralizado por el estupor. Todo resulta peor de lo que imaginó.

—¿Y los escribientes de mi despacho que vinieron con él?... ¿Dónde está Rojo?

Cónsul lo mira como si le costara entender lo que le dice. Tiene los ojos enrojecidos y la mirada opaca. Al cabo de un instante mueve despacio la cabeza.

—Muerto, me parece.

—Dios mío... ¿Y Almira?

—Se fue acompañando a Daoiz.

—¿Y qué hay de los demás?... Los artilleros y el teniente Arango.

—Arango está bien. Lo he visto por ahí, con los franceses... De los artilleros hemos perdido a siete, entre muertos y heridos. Más de la tercera parte de los que teníamos aquí.

—¿Y los Voluntarios del Estado?

—De ésos también han caído muchos. La mitad, por lo menos. Y paisanos, más de sesenta.

El coronel no puede apartar la vista del cadáver de Pedro Velarde: tiene los párpados entornados, la boca abierta y la piel pálida, cerúlea, resalta el orificio del balazo junto al corazón.

—Ustedes están locos... ¿Cómo se les ocurrió hacer lo que han hecho?

Cónsul señala un charco de sangre junto a los cañones, allí donde cayó Daoiz tras atravesar con su sable al general francés.

—Luis Daoiz asumió la responsabilidad —dice encogiéndose de hombros—. Y nosotros lo seguimos.

—¿Lo siguieron?... ¡Ha sido una barbaridad! ¡Una locura que nos costará cara a todos!

Interrumpe la conversación un capitán ayudante del general La Riboisière, comandante de la artillería francesa. Tras preguntarle al coronel en correcto español si es el jefe de la plaza, le pide las llaves de los almacenes, del museo militar y de la caja de caudales. Al haber sido tomado el cuartel por la fuerza de las armas, añade, todos los efectos pertenecen al ejército imperial.

—No tengo nada que entregarle —responde Navarro Falcón—. Ustedes se han apoderado de todo, así que no necesitan ninguna maldita llave.

—¿Perdón?

—Que me deje en paz, hombre.

El francés lo contempla desconcertado, mira a Cónsul como poniéndolo por testigo de la descortesía, y luego, secamente, da media vuelta y se aleja.

—¿Qué va a ser de nosotros? —le pregunta Cónsul al coronel.

—No sé. No tengo instrucciones, y los franceses van a lo suyo... Usted procure salir de aquí con nuestros artilleros, en cuanto sea posible. Por lo que pueda pasar.

—Pero el capitán general... La Junta de Gobierno...

—No me haga usted reír.

Cónsul señala hacia el grupo de Voluntarios del Estado, que con el capitán Goicoechea se concentran en un ángulo del patio, desarmados y exhaustos.

—¿Qué pasa con ellos?

—No sé. Sus jefes tendrán que ocuparse, supongo. Sin duda mediará el coronel Giraldes... Yo voy a mandarle una nota al capitán general, explicando que los artilleros se han involucrado a su pesar, por culpa de Daoiz, y que toda la responsabilidad es de ese oficial. Y de Velarde.

—Eso no es exacto, mi coronel... Al menos no del todo.

—¿Qué más da? —Navarro Falcón baja la voz—. Ni uno ni otro tienen ya nada que perder. Velarde está ahí tirado, y Daoiz muriéndose... Usted mismo preferirá eso a que lo fusilen.

Cónsul guarda silencio. Parece demasiado aturdido para razonar.

—¿Qué les harán a los paisanos? —inquiere al fin.

El coronel tuerce el gesto.

—Ésos no pueden alegar que cumplían órdenes. Y tampoco son asunto mío. Nuestra responsabilidad termina en...

A mitad de la frase, Navarro Falcón se interrumpe, incómodo. Acaba de advertir un punto de desprecio en los ojos de su subordinado.

—Me voy —añade, brusco—. Y recuerde lo que acabo de decir. En cuanto sea posible, lárguese.

Juan Cónsul —morirá poco tiempo después, batiéndose en la defensa de Zaragoza— asiente con aire ausente, desolado, mientras mira en torno.

—Lo intentaré. Aunque alguien debe quedarse al mando de esto.

—Al mando están los franceses, como ve —zanja el coronel—. Pero dejaremos al teniente Arango, que es el oficial más moderno.

La suerte de los paisanos apresados en Monteleón no inquieta sólo al capitán Cónsul, sino que angustia, y mucho, a los interesados. Agrupados primero al fondo del patio bajo la estrecha vigilancia de un piquete francés, y ahora encerrados en las caballerizas del parque, acomodándose como pueden entre el estiércol y la paja mugrienta, una treintena de hombres —el número crece a medida que los franceses traen a los que encuentran escondidos o apresan en las casas vecinas— esperan a que se decida su destino. Son los que no lograron saltar la tapia o esconderse en sótanos y desvanes, y han sido apresados junto a los cañones o en las dependencias del parque. Que los hayan puesto aparte de los militares les da mala espina.

—Al final sólo pagaremos nosotros —comenta el oficial de obras Francisco Mata.

—Puede que nos respeten la vida —opone uno de sus compañeros de infortunio, el portero de juzgado Félix Tordesillas.

Mata lo mira, escéptico.

—¿Con todos los gabachos que hemos aviado hoy?... ¡Qué carajo nos van a respetar!

Mata y Tordesillas pertenecen al grupo de civiles que lucharon desde las ventanas del edificio principal, bajo las órdenes del capitán Goicoechea. Con ellos se encuentran, entre otros, el cerrajero abulense Bernardo Morales, el carpintero Pedro Navarro, el dependiente de Rentas Reales Juan Antonio Martínez del Álamo, un vecino del barrio llamado Antonio González Echevarría —alcanzado por un astillazo en la frente que aún sangra—, y Rafael Rodríguez, hijo del botillero de Hortaleza José Rodríguez, muerto junto a los cañones, a cuyo cadáver no ha podido dedicar otra piedad filial que cubrirle el rostro con un pañuelo.

—¿Alguien ha visto a Pedro el panadero?

—Lo mataron.

—¿Y a Quico García?

—También. Lo vi caer donde los cañones, con la mujer de Beguí.

—Pobrecilla... Más redaños que muchos, tenía ésa. ¿Dónde está el marido?

—No sé. Creo que pudo largarse a tiempo.

—Ojalá yo no hubiera esperado tanto. No me vería en las que me veo.

—Y en las que te vas a ver.

Se abre el portón de la cuadra, y los franceses empujan dentro a un nuevo grupo de prisioneros. Vienen muy maltratados de golpes y culatazos, tras ser sorprendidos queriendo saltar la tapia desde las cocinas. Se trata del oficial sangrador Jerónimo Moraza, el arriero leonés Rafael Canedo, el sastre Eugenio Rodríguez —que viene cojeando de una herida, sostenido por su hijo Antonio Rodríguez López— y el almacenista de carbón Cosme de Mora, que, aunque contuso de los golpes recibidos, muestra su alegría por encontrar vivos a Tordesillas, a Mata y al carpintero Navarro, con los que vino al parque formando partida.

—¿Qué va a ser de nosotros? —se lamenta Eugenio Rodríguez, que tiembla mientras su hijo intenta vendarle la herida con un pañuelo.

—Va a ser lo que Dios quiera —apunta Cosme de Mora, resignado.

Recostado en la paja sucia, Francisco Mata blasfema en voz baja. Otros se santiguan, besan escapularios y medallas que sacan por los cuellos de las camisas. Algunos rezan.

Armado con un sable, saltando tapias y huertos por fuera de la puerta de Fuencarral, Blas Molina Soriano ha logrado fugarse del parque de Monteleón. El irreductible cerrajero salió en el último momento por la parte de atrás, después de ver caer al capitán Velarde, cuando los franceses irrumpían a la bayoneta en el patio. Al principio lo acompañaban en la fuga el hostelero José Fernández Villamil, los hermanos José y Miguel Muñiz Cueto y un chispero del Barquillo llamado Juan Suárez; pero a los pocos pasos tuvieron que separarse al ser descubiertos por una patrulla francesa, bajo cuyos disparos cayó herido el mayor de los Muñiz. Oculto después de dar un rodeo hasta la calle de San Dimas, Molina ve pasar a Suárez a lo lejos, maniatado entre franceses, pero ni rastro de Fernández Villamil y de los otros. Tras aguardar un rato, sin soltar el sable y resuelto a vender cara la vida antes que dejarse apresar, Molina decide ir a casa, donde su mujer, imagina, debe de estar consumida de angustia. Sigue adelante por San Dimas hasta el oratorio del Salvador, pero encontrando cortado por retenes franceses el paso de cuantas bocacalles dan a la plazuela de las Capuchinas, toma por la calle de la Cuadra hasta la casa de la lavandera Josefa Lozano, a la que encuentra en el patio, tendiendo ropa.

—¿Qué hace usted aquí, señor Blas, y con un sable?... ¿Quiere que los gabachos nos degüellen a todos?

—A eso vengo, doña Pepa. A librarme de él, si me lo permite.

—¿Y dónde quiere que meta yo eso, hombre de Dios?

—En el pozo.

La lavandera levanta la tapa que cubre el brocal, y Molina arroja el arma. Aliviado, tras asearse un poco y dejar que la mujer cepille su ropa para disimular las trazas del combate, prosigue camino. Y así, adoptando el aire más inocente del mundo, el cerrajero pasa entre una compañía de fusileros franceses —vascos, parecen por las boinas y el habla— en la plaza de Santo Domingo, y junto a un pelotón de granaderos de la Guardia en la calle de la Inquisición, sin que nadie lo detenga ni moleste. Cerca de casa encuentra a su vecino Miguel Orejas.

—¿De dónde viene usted, amigo Molina?

—¿De dónde va a ser?... Del parque de artillería. De batirme por la patria.

—¡Atiza!... ¿Y cómo ha sido la cosa?

—Heroica.

Dejando a Orejas con la boca abierta, el cerrajero entra en su casa, donde encuentra a su mujer hecha un mar de lágrimas. Tras consolarla con un abrazo, pide un caldo y se lo bebe de pie. Luego sale de nuevo a la calle.

El disparo francés impacta en la pared, haciendo saltar fragmentos de yeso. Agachando la cabeza, el joven de dieciocho años Francisco Huertas de Vallejo retrocede por la calle de Santa Lucía mientras a su alrededor zumban los balazos. Se encuentra solo y asustado. Ignora si los franceses le dispararían con la misma saña de no advertir el fusil que lleva en las manos; pero, pese al miedo que le hace correr como un gamo, no está dispuesto a soltarlo. Aunque ya no le quedan cartuchos que disparar, ese fusil es el arma que le confiaron en el parque de artillería, con él ha combatido toda la mañana, y la bayoneta está manchada de sangre enemiga —el rechinar de acero contra hueso todavía le eriza la piel al recordar—. No sabe cuándo volverá a necesitarlo, así que procura no dejarlo atrás. Para eludir los disparos, el joven se mete por debajo de un arco, cruza un patio atropellando gallinas que picotean en el suelo, y tras pasar ante los ojos espantados de dos vecinas que lo miran como si fuese el diablo, sale a un callejón trasero, donde intenta recobrar el aliento. Está cansado y no logra orientarse, pues desconoce esas calles. Detente y piensa un poco, se dice, o caerás como un gorrión. Así que intenta respirar hondo y tranquilizarse. Le arden los pulmones y la boca, gris de morder cartuchos. Al fin decide volver sobre sus pasos. Hallando de nuevo a las vecinas del patio, les pide un vaso de agua con voz ronca, que ni él mismo reconoce. Se la traen, asustadas del fusil al principio, compadecidas luego de su juventud y su aspecto.

—Está herido —dice una de ellas.

—Pobrecillo. Tan joven.

Francisco Huertas niega primero con la cabeza, luego mira y comprueba que tiene un desgarrón en la camisa, al costado derecho, por donde mana sangre. La idea de que ha sido herido hace que le flojeen las piernas; pero un breve examen lo tranquiliza en seguida. Sólo es un rebote sin importancia: un impacto de bala fría de las que acaban de dispararle en la calle. Las mujeres le hacen una cura de urgencia, le dejan lavarse la cara en un lebrillo con agua y traen un trozo de pan y cecina, que devora con ansia. Poco a poco van acudiendo vecinos para informarse con el joven, que cuenta lo que ha visto en Monteleón; pero cada vez se arremolina más gente, hasta el punto de que Francisco Huertas teme que eso atraiga la atención de los franceses. Despidiéndose, termina el pan y la cecina, pregunta cómo llegar a la Ballesta y al hospital de los Alemanes, sale de nuevo a la parte de atrás y callejea con cautela, asomándose a cada esquina antes de aventurarse más allá. Siempre con su fusil en las manos.

Pasadas las tres de la tarde ya no se combate en la ciudad. Hace rato que las tropas imperiales controlan todas las plazas y avenidas principales, y las comisiones pacificadoras dispuestas por el duque de Berg recorren Madrid aconsejando a la gente que se mantenga tranquila, renuncie a manifestaciones hostiles y evite formar grupos que puedan ser considerados provocación por los franceses. «Paz, paz, que todo está compuesto», es la voz que extienden los miembros de esas comisiones, integradas por magistrados del Consejo y los Tribunales, el ministro de la Guerra O'Farril y el general francés Harispe. Cada una va acompañada por un destacamento de tropas españolas y francesas, y a su paso, de calle en calle, se repiten las palabras de tranquilidad y concordia; hasta el punto de que los vecinos, confiados, se asoman a las puertas e intentan averiguar la suerte de familiares y conocidos, acudiendo a cuarteles y edificios oficiales o buscando sus cuerpos entre los cadáveres que los centinelas franceses impiden retirar. Murat desea mantener visibles los ejemplos del escarmiento, y algunos de esos cuerpos permanecerán varios días pudriéndose donde cayeron. Por incumplir la orden, Manuel Portón del Valle, de veintidós años, mozo del Real Refugio que ha pasado la mañana atendiendo a heridos por las calles, recibe un balazo cuando, junto a unos compañeros, intenta retirar un cadáver en las cercanías de la plaza Mayor.

Mientras las comisiones de paz recorren Madrid, Murat, que ha dejado la cuesta de San Vicente para echar un vistazo al Palacio Real antes de volver a su cuartel general del palacio Grimaldi, dicta a sus secretarios una proclama y una orden del día. En la proclama, enérgica pero conciliadora, garantiza a los miembros de la Junta y a los madrileños el respeto a sus luces y opiniones, anunciando duras medidas represivas contra quienes alteren el orden público, maten franceses o lleven armas. En la orden del día, los términos son más duros:

El populacho de Madrid se ha sublevado y ha llegado hasta el asesinato. Sé que los buenos españoles han gemido por estos desórdenes. Estoy muy lejos de mezclarlos con aquellos miserables que no desean más que el crimen y el pillaje. Pero la sangre francesa ha sido derramada. En consecuencia, mando: 1.º El general Grouchy convocará esta noche la Comisión Militar. 2.º Todos los que han sido presos en el alboroto y con las armas en la mano, serán arcabuceados. 3.º La Junta de Gobierno va a hacer desarmar a los vecinos de Madrid. Todos los habitantes que después de la ejecución de esta orden se halla-

ren armados, serán arcabuceados. 4.º Todo lugar en donde sea asesinado un francés será quemado. 5.º Toda reunión de más de ocho personas será considerada junta sediciosa y deshecha por la fusilería. 6.º Los amos quedarán responsables de sus criados; los jefes de talleres, de sus oficiales; los padres y madres, de sus hijos; y los ministros de los conventos, de sus religiosos.

Sin embargo, las tropas francesas no esperan a recibir ese documento para aplicar sus términos. A medida que las comisiones pacificadoras recorren las calles y los vecinos regresan a sus hogares o salen confiados de éstos, piquetes imperiales detienen a todo sospechoso de haber participado en los combates, o a quien encuentran con armas, sean navajas, tijeras o agujas de coser sacos. Son así apresadas personas que nada han tenido que ver con la insurrección, como es el caso del cirujano y practicante Ángel de Ribacova, detenido por llevar encima los bisturís de su estuche de cirugía. También apresan los franceses, por una lima, al cerrajero Bernardino Gómez; al criado del convento de la Merced Domingo Méndez Valador, por un cortaplumas; al zapatero de diecinueve años José Peña, por una chaveta de cortar suela; y al arriero Claudio de la Morena, por una aguja de enjalmar sacos que lleva clavada en la montera. Los cinco serán fusilados en el acto: Ribacova, De la Morena y Méndez en el Prado, Gómez en el Buen Suceso, y Peña en la cuesta del Buen Retiro.

Lo mismo ocurre con Felipe Llorente y Cárdenas, un cordobés de veintitrés años, de buena familia, que vino hace unos días a Madrid con su hermano Juan para participar en los actos de homenaje a Fernando VII por su exaltación al trono. Esta mañana, sin comprometerse a fondo en ningún combate, ambos hermanos han ido de un sitio para otro, participando de la algarada más como testigos que como actores. Ahora, sosegada la ciudad, al pasar por el arco de la plaza Mayor que da a la calle de Toledo se ven detenidos por un piquete francés; pero mientras Juan Llorente logra eludir a los imperiales, metiéndose en un portal cercano, Felipe es detenido al hallársele una pequeña navaja en el bolsillo. Su hermano no volverá a saber nunca de él. Sólo días más tarde, entre los despojos recogidos por los frailes de San Jerónimo a los fusilados en el Retiro y el Prado, la familia de Felipe Llorente podrá identificar su frac y sus zapatos.

Algunos, pese a todo, logran salvarse. Y no faltan actos de piedad por parte francesa. Es el caso de los siete hombres atados que unos dragones conducen por Antón Martín, a los que un caballero bien vestido consigue liberar convenciendo al teniente que manda el destacamento. O el de los casi cuarenta paisanos a los que una de las comisiones pacificadoras —la encabezada por el ministro O'Farril y el general Harispe— encuentra en la calle de Alcalá, junto al palacio del marqués de Valdecarzana, cercados como ovejas y a punto de ser conducidos al Buen Retiro. La presencia del ministro español y el jefe francés logra convencer al oficial de la fuerza imperial.

—Váyanse de aquí —dice O'Farril a uno de ellos en voz baja— antes de que estos señores se arrepientan.

—¿Llama señores a estos bárbaros?

—No abuse de su paciencia, buen hombre. Ni de la mía.

Otro afortunado que salva la vida en última instancia es Domingo Rodríguez Carvajal, criado de Pierre Bellocq, secretario intérprete de la embajada de Francia. Tras haberse batido en la puerta del Sol, donde unos amigos lo recogieron con una herida de bala, un sablazo en un hombro y otro que se le ha llevado tres dedos de la mano izquierda, a Rodríguez Carvajal lo conducen a casa de su amo, en el número 32 de la calle Montera. Allí, mientras al herido lo atiende el cirujano de la diputación del Carmen don Gregorio de la Presa —la bala no puede extraerse, y Rodríguez Carvajal la llevará dentro el resto de su vida—, el propio monsieur Bellocq, poniendo una bandera en la puerta, recurrirá a su condición diplomática para impedir que los soldados franceses detengan al sirviente.

Pocos gozan hoy de esa protección. Guiados por delatores, a veces vecinos que desean congraciarse con los vencedores o tienen cuentas pendientes, los franceses entran en las casas, las saquean y se llevan a quienes se refugiaron en ellas después de la lucha, sin distinción entre sanos y heridos. Eso le ocurre a Pedro Segundo Iglesias López, un zapatero de treinta años que, tras salir de su casa de la calle del Olivar con un sable y haber matado a un francés, al volver en busca de su madre anciana es denunciado por un vecino y detenido por los franceses. También a Cosme Martínez del Corral, que logró evadirse del parque de artillería, van a buscarlo a su casa de la calle del Príncipe y lo conducen a San Felipe, sin darle tiempo a desprenderse de los 7.250 reales en cédulas que lleva en los bolsillos. Siguen llenándose de ese modo los depósitos de prisioneros establecidos en las covachuelas de San Felipe, en la puerta de Atocha, en el Buen Retiro, en los cuarteles de la puerta de Santa Bárbara, Conde-Duque y Prado Nuevo, y en la residencia misma de Murat, mientras una comisión mixta, formada por parte francesa por el general Emmanuel Grouchy y por la española por el teniente general José de Sexti, se dispone a juzgar sumariamente y sin audiencia a los presos, en virtud de bandos y proclamas que la mayor parte de éstos ni siquiera conoce.

Muchos franceses, además, actúan por iniciativa propia. Piquetes, retenes, rondas y centinelas no se limitan a registrar, detener y enviar presos a los depósitos, sino que se toman la justicia en caliente y por su mano, roban y matan. En la puerta de Atocha, el cabrero Juan Fernández se considera afortunado porque los franceses lo dejan ir después de quitarle sus treinta cabras, dos borricos, cuanto dinero lleva encima, la ropa y las mantas. Alentados por la pasividad de sus jefes, y a veces incitados por ellos, suboficiales, caporales y simples soldados se convierten en fiscales, jueces y verdugos. Las ejecuciones espontáneas se multiplican ahora en la impunidad de la victoria, teniendo por escenario las afueras en la Casa de Campo, las orillas del Manzanares, las puertas de Segovia y Santa Bárbara y las alcantarillas de Atocha y Leganitos, pero también en el interior de la ciudad. Son numerosos los madrileños que mueren así, cuando el eco de las voces de «paz, paz, todo está compuesto» aún no se extingue en las calles. Caen de ese modo, fusilados o malheridos en esquinas, callejones y zaguanes, tanto paisanos que se batieron, como inocentes que sólo asoman a la puerta o pasan por allí. Es el caso, entre muchos, de Facundo Rodríguez Sáez, guarnicionero, a quien los franceses hacen arrodillarse y fusilan ante la casa donde trabaja, número 13 de la calle de Alcalá; del sirviente Manuel Suárez Villamil, que yendo con un recado de su amo, el gobernador de la Sala de Alcaldes don Adrián Martínez, es apresado por unos soldados que le rompen las costillas a culatazos; del grabador suizo casado con una española Pedro Chaponier, maltratado y muerto por una patrulla en la calle de la Montera; del empleado de Reales Caballerizas Manuel Peláez, a quien dos amigos suyos, el sastre Juan Antonio Álvarez y el cocinero Pedro Pérez, que lo buscan por encargo de su esposa, encuentran tendido boca abajo y con la parte posterior del cráneo destrozada, cerca del Buen Suceso; del trajinero Andrés Martínez, septuagenario que, ajeno por completo al motín, es asesinado con su compañero Francisco Ponce de León al encontrarles una navaja los centinelas de la puerta de Atocha, cuando ambos vienen de Vallecas trayendo una carga de vino; y del arriero Eusebio José Martínez Picazo, a quien roban los franceses su recua de mulos antes de pegarle un tiro en las tapias de Jesús Nazareno.

Algunos de los que han combatido y se fían de las proclamas de la comisión pacificadora pagan esa confianza con la vida. Eso ocurre al agente de negocios Pedro González Álvarez, que tras formar parte del grupo que se batió en el paseo del Prado y el Jardín Botánico fue a refugiarse en el convento de los Capuchinos. Ahora, convencido por los frailes de que se han publicado las paces, sale a la calle, es cacheado por un piquete francés, y al encontrarle una pistola pequeña en la levita, lo desvalijan, desnudan y fusilan sin más trámite en la cuesta del Buen Retiro.

También es la hora del saqueo. Dueños los vencedores de las calles, señalados los lugares desde donde se les hizo fuego o codiciosos de los bienes de propietarios acomodados, los imperiales disparan contra quien les apetece, derriban puertas, entran a mansalva en donde pueden, roban, maltratan y matan. En la calle de Alcalá, la intervención de oficiales franceses alojados en los palacios del marqués de Villamejor y del conde de Talara impide que sus soldados saqueen estos edificios; pero nadie frena a la turba de mamelucos y soldados que a pocos pasos de allí asalta el palacio del marqués de Villescas. Ausente el dueño de la casa, sin nadie que imponga respeto a los desvalijadores, invaden éstos el recinto con el pretexto de que por la mañana se les hizo fuego; y mientras unos destrozan las habitaciones y se apoderan de cuanto pueden, otros sacan a rastras al mayordomo José Peligro, a su hijo el cerrajero José Peligro Hugart, al portero —un antiguo soldado inválido llamado José Espejo— y al capellán de la familia. La mediación de un coronel francés salva la vida al capellán; pero el mayordomo, su hijo y el portero son asesinados a tiros y sablazos en la puerta misma, ante los ojos espantados de los vecinos que miran desde ventanas y balcones. Entre los testigos que darán fe de la escena se cuenta el impresor Dionisio Almagro, vecino de la calle de las Huertas, quien sorprendido por el tumulto se refugió en casa de su pariente el funcionario de policía Gregorio Zambrano

Asensio, que hace mes y medio trabajaba para Godoy, antes de tres meses trabajará para el rey José, y dentro de seis años perseguirá liberales por cuenta de Fernando VII.

—Quien la hace, la paga —comenta Zambrano, a resguardo tras las cortinas del mirador.

El mismo drama se repite en otros lugares, desde palacios de la nobleza hasta casas de mercaderes ricos o viviendas humildes que se saquean e incendian. Sobre las cinco de la tarde, el alférez de fragata Manuel María Esquivel, que por la mañana logró retirarse al cuartel desde la casa de Correos con su pelotón de granaderos de Marina, se presenta ante el capitán general de Madrid, don Francisco Javier Negrete, para recibir el santo y seña de la noche. Allí lo hacen entrar en el despacho del general, y éste le ordena que tome veinte soldados y acuda a proteger la casa del duque de Híjar, que está siendo saqueada por los franceses.

—Por lo visto —explica Negrete—, cuando esta mañana salía el general Nosecuantos, que se alojaba allí, el portero le disparó un pistoletazo a bocajarro. El desgraciado no hizo blanco, pero mató un caballo. Así que lo arcabucearon sobre la marcha y marcaron la casa para luego... Ahora, según parece, quieren usar el pretexto para robar cuanto puedan.

Antes de que termine de hablar el capitán general, Esquivel ha advertido la enormidad de lo que le viene encima.

—Estoy a la orden de usía —responde, lo más sereno que puede—. Pero tenga en cuenta que si ellos persisten y no ceden a mis razones, tendré que valerme de la fuerza.

—¿Ellos?

—Los franceses.

El otro lo mira en silencio, fruncido el ceño. Luego baja los ojos y se pone a manosear los papeles que tiene sobre la mesa.

—Usted lo que tiene que hacer es infundir respeto, alférez.

Esquivel traga saliva.

—Tal como están las cosas, mi general —apunta con suavidad—, hacerse respetar será difícil. No estoy seguro de que...

—Procure no comprometerse —lo interrumpe secamente el otro, sin apartar la vista de los papeles.

El sudor humedece el cuello de la casaca del oficial. No hay orden escrita ni nada que se le parezca. Veinte soldados y un alférez echados a los leones con una simple instrucción verbal.

—¿Y si a pesar de todo me veo comprometido?

Negrete no despega los labios, sigue con los papeles y pone cara de dar por terminada la conversación. Esquivel intenta tragar saliva de nuevo, pero tiene la boca seca.

—¿Puedo al menos municionar a mi tropa?

El capitán general de Madrid y Castilla la Nueva ni siquiera alza la cabeza.

—Retírese.

Media hora más tarde, al frente de veinte granaderos de Marina a los que ha ordenado calar bayonetas, cargar los fusiles y llevar veinte tiros en las cartucheras, el alférez Esquivel llega al palacio de Híjar,

337

en la calle de Alcalá, y distribuye a sus hombres frente a la fachada. Según cuenta un aterrorizado mayordomo, los franceses se han ido tras saquear la planta baja, aunque amenazando con volver para ocuparse del resto. El mayordomo le muestra a Esquivel el cadáver del portero Ramón Pérez Villamil, de treinta y seis años, que yace en el patio, en un charco de sangre y con una servilleta puesta sobre la cara. También refiere el mayordomo que un repostero de la casa, Pedro Álvarez, que intervino con Pérez Villamil en el ataque al general francés, logró escapar hasta la calle de Cedaceros, donde quiso refugiarse en casa de un tapicero conocido suyo; pero al encontrar la puerta cerrada, abandonada la vivienda por haber muerto ante ella un dragón, fue preso y llevado entre golpes al Prado. Varios chicuelos de la calle, que fueron detrás, lo han visto fusilar junto con otros.

—¡Vuelven los franceses, mi alférez!... ¡Hay varios en la puerta!

Esquivel acude como un rayo. Al otro lado de la calle se ha congregado una docena de soldados imperiales, que rondan con malas intenciones. No hay oficiales entre ellos.

—Que nadie se mueva sin órdenes mías. Pero no les quitéis ojo.

Los franceses permanecen allí un buen rato, sentados a la sombra, sin decidirse a cruzar la calle. La disciplinada presencia de los granaderos de Marina, con sus imponentes uniformes azules y gorros altos de piel, parece disuadirlos de intentar nada. Al cabo, para alivio del alférez de fragata, terminan alejándose. El palacio del duque de Híjar seguirá a salvo durante las cinco horas siguientes, hasta que la fuerza de Esquivel sea relevada por un piquete del batallón francés de Westfalia.

Pocos sitios en Madrid gozan de la misma protección que la casa del duque de Híjar. El temor a represalias francesas hace que numerosos vecinos abandonen sus hogares. No hacerlo cuesta la vida al sastre Miguel Carrancho del Peral, antiguo soldado licenciado tras dieciocho años de servicio, a quien los franceses queman vivo en su casa de Puerta Cerrada. A punto está de costársela, también, al cerrajero asturiano Manuel Armayor, herido a primera hora en las descargas de Palacio. Cuando lo llevaban a su domicilio de la calle de Segovia, los acompañantes descubrieron los cuerpos de dos franceses muertos en la calle. No queriendo dejarlo allí aunque se desangraba por varias heridas, avisaron a su mujer, que bajó a toda prisa, con lo puesto; y así, escoltado el matrimonio por algunos vecinos y conocidos, buscó refugio en casa de un criado del príncipe de Anglona, en la Morería Vieja. Tan prudente medida acaba de salvar la vida del cerrajero. Encolerizados los franceses por sus camaradas muertos, interrogan a los vecinos, y uno delata a Manuel Armayor como combatiente de la jornada. Los soldados hunden la puerta y, al no hallarlo dentro, incendian el edificio.

—¡Suben los franceses!
El grito sobresalta la casa del corredor de Vales Reales Eugenio Aparicio y Sáez de Zaldúa, en el nú-

mero 4 de la puerta del Sol. Se trata del bolsista más rico de Madrid. Su vivienda, que en días anteriores fue visitada amistosamente por jefes y oficiales imperiales, es confortable y lujosa, llena de cuadros, alfombras y objetos de valor. Nadie ha combatido hoy desde ella. Al comenzar la primera carga de caballería francesa, Aparicio ordenó a su familia retirarse al interior y a los criados cerrar las ventanas. Sin embargo, según cuenta una sirvienta que sube aterrorizada del piso de abajo, durante el combate con los mamelucos quedó muerto uno en la puerta, atravesado en ella y cosido a navajazos. Es el propio general Guillot —uno de los militares franceses que en días pasados visitaron la casa— el que ha ordenado el allanamiento.

—¡Tranquilos todos! —ordena Aparicio a su familia, parientes y servidumbre, mientras se adelanta al rellano de la escalera—. Yo trataré con esos caballeros.

La palabra *caballeros* no es la que cuadra a la soldadesca enfurecida: una veintena de franceses cuyas botas y vocerío resuenan en los peldaños de madera, hundiendo puertas en los pisos de abajo, destrozándolo todo a su paso. Al primer vistazo, Aparicio se hace cargo de la situación. Allí no hay buenas palabras que valgan; de modo que, con presencia de ánimo, vuelve a toda prisa a su gabinete, coge de un secreter un rollizo talego de pesos duros, y de regreso al rellano vacía las monedas sobre los franceses. Eso no los detiene, sin embargo. Siguen escaleras arriba, llegan hasta él, y lo zarandean entre golpes y culatazos. Acuden a socorrerlo su sobrino de dieciocho años Valentín de Oñate Aparicio y un dependiente de la empresa familiar, el zaragozano Gregorio Moreno Medina, de treinta y ocho. Se ensañan con ellos los franceses, matan a ba-

340

yonetazos al sobrino, arrojándolo luego por el hueco de la escalera, y arrastran abajo a Eugenio Aparicio y al empleado Moreno, al que un mameluco hace arrodillarse y degüella en el portal. A Aparicio lo sacan a la calle, y tras apalearlo hasta reventarle las entrañas lo rematan en la acera, a sablazos. Después suben otra vez a la casa, buscando más gente en la que cebarse. Para entonces la esposa de Aparicio ha logrado escapar por los tejados con su hija de cuatro años, una criada y algunos servidores, refugiándose por la calle Carretas en la tahona de los frailes de la Soledad. Los franceses saquean la casa, roban todo el dinero y alhajas, y destruyen muebles, cuadros, porcelanas y cuanto no pueden llevarse consigo.

—El señor comandante dice que siente la muerte de tantos compatriotas suyos... Que lo siente de verdad.

Al escuchar las palabras que traduce el intérprete, el teniente Rafael de Arango mira a Charles Tristan de Montholon, coronel en funciones del 4.º regimiento provisional. Tras la retirada del grueso de las fuerzas imperiales, innecesarias ya en el conquistado parque de artillería, Montholon ha quedado al mando con quinientos soldados. Y lo cierto es que el jefe francés está tratando con humanidad a heridos y prisioneros. Hombre educado, generoso en apariencia, no parece guardar rencor por su breve cautiverio. «Azares de la guerra», comentó hace un rato. Ante el estrago de tanto muerto y herido, muestra una expresión apenada, noble. Parece sincero en tales sentimientos, así que el teniente Arango se lo agradece con una inclinación de cabeza.

—También dice que eran hombres valientes —añade el intérprete—. Que todos los españoles lo son.

Arango mira en torno, sin que las palabras del francés lo consuelen del triste panorama que se ofrece a sus ojos enrojecidos, donde el humo de pólvora que le tizna el rostro forma legañas negras. Sus jefes y compañeros lo han dejado solo para ocuparse de los heridos y los muertos. Los demás se fueron con orden de mantenerse a disposición de las autoridades, después de un tira y afloja entre el duque de Berg —que pretendía fusilarlos a todos— y el infante don Antonio y la Junta de Gobierno. Ahora parece haberse impuesto la cordura. Quizá los imperiales y las autoridades españolas hagan cuenta nueva con los militares sublevados, atribuyendo la responsabilidad de lo ocurrido a los paisanos y a los muertos. De éstos hay donde escoger. Todavía se identifican cadáveres españoles y franceses. En el patio del cuartel, donde los cuerpos se alinean cubiertos unos por sábanas y mantas y descubiertos otros en sus horribles mutilaciones, grandes regueros de sangre apenas coagulada bajo el sol surcan la tierra de fango rojizo.

—Un espectáculo lamentable —resume el comandante francés.

Es más que eso, piensa Arango. El primer balance, sin considerar los muchos que morirán de sus heridas en las próximas horas y días, es aterrador. A ojo, en un primer vistazo, calcula que los franceses han tenido en Monteleón más de quinientas bajas, sumando muertos y heridos. Entre los defensores, el precio es también muy alto. Arango ha contado cuarenta y cuatro cadáveres y veintidós heridos en el patio, y desconoce cuántos habrá en el convento de las Maravillas. Entre los militares, además de los capitanes Daoiz y Velarde y el teniente Ruiz, siete artilleros y quince de los Voluntarios del Estado que vinieron con el capitán Goicoechea están muertos o heridos, y se ignora la suerte reservada al centenar de paisanos apresados al final del combate; aunque según las disposiciones del mando francés —fusilar a quienes hayan tomado las armas— ésta tiene mal cariz. Por fortuna, mientras los imperiales entraban por la puerta principal, buena parte de los defensores pudo saltar la tapia de atrás y darse a la fuga. Aun así, antes de irse con los capitanes Cónsul y Córdoba, los oficiales supervivientes y el resto de los artilleros y Voluntarios del Estado —desarmados y con la aprensión de que los franceses cambien de idea y los arresten de un momento a otro—, Goicoechea confió a Arango que en los sótanos y desvanes del parque hay numerosos civiles escondidos. Eso inquieta al joven teniente, que procura disimularlo ante el comandante francés. No sabe que casi todos lograrán escapar, sacados de allí con sigilo al llegar la noche por el teniente de Voluntarios del Estado Ontoria y el maestro de coches Juan Pardo.

Hay un grupo de heridos puestos aparte, bajo la sombra del porche del pabellón de guardia. Alejándose de Montholon y del intérprete, Rafael de Arango se acerca a ellos mientras camilleros franceses y españoles empiezan a trasladarlos a casa del marqués de Mejorada, en la calle de San Bernardo, convertida en hospital por los imperiales. Son los artilleros y Voluntarios del Estado que siguen vivos. Separados de los paisanos, esperan el momento de su evacuación, des-

343

pués de que la buena voluntad del comandante francés haya facilitado las cosas.

—¿Cómo se encuentra, Alonso?

El cabo segundo Eusebio Alonso, tumbado sobre un lodoso charco de sangre con un torniquete y un vendaje empapado de rojo en la ingle, lo mira con ojos turbios. Fue herido de mucha gravedad en el último instante de la lucha, batiéndose junto a los cañones.

—He tenido días mejores, mi teniente —responde con voz muy baja.

Arango se pone en cuclillas a su lado, contemplando el rostro del bravo veterano: demacrado y sucio, el pelo revuelto, los ojos enrojecidos de sufrimiento y fatiga. Hay costras de sangre seca en la frente, el bigote y la boca.

—Van a llevárselo ahora al hospital. Se pondrá bien.

Alonso mueve la cabeza, resignado, y con débil ademán se indica la ingle.

—Ésta es la del torero, mi teniente... La femoral, ya sabe. Me voy despacito, pero me voy.

—No diga bobadas. Lo van a curar. Yo mismo me ocuparé de usted.

El cabo frunce un poco el ceño, como si las palabras de su superior lo incomodaran. Muchos años más tarde, al escribir una relación de esta jornada, Arango recordará puntualmente sus palabras:

—Acuda usted mejor a quien pueda tener remedio... Yo no me he quejado ni he llamado a nadie... Yo no llamo más que a descansar de una vez. Y lo hago conforme, porque muero por mi rey, y en mi oficio.

Tras vigilar el traslado de Alonso —fallecerá poco después, en el hospital— Arango se acerca a echar

344

un vistazo al teniente Jacinto Ruiz, a quien en ese momento colocan en una camilla. Ruiz, que hasta ahora no ha recibido más atención que un mal vendaje, está pálido por la pérdida de sangre. Su respiración entrecortada hace temer a Arango —ignora que el teniente de Voluntarios del Estado padece de asma— que haya una lesión mortal en los pulmones.

—Se lo llevan ahora, Ruiz —le dice Arango, inclinándose a su lado—. Se curará.

El otro lo mira aturdido, sin comprender.

—¿Van a... fusilarme? —pregunta al fin, con voz desmayada.

—No diga barbaridades, hombre. Todo acabó.

—Morir desarmado... De rodillas —balbucea Ruiz, cuya piel sucia reluce de sudor—. Una ignominia... No es final para un soldado.

—Nadie va a fusilarle, créame. Nos han dado garantías.

La mano derecha del herido, asombrosamente vigorosa por un momento, se engarfia en un brazo de Arango.

—Fusilado no es... manera honrosa... de acabar.

Dos enfermeros se hacen cargo del teniente. Al levantar la camilla su cabeza cae a un lado, balanceándose al paso de quienes lo llevan. Arango lo mira alejarse, y luego echa un vistazo en torno. No tiene nada más que hacer allí —los civiles heridos están siendo llevados al convento de las Maravillas—, y las palabras de Jacinto Ruiz le producen singular desazón. Su experiencia de las últimas horas, el trato que se da a los paisanos y la enormidad de las bajas imperiales, lo preocupa. Arango sabe lo que puede esperarse de las garantías francesas y del poco vigor con que las autoridades españolas defienden a su gente. Todo dependerá, en última instancia, del capricho de Murat. Y no van a ser pundonorosos gentilhombres como el comandante Montholon los que detengan a su general en jefe, si éste decide dar amplio y sonado escarmiento. «Deberías poner tierra de por medio, Rafael», se dice con una punzada de alarma. De pronto, el recinto devastado del parque de artillería le parece una trampa de las que llevan derecho al cementerio.

Tomando su decisión, Arango va en busca del comandante imperial. Por el camino se compone la casaca, abrochándola para que adopte el aspecto más reglamentario posible. Una vez ante el francés, pide a través del intérprete licencia para ir a su casa.

—Sólo un momento, mi comandante. Para tranquilizar a mi familia.

Montholon se niega en redondo. Arango, traduce el intérprete, es su subordinado hasta nueva orden. Debe permanecer allí.

—¿Soy prisionero, entonces?

—El señor comandante ha dicho subordinado, no prisionero.

—Pues dígale, por favor, que tengo un hermano mayor que me quiere como un padre. Que también el señor comandante tendrá familia, y compartirá mis sentimientos... Dígale que le doy mi palabra de honor de reintegrarme aquí inmediatamente.

Mientras el intérprete traduce, el comandante Montholon mantiene los ojos fijos en el oficial español. Pese a la diferencia de graduación, tienen casi la misma edad. Y es evidente que, aunque sus compatriotas han pagado un precio muy alto por tomar el parque, la tenacidad de la defensa tiene impresionado al francés. También el buen trato recibido de los militares españoles cuando fue capturado con sus oficiales —se imaginaba, ha dicho antes, degollado y descuartizado por el populacho— debe de influir en su ánimo.

—Pregunta el señor comandante si lo de su palabra de honor de regresar al parque de artillería lo dice en serio.

Arango —que no tiene la menor intención de cumplir su promesa— se cuadra con un taconazo marcial, sin apartar sus ojos de los de Montholon.

—Absolutamente.

«No lo he engañado», piensa con angustia, advirtiendo un destello incrédulo en la mirada del otro. Luego, desconcertado, observa que el francés sonríe antes de hablar en tono bajo y tranquilo.

—Dice el señor comandante que puede irse usted... Que comprende su situación y acepta su palabra.

—*Familiale*—corrige el otro, en su idioma.

—Que comprende su situación familiar —rectifica el intérprete—. Y acepta su palabra.

Arango, que debe hacer un esfuerzo para que el júbilo no le descomponga el gesto, respira hondo. Luego, sin saber qué hacer ni decir, extiende torpemente su mano. Tras un momento de duda, Montholon la estrecha con la suya.

—Dice el señor comandante que le desea mucha suerte —traduce el intérprete—. En casa de su hermano, o en donde sea.

De nuevo se aventura por las calles José Blanco White, después de pasar las últimas horas encerrado

347

en su casa de la calle Silva. Camina prudente, atento a los centinelas franceses que vigilan plazas y avenidas. Hace un momento, tras acercarse a la puerta del Sol, tomada por un fuerte destacamento militar —cañones de a doce libras apuntan hacia las calles Mayor y Alcalá, y todas las tiendas y cafés están cerrados—, Blanco White se vio obligado a correr con otros curiosos cuando los soldados imperiales hicieron amago de abrir fuego para estorbar que se agruparan. Aprendida la lección, el sevillano se mete por el callejón que rodea la iglesia de San Luis y se aleja del lugar, apesadumbrado por cuanto ha visto: los muertos tirados en las calles, el temor en los pocos madrileños que salen en busca de noticias, y la omnipresencia francesa, amenazante y sombría.

José Blanco White es hombre atormentado, y a partir de hoy lo será más. Hasta hace poco, mientras las tropas francesas se aproximaban a Madrid, llegó a imaginar, como otros de ideas afines, una dulce liberación de las cadenas con las que una monarquía corrupta y una Iglesia todopoderosa maniatan al pueblo supersticioso e ignorante. Hoy ese sueño se desvanece, y Blanco White no sabe qué temer más de las fuerzas que ha visto chocar en las calles: las bayonetas napoleónicas o el cerril fanatismo de sus compatriotas. El sevillano sabe que Francia tiene entre sus partidarios a algunos de los más capaces e ilustres españoles, y que sólo la rancia educación de las clases media y alta, su necia indolencia y su desinterés por la cosa pública, impiden a éstas abrazar la causa de quien pretende borrar del mapa a los reyes viejos y a su turbio hijo Fernando. Sin embargo, en un Madrid desgarrado por la barbarie de unos y otros, la fina inteligencia de

Blanco White sospecha que una oportunidad histórica acaba de perderse entre el fragor de las descargas francesas y los navajazos del pueblo inculto. Él mismo, hombre lúcido, ilustrado, más anglófilo que francófilo, en todo caso partidario de la razón libre y el progreso, se debate entre dos sentimientos que serán el drama amargo de su generación: unirse a los enemigos del papa, de la Inquisición y de la familia real más vil y despreciable de Europa, o seguir la simple y recta línea de conducta que, dejando aparte lo demás, permite a un hombre honrado elegir entre un ejército extranjero y sus compatriotas naturales.

Agitado por sus pensamientos, Blanco White se cruza en el postigo de San Martín con cuatro artilleros españoles que conducen a un hombre tendido sobre una escalera, cuyos extremos apoyan en los hombros. Al pasar cerca, la escalera se inclina a un lado y el sevillano descubre el rostro agonizante, pálido por el sufrimiento y la pérdida de sangre, de su paisano y conocido el capitán Luis Daoiz.

—¿Cómo está? —pregunta.

—Muriéndose —responde un soldado.

Blanco White se queda boquiabierto e inmóvil, las manos en los bolsillos de la levita, incapaz de pronunciar palabra. Años más tarde, en una de sus famosas cartas escritas desde el exilio de Inglaterra, el sevillano rememorará su última visión de Daoiz: *«El débil movimiento de su cuerpo y sus gemidos cuando la desigualdad del piso de la calle hacía que aumentaran sus dolores».*

El teniente coronel de artillería Francisco Novella y Azábal, que se encuentra enfermo en su casa —es íntimo de Luis Daoiz, pero su dolencia le impidió acudir al parque de Monteleón—, también ha visto pasar, desde una ventana, el lúgubre y reducido cortejo que acompaña al amigo. La debilidad de Novella no le permite bajar, por lo que permanece en su habitación, atormentado por el dolor y la impotencia.

—¡Esos miserables lo han dejado solo! —se lamenta mientras sus familiares lo devuelven al lecho—... ¡Todos lo hemos dejado solo!

Luis Daoiz apenas sobrevivirá unos minutos después de llegar a su casa. Sufre mucho, aunque no se queja. Los bayonetazos de la espalda le anegan de sangre los pulmones, y todos coinciden en que su muerte es cosa hecha. Atendido primero en el parque por un médico francés, llevado luego a casa del marqués de Mejorada, un religioso —su nombre es fray Andrés Cano— lo ha confesado y absuelto, aunque sin administrarle la extremaunción por haberse agotado los santos óleos. Conducido por fin al número 12 de la calle de la Ternera, siempre sobre la improvisada camilla hecha con una escalera del parque, un colchón y una manta, el defensor de Monteleón se extingue en su alcoba, acompañado por fray Andrés, Manuel Almira y cuantos amigos han podido acudir a su lado —o se atreven a hacerlo— en esta hora: los capitanes de artillería Joaquín de Osma, Vargas y César González, y el capitán abanderado de Guardias Walonas Javier Cabanes. Como fray Andrés manifiesta su preocupación por que Daoiz muera sin recibir los santos óleos, Cabanes va hasta la parroquia de San Martín en busca de un sacerdote, regresando con el padre Román García, que trae los avíos necesarios. Pero antes de que el recién llegado unja la frente y la boca del moribundo, Daoiz agarra la mano de fray Andrés, suspira hondo y muere. Arrodillado junto al lecho, el fiel escribiente Almira llora sin consuelo, como un niño.

Media hora más tarde, en su despacho de la Junta Superior de Artillería y apenas informado de la muerte de Luis Daoiz, el coronel Navarro Falcón dicta a un amanuense el parte justificativo que dirige al capitán general de Madrid, para que éste lo haga llegar a la Junta de Gobierno y a las autoridades militares francesas:

Estoy bien persuadido, Sr. Excmo., de que lejos de contribuir ninguno de los oficiales del Cuerpo al hecho ocurrido, ha sido para todos un motivo del mayor disgusto el que el alucinamiento y preocupación particular de los capitanes D. Pedro Velarde y D. Luis Daoiz sea capaz de hacer formar un equivocado concepto trascendental de todos los demás oficiales, que no han tenido siquiera la más mínima idea de que aquéllos pudieran obrar contra lo constantemente prevenido.

El tono de ese oficio contrasta con otros que el mismo jefe superior de Artillería de Madrid escribirá en los días siguientes, a medida que vayan sucediéndose acontecimientos en la capital y en el resto de España. El último de tales documentos, firmado por Navarro Falcón en Sevilla en abril de 1814, terminada la guerra, concluirá con estas palabras:

El 2 de mayo de 1808 los referidos héroes Daoiz y Velarde adquirieron la gloria que inmortalizará sus nombres y ha dado tanto honor a sus familias y a la nación entera.

Mientras el director de la Junta de Artillería escribe su informe, en el edificio de Correos de la puerta del Sol se reúne la comisión militar presidida por el general Grouchy, a quien el duque de Berg ha encomendado juzgar a los insurrectos capturados con armas en la mano. Por parte española, la Junta de Gobierno mantiene allí al teniente general José de Sexti. Emmanuel Grouchy —cuya negligencia influirá siete años más tarde en el desastre de Waterloo— es hombre experto en represiones: en su currículum vitae consta, con letras negras, el incendio de Strevi y las ejecuciones de Fossano durante la insurrección del Piamonte en el año 99. En cuanto a Sexti, desde el primer momento decide inhibirse, dejando en manos francesas la suerte de los prisioneros que llegan atados, de uno en uno o en pequeños grupos, y a quienes los jueces no escuchan ni ven siquiera. Convertidos en tribunal sumarísimo, Grouchy y sus oficiales resuelven fríamente nombre tras nombre, firmando sentencias de muerte que los secretarios redactan a toda prisa. Y mientras los magistrados españoles que recorrieron las calles proclamando «paz, que todo está compuesto» se retiran a sus casas, convencidos de que su pobre mediación devuelve la tranquilidad a Madrid, los franceses, libres de trabas, intensifican los apresamientos, y la matanza se establece ahora de un solo signo, a modo de venganza implacable.

Los primeros en sufrir ese rigor son los prisioneros depositados en las covachas de San Felipe, a los que acaban de unirse el impresor Cosme Martínez del Corral, traído desde su casa de la calle del Príncipe, el cerrajero de veintiséis años Bernardino Gómez y el panadero de treinta Antonio Benito Siara, apresado cerca de la plaza Mayor. De camino, mientras un piquete francés conducía a los dos últimos, una ronda de Guardias de Corps se topó con ellos e intentó liberarlos. Discutieron unos y otros, porfiaron los Guardias y acudieron más franceses al tumulto. Al fin, los militares españoles no lograron impedir que los imperiales se salieran con la suya. Encerrados ahora en las covachuelas, un suboficial francés lleva a Correos la lista de ese depósito, donde Martínez del Corral, Gómez y Siara figuran junto al maestro de esgrima Vicente Jiménez, el contador Fernández Godoy, el corredor de letras Moreno, el joven criado Bartolomé Pechirelli y los otros detenidos, hasta un total de diecinueve. Firma el general Grouchy todas las sentencias de muerte —ni siquiera las lee— mientras el teniente general Sexti observa sin despegar los labios. Al instante, para angustia de los amigos y parientes que se atreven a permanecer en la calle y siguen de lejos a los presos que caminan entre bayonetas, éstos son llevados al Buen Suceso. En el trayecto, que es corto, los detenidos cruzan la puerta del Sol, llena de soldados y cañones, en cuyo pavimento, entre grandes regueros de sangre seca, yacen los caballos destripados por las navajas durante el combate de la mañana.

—¡Nos van a matar! —grita el napolitano Pechirelli a la gente con la que se cruzan junto a la Mariblanca—. ¡Estos canallas nos van a matar!

De la cuerda de presos se alza un clamor desgarrado, de protesta y desesperación, coreado por los familiares que siguen el triste cortejo. A todas esas voces y llantos acuden más soldados franceses, que dispersan a la gente y empujan entre culatazos a los hombres maniatados. Llegan así al Buen Suceso, en una de cuyas salas vacías son confinados los prisioneros mientras sus verdugos los despojan de los escasos objetos de valor y prendas de buena ropa que aún conservan. Luego, sacados de cuatro en cuatro, son puestos ante un piquete de fusileros dispuesto en el claustro, que los arcabucea a quemarropa mientras los amigos y familiares, que aguardan afuera o en los corredores del edificio, gritan horrorizados al oír las descargas.

El Buen Suceso es el comienzo de una matanza organizada, sistemática, decretada por el duque de Berg pese a sus promesas a la Junta de Gobierno. A partir de las tres de la tarde, el estrépito continuo de fusilería, los gritos de los torturados y el vocerío de los verdugos sobrecoge a los pocos madrileños que, buscando noticias de los suyos, se aventuran cerca del Buen Retiro y el paseo del Prado. La alameda y el terreno comprendido entre los Jerónimos, la fuente de la Cibeles, las tapias de Jesús Nazareno y la puerta de Atocha se convierten en vasto campo de muerte donde irán amontonándose cadáveres a medida que decline el día. Los fusilamientos, que empezaron de forma espontánea por la mañana y se intensifican ahora con las sentencias de muerte oficiales, se suceden hasta la noche. Sólo en el Prado, los sepultureros llenarán al día siguiente nueve carros de cadáveres, pues la cantidad de ejecutados allí es enorme. Entre ellos se cuentan el zapatero Pedro Segundo Iglesias, que tras matar a un francés fue delatado por un vecino en la calle del Olivar, el mozo de labor del real sitio de San Fernando Dionisio Santiago Jiménez *Coscorro*, el toledano Manuel Francisco González, el herrero Julián Duque, el escribiente de lotería Francisco Sánchez de la Fuente, el vecino de la calle del Piamonte Francisco Iglesias Martínez, el criado asturiano José Méndez Villamil, el mozo de cuerda Manuel Fernández, el arriero Manuel Zaragoza, el aprendiz de quince años Gregorio Arias Calvo —hijo único del carpintero Narciso Arias—, el vidriero Manuel Almagro López, y el joven de diecinueve años Miguel Facundo Revuelta, jardinero de Griñón que combatió junto a su padre Manuel Revuelta, en cuya compañía vino a Madrid para intervenir contra los franceses. También fusilan a otros infelices que no han participado en la lucha, como es el caso de los albañiles Manuel Oltra Villena y su hijo Pedro Oltra García, apresados en la puerta de Alcalá cuando, ajenos a todo, venían de trabajar fuera de la ciudad.

—*Sortez!*... ¡Afuega todos!

En un patio del palacio del Buen Retiro, el guardacoches del edificio, Félix Mangel Senén, de setenta años, entorna los ojos en la luz poniente y gris, bajo un cielo que de nuevo amenaza lluvia. Los franceses acaban de sacarlo a empujones de su improvisado calabozo, un almacén de la antigua fábrica de porcelana de la China donde ha pasado las últimas horas a oscuras, en compañía de otros detenidos. Mientras sus ojos se acostumbran a la claridad exterior, el guardacoches advierte que sacan también al cochero Pedro García y a los mozos de Reales Caballerizas Gregorio Martínez de la Torre, de cincuenta años, y Antonio Romero, de cuarenta y dos —los tres son subordinados suyos, y juntos se han batido contra los franceses hasta caer presos en la reja del Botánico—. Con ellos vienen el alfarero Antonio Colomo, trabajador de los tejares de la puerta de Alcalá, el comerciante José Doctor Cervantes y el amanuense Esteban Sobola. Todos están mugrientos, heridos o contusos, muy maltratados después de que los capturasen luchando o con armas escondidas. Los franceses se han ensañado con el alfarero Colomo, que por resistirse cuando fueron a buscarlo al tejar donde se escondía, vino lleno de golpes y ensangrentado. Apenas se tiene en pie, hasta el extremo de que deben sostenerlo sus compañeros.

—*Allez!... Vite!*

El modo en que los franceses aprestan los fusiles no deja lugar a dudas sobre la suerte que aguarda a los prisioneros. Al advertirlo, prorrumpen en ruegos y lamentos. Colomo cae al suelo, mientras Mangel y Martínez de la Torre, que retroceden hasta apoyar las espaldas en el muro, insultan con gruesos términos a los verdugos. De rodillas junto a Colomo, que mueve débilmente los labios rotos —está rezando en voz baja—, Antonio Romero pide misericordia con gritos desgarrados.

—¡Tengo tres hijos pequeños!... ¡Voy a dejar una mujer viuda, una madre anciana y tres criaturas!

Impasibles, los imperiales siguen con sus preparativos. Resuenan las armas al amartillarse. El amanuense Sobola, que conoce el francés, se dirige en ese idioma al suboficial que manda el piquete, proclamando la inocencia de todos. Para su fortuna, el suboficial, un sargento joven y rubio, se queda mirándolo.

—*Est-ce que vous parlez notre langue?* —pregunta, sorprendido.

—*Oui!* —exclama el amanuense, con la elocuencia de la desesperación—. *Je parle français, naturellement!*

El otro aún lo observa un poco más, pensativo. Luego, sin decir palabra, lo aparta del grupo y lo aleja a empujones, devolviéndolo al calabozo mientras los soldados levantan los fusiles y apuntan al resto. Mientras se lo llevan —logrará salir de allí al día siguiente, milagrosamente vivo—, Esteban Sobola escucha los últimos gritos de sus compañeros, interrumpidos por una descarga.

Anochece. Sentado en un poyo junto a la fuente de los Caños, envuelto en su capote y cubierto con una montera, el cerrajero Blas Molina Soriano se confunde con la oscuridad que empieza a adueñarse de las calles de Madrid. Lleva un rato inmóvil, el corazón oprimido por cuanto ha visto. Se retiró a este rincón de la plaza desierta después de que unos jinetes franceses dispersaran un pequeño grupo de vecinos que, con el irreductible cerrajero entre ellos, reclamaba libertad para una cuerda de presos conducidos por la calle del

Tesoro hacia San Gil. Toda la tarde, desde que salió de su casa al volver del parque de artillería, Molina ha ido de un lado a otro, consumido por la desazón y la impotencia. Nadie lucha ya, ni se resiste. Madrid es una ciudad en tinieblas, estrangulada por las tropas enemigas. Quienes se aventuran por las calles para cambiar de refugio, volver a casa o indagar el paradero de amigos y familiares, lo hacen furtivamente, apresurando el paso en las sombras, expuestos a ser detenidos o recibir, sin previo aviso, el disparo de un centinela francés. Las únicas luces encendidas son las hogueras que los piquetes imperiales hacen en esquinas y plazas con muebles de las viviendas saqueadas. Y esa luz oscilante, rojiza y siniestra, ilumina bayonetas, piezas de artillería, muros acribillados a balazos, cristales rotos y cadáveres tirados por todas partes.

Blas Molina se estremece bajo el capote. De algunas casas brotan gritos y llantos, pues las familias se angustian por la suerte de los ausentes o se duelen con tanta muerte consumada o inevitable. De camino a esta parte de la ciudad, el cerrajero se ha cruzado con parientes de presos y desaparecidos. Procurando no formar grupos que susciten la ira de los franceses, esa pobre gente acude a Palacio o a los Consejos, reclamando mediaciones imposibles: hace rato que ministros y consejeros se han retirado a sus casas; y a los pocos que interceden ante las autoridades imperiales nadie los atiende. Descargas aisladas de fusilería siguen sonando en la noche, tanto para señalar nuevas ejecuciones como para mantener a los madrileños amedrentados y en sus casas. De camino a los Caños del Peral, Molina ha visto cuatro cadáveres recientes junto al convento de San Pascual, y otros tres entre la fuente de

Neptuno y San Jerónimo —según contó un vecino, venían de esquilar mulas en el Retiro y los franceses les hallaron encima las tijeras—, además de mucho muerto suelto que nadie recoge y diecinueve cuerpos cosidos a tiros en el patio del Buen Suceso, todos en montón y arrimados a un muro.

Considerando todo eso con extremo dolor, Blas Molina llora al fin, de rabia y de vergüenza. Tantos valientes, concluye. Tantos muertos en el parque de Monteleón y en otros lugares, para que todo acabe bajo el telón siniestro de la noche negra, las hogueras francesas de las que llegan risas y voces de borrachos, las descargas que sobrecogen el corazón de los madrileños que hace un rato luchaban, desafiando el peligro, por su libertad y por su rey.

«Juro vengarme», se dice, erguido de pronto en la oscuridad. «Juro que me vengaré de los franceses y de cuanto han hecho. De ellos y de los traidores que nos han dejado solos. Y que Dios me mate si desmayo.»

Blas Molina Soriano mantendrá el juramento. La Historia de los turbulentos tiempos futuros ha de registrar, también, su humilde nombre. Huido de Madrid para evitar represalias, vuelto después de la batalla de Bailén a fin de colaborar en la defensa de la ciudad, huido de nuevo tras la capitulación, el tenaz cerrajero acabará por unirse a las guerrillas. Finalizada la contienda, Molina escribirá un memorial —*«Quedando abandonada mi mujer en total desamparo, para hacer yo el servicio de V.M. y la Patria...»*— solicitando del rey un modesto empleo en la Corte. Pero Fernando VII, regresado a España tras pasar la guerra en Bayona felicitando a Bonaparte por sus victorias, no responderá nunca.

9

El asturiano José María Queipo de Llano, vizconde de Matarrosa y futuro conde de Toreno, tiene veintidós años. Elegante, culto, de ideas avanzadas que en otro momento lo situarían más cerca de los franceses que de sus compatriotas, será con el tiempo uno de los constitucionalistas de Cádiz, exiliado liberal con el regreso de Fernando VII y autor de una fundamental *Historia del levantamiento, guerra y revolución de España*. Pero esta noche, en Madrid, el joven vizconde está lejos de imaginar todo eso; ni tampoco que dentro de veintiocho días se hará a la mar desde Gijón a bordo de un corsario inglés, con objeto de pedir ayuda en Londres para los españoles en armas.

—No hemos podido salvar a Antonio Oviedo —dice abatido, dejándose caer en un sillón.

Los amigos en cuya casa acaba de entrar —los hermanos Miguel y Pepe de la Peña— se muestran desolados. Desde media tarde, en compañía de su primo el también asturiano Marcial Mon, José María Queipo de Llano ha estado recorriendo Madrid en procura de la liberación de un íntimo de todos ellos, Antonio Oviedo; que, sin haber intervenido en los enfrentamientos, fue apresado por los franceses al cruzar una calle, yendo desarmado y sin que mediara provocación por su parte.

—¿Lo han fusilado? —pregunta Pepe de la Peña, lleno de angustia.

—A estas horas, seguro.

Queipo de Llano refiere a sus amigos lo ocurrido. Tras indagar el paradero de Antonio Oviedo, él y Mon averiguaron que lo habían llevado al Prado con otros presos, y que allí, pese a las promesas de Murat y a las afirmaciones de que todo estaba compuesto y terminado, se ejecutaba sin juicio ni procedimiento a revoltosos y a inocentes. Alarmados, los dos amigos fueron a casa de don Antonio Arias Mon, que además de gobernador del Consejo y miembro de la Junta de Gobierno es pariente del joven Marcial Mon y del propio Queipo de Llano.

—El pobre anciano, rendido de cansancio, estaba durmiendo la siesta... Confiaba, como todos, en que Murat mantendría su palabra. Y cuando logramos despertarlo y contarle lo que pasaba, no lo podía creer... ¡Tanto repugnaba a su honradez!

—¿Y qué hizo?

—Lo que cualquier persona decente. Convencido al fin de que cuanto contábamos era cierto, se lamentó, diciendo: «¡Y yo, que de buena fe, he procurado quitar las armas al pueblo, empeñando mi palabra!». Luego nos dio de su puño y letra una orden para que se pusiera en libertad a Oviedo, estuviera donde estuviese. Corrimos con ella de un lado a otro, pasando entre franceses y más franceses...

—Que nos dieron buenos sustos —apunta Marcial Mon.

—El caso es que terminamos en la casa de Correos —prosigue Queipo de Llano—, donde manda por los nuestros el general Sexti. Aunque lo de *manda* es un decir.

—Conozco a Sexti —dice Miguel de la Peña—. Un italiano estirado y fatuo, al servicio de España.

—Pues mal paga ese miserable a su patria adoptiva. Con la mayor frialdad del mundo, miró la orden, se encogió de hombros y dijo muy seco: «Tendrán que entenderse ustedes con los franceses»... De nada sirvió que le recordáramos que él es responsable, con el general Grouchy, del tribunal militar. Para evitar reclamaciones, respondió, le entrega todos los presos al francés y se lava las manos.

—¡El infame! —salta Pepe de la Peña.

—Eso mismo le dije, casi en esos términos, y me volvió la espalda. Aunque por un momento he temido que nos hiciera arrestar.

—¿Y Grouchy?

—No quiso recibirnos. Un edecán suyo nos echó del modo más grosero del mundo, y es una suerte que nos hayan dejado salir sin otra violencia. Temo que a estas horas, el pobre Oviedo...

Los cuatro amigos se quedan en silencio. A través de las ventanas cerradas llega el ruido de una descarga lejana.

—Oigo pasos en la escalera —dice Miguel de la Peña.

Se alarman todos, pues nadie está seguro esta noche en Madrid. Decidiéndose por fin, Marcial Mon se dirige a la puerta, la abre y da un paso atrás, como si acabara de ver a un espectro.

—¡Antonio!... ¡Es Antonio Oviedo!

Entre exclamaciones de alegría se precipitan todos sobre el amigo, que viene despeinado y pálido, con la ropa descompuesta. Llevado casi en brazos hasta un sofá, logra reponerse con una copa de aguardiente que le dan para que recobre el color y el habla. Después, Oviedo cuenta su historia: la de tantos ma-

drileños que hoy se ven ante un pelotón de fusila-
miento, con la venturosa diferencia de que, a punto de
ser arcabuceado, debió la vida a la benevolencia de un
oficial francés, que lo reconoció como cliente habitual
de la Fontana de Oro.

—¿Y los demás?

—Muertos... Todos muertos.

Con el horror en la mirada, absorto en la noche que oscurece la ciudad, Antonio Oviedo bebe de
un trago el resto del aguardiente. Y el joven Queipo
de Llano, que atiende a su amigo con tierna solicitud,
advierte espantado que algunos de sus cabellos se han
vuelto blancos.

En otros infelices, las impresiones de la jornada
que acaban de vivir afectan también a su razón. Es el
caso del zaragozano Joaquín Martínez Valente, cuyo
hermano Francisco, de veintisiete años, abogado de
los Reales Colegios, tenía en la puerta del Sol un comercio en sociedad con el tío de ambos, Jerónimo
Martínez Mazpule. Cerrada la tienda durante todo el
día y abierta al fin con las paces de la tarde, a última
hora se presentaron en ella varios soldados franceses y
un par de mamelucos. Pretextando que desde allí se les
hizo fuego por la mañana, rodearon a tío y sobrino en
la entrada del comercio. Logró escapar Martínez Mazpule, atrancando la puerta; pero no Francisco Martínez Valente, golpeado y arrastrado hasta el portal de la
tienda vecina. Allí, pese a los esfuerzos de los depen-
dientes para meterlo dentro y salvarlo, el abogado re-
cibió un pistoletazo que le reventó la cabeza en pre-

sencia del hermano, que acudía en su auxilio. Ahora, perdida la razón por la impresión y el terror del bárbaro sacrificio, Joaquín Martínez Valente delira recluido en casa de su tío, lanzando alaridos que estremecen al vecindario. Morirá meses más tarde, loco, en el manicomio de Zaragoza.

Muchos son los desgraciados ajenos a la revuelta que siguen cayendo víctimas de represalias, pese a la publicación de las paces, o confiados en ellas. Fuera de las ejecuciones organizadas, que seguirán hasta el alba, esta noche son asesinados numerosos madrileños por asomarse a balcones y portales, tener luz encendida en una ventana o hallarse a tiro de los fusiles franceses. Recibe así un balazo junto al río Manzanares, cuando regresa en la oscuridad con sus ovejas, el pastor de dieciocho años Antonio Escobar Fernández; y un centinela francés abate de un tiro a la viuda María Vals de Villanueva cuando ésta se dirige al domicilio de su hija, en el número 13 de la calle Bordadores. Los tiroteos esporádicos de la soldadesca borracha, provocadora o vengativa, también matan a inocentes dentro de sus casas. Es el caso de Josefa García, de cuarenta años, a quien una bala hiere de muerte al pararse junto a una ventana iluminada, en la calle del Almendro. Lo mismo les ocurre a María Raimunda Fernández de Quintana, mujer del ayuda de cámara de Palacio Cayetano Obregón, que aguarda en un balcón el regreso de su marido, y a Isabel Osorio Sánchez, que recibe un tiro cuando riega las macetas en su casa de la calle del Rosario. Mueren también, en la calle de Leganitos, el niño de doce años Antonio Fernández Menchirón y sus vecinas Catalina González de Aliaga y Bernarda de la Huelga; en la calle de Torija, la viuda Mariana de Rojas y Pineda; en la calle del Molino de Viento, la viuda Manuela Diestro Nublada; y en la calle del Soldado, Teresa Rodríguez Palacios, de treinta y ocho años, mientras enciende un quinqué. En la calle de Toledo, cuando el comerciante de lencería Francisco López se dispone a cenar con su familia, una descarga resuena contra los muros, rompe los vidrios de una ventana, y lo mata una bala.

Sobre las diez de la noche, mientras la gente aún muere en sus casas y cuerdas de presos son encaminadas hacia los lugares de ejecución, el infante don Antonio, presidente de la Junta de Gobierno, que ha escrito al duque de Berg para interceder por la vida de algunos de los sentenciados, recibe la siguiente nota firmada por Joachim Murat:

Señor mi primo. He recibido la notificación de V.A.R. sobre los proyectos de algunos militares franceses de quemar casas desde las que se han disparado bastantes tiros de fusil. Prevengo a V.A.R. que remito este asunto al general Grouchy, mandándole reciba todas las informaciones posibles. Me pide V.A.R. la libertad de algunos paisanos que han sido cogidos con las armas en la mano. Según mi orden del día, y para imponer en lo sucesivo, serán pasados por las armas. Mi determinación será, sin duda, de vuestra aprobación.

A la misma hora, Francisco Javier Negrete, capitán general de Madrid, escribe antes de irse a dormir una carta al duque de Berg. El borrador lo redacta a la luz de un candelabro, en zapatillas y bata de casa, mientras en la habitación contigua su asistente cepilla el uniforme con el que mañana Negrete se presentará a cumplimentar a Murat y recibir instrucciones. En la carta, publicada días más tarde por el *Moniteur* en París, el jefe de las tropas españolas acuarteladas en la ciudad resume perfectamente su punto de vista sobre la jornada que termina:

> *Vuestra Alteza comprende cuán doloroso debe haber sido para un militar español ver correr en las calles de esta capital la sangre de dos naciones que, destinadas a la alianza y unión más estrechas, no deberían ocuparse más que en combatir a nuestros enemigos comunes. Dígnese V.A. permitirme que le exprese mi agradecimiento, no solamente por los elogios que hace de la guarnición de esta villa y por las bondades con que me colma, sino sobre todo por su promesa de hacer cesar las medidas de rigor tan pronto como lo permitan las circunstancias. Así V.A. confirma la opinión que le había precedido en este país y que anunciaba todas las virtudes de que se halla ornado. Conozco perfectamente las intenciones rectas de V.A., previendo las ventajas que indudablemente deben resultar para mi patria. Ofrezco a V.A. la adhesión más sincera y absoluta.*

En la cripta de la iglesia de San Martín, sólo cinco amigos de Daoiz y de Velarde, con los sepultureros

Pablo Nieto y Mariano Herrero, velan a los dos capitanes de artillería: sus compañeros Joaquín de Osma, Vargas y César González, el capitán de Guardias Walonas Javier Cabanes y el escribiente Almira. Los cadáveres fueron traídos al anochecer, metiéndolos a escondidas desde la calle de la Bodeguilla por la puerta y las escaleras que hay detrás del altar mayor. Daoiz llegó a última hora de la tarde en un ataúd desde su casa de la calle de la Ternera, con las botas puestas y vestido con el mismo uniforme con que halló la muerte en Monteleón. El cuerpo de Velarde vino hace poco rato, conducido por cuatro artilleros del parque sobre dos tablas de cama con unos palos atravesados, desnudo como lo dejaron los franceses tras el combate, envuelto en una lona de tienda de campaña que los soldados se llevaron al irse. Alguien ha dispuesto un hábito de San Francisco para amortajar el cuerpo con decencia, y ahora los dos capitanes yacen juntos, uniformado uno y en hábito franciscano el otro. Mantiene el rigor de la muerte cara arriba el rostro de Daoiz, y vuelto el de Velarde a la derecha —por enfriarse tirado en el suelo del parque— como si todavía aguardara una última orden de su compañero. Llora a la cabecera, desconsolado, Manuel Almira; y junto a los muros húmedos y oscuros, apenas iluminados por dos velones de cera puestos junto a los cadáveres, se mantienen silenciosos los pocos que se atreven a estar allí, pues los demás se encuentran, a estas horas, escondidos o fugitivos de la venganza francesa.

—¿Qué se sabe del teniente Ruiz? —pregunta Joaquín de Osma—. El de Voluntarios del Estado.

—Lo atendió un cirujano francés en casa del marqués de Mejorada, sondándole la herida —responde Javier Cabanes—. Luego lo llevaron a su domicilio.

Me lo contó hace un rato don José Rivas, el catedrático de San Carlos, que estuvo a verlo un momento.

—¿Grave?

—Mucho.

—Por lo menos, así no lo detendrán los franceses.

—No estés tan seguro. En cualquier caso, su herida es de las mortales... No creo que salga de ésta.

Los militares se miran, inquietos. Corre el rumor de que Murat ha cambiado de idea y ahora quiere detener a cuantos intervinieron en la sublevación del parque de artillería, sean civiles o militares. La noticia la confirman los capitanes Juan Cónsul y José Córdoba, que en este momento bajan a la cripta. Ambos vienen embozados y sin sable.

—He visto atados por la calle a unos artilleros —refiere Cónsul—. También han ido a buscar a algunos Voluntarios del Estado que estuvieron batiéndose... Por lo visto, Murat quiere un escarmiento.

—Creía que sólo arcabuceaban a paisanos cogidos con armas en la mano —se sorprende el capitán Vargas.

—Pues ya ves. Se amplía el cupo.

Los militares cambian nuevas ojeadas, nerviosos, mientras bajan la voz. Únicamente Cónsul, Córdoba y Almira han estado en Monteleón, pero la amistad con los muertos y su presencia allí los compromete a todos. Los franceses fusilan por menos de eso.

—¿Y qué hace el coronel Navarro Falcón? —susurra César González—. Dijo que iba a interceder por su gente.

Mientras habla, el militar mira suspicaz hacia la escalera de la cripta, donde vigila uno de los enterradores. Esta noche debe temerse tanto a los imperiales como a quienes —nunca faltan en tiempos revueltos— procuran congraciarse con ellos. Meses más tarde, ya sublevada toda España contra Napoleón, incluso uno de los oficiales que hoy se han batido en el parque, el teniente de artillería Felipe Carpegna, prestará juramento al rey José, luchando del lado francés.

—No sé lo que Navarro intercede, ni con quién —dice Juan Cónsul—. Lo único que repite a todos es que ni se hace responsable ni sabe nada; pero que si él hubiera estado hoy en Monteleón, mañana se encontraría a muchas leguas de Madrid.

—¡Estamos perdidos, entonces! —exclama Córdoba.

—Si nos cogen, no te quepa duda —apunta Juan Cónsul—. Yo me voy de la ciudad.

—Y yo. En cuanto pase por mi casa a buscar algunas cosas.

—Tened cuidado —los previene Cabanes—. No os estén esperando.

Se abrazan los militares, echando una última mirada a Daoiz y a Velarde.

—Adiós a todos. Buena suerte.

—Eso. Que Dios nos proteja a todos... ¿Viene usted, Almira?

—No —el escribiente señala los cuerpos yacentes de los capitanes—. Alguien tiene que velarlos.

—Pero los franceses...

—Ya me arreglaré con ellos. Váyanse.

Los otros no se hacen de rogar. Por la mañana, cuando los sepultureros Nieto y Herrero entierren con mucha discreción los cadáveres, sólo Manuel Almira permanecerá a su lado, leal hasta el fin. Daoiz será puesto en la cripta misma, bajo el altar de la capilla de Nuestra Señora de Valbanera, y Velarde enterrado afuera, con otros muertos de la jornada, en el patio de la iglesia y junto a un pozo de agua dulce, en el lugar llamado El Jardinillo. Años más tarde, Herrero atestiguará: «*Tuvimos la precaución de dejar ambos cuerpos de los referidos D. Luis Daoiz y D. Pedro Velarde lo más inmediato posible a la superficie de la tierra, por si en algún tiempo se trataba de ponerlos en otro paraje más honroso a su memoria*».

Ildefonso Iglesias, mozo del hospital del Buen Suceso, se detiene horrorizado bajo el arco que comunica el patio con el claustro. A la luz del farol que lleva su compañero Tadeo de Navas, el montón de cadáveres semidesnudos conmueve a cualquiera. Iglesias y su compañero han visto muchos horrores durante la jornada, pues ambos, con riesgo de sus vidas, la pasaron atendiendo a heridos y transportando muertos cuando los disparos y los franceses lo permitían. Aun así, el espectáculo lamentable de la iglesia y el hospital contiguos a la puerta del Sol les eriza el cabello. Unos pocos cuerpos fueron retirados al ponerse el sol por los amigos o familiares más osados, exponiéndose a recibir un balazo, pero el resto de los fusilados a las tres de la tarde sigue allí: carne pálida, inerte, sobre grandes charcos de sangre coagulada. Huele a entrañas rotas y vísceras abiertas. A muerte y soledad.

—Se han movido —susurra Iglesias.

—No digas tonterías.

—Es verdad. Algo se ha movido entre esos muertos.

Con cautela, el corazón en un puño, los dos mozos de hospital se acercan a los cadáveres, iluminándolos con el farol en alto. Quedan catorce: ojos vidriosos, bocas entreabiertas y manos crispadas, en las diferentes posturas en que los sorprendió la muerte o los dejaron, cuando todavía estaban calientes, los franceses que hicieron en ellos el último despojo después de asesinarlos.

—Tienes razón —cuchichea Navas, aterrado—. Algo se mueve ahí.

Al acercar más el farol, un gemido levísimo, apagado, que procede de otro mundo, estremece a los mozos, que retroceden sobresaltados. Una mano, rebozada de sangre parda, acaba de alzarse débilmente entre los cadáveres.

—Ése está vivo.

—Imposible.

—Míralo... Está vivo —Iglesias toca la mano—. Aún tiene pulso.

—¡Virgen santísima!

Apartando los cuerpos rígidos y fríos, los mozos de hospital liberan al que aún alienta. Se trata del impresor Cosme Martínez del Corral, que lleva ocho horas allí, dejado por muerto tras recibir cuatro balazos y robársele, con sus ropas, los 7.250 reales en cédulas que llevaba consigo. Lo sacan del montón como a un espectro, desnudo y cubierto con una costra de sangre seca, propia y ajena, que lo cubre de la cabeza a los pies. Llevado arriba con toda urgencia, el cirujano Diego Rodríguez del Pino conseguirá reanimarlo, obteniendo su curación completa. Durante el resto de su vida, que pasará en Madrid, vecinos y conocidos tratarán con respeto casi supersticioso a Martínez del Corral: el hombre que, en la jornada del Dos de Mayo, peleó con los franceses, fue fusilado y regresó de entre los muertos.

El soldado de Voluntarios del Estado Manuel García camina por la calle de la Flor con las manos atadas a la espalda, entre un piquete francés. La llovizna que poco antes de la medianoche empieza a caer del cielo negro moja su uniforme y su cabeza descubierta. Después de batirse en el parque de artillería, donde atendió uno de los cañones, García se retiró al cuartel de Mejorada con el capitán Goicoechea y el resto de compañeros. Por la tarde, al propagarse el rumor de que también los militares que lucharon en Monteleón iban a ser pasados por las armas, García se marchó del cuartel en compañía del cadete Pacheco, el padre de éste y un par de soldados más. Fue a esconderse a su casa, donde su madre viuda lo aguardaba llena de angustia. Pero varios vecinos lo vieron llegar cansado y roto de la refriega, y alguno lo denunció. Los franceses han ido a buscarlo, tirando abajo la puerta ante el espanto de la madre, para llevárselo sin miramientos.

—¡Más gápido!... *Allez!*... ¡Camina más gápido!

Empujándolo con los fusiles, los franceses meten al soldado en el cuartel en construcción del Prado Nuevo —más tarde se conocerá como de los Polacos—, en cuyo patio, a la luz de antorchas que chisporrotean bajo la llovizna, descubre a un grupo de presos atados entre bayonetas, a la intemperie. Los guardias ponen a García con ellos, que están tumbados en el suelo o sentados, mojadas las ropas, maltrechos de golpes y vejaciones. De vez en cuando los franceses cogen a uno, lo llevan a un ángulo del patio, y allí lo registran, interrogan y apalean sin piedad. No cesan los gritos, que estremecen a quienes aguardan turno. Entre los detenidos, a la luz indecisa de las antorchas, García reconoce a un paisano de los que estaban en Monteleón. Así lo confirma el otro, el chispero del Barquillo Juan Suárez, capturado por una patrulla de cazadores de Baygorri cuando huía tras la entrada de los franceses.

—¿Qué van a hacer con nosotros? —pregunta el soldado.

El paisano, que está sentado en el suelo y apoya su espalda en la de otro preso, hace un gesto de ignorancia.

—Puede que nos fusilen, y puede que no. Aquí cada uno dice una cosa diferente... Hablan de diezmarnos: como somos muchos, a lo mejor fusilan a uno de cada tantos, o así. Aunque otros dicen que van a matarnos a todos.

—¿Lo consentirán nuestras autoridades?

El chispero contempla al soldado como si éste fuera tonto. La cara de Suárez, barbuda, sucia y mojada, brilla grasienta a la luz de las antorchas. García observa que tiene los labios agrietados por los golpes y la sed.

—Mira alrededor, compañero. ¿Qué ves?... Gente del pueblo. Pobres diablos como tú y como yo. Ni un oficial detenido, ni un comerciante rico, ni un marqués. A ninguno de ésos he visto luchando en las calles. ¿Y quiénes nos mandaban en Monteleón?... Dos simples capitanes. Hemos dado la cara los pobres, como siempre. Los que nada teníamos que perder, sal-

vo nuestras familias, el poco pan que ganamos y la vergüenza... Y ahora pagaremos los mismos, los que pa-
gamos siempre. Te lo digo yo. Con una madre de sesenta y cuatro años, mujer y tres hijos... Vaya si te lo
digo yo.

—Soy militar —protesta García—. Mis oficiales me sacarán de aquí. Es su obligación.

Suárez se vuelve hacia el preso que está a su espalda, escuchándolos —el banderillero Gabriel López—, y cambia con él una mueca burlona. Después
se ríe amargo, sin ganas.

—¿Tus oficiales?... Ésos están calentitos en sus
cuarteles, esperando que escampe. Te han dejado tirado, como a mí. Como a todos.

—Pero la patria...

—No digas tonterías, hombre. ¿De qué hablas?...
Mírate y mírame. Fíjate en todos estos simples, que se
echaron a la calle como nosotros. Acuérdate de la hom-
brada que hemos hecho en Monteleón. Y ya ves: nadie
movió un dedo... ¡Maldito lo que le importamos a la
patria!

—¿Por qué saliste a luchar, entonces?

El otro inclina un poco el rostro, pensativo, las
gotas de lluvia corriéndole por la cara.

—Pues no sé, la verdad —concluye—. A lo mejor no me gusta que los mosiús me confundan con uno
de esos traidores que les chupan las botas... No permi-
to que se meen en mi cara.

Manuel García señala con el mentón a los centinelas franceses.

—Pues éstos nos van a mear, y bien.

Una mueca lobuna, desesperada y feroz, descubre los dientes de Suárez.

—Éstos, puede ser —replica—. Pero los que dejamos destripados allá arriba, en el parque... De ésos te aseguro que ni uno.

Mientras Juan Suárez y el soldado Manuel García esperan en el patio del cuartel del Prado Nuevo, una cuerda de presos tirita bajo la llovizna en la parte nordeste de la ciudad. Se trata de paisanos apresados en el parque de artillería y otros lugares de Madrid: treinta hombres empapados y exhaustos que no han probado alimentos ni agua desde el combate de Monteleón. Ahora, tras haber sido llevados de las caballerizas del parque a los tejares de la puerta de Fuencarral, llegan al campamento de Chamartín. Rodeados de bayonetas, insultos y golpes de los franceses que salen de sus tiendas de campaña para mirarlos, cruzan el recinto militar y se detienen en la penumbra de una explanada, a la luz brumosa de dos antorchas clavadas en tierra.

—¿Qué van a hacer con nosotros? —pregunta el sangrador Jerónimo Moraza.

—Degollarnos a todos —responde Cosme de Mora, con fría resignación.

—Lo habrían hecho antes, en los tejares.

—Tienen toda la noche por delante... Querrán divertirse un poco, mientras tanto.

—*Taisez-vous!* —grita un centinela francés.

Los prisioneros cierran la boca. De Mora y Moraza son dos de los seis supervivientes de la partida del almacenista de carbón. Los otros los acompañan maniatados: el carpintero Pedro Navarro, Félix Tordesillas, Francisco Mata y Rafael Rodríguez. Se agrupan con los demás presos a manera de rebaño asustado, queriendo protegerse cada uno entre los demás, mientras un oficial francés con un farol en la mano se acerca y los mira detenidamente, contándolos despacio. Cada vez, al llegar a diez, da una orden a los soldados, que sacan a un hombre del grupo. Apartan de ese modo al cerrajero Bernardo Morales, al arriero leonés Rafael Canedo y al dependiente de Rentas Reales Juan Antonio Martínez del Álamo.

—¿Qué hacen? —inquiere, espantado, el carpintero Pedro Navarro.

Cosme de Mora se pasa la lengua por los labios en busca de unas gotas de lluvia. Aunque intenta mantenerse erguido y entero, teme que las rodillas le flaqueen. Cuando responde a la pregunta de Navarro, le tiembla la voz.

—Nos están diezmando —dice.

Apoyado en la barandilla del balcón de su casa, en la calle del Barco, el joven Antonio Alcalá Galiano escucha descargas lejanas de fusilería. La calle y las esquinas con la Puebla Vieja y la plazuela de San Ildefonso están a oscuras bajo un cielo negro y opaco, nuboso, sin luna ni estrellas. El hijo del héroe muerto en Trafalgar se siente decepcionado. Lo que su imaginación anunciaba por la mañana como aventura patriótica ha terminado en reprimenda materna y en melancólica desilusión. Ni las clases altas —la suya—, ni los militares, ni la gente de bien se han sumado al tumulto. Salvo raras excepciones, sólo el pueblo bajo quiso implicarse como suele, levantisco, irracional, sin nada que perder y al reclamo del río revuelto. Por lo que el joven sabe, todo queda sofocado por los franceses con mucha pena y poca gloria para los insurrectos. Antonio Alcalá Galiano se alegra ahora de no haber seguido el impulso de unirse a los sublevados: gente de mala índole, escasas prendas y pocas luces, como pudo comprobar cuando quiso acompañar por la mañana a un grupo de revoltosos. Por la tarde, vuelto a casa tras su breve experiencia motinesca, el muchacho tuvo ocasión de asistir a una conversación reveladora. Los vecinos de los barrios donde no había tiroteo estaban asomados a los balcones, procurando enterarse de lo que pasaba, y la calle del Barco era de las que se mantenían tranquilas por abundar en ella la gente acomodada y de clase alta. Charlaban de balcón a balcón la condesa de Tilly, que vive enfrente, y la madre de ésta, inquilina del cuarto piso de la casa donde los Alcalá Galiano ocupan el principal. Pasó entonces por la calle, vestido de uniforme, el oficial de Guardias Españolas Nicolás Morfi, conocido de la familia por ser gaditano.

—¿Qué hay del alboroto, don Nicolás? —preguntó desde arriba la de Tilly.

—Nada, señora mía —Morfi se había parado, sombrero en mano—. Usted misma lo ha dicho: alboroto de gente despreciable.

—Pues ha pasado un hombre hace rato, gritando que un batallón francés *se ha rendido todo*; y aquí, tan españoles como el que más, hemos aplaudido a rabiar.

Negó Morfi con una mano, despectivo.

—No hay nada que aplaudir, se lo aseguro. Son patrañas de cuatro insensatos. Murat, mal que nos pese, ha devuelto el orden... Lo mejor es mantenerse todos quietos y confiar en las autoridades, que para eso están. Cuando la gentuza se desmanda, nunca se sabe. Puede resultar peor que los franceses.

—Huy, pues mire. Me quedo más tranquila, don Nicolás.

—Mis respetos, señora condesa.

Poco después de asistir a ese diálogo, Antonio Alcalá Galiano, puesto el sombrero de maestrante para ir más seguro, dio un paseo sin que nadie lo inquietara hasta la calle del Pez, a fin de visitar a una señorita con la que mantiene relaciones oficiales. Allí, sentado con ella en el mirador de un segundo piso, pasó la tarde jugando a la brisca y viendo cómo las patrullas francesas registraban a los escasos transeúntes, obligados a llevar la capa doblada al hombro en previsión de armas ocultas. Al regreso, bajo un cielo encapotado que amenazaba lluvia, el joven se cruzó con piquetes imperiales cuya suspicacia crecía a medida que entraba la noche. Su madre lo vio llegar con alivio, ya dispuesta la cena.

—Tu paseo me ha costado cinco rosarios, Antoñito. Y una promesa a Jesús Nazareno.

La sirvienta retira ahora los platos de la mesa, mientras Antonio Alcalá Galiano permanece en el balcón, satisfecho, humeándole entre los dedos un cigarro sevillano de los que fuma uno cada noche y que, por respeto, nunca enciende delante de su madre.

—Quítate del balcón, hijo. Me da miedo que sigas ahí.

—Ya voy, mamá.

Suena otra descarga apagada, lejos. Alcalá Galiano aguza el oído, pero no oye nada más. La ciudad sigue a oscuras y en silencio. En la esquina de San Ildefonso se adivinan los bultos de los centinelas franceses.

Un día agitado, concluye el joven. Pronto se olvidará todo, en cualquier caso. Y él ha tenido la suerte de no complicarse la vida.

A esa misma hora, a sólo una manzana de la casa donde Antonio Alcalá Galiano fuma asomado al balcón, otro joven de su edad, Francisco Huertas de Vallejo —que sí se ha complicado hoy la vida, y mucho— está lejos de tenerlas todas consigo. Su tío don Francisco Lorrio, en cuya casa se refugió después del combate y la accidentada fuga desde Monteleón, lo vio llegar con inmensa alegría, sólo enturbiada por el hecho de que el sobrino llevara en las manos un fusil que podía comprometerlos a todos. Sepultada el arma en el fondo de un armario, el doctor Rivas, médico amigo de la familia, ha limpiado y desinfectado la herida del muchacho; que no reviste gravedad, por tratarse de un rebote de bala que ni siquiera fracturó las costillas:

—No hay hemorragia, y el hueso sólo está contuso. El único cuidado será vigilarlo dentro de unos días, cuando se resienta la herida. Si no supura, todo irá bien.

Francisco Huertas ha pasado el resto de la tarde y el comienzo de la noche en cama, tomando tazas de caldo, tranquilamente abrigado y bajo los cuidados de su tía y sus primas de trece y dieciséis años. Éstas lo miran como a un Aquiles redivivo, y se hacen referir una y otra vez los pormenores de la aventura.

Sin embargo, avanzada la noche, retiradas las primas y adormilado el joven, su tío entra en la alcoba, demudado el semblante y con un quinqué en la mano. Lo acompaña Rafael Modenés, amigo de la familia, secretario de la condesa de la Coruña y alcalde segundo de San Ildefonso.

—Los franceses están registrando las casas de la gente que anduvo en la revuelta —dice Modenés.

—¡El fusil! —exclama Francisco Huertas, incorporándose dolorido en la cama.

Su tío y Modenés lo hacen recostarse de nuevo en las almohadas, tranquilizándolo.

—No hay razón para que vengan aquí —opina el tío—, pues nadie te vio entrar, e ignoran lo del arma.

—Pero puede haber imprevistos —apunta Modenés, cauto.

—Ésa es la cuestión. Así que, por si acaso, vamos a librarnos del fusil.

—Imposible —se lamenta el muchacho—. Cualquiera que salga de esta casa con él, se expone a que lo detengan.

—Yo había pensado desmontarlo para esconderlo por piezas —dice su tío—. Pero si hubiera un registro serio, el riesgo sería el mismo...

Desesperado, Francisco Huertas hace nuevo intento de levantarse.

—Soy el responsable. Lo sacaré de aquí.

—Tú no vas a moverte de esa cama —lo retiene el tío—. A don Rafael se le ha ocurrido una idea.

—Los dos tenemos mucha amistad con el coronel de Voluntarios de Aragón —explica Modenés—. Así que voy a pedirle que mande cuatro soldados a esta casa, con cualquier pretexto, para que se hagan cargo del problema. A ellos nadie les pedirá explicaciones.

El plan se pone en práctica de inmediato. Don Rafael Modenés se ocupa de todo, y el resultado es de lo más feliz: por la mañana, apenas amanecido el día, cuatro soldados —uno de ellos sin fusil— se presentarán en la casa para beberse una copita de orujo ofrecida por el tío de Francisco Huertas, antes de regresar a su cuartel, cada uno con un duro de plata en el bolsillo y un arma colgada del hombro.

No todos tienen amigos con influencia para salvaguardar esta noche su libertad o sus vidas. Pasada la una de la madrugada, bajo la lluvia que rompe a ráfagas sobre la ciudad en tinieblas, una gavilla de presos empapados y deshechos de fatiga camina con fuerte escolta. Casi todos van despojados, descalzos, en chaleco o mangas de camisa. El grupo lo forman Morales, Canedo y Martínez del Álamo —los tres sorteados en el diezmo de Chamartín— y el escribano Francisco Sánchez Navarro. De paso por otros depósitos y cuarteles, se unen a ellos el sexagenario Antonio Macías de Gamazo, el mozo de tabaco de la Real Aduana Domingo Braña, los funcionarios del Resguardo Anselmo Ramírez de Arellano, Juan Antonio Serapio Lorenzo y Antonio Martínez, y el ayuda de cámara de Palacio Francisco Bermúdez. Casi al final del trayecto, en la plaza de Doña María de Aragón, se suman el palafrenero Juan Antonio Alises, el maestro de coches Francisco Escobar y el sacerdote de la Encarnación don Francisco Gallego Dávila, que tras pelear y ser apresado junto a las Descalzas acabó en un calabozo del palacio Grimaldi. Allí, el duque de Berg en persona le echó un vistazo al volver de la cuesta de San Vicente. Cuando se encaró con el sacerdote, Murat seguía descompuesto, furioso por los informes de bajas, aunque todavía resultara imposible calcular las dimensiones de la matanza.

—¿Eso es lo que manda Dios, cuga?... ¿Degamag sangue?

—Sí que lo manda —respondió el sacerdote—. Para enviaros a todos al infierno.

El francés lo estuvo mirando un poco más, despectivo y arrogante, ignorando la paradoja de su propio destino. Dentro de siete años será Joachim Murat quien, con mala memoria y peor decoro, derrame lágrimas en Pizzo, Nápoles, cuando lo sentencien a morir fusilado. Sin embargo, el lugarteniente del Emperador en España no ha sabido ver esta tarde, ante él, más que a un cura despreciable de sotana sucia y rota, con huellas de culatazos en la cara y un brillo fanático, pese a todo, en los ojos enrojecidos de sufrimiento y cansancio. Vulgar carne de paredón.

—Lo dice el Evangelio, ¿no, cuga?... El que a hiego mata, a hiego muere. Así que te vamos a fusilag.

—Pues que Dios te perdone, francés. Porque yo no pienso hacerlo.

Ahora, bajo la lluvia que arrecia, don Francisco Gallego y los demás llegan a las huertas de Leganitos y el cuartel del Prado Nuevo. Allí permanecen largo rato en la puerta, mojándose y temblando de frío, mientras los franceses reúnen dentro otra cuerda de presos. Salen en ella los albañiles Fernando Madrid, Domingo Méndez, José Amador, Manuel Rubio, Antonio Zambrano y José Reyes, capturados por la mañana en la iglesia de Santiago. También vienen maniatados y medio desnudos el mercero José Lonet, el oficial jubilado de embajadas Miguel Gómez Morales, el banderillero Gabriel López y el soldado de Voluntarios del Estado Manuel García, a quien antes de salir despojan los guardias de las botas, el cinturón y la casaca del uniforme. Una vez fuera del cuartel, el oficial francés que manda la escolta cuenta los prisioneros a la luz de un farol. Disconforme con el número, dirige unas palabras a los soldados, que entran en el edificio y a poco regresan con cuatro hombres más: el platero de Atocha Julián Tejedor, el guarnicionero de la plazuela de Matute Lorenzo Domínguez, el jornalero Manuel Antolín Ferrer y el chispero Juan Suárez. Puestos con los otros, el oficial da una orden y el triste grupo prosigue la marcha hacia unas tapias que están muy cerca, entre la cuesta de San Vicente y la alcantarilla de Leganitos. Son las tapias de la montaña del Príncipe Pío.

Esta misma noche, mientras el sacerdote don Francisco Gallego camina con la cuerda de presos, sus superiores eclesiásticos preparan documentos marcando distancias respecto a los incidentes del día. Más adelante, sobre todo después de la derrota francesa en Bailén, la evolución de los acontecimientos y la insurrección general llevarán al episcopado español a adaptarse a las nuevas circunstancias; aunque, pese a todo, diecinueve obispos serán acusados, al final de la guerra, de colaborar con el Gobierno intruso. En todo caso, la opinión oficial de la Iglesia sobre la jornada que hoy concluye se reflejará, elocuente, en la pastoral escrita por el Consejo de la Inquisición:

El alboroto escandaloso del bajo pueblo contra las tropas del Emperador de los franceses hace necesaria la vigilancia más activa y esmerada de las autoridades... Semejantes movimientos tumultuarios, lejos de producir los efectos propios del amor y la lealtad bien dirigidos, sólo sirven para poner la Patria en convulsión, rompiendo los vínculos de subordinación en que está afianzada la salud de los pueblos.

Pero entre todas las cartas y documentos escritos por las autoridades eclesiásticas en torno a los sucesos de Madrid, la pastoral de don Marcos Caballero, obispo de Guadix, será la más elocuente. En ella, tras aprobar el castigo *«justamente merecido por los desobedientes y revoltosos»*, Su Ilustrísima previene:

Tan detestable y pernicioso ejemplo no debe repetirse en España. No permita Dios que el horrible caos de la confusión y el desorden vuelva a manifestarse... La recta razón conoce y ve muy a las claras la horrenda y monstruosa deformidad del tumulto, sedición o alboroto del ciego y necio vulgo.

Leandro Fernández de Moratín no ha salido de su casa de la calle Fuencarral. Se vistió por la mañana con desaliño y miedo, pues no quería que las turbas —a las que temía ver en su escalera, capitaneadas por la cabrera tuerta— lo arrastrasen por las calles en pantuflas y bata. Y así continúa esta noche, despeinado y sin afeitar, intacta la cena que le sirvió su vieja criada. El dramaturgo ha pasado las últimas horas sin moverse de la mecedora, desasosegado, unas veces intentando trabajar ante el papel en blanco mientras la tinta se secaba en el cañón de la pluma, otras con un libro abierto cuyas líneas era incapaz de leer. Todo el día fue un ir y venir al balcón, el alma en la boca, esperando noticias de los amigos, pero sólo el abate Juan Antonio Melón, su íntimo, acudió a visitarlo. La soledad y zozobra de Moratín se han visto acentuadas por el pavor ante los disparos, los gritos de paisanos exaltados, el ruido de la caballería francesa recorriendo las calles. En el corto tiempo que pasaron juntos, Melón quiso tranquilizarlo, contándole cómo los franceses reprimían los disturbios y la Junta de Gobierno publicaba las paces. Ahora, devuelto a la incertidumbre, con la noche asomada a los cristales del mirador como negra amenaza, Moratín no sabe qué pensar. Distanciado de las clases populares pese a su éxito teatral, detesta por educación y timidez la violencia ignorante, desaforada, de las clases bajas cuando se desmandan; pero al mismo tiempo se siente patriota sincero, y la escopetada francesa y las muertes de paisanos indefensos repugnan a sus sentimientos de español ilustrado.

«Infeliz, cruel, amada y odiosa patria», se dice con amargura. Después cierra de golpe el libro, vuelve a medir el salón con pasos inciertos, atiende un momento junto al balcón y va a apoyarse en el aparador, la mirada perdida en los volúmenes que cubren la pared frontera. Siente que la jornada que hoy termina le da la razón. No encuentra en su conciencia de artista, en sus ideas que siempre tuvieron como referente el otro lado de los Pirineos, otra senda que la sumisión a Francia: el poder incontestable, sin remedio ni vuelta atrás. No subirse a ese carro triunfal significa, para el dramaturgo y para los que sienten como él —*afrancesados*, tan execrados por el populacho—, quedar al margen de la Historia, del Arte y del Progreso. Ésa es la causa de que Moratín, pese a la turbación que le producen las descargas sueltas que suenan en la distancia, oponga al dolor del corazón el bálsamo de la razón, aliviada por el hecho de que, brutal y objetivamente, tales escopetazos ponen las cosas en su sitio. Ese doble sentimiento imposible de conciliar explicará que, en los tiempos que están por venir, el más brillante literato de España ponga su talento al servicio de Murat y el futuro rey José, y adule a éstos y a Napoleón como hizo antaño con Carlos IV y con Godoy. Del mismo modo que más adelante, tras emprender el camino triste del exilio con las derrotadas tropas francesas —únicas garantes de su vida—, adulará tanto la Constitución de Cádiz como a Fernando VII, buscando una rehabilitación imposible. Y veinte años después de esta noche aciaga, Moratín morirá en París amargado y estéril, atormentado por haber traicionado a una nación a la que dio su obra literaria, pero a la que no supo, ni quiso, acompañar en el sacrificio. Al cabo, muchos años más tarde, uno de sus biógrafos hará un resumen de su carácter que podría servirle de epitafio: *«Si cambió de parecer, es porque nunca lo tuvo».*

La lluvia salpica por todas partes en la oscuridad. Son las cuatro de la mañana y aún es noche cerrada. Frente al cuartel del Prado Nuevo, en un descampado de la montaña del Príncipe Pío, dos faroles puestos en el suelo iluminan, en penumbra y a contraluz, un grupo numeroso de siluetas agrupadas junto a un talud de tierra y una tapia: cuarenta y cuatro hombres maniatados solos, por parejas o en reatas de cuatro o cinco ligados a una misma cuerda. Con ellos, entre el soldado de Voluntarios del Estado Manuel García y el banderillero Gabriel López, el chispero Juan Suárez observa con recelo el pelotón de soldados franceses formados en tres filas. Son marinos de la Guardia, ha dicho García, que por su oficio conoce los uniformes. Cubiertos con chacós sin visera, los franceses llevan al cinto sables de tiros largos y protegen de la lluvia las llaves de sus fusiles. La luz de los fanales hace brillar los capotes grises, relucientes de agua.

—¿Qué pasa? —pregunta Gabriel López, espantado.

—Pasa que se acabó —murmura, lúcido, el soldado Manuel García.

Muchos advierten lo que está a punto de ocurrir y caen de rodillas, suplicando, maldiciendo o rezando. Otros levantan en alto sus manos atadas, apelando a la piedad de los franceses. Entre el clamor de ruegos e imprecaciones, Juan Suárez escucha a uno de los presos —el único sacerdote que hay entre ellos— rezar en voz alta el *Confiteor*, coreado por algunas voces trémulas. Otros, menos resignados, se revuelven en sus ataduras e intentan acometer a los verdugos.

—¡Hijos de puta!... ¡Gabachos hijos de puta!

Algunos guardianes apartan a presos, empujándolos con las bayonetas contra el talud y la tapia.

Otros, nerviosos por el griterío, empiezan a disparar a los más agitados. Resuenan descargas aquí y allá, y los fogonazos iluminan rostros airados, expresiones desencajadas de pánico o de odio. Comienzan a caer los hombres, sueltos o en confuso montón. Suena una orden francesa, y la primera fila de soldados con capotes grises levanta a un tiempo los fusiles, apunta, y una descarga cerrada abate al primer grupo puesto ante la tapia.

—¡Nos matan!... ¡A ellos!... ¡A ellos!

Algunos desesperados, muy pocos, se lanzan contra las bayonetas francesas. Hay quien ha roto sus ligaduras y alza los brazos desafiantes, avanza unos pasos o intenta huir. A golpes de bayoneta y culatazos, los guardianes empujan a otro grupo, y los presos avanzan a ciegas, despavoridos, pisoteando cuerpos. En un instante, la segunda fila de capotes grises releva a la primera, resuena otra orden, y un nuevo rosario de tiros, cuyo resplandor se fragmenta y multiplica en las ráfagas de lluvia, salpica la escena. Caen más hombres en montón, segados de golpe gritos, insultos y súplicas. Ahora los franceses retroceden un poco para dejarse mayor espacio, y resuena el estampido de una tercera descarga, cuyos fogonazos se reflejan, rojos, en los regueros de sangre que corren sobre los cuerpos caídos, mezclándose con el agua del suelo. Amarrado a Manuel García y a Gabriel López, Juan Suárez, que se ha visto empujado contra el talud y obligado a arrodillarse a golpes de culata y pinchazos de bayoneta, tropieza con los muertos y agonizantes, resbala en el barro y la sangre. Entre la lluvia que le corre por la cara, mira aturdido las siluetas grises que encaran de nuevo los fusiles, apuntándole. Tiembla de frío y de miedo.

—*Feu!*

El rosario de fogonazos lo deslumbra, y siente el plomo golpear a su espalda en la tierra, chascar en la carne de los hombres que tiene alrededor. Se revuelve con un espasmo angustiado, intentando hurtar el cuerpo, y de pronto siente las manos libres, como si al caer sus compañeros quedase rota la atadura por un tirón o una bala. Lo cierto es que se mantiene sobre sus piernas, ofuscado y lleno de terror tras la descarga, entre otros que siguen de pie o arrodillados y gritan, se agrupan o caen heridos, muertos. Un ramalazo confuso y desesperado recorre el cuerpo del chispero, haciéndolo retroceder de espaldas hasta dar en el talud. Allí, tras mirar incrédulo sus muñecas libres, llevado por súbita resolución, aparta a manotadas a los hombres que aún lo rodean, y pisoteando cadáveres y moribundos, lodo y sangre, corre despavorido hacia la oscuridad. Pasa así, veloz y afortunado, entre sombras amigas o enemigas, manos que intentan retenerlo, voces, fogonazos de tiros que lo rozan a quemarropa. Al fin, disparos y gritos quedan atrás. La noche se torna tinieblas, agua negra, chapoteo de barro bajo los pies que siguen corriendo con la desesperación del instinto que a ellos fía la vida. Desaparece de pronto el suelo, rueda Suárez por la cuesta de una hondonada y llega magullado, sin aliento, hasta una tapia alta. De nuevo oye voces de franceses que corren detrás y le dan alcance.

—*Arrête, salaud!... Viens ici!*

Suenan más tiros y un par de balazos zumban cerca. Salta el chispero con un gemido de angustia, se agarra a lo alto de la tapia y trepa como puede, resbalando en la pared mojada. Sus perseguidores están allí mismo, queriendo agarrarlo por las piernas; pero él se desembaraza pataleando. Y aunque siente los golpes de un sable hiriéndolo en un muslo, un hombro y la cabeza, cae vivo al otro lado, se incorpora sin mirar atrás y sigue corriendo a ciegas, recortado en la estrecha línea azulgris del alba que empieza a definirse en el horizonte, bajo la lluvia.

A las cinco y cuatro minutos amanece sobre Madrid. Ha dejado de llover, y la claridad brumosa del día empieza a extenderse por las calles. Envueltas en sus capotes, inmóviles en las esquinas de la ciudad atemorizada y silenciosa, las siluetas grises de los centinelas franceses se destacan amenazantes. Los cañones enfilan avenidas y plazas donde los cadáveres permanecen tirados en el suelo, arrimados a los muros sobre charcos de lluvia reciente. Una patrulla de caballería francesa pasa despacio, con ruido de herraduras resonando en las calles estrechas. Son dragones, y llevan los cascos mojados, los capotes color ceniza sobre los hombros y las carabinas cruzadas en el arzón.

—¿Llevan prisioneros?

—No. Van solos.

—Creí que venían a buscarte.

Desde la ventana de su casa, el teniente Rafael de Arango ve alejarse a los jinetes franceses mientras se anuda el corbatín. Ha pasado la noche en blanco, preparando su fuga de Madrid. Murat ha ordenado al fin que se detenga a cuantos artilleros participaron en la sublevación del parque de Monteleón, y el joven teniente no va a quedarse esperando. Su hermano, el intendente honorario del Ejército José de Arango, en cuya casa vive, lo ha convencido para que se evada de la ciudad, haciendo los preparativos adecuados mientras Rafael dispone lo necesario para el viaje. Como primer paso, ambos se proponen cumplir con una formalidad mínima: visitar al ministro de la Guerra, O'Farril, con quien la familia Arango tiene lazos de parentesco y paisanaje, para consultarle los pasos a dar. En previsión de que el ministro no quiera comprometerse en favor del teniente artillero, su hermano ha trazado ya, con algunos amigos militares, un plan de fuga: Rafael irá al cuartel de Guardias Españolas, donde tienen previsto esconderlo hasta que, disfrazado de alférez de ese cuerpo, puedan hacerlo salir de la ciudad.

—Estoy listo —dice el joven, poniéndose el sobretodo.

Su hermano lo mira con detenimiento. Le lleva casi diez años, lo quiere mucho y cuida de él como lo haría su padre ausente. Rafael de Arango observa que parece emocionado.

—Hay que darse prisa.

—Claro.

El teniente de artillería se mete en los bolsillos —viste de paisano, por precaución— un cartucho de monedas de oro y el reloj que su hermano acaba de darle, así como los documentos falsos que lo acreditan como alférez de Guardias Españolas y una miniatura con el retrato de su madre que tenía en el dormitorio. Por un momento contempla el cachorrillo cargado que hay sobre la mesa, dudando si cogerlo o no, mientras prudencia e instinto militar se debaten en su ánimo. El hermano resuelve la cuestión, moviendo la cabeza.

—Es peligroso. Y tampoco serviría de nada.

Se miran un instante en silencio, pues apenas hay más que decir. Rafael de Arango consulta la hora en el reloj.

—Siento darte tantas inquietudes.

Sonríe el otro, melancólico.

—Hiciste lo que tenías que hacer. Y gracias a Dios sigues vivo.

—¿Recuerdas lo que me dijiste ayer por la mañana, casi a esta misma hora?... *Acuérdate siempre de que hemos nacido españoles.*

—Ojalá todos lo hubiéramos hecho... Ojalá todos nos hubiéramos acordado de lo que somos.

Cuando los dos se dirigen a la puerta, el teniente se detiene, pensativo, tomando a su hermano por el brazo.

—Espera un momento.

—Tenemos prisa, Rafael.

—Espera, te digo. Hay algo que no te he contado todavía. Ayer en el parque, hubo momentos extraños. Me sentía raro, ¿sabes?... Ajeno a todo cuanto no fuese aquella gente y aquellos cañones con los que nos esforzábamos tanto... Era singular verlos a todos, las mujeres, los vecinos, los muchachos, pelear como lo hicieron, sin municiones competentes, sin foso y sin defensas, a pecho descubierto, y a los franceses tres veces rechazados y hasta en una ocasión prisioneros... Que eran diez veces más que nosotros, y no pensaron en fugarse cuando les tiramos el cañonazo, porque estaban más atónitos que vencidos... No sé si comprendes lo que quiero decir.

—Lo comprendo —sonríe el hermano—. Te sentías orgulloso, como yo lo estoy ahora de ti.

—Quizá sea la palabra. Orgullo... Me sentía así entre aquellos paisanos. Como una piedra de un muro, ¿entiendes?... Porque no nos rendimos, fíjate bien. No hubo capitulación porque Daoiz no quiso. No hubo más que una ola inmensa de franceses anegándonos hasta que no tuvimos con qué pelear. Dejamos de luchar sólo cuando nos inundaron, ¿ves lo que quiero decir?... Como se deshace y desmorona un muro después de haber aguantado muchas avenidas y torrentes y temporales, hasta que ya no puede más, y cede.

Calla el joven y permanece absorto, perdida la mirada en los recuerdos recientes. Inmóvil. Luego ladea un poco la cabeza, vuelta hacia la ventana.

—Piedras y muros —añade—. Por un momento parecíamos una nación... Una nación orgullosa e indomable.

El hermano, conmovido, apoya con afecto una mano en su hombro.

—Fue un espejismo, ya lo ves. No duró mucho.

Rafael de Arango sigue quieto, mirando la ventana por la que, como un gris presentimiento, entra la luz del 3 de mayo de 1808.

—Nunca se sabe —murmura—. En realidad, nunca se sabe.

La Navata, octubre de 2007

Nota del autor

Además de largos paseos por las calles de Madrid y consultas puntuales de documentos, es abundante el material bibliográfico manejado como base para este relato. Quizá sea útil consignar algunas referencias que permitan al lector profundizar en la materia, deslindar —si lo desea— los límites entre lo real y lo inventado, y cotejar los aspectos históricamente probados con los muchos puntos oscuros que, doscientos años después de la jornada del Dos de Mayo, todavía discuten historiadores y expertos militares. Esta relación no incluye libros ni documentos publicados después de junio de 2007:

Ramón de Mesonero Romanos. *Memorias de un setentón.*
Ramón de Mesonero Romanos. *El antiguo Madrid.*
Elías Tormo. *Las iglesias del antiguo Madrid.*
Sociedad de Bibliófilos españoles. *Colección general de los trajes que en la actualidad se usan en España: 1801.*
Imprenta Real. *Kalendario manual y guía de forasteros en Madrid para el año 1808.*
Rafael de Arango. *Manifestación de los acontecimientos del parque de Artillería de Madrid.*
J. Alía Plana. *Dos días de mayo de 1808 en Madrid, pintados por Goya.*

J. Alía Plana y J. M. Guerrero Acosta. *El «Estado del Ejército y la Armada» de Ordovás.*

J. M. Guerrero Acosta. *Los franceses en Madrid, 1808.*

J. M. Guerrero Acosta. *El ejército napoleónico en España y la ocupación de Madrid.*

Emilio Cotarelo. *Isidoro Máiquez y el teatro de su tiempo.*

Manuel Ponce. *Máiquez, el actor maldito.*

José de Palafox. *Memorias.*

Antonio Ponz. *Viaje de España.*

Comte Murat. *Murat, lieutenant de l'Empereur en Espagne 1808.*

Marcel Dupont. *Murat.*

L. y F. Funcken. *L'Uniforme et les armes des soldats du Premier Empire.*

VV. AA. Goya. *Los fusilamientos del 3 de mayo.*

Richard Tüngel. *Los fusilamientos de 3 de mayo de Goya.*

Baron de Marbot. *Mémoires.*

M. A. Martín Mas. *La Grande Armée.*

J. J-E. le Roy. *Souvenirs de la guerre de la Peninsule.*

José Gómez de Arteche. *Guerra de la Independencia. Historia militar de España de 1808 a 1814.*

Ministerio de Defensa. *Historia de la infantería española.*

Jacques Domange. *L'Armée de Napoléon.*

Marqués del Saltillo. *Miscelánea madrileña, histórica y artística.*

Josep Fontana. *La época del liberalismo.*

Alphonse Grasset. *La guerre d'Espagne.*

Ministerio de Defensa. *El ejército de los Borbones.*

Ricardo de la Cierva. *Historia militar de España.*

José Mor de Fuentes. *Bosquejillo de mi vida.*

Joaquín de Entrambasaguas. *El Madrid de Moratín.*

Antonio Papell. *Moratín y su época.*

Fundación Caja Madrid. *Madrid. Atlas histórico de la ciudad.*

J. M. Bueno. *Soldados de España.*

Peñasco y Cambronero. *Las calles de Madrid.*

Pedro de Répide. *Las calles de Madrid.*

Josef María Bouillé. *Guía del oficial particular para campaña. 1805.*

Cayetano Alcázar. *El Madrid del Dos de Mayo.*

Manuel Godoy. *Memorias.*

Christian Demange. *El Dos de Mayo. Mito y fiesta nacional (1808-1958).*

M. A. Thiers. *Histoire du Consulat et de l'Empire.*

Museo del Ejército. *Madrid, el 2 de mayo de 1808.*

Martín de Riquer. *Reportaje de la Historia.*

J. C. Montón. *La revolución armada del Dos de Mayo en Madrid.*

Cevallos y Escoiquiz. *Mémoires.*

Antonio Alcalá Galiano. *Memorias.*

General Foy. *Histoire de la guerre de la Peninsule sous Napoléon.*

Juan Pérez de Guzmán y Gallo. *El Dos de Mayo de 1808 en Madrid.*

Conde de Toreno. *Historia del levantamiento, guerra y revolución de España.*

Calcografía Nacional de Madrid. *Estampas de la Guerra de la Independencia.*

Fernando Díaz-Plaja. *Dos de Mayo de 1808.*

José Blanco White. *Cartas de España.*

VV. AA. *El Dos de Mayo y sus precedentes. Actas del congreso internacional.*

VV. AA. *Memorial de artillería.*

VV. AA. *Histoire et dictionnaire du Consulat et de l'Empire.*

VV. AA. *Répertoire mondial des souvenirs napoléoniens.*

Dr. Ledran. *Tratado de las heridas de armas de fuego.*

Academia de Caballeros Guardias Marinas. *Ejercicios de cañón y mortero.*

Ronald Fraser. *La maldita guerra de España.*

Rafael Farias. *Memorias de la Guerra de la Independencia escritas por soldados franceses.*

David Gates. *La úlcera española.*

Ricardo García Cárcel. *El sueño de la nación indomable.*

Charles Esdaile. *España contra Napoleón.*

J. M. Cuenca Toribio. *La Guerra de la Independencia: un conflicto decisivo.*

Manuel Izquierdo. *Antecedentes y comienzos del reinado de Fernando VII.*

Pere Molas Ribalta. *La España de Carlos IV.*

Andrés Muriel. *Historia de Carlos IV.*

E. Bukhari y A. McBride. *Caballería e infantería napoleónicas.*

E. Bukhari y A. McBride. *Napoleon's Dragoons and Lancers.*

E. Bukhari y A. McBride. *Napoleon's Cuirassiers and Carabiniers.*

Philip Haythornthwaite. *Napoleon's Line Infantry.*

Charmy. *La Garde Impériale à Pied.*

R. Chartrand y B. Younghusband. *Spanish Army of the Napoleonics Wars (1793-1808).*

André-Fugier. *Napoléon et l'Espagne.*

Jean-Joël Bregeon. *Napoléon et la guerre d'Espagne.*

W. F. P. Napier. *History of the War in the Peninsula.*

Hans Juretschke. *Los afrancesados en la Guerra de la Independencia.*

William Beckford. *Un inglés en la España de Godoy.*

Ayuntamiento de Madrid. *Plano de Madrid según la maqueta de D. León Gil de Palacio.*

Ayuntamiento de Madrid. *Planimetría general de Madrid de 1749 a 1764.*

Tomás López. *Plano geométrico de Madrid en 1785.*

Fausto Martínez de la Torre. *Plano de la villa y corte de Madrid en 1800.*

Juan López. *Plano de Madrid en 1812.*

Museo Municipal de Madrid. *Vistas antiguas de Madrid.*

Este libro se terminó de imprimir
en enero de 2008 en Indugraf,
Sánchez de Loria 2251,
Buenos Aires, Argentina

En una torre junto al Mediterráneo, en busca de la foto que nunca pudo hacer, un antiguo fotógrafo pinta un gran fresco circular en la pared: el paisaje intemporal de una batalla. Lo acompañan en la tarea un rostro que regresa del pasado para cobrar una deuda mortal, y la sombra de una mujer desaparecida diez años atrás. *El pintor de batallas* arrastra al lector, subyugado, a través de la compleja geometría del caos del siglo XXI: el arte, la ciencia, la guerra, el amor, la lucidez y la soledad se combinan en el vasto mural de un mundo que agoniza.

«Una gran novela donde se confirman magistrales dotes de narrador.»
Le Figaro Littéraire

«La novela más dura e intensa de Pérez-Reverte. Es magistral.»
Elle

«Su libro de mayor calado.»
ABC

«Magnífica novela. Lo mejor que ha escrito Arturo Pérez-Reverte.»
El Semanal Digital

«El arte enfrentado a la violencia. Una novela profunda e inteligente.»
Lire